W0301141

Mein Dank gilt

John Finch, einem technischen Genie, der mir half, die Kapitel vier und fünf in einer riesigen Masse verlorener Daten wiederzufinden.

Ein besonderes Dankeschön jenen Lesern, die mir Mut zusprachen und mir ihr Interesse bekundeten, in Zukunft noch mehr über die Familie Bastitas zu erfahren. Ich liebe euch alle, und laßt nicht nach, mir Briefe zu schreiben!

Bete für den Soldaten, gütiger Fremder,
der so viele Jahre die Prärie durchstreift hat,
um die Komantschen von Deinem Haus und Hof
fernzuhalten — und sie
weit über die Grenzen von Texas hinaus verfolgte.

Unbekannter Autor

Prolog

San Antonio, Texas

August, 1866

Er starrte auf das Spiegelbild der Frau, die sich hinter ihm auszog. Ihre verschwommenen Konturen auf dem schlierigen, rußbefleckten Glas erinnerten ihn daran, wie abgeschmackt diese ganze Affäre war. Er schaute durch die Scheibe auf die Straße vor dem Fenster, wo sich zwischen gedrungenen Lehmhäusern Fuhrwerke und Pferde um einen freien Platz stritten und Mexikaner alles nur Erdenkliche zum Kauf anboten — Frauen inbegriffen.

»Stimmt etwas nicht, Kid?«

Er hörte die Worte kaum, während die Frau nun ihren nackten üppigen Körper an seinen bloßen Rücken preßte. Er war mit seinen Gedanken ganz woanders.

»Ich heiße Claudia, falls du interessiert bist«, murmelte sie und ließ ihre Zungenspitze sacht über das Rückgrat des schweigsamen Mannes gleiten. Sie schob die Arme um seine schmale Taille und strich mit den Händen über die harten Muskeln seines Brustkorbes, bis sie das krause Haar erreichte, das seinen Oberkörper bedeckte. Sie tastete mit ihren langen Fingern nach seinen steifen Brustwarzen und massierte sie, behutsam erst, dann heftiger und mit wachsender Ungeduld.

Ihre Hände wanderten nach unten zu seinem Hosenbund und suchten die Knöpfe am Schlitz. Sie hörte seinen heftigen Atemzug und erkannte an der jähen Schwellung unter dem groben schwarzen Tuch, daß er nicht so gleichgültig war, wie er sich gab. Bedachtsam löste sie nun einen Knopf nach dem anderen.

»Warum starrst du aus dem Fenster, wenn ich hier bin?« fragte sie. Sie preßte ihren Unterleib gegen sein Gesäß und ließ mit einem heiseren Lachen ihre Hüften rotieren. Sie vergaß, daß er ihr die Antwort schuldig geblieben war, und sagte: »Himmel, ist das aber ein strammer Bengel! Wo kommst du her?«

»Chicago.« Das war sein erstes Wort, seit sie das Zimmer betreten hatten.

»Das glaube ich nicht.« Sie hatte die Hose geöffnet, und sein Penis lag in ihrer Hand. »Solche Männer wie du werden nicht in Chicago geboren.«

»Ich habe nicht behauptet, daß es meine Geburtsstadt ist.«

Sie hauchte Küsse auf seinen Rücken und auf seine schwarzen Haare im Nacken, die ihm wie ein unregelmäßig geschnittener Saum über die Schultern hingen. Ihre Hand glitt auf und nieder, und der Geruch von Schweiß und Sattelleder, der von seiner dunklen Haut ausging, war wie ein berauschendes Getränk, das ihre Sinne anstachelte.

Er schloß die Augen und erschauerte, als sie sacht mit den Zähnen an der Narbe auf seinem Rücken knabberte. »Warum nennt man dich Kid?« hörte er sie mit einer so atemlosen Stimme fragen, daß ihr die Worte fast auf den Lippen erstarben. Er haßte das banale Geschwätz, das zu diesem Handel gehörte; aber das, was bald darauf folgen würde, haßte er vielleicht noch mehr.

»Ein Name ist so gut wie jeder andere.«

»Aber er paßt nicht zu dir«, meinte sie, kicherte über ihre Anspielung und bewegte wieder ihre Hüften. Offenbar fühlte sich die Frau allmählich frustriert.

Er sah immer noch aus dem Fenster, und die Realität

dieser schönen Brünetten, die sich verführerisch an ihm rieb, ihn mit Liebkosungen bedachte, die fast an Verehrung grenzten, siegte über die Gespenster der Vergangenheit. Er sollte es jetzt wohl nicht länger hinausschieben, überlegte er.

Er war sich nicht ganz sicher, wann er zum erstenmal auf dieses Mädchen dort draußen aufmerksam geworden war. Vielleicht hätte er sie überhaupt nicht bemerkt, wäre sie genauso bekleidet gewesen wie all die anderen Frauen, die sich an diesem Samstagnachmittag auf der Soledad Street bewegten. Meterlange Bahnen weißen Stoffes bauschten sich glockig um ihre Hüften, als sie, ein Parasol über der Schulter, den Bohlensteg herunterkam. Ihr Haar, so hell wie der Schnee in Chicago, fiel ihr in Ringellocken über die milchig weißen Schultern und bedeckten zur Hälfte ihren schmalen Rücken. Sie blieb vor dem Gerichtshaus stehen, schien dort eine kleine Bronzetafel an der Mauer zu studieren, drehte sich wieder um und verharrte nun eine lange Sekunde unschlüssig am Straßenrand. Doch als sie ihr Gesicht in seine Richtung neigte, schwang sie ihren Sonnenschirm herum und versperrte ihm die Sicht auf ihr Profil. »Verdammt«, murmelte er.

Eine unerklärliche Gereiztheit befiel ihn, als sich nun das Mädchen entfernte. Zum erstenmal, seit er dieses Zimmer mit der Frau hinter ihm betreten hatte, überkam ihn das Verlangen nach einer totalen sexuellen Befriedigung. Bisher war es für ihn nur eine Möglichkeit gewesen, die Stunden bis sechs Uhr totzuschlagen. Er hatte so viele Frauen in so vielen Städten in den letzten Jahren besessen, daß er aufgehört hatte, sie nach ihren Namen zu fragen und sie zumeist sogar mit geschlossenen Augen und mit so viel Leidenschaft, wie ihm Ort und Zeit vergönnten, genommen hatte.

Die Glocken der San-Fernando-Kirche begannen zu läuten, melodisch erst, dann einförmig die vierte Nachmittagsstunde verkündend. Er drehte sich zu der Frau um, legte ihr die Hände auf die Schultern und ließ sie an ihrem Rücken und über die glatten Rundungen ihres Gesäßes gleiten. Er hob sie an. Sie klammerte sich an ihn. Er bewegte sich, drückte sie mit dem Rücken an die Wand, legte sich ihre gespreizten Beine um die Hüften und drang in sie.

Es war eine schnelle Vereinigung, glatt und ohne Komplikationen. Er hatte schon vorher gewußt, daß es so sein würde. Sie war ja schon am Rand des Höhepunkts gewesen, ehe er mit seinem Glied in ihre feuchte Grotte geglitten war. Sie schrie zuerst auf, mehr als bereit, aber nicht auf das vorbereitet, was sie nun in sich spürte. Ihr Mund wurde schlaff, ihr Kopf fiel nach hinten, und ihre braunen Augen weiteten sich vor Lust und Überraschung.

Sie murmelte etwas unzusammenhängende Worte und schlang die Arme um seine vor Schweiß glänzenden Schultern. Sie hing an ihm, während sie die rhythmische Bewegung seines Gliedes spürte. Er zog es aus ihrer Scheide, drang wieder in sie ein, heftiger und tiefer mit jedem Stoß, bis sie stöhnend ihre Hüften an den seinen kreisen ließ und das Beben ihres ersten Orgasmus ihren Körper erschütterte. Er blieb in ihr, und als ihre Erregung wieder abklingen wollte, begann er von neuem, brachte sie ein zweites und ein drittes Mal zum Höhepunkt, bis sie ihn wimmernd bat, damit aufzuhören, weil sie sonst sicherlich noch an einem Übermaß von Wollust sterben würde.

Er schien nicht mehr auf sie zu hören. Die Hände gegen die Wand gestemmt, den Kopf gesenkt, daß sein nachtschwarzes Haar wie ein Vorhang zwischen ihren Körpern hing, war er nur noch auf seine Lusterfüllung bedacht. Er stieß immer wieder zu, und das Geräusch, das er verursachte, hallte dumpf von der Wand des stickigen Raums wider.

Er war dem Höhepunkt nahe; sie konnte das spüren. Sein Körper fühlte sich nun so hart an wie Stahl; und jeder Muskel war eine schimmernde Woge unter der Anstrengung und Gewalt seiner Stöße. Er hatte die Augen geschlossen, die Lippen zusammengepreßt, die Mundwinkel nach unten gezogen. Schweißtropfen lösten sich von seinen Schläfen, stauten sich an den Brauen und hingen an seinen Wimpern, ehe sie wie Tränen über seine Wangen liefen. Einen Augenblick meinte sie fast, daß er ...

Da schrie er auf und vergrub seine Hände in ihrem Haar, während sie sein Glied in sich pochen spürte und der heiße Strahl seines Samens ihre nasse Grotte überflutete.

Er sank gegen sie, hielt ihren Körper nur noch mit seinem Gewicht und einem leicht gebeugten Knie an der Wand fest. Eine Schwäche überkam ihn; ein paar Minuten war er wehrlos, und alles Leben schien aus seinem Körper gewichen zu sein. Als er sich wieder zu bewegen vermochte, drehte er sich — noch immer seine Hände an ihren Hüften — von der Wand weg und ließ sie sacht aufs Bett fallen. Wie ein Kätzchen rollte sie sich auf der aufgeschlagenen Decke zusammen. Die Lippen ihres vollen, noch ungeküßten Mundes waren schmollend aufgeworfen, als sie schläfrig fragte: »Willst du dich nicht zu mir legen?«

Warum nicht? Ihm blieben immer noch zwei Stunden, und vielleicht würden das für lange Zeit das letzte Bett und die letzte Frau sein, die ihm vergönnt waren — wenn nicht die letzte überhaupt. Er schälte sich aus seiner Reithose, warf sie zu den Stiefeln, die er schon früher ausgezogen hatte, und streckte sich neben ihr aus. Es war noch keine halbe Stunde vergangen, als er sie aus dem tiefen

Schlaf weckte, ihre Beine öffnete und sie abermals bestieg. Schlecht auf diesen Akt vorbereitet, zuckte sie vor Schmerz zusammen und schimpfte ihn einen Wilden und eine Bestie, während sie ihre Nägel in seinen Rücken bohrte.

»Sei still«, sagte er, und nun küßte er sie zum erstenmal und nahm ihren Mund mit einer solchen Gewalt, daß sie vor Angst zitterte. Doch dann erwiderte sie seinen Kuß, und nachdem sie beide wieder zum Höhepunkt gekommen waren, döste sie wieder ein, während er neben ihr auf dem Rücken lag und an die Zimmerdecke starrte.

Als die Glocken von San Fernando die fünfte Nachmittagsstunde verkündeten, klopfte eine Dienerin leise an die Tür und kam dann mit einem Messingzuber und heißem Wasser ins Zimmer. Nachdem sie den Zuber bis zum Rand gefüllt und den Raum verlassen hatte, ließ er sich wohlig in das Wasser sinken. Dampf stieg in grauen Kringeln um ihn auf, brachte sein Gesicht und seine Kopfhaut zum Kribbeln, während ihm die feuchten Haarspitzen auf der Brust und an den Schultern klebten. Er betrachtete die Frau im Bett. Sie lag auf dem Rücken, wie er sie verlassen hatte. Ihre weißen Brüste mit den braunen Warzenhöfen hoben und senkten sich im Schlaf.

Der Notwendigkeit gehorchend, achtete er auf das leiseste Geräusch. Er hörte, wie sich am Ende des Korridors Türen öffneten und schlossen, und sah zum Stuhl an der Wand, an dessen Rückenlehne der Ledergürtel mit dem Halfter hing, in dem sein Remington-Revolver steckte. Normalerweise hätte er die Waffe in bequemer Reichweite abgelegt. Ohne sie fühlte er sich wehrlos. Doch er blieb, wo er war, rollte gedankenabwesend eine Zigarre zwischen den Lippen und sah der Rauchfahne nach, die sich mit dem Wasserdampf an der Decke zu einem Nebel vermischte. Er wartete.

Um zehn Minuten vor sechs stand er beim Waschständer. Seine Hose klebte wie eine zweite Haut an seinen noch feuchten Beinen, und sein zerknittertes Hemd, auf dem sich der Staub mehrerer Staaten niedergeschlagen hatte, hing ihm lose um die Hüften. Er prüfte die Scheide seines Bowiemessers mit den Fingern, drehte es hierhin und dorthin und bewunderte einen flüchtigen Moment dessen Ausgewogenheit und Schärfe. Mit dieser Klinge konnte er mit einem einzigen Schnitt mühelos einen Menschen skalpieren. Es fiel ihm schwer, den Blick davon abzuwenden und ihn auf das silbrige Glas mit dem geschliffenen Rand an der Wand zu richten.

Die Frau bewegte sich, öffnete die schweren Lider und wurde sich nur undeutlich bewußt, daß die Dämmerung hereinbrach. Ein blasses Licht sickerte durch die schmutzigen Fensterscheiben. Schlaftrunken folgte sie seiner Bahn bis zur entfernten Wand des Zimmers. »Du meine Güte«, rief sie. »Was tust du denn da?«

Er stand vor dem Spiegel, das Messer seitlich an den Kopf gelegt. Zwischen seinen Fingern hing, was von seinen langen schwarzen Haaren übriggeblieben war. »Ich schneide mir die Haare«, war alles, was er sagte. Die letzten Büschel seiner Mähne flatterten zu Boden. Als er sich zu ihr umdrehte, sah er nicht mehr wie ein Indianer aus, für den sie ihn anfangs gehalten hatte. Doch die Wildheit leuchtete ihm noch immer aus den Augen. Im Grunde wirkte er jetzt sogar noch beängstigender — und erregender — als vorher.

Die Kirchenglocken schlugen die volle Stunde.

»Willst du nicht ins Bett zurückkommen?« fragte sie ihn.

»Nein. Zieh dir deine Sachen an.«

»Wir waren sehr gut zusammen, Kid.« Sie fuhr mit der Hand glättend über die Decke. »Komm zu mir, *hombre*. Claudia wird dich noch zum Lächeln bringen.«

Er blickte zur Tür.

»Kid, komm zurück ins Bett.«

Die Tür flog krachend auf — eine Explosion, die die Wände erschütterte. Claudia stürzte schreiend aus dem Bett in eine Ecke des Zimmers. Zwanzig bewaffnete Männer stürmten über die Schwelle und richteten drohend ihre Revolver auf Kid Davis. Der machte einen Satz zum Stuhl und duckte sich, aber einer der Eindringlinge rammte ihm das Knie zwischen die Rippen, so daß er nach vorn knickte und fluchend auf die Dielen fiel.

Claudia riß das Laken vom Bett, hielt es vor ihre Brust und jammerte: »Was, zum Teufel, soll das denn bedeuten?«

Ein alter Mann mit langem grauen Haar stellte den Fuß auf Davis' Rücken und richtete einen riesigen Revolver auf seinen Hinterkopf. Er hob die linke Hand, in der ein Abzeichen blinkte, und antwortete: »Texas Rangers, Ma'am. Wir haben einen Haftbefehl für Davis.«

»Weshalb?«

Der Ranger blickte hoch und lächelte. »Wegen kaltblütigen Mordes, Ma'am.«

1

Als Rachel Gregory in der Mitte der Soledad Street im Herzen von San Antonio stand, dachte sie, daß sie in New Orleans noch nie so eine Hitze erlebt hatte wie hier. Im Sommer gab es hier nur diese schreckliche Luftfeuchtigkeit, die Moskitos und die Gefahr des Gelben Fiebers ... und die Yankees natürlich, seit der Krieg zu Ende war und es in der Kreolenstadt nur so vor Carpetbaggers wimmelte. Sie waren Bussarde, die dem sterbenden Süden das Fleisch von den Rippen hackten.

Rachel hob das Kinn, blinzelte und versuchte, nicht an ihr Heim zu denken, das ihre Stiefmutter für einen Spottpreis hatte verkaufen müssen — zu einem Bruchteil seines früheren Wertes. Belle Hélène, nach Rachels Mutter benannt, war eine der ertragreichsten Baumwollplantagen im Umkreis von New Orleans gewesen. Das prächtige Stuckgebäude mit den achtundzwanzig griechischen Säulen an allen vier Seiten mochte zwar nicht so stattlich gewesen sein wie Dunleith in Natchez; aber es hatte sich zweifellos mit Humas House in Burnside messen können.

Rachel verdrängte ihren Zorn über diese Ungerechtigkeit und konzentrierte sich wieder auf ihre Umgebung. Sie wartete auf ihre Stiefmutter, die sich nach einem Transportmittel umschauen wollte, das sie aus dieser Stadt bringen konnte. Die Luft war mit Staub gesättigt, der in ihren Augen brannte und ihr das Atmen schier unmöglich machte. Pferde, Fuhrwerke und Männer in Hosen aus Rehleder und mit seltsam gefalteten Decken um die Schultern bewegten sich die Straße hinauf und hinunter. Rachel tupfte sich mit ihrem Taschentuch den Schweiß vom Gesicht und fragte sich wie schon so oft in den zwei Tagen, die sie sich nun in San Antonio aufhielt, ob sie sich wohl jemals an diese unerträgliche Hitze gewöhnen könne.

Sie hatte natürlich schon früher von Texas und San Antonio gehört. Sie hatte von Alamo und den Männern gelesen, die dort gefallen waren. Als sie am Samstag mit der Kutsche in die Stadt gekommen waren, hatte sie einen Blick auf die Ruinen der alten Franziskanermission werfen können. Ein kleiner dicker Mexikaner hatte versucht, ihrer Stiefmutter eine Gewehrkugel anzudrehen, die, wie er hoch und heilig beschwor, William Travis getötet haben sollte. Sie hatte kurz vor dem aus Lehmziegeln erbauten Gerichtsgebäude angehalten und dort die Tafel zu Ehren der Bürger von San Antonio gelesen, die bei dem grauenvollen Massaker umgekommen waren:

IN ERINNERUNG AN UNSERE TAPFEREN
FREIHEITSKÄMPFER EHREN WIR DAS ANDENKEN
UNSERES GEFALLENEN MITBÜRGERS
TOMAS EDUARDO DE BATISTAS.
MÖGE SEIN OPFER UNS IMMER VERPFLICHTUNG SEIN
UND IN UNSEREN HERZEN WEITERLEBEN.

Rachel hatte die Augen geschlossen und sich bemüht, die bitteren Erinnerungen an Kriege, Schlachtopfer und Tod hinunterzuschlucken. Ihr Vater hatte sein Leben im Bürgerkrieg für eine Sache hingegeben, die er für gerecht hielt. Doch für ihn gab es keine Ehrentafel, die seinen Tod würdigte.

Ein plötzlicher Tumult schreckte Rachel aus ihren trüben Erinnerungen auf. Ein halbes Dutzend Männer quollen aus der Tür einer Cantina auf der gegenüberliegenden Straßenseite. In deren Mitte sah sie zwei ineinander verkeilte Raufbolde, die nun vom Bürgersteig auf die Fahrbahn rollten, begleitet vom Gejohle der betrunkenen Zuschauer: »Gib es ihm, Ramon! Ich hab' ne Menge Geld auf dich gewettet!«

»Das nennst du einen Faustkampf, Estaban? Du hast zu viele von diesen verdammten Tortillas gegessen, wenn du mich fragst!«

Eine Frau erschien auf der Bildfläche, rannte mit bis zu den Knien gerafften Röcken herbei und drängte die Zuschauer zur Seite. Sie hatte karottenrotes Haar, und ihr Gesicht war braun vor Sommersprossen. Sie stand den meisten Männern, denen sie ihren Ellenbogen in die Rippen rammte, an Größe nichts nach, und als sie brüllte: »Das werde ich eurer Ma und eurem Pa sagen, ihr verdammten Idioten, wenn ihr nicht aufhört, euch wie zwei Esel zu benehmen!« gab es wieder ein allgemeines Gejohle.

»Ja, zeig es ihnen, Irene!« rief jemand.

»Ich setze mein Geld auf dich, wenn du mitmischst, Irene!«

Die beiden Raufbolde waren inzwischen wieder auf die Beine gekommen. Rachel stellte sich auf die Zehenspitzen und versuchte, über die Schultern der vor ihr stehenden Männer hinweg den Zweikampf zu verfolgen. Ihre Augen weiteten sich, als der kleinere der beiden Kämpfer ausholte und seinem Gegner einen Faustschlag unter das Kinn versetzte. Der Getroffene taumelte, stolperte durch die Menge, versuchte mit rudernden Armen das Gleichgewicht zu halten und landete dann vor Rachels Füßen flach auf dem Rücken.

Sie machte einen kleinen erschrockenen Satz zur Seite,

bückte sich und schaute in ein Paar so grüne Augen, wie sie ihr bei einem Mann noch nie begegnet waren. Mann? Er konnte, bei genauerem Hinsehen, kaum mehr als zwanzig Lenze zählen wie sie selbst. »Sind Sie verletzt?« fragte sie besorgt.

Ein Lächeln breitete sich langsam auf dem Gesicht des jungen Mannes aus, ehe er antwortete: »Jetzt nicht mehr.«

Rachel hob fragend eine blonde Augenbraue.

»Verraten Sie mir, *Señorita*, ob Sie ein Engel sind. Wenn ja, bin ich tödlich verwundet. Absolut tot.«

Sie sah ihn nun mißbilligend an. »Flirten Sie etwa mit mir, Sir?«

»Mein bester Flirt in Rückenlage.«

Rachel lachte und biß sich dann auf die Lippe. Die Menge wogte um sie her, und die Frau mit dem roten Haar und der junge Mann, der den glücklichen Treffer gelandet hatte, traten zu dem Jungen und streckten ihm ihre Hand entgegen, um ihm vom Boden aufzuhelfen. Die beiden Streithähne sahen sich sehr ähnlich, und Rachel begriff in diesem Moment, daß sie Brüder sein mußten. Sie erkannte auch, daß dieser Zweikampf keine ernsthafte Auseinandersetzung gewesen sein konnte.

»Onkel Alex wird euch beiden die Hammelbeine langziehen, Ramon«, verkündete Irene. »Ihr habt doch nur einen Vorwand gesucht, um wieder mal das Mobiliar von Claudes Cantina zertrümmern zu können. Alex hat euch gewarnt, daß ihr euch einen anderen Platz aussuchen sollt, wenn ihr euch die Köpfe einschlagen müßt. Er hat noch nicht den Schaden eurer letzten Prügelei reguliert.«

Ramon sah wieder Rachel an und sagte: »Ich glaube, ich habe mich verliebt.«

»Ha!« Die Rothaarige warf den Kopf zurück und lachte schallend. »Als Sohn von Onkel Alex kannst du wohl gar nicht anders.« Irenes braune Augen begegneten

Rachels Blick und weiteten sich vor Überraschung. »Obwohl es sein könnte, daß du ausnahmsweise mal einen guten Geschmack entwickelst, Vetter.«

Ramon ergriff die Hände der beiden und ließ sich vom Boden hochziehen. In der nächsten Sekunde wurde er von der Menge verschlungen, die sich sogleich wieder in die Cantina begab.

Rachel blickte die Straße hinauf und hinunter. Sie fühlte sich plötzlich alleingelassen und seltsam unbehaglich. In wenigen Minuten würde die Uhr die Mittagsstunde verkünden. Die Sonne stand senkrecht über ihr, brannte auf ihren Kopf herunter und trieb ihr den Schweiß aus allen Poren. Ihre Haut unter dem Korsett und den zahllosen Unterröcken juckte. Sie sah eine von Bäumen beschattete Plaza in ihrer Nähe. Sie überlegte, ob sie dort auf ihre Stiefmutter warten sollte, verwarf jedoch dann diesen Gedanken. Warum sollte sie Audra einen Anlaß zum Ärger geben? Audra konnte und würde ihr auch ohne jeden Grund das Leben zur Hölle machen. Wenn sie, Rachel, sich noch einmal anhören mußte, daß sie gezwungen waren, hierherzuziehen, weil sie, Rachel, ihre Familie in Verruf gebracht habe, würde sie schreien! Sie hatte Audras Übellaunigkeit und Eifersüchteleien nur so lange ertragen, weil ihr Vater sie darum gebeten hatte. Selbst ihr toleranter Vater hatte seine zweite Frau schon nach ein paar kurzen Ehejahren durchschaut, aber er hatte sich an sein Heiratsgelübde gehalten und seiner Frau so gut wie alles nachgesehen. Rachels Vater war inzwischen verstorben, und Rachel war fast volljährig. Es war nur eine Frage der Zeit, bis sie sich selbständig machen konnte, und das würde sie dann auch sofort tun. Irgendwie würde sie schon eine Möglichkeit finden, ihren Lebensunterhalt zu verdienen, bis der richtige Mann kam und sie heiratete.

Der heiße Wind bauschte ihre Seidenröcke. Sie flatterten ihr um die Knöchel, und trotz ihrer Empörung über die Trödelei ihrer Stiefmutter suchte sie mit einer Hand rasch ihr Kleid zu bändigen, während sie mit der anderen Hand das Parasol festhielt, das ihr Vater ihr zum sechzehnten Geburtstag geschenkt hatte und ein teures Andenken an ihn war.

Rachel beschattete wieder die Augen und suchte den Gehsteig nach ihrer Stiefmutter ab. Ein leichter vierrädriger Wagen rasselte an ihr vorbei und wirbelte Staub auf, der ihr in den Nasenlöchern brannte und sich in den kostbaren Spitzen ihres Kleides festsetzte.

Da ging in ihrer unmittelbaren Nähe eine Tür auf und lenkte ihre Aufmerksamkeit von dem Verkehr auf der Straße ab. Ein säbelbeiniger Mann mit einer Flinte unter dem Arm trat auf den Gehsteig. Die Sonne spiegelte sich in einem Abzeichen auf seinem Hemd, als er sich umdrehte und durch die offene Tür rief: »Ihr seid doch die langsamsten Trottel, die mir in meiner Dienstzeit untergekommen sind. Man möchte fast glauben, ihr wollt eure eigene Beerdigung versäumen. Bewegt euch! Wir sollen in fünf Minuten im Gerichtsgebäude sein.«

Drei Männer schoben sich nun durch die Tür ins Freie. Das waren recht finstere Gestalten, unrasiert und abgerissen, die nun im Gänsemarsch hinter dem Gesetzesvertreter hertrotteten und murrten, daß sie ganz gewiß zeitig zu *seiner* Beerdigung kämen. »Könnten wir nicht eine kurze Ruhepause in der Cantina einlegen?« rief der größte der drei Männer. »Dort arbeitet eine hübsche kleine Serviererin, die mich unbedingt noch einmal sehen möchte.«

»Du hast deine letzte *Señorita* bereits gesehen, Clyde. Und keine von den Mädchen, die ich kenne, möchte mit 'ner Leiche knutschen.«

»Ich bin noch nicht tot«, maulte Clyde.

»Das wirst du aber gleich sein, wenn du dich nicht beeilst. Ich hätte gute Lust, dich gleich hier aufzuhängen. Damit würden wir uns eine Menge Zeit sparen, die wir mit deinem Transport nach Brackettville vergeuden.«

»Wells, es wird mir ein Vergnügen sein, Sie umzulegen, bevor das alles vorbei ist.«

»Schätze, daß du es versuchen wirst, Clyde. Ich würde enttäuscht sein, wenn es anders wäre. Und für dich bin ich immer noch *Captain* Wells, Saftsack.«

Handgelenke und Fußknöchel waren mit einer Kette verbunden, die von dort zum Hintermann weiterführte. Der Lange, der Clyde gerufen wurde, hatte blasse graue, leblos aussehende Augen, die sich leicht in seinem hageren, stoppelbärtigen Gesicht vorwölbten. Er hatte kaum noch Zähne im Mund und sah Rachel auf eine Weise an, daß sie eine Gänsehaut bekam. Sie wandte das Gesicht ab und bemühte sich, den Ekel nicht zu zeigen, den sie vor diesem Mann empfand. Selten war ihr eine so überwältigende Bosheit begegnet, und ihr wurde fast übel davon.

»He, Jungs, schaut euch das mal an!« Clyde hielt mitten im Schritt inne und zeigte grinsend einen Zahnstummel. »Ist das nicht der unglaublichste Rock, den ihr in eurem Leben gesehen habt? Nichts als Rüschen und Spitzen. Ich kann sogar das Parfüm der Kleinen von hier aus riechen. Hallo, du süßes Ding«, hörte sie ihn weiterreden, »du scheinst deinen Papi verloren zu haben. Vielleicht kann der olle Clyde dir beim Suchen helfen.« Er stieß den Mexikaner, der sich an seiner Kette neben ihm aufgebaut hatte, mit dem Ellenbogen an und kicherte.

Rachel ignorierte ihn. Sie versuchte es jedenfalls, obwohl sie spürte, wie ihr Gesicht, ja, ihr ganzer Körper langsam feuerrot wurde.

Sie hörte einen anderen sagen: »Die Kleine muß ein

Hörproblem haben, Clyde. Entweder das, oder sie mag dein Aussehen nicht.«

»Muß ein Hörproblem sein«, erwiderte Clyde. »Die Ladies streiten sich um mich. Oder weißt du das etwa noch nicht?«

»Sie wehren sich gegen dich, wolltest du wohl sagen«, bemerkte Wells. Er trat an Rachels Seite und schirmte sie so vor den Blicken der Gefangenen ab. Rachel schloß kurz die Augen vor Erleichterung. »Das einzige weibliche Wesen, das dich neben sich im Bett duldet, hat acht Beine und den ganzen Leib voller Haare«, höhnte der Gesetzeshüter.

Clyde spuckte ihm einen Schwall Tabaksaft vor die Stiefel.

Die Ketten klirrten, als die Männer sich anschickten, endlich die Straße zu überqueren. Rachel starrte auf ihre Füße und hielt den Atem an, bis sie sicher war, daß sie fort waren. Sie wartete, daß dieses Unbehagen, das diese Männer in ihr ausgelöst hatten, sich wieder legte. Doch es dauerte an. Und als sie den Kopf hob, wußte sie, warum.

Das Rasseln der Fuhrwerke, das Klappern der Pferdehufe und das Gejohle aus der Cantina gegenüber — das alles nahm sie plötzlich kaum noch wahr, als ihr Blick auf eine Gestalt in ihrer Nähe fiel, die sich ihrem Bewußtsein mit alarmierender Deutlichkeit einprägte. Der Mann lehnte in gleichgültiger Pose an der Wand neben dem Eingang des Gefängnisses. Er war großgewachsen, hatte breite Schultern und schmale Hüften. Seine Haltung war mehr als lässig — sie war arrogant. Seine Kleider waren schwarz; Hemd, Weste, Kniehose und Stiefel — alles schwarz und ein wenig verstaubt. Er schien die Hitze und das lärmende Getümmel nicht zu bemerken, das ihr genauso zusetzte wie die von den Fuhrwerken aufgewirbelten Staubwolken.

Die kühne, direkte Art, mit der er sie anstarrte, nahm sie gefangen. Obwohl sie sich sehr bemühte, konnte sie den Blick nicht von ihm wenden. Sie starrte wie gebannt zurück, unfähig, zu blinzeln oder sich zu rühren. Sein Gesicht war dunkel, noch dunkler durch die Bartstoppeln auf seinen hageren Zügen. Obwohl er im Schatten stand, war sie sich sicher, daß sein Haar so schwarz war wie die verwegenen, etwas schrägstehenden Brauen über seinen Augen. Sie fragte sich flüchtig, welche Farbe die Iris wohl haben mochte.

Züchtig die Wimpern senkend, ließ sie ihr Taschentuch zu Boden flattern.

Der Mann löste sich von der Hauswand und bewegte sich auf sie zu.

Sie blickte auf ihre Füße, ihre Hände, auf die Straße und das senkrückige Maultier, das seine Nüstern in einen Wassertrog steckte, und schließlich wieder auf. Mit der hochmütigen Grazie eines geschmeidigen dunklen Tieres trat er vom Bohlenstieg herunter, wobei die silbernen Sporen an seinen Stiefelabsätzen bei jedem Schritte leise klirrten. Rachel starrte auf die wohlgeformten Lippen, die sich zu einem mutwilligen Lächeln kräuseln wollten. Die Grübchen beiderseits des Mundes gaben seiner sonnenverbrannten Haut ein hartes, wettergegerbtes Aussehen, und seine kühle Miene wirkte wild, ja fast grausam. Dann, endlich, begegneten sich ihre Blicke. Sie schwamm plötzlich in den dunkelsten, blauesten Augen, die ihr bislang begegnet waren und deren Farbe noch betont wurde durch die dichtesten und längsten schwarzen Wimpern, die sie jemals bei einem Mann gesehen hatte.

Ein Windstoß zerrte an ihrem Sonnenschirm; doch diesmal bemerkte sie das kaum. Sie war wie verzaubert von seiner barbarischen Schönheit, wie hypnotisiert von der Länge seiner wohlgeformten muskulösen Beine und fasziniert von seinem zerzausten Haar, das so schwarz und dicht war, daß die Sonne in den blauen Schatten zwischen ihnen tanzte.

Rachel umfaßte ihr Parasol mit beiden Händen und spürte, wie sich ihre Knie beunruhigend zusammenzogen und ihr Puls sich wie rasend beschleunigte. Beachte ihn nicht, beschwor sie sich. Eine anständige junge Dame würde sich niemals eine so offenkundige, ja vorsätzliche Musterung ihres Körpers gefallen lassen. Doch nach einem vergeblichen Versuch, ihre Blicke abzuwenden, wanderten sie automatisch zu ihm zurück.

Ihr Herz machte einen Satz, als er vor ihr stehenblieb. Er war einen Kopf größer als sie, und seine Schultern waren offenbar breit genug, um die ganze Welt hinter sich auszusperren. Sie fing an zu zittern, und eine seltsame, flatternde Erregung breitete sich in ihr aus, als er sich wie ein Turm vor ihr aufbaute. Eine atemlose Sekunde lang fragte sie sich, ob er ihr Taschentuch aufheben würde. Sie neigte ein wenig den Kopf und lächelte.

Aus dem Augenwinkel nahm sie eine zweite, mit einer Flinte bewaffnete Gestalt wahr, die aus dem Büro des Sheriffs kam. Der Bewaffnete trat hinter den blauäugigen Mann, schlug ungeduldig mit dem Lauf der Waffe gegen sein Bein und fragte: »Kommst du jetzt mit oder nicht, Davis?«

Davis. Das war also sein Name.

Davis hielt einen schwarzen, flachkronigen Hut in Hüfthöhe. Rachels Blick verirrte sich dorthin, achtlos zunächst, dann erschrocken. Verwirrung kämpfte in ihr mit Erstaunen und Enttäuschung, als er langsam den Hut hob, ihn aufsetzte und tief in die Stirn zog, um die Augen zu beschatten. Er trug Handschellen.

Mit einer sie verspottenden Langsamkeit bückte er sich, hob das weiße Linnen vom Boden auf und hielt es hoch. »Ma'am«, ertönte seine tiefe, rauhe, samtartige Stimme, die sie aus ihrer Verlegenheit aufschreckte. »Sie haben Ihr Taschentuch verloren.«

Sie starrte das Tuch zwischen seinen braunen Fingern an, spürte, wie ihr Gesicht mit jeder ihr wie eine Ewigkeit erscheinende Sekunde, die er fortfuhr, sie zu beobachten, heißer wurde. »Sie sind einer von *denen.*« Sie hatte nichts sagen wollen. Als sie merkte, daß dies dennoch geschehen war, errötete sie noch mehr, während sie sich nach Kräften bemühte, dem durchbohrenden Blick aus den dunklen Augen auszuweichen.

»Enttäuscht, *chica?*«

»Seien Sie nicht albern!« schnaubte sie. Sie trat von ihm weg und betrachtete wieder das Maultier. Davis ließ sie nicht aus den Augen; sie konnte das spüren. Er war ihr so nahe, daß der Saum ihres Rockes seine Stiefel streifte. Die Hitze seines Körpers war selbst durch ihre Kleider hindurch bemerkbar. Rachel zuckte innerlich zusammen. Sie hatte noch nie eine solche Anmaßung in den Augen eines Mannes gesehen — als forderte er sie heraus, ihm ihre ganze Aufmerksamkeit zu schenken.

Rachel spürte, wie sich die Röte über ihren ganzen Körper ausbreitete, als sie sich wütend bewußt wurde, daß sie tatsächlich mit diesem — diesem Übeltäter geflirtet hatte. Das Taschentuch flatterte plötzlich wie eine Fahne in der Brise, um sie daran zu erinnern. Schlimmer noch — er besaß die Unverschämtheit, dazustehen und sich darüber lustig zu machen.

»Glauben Sie, daß es ratsam ist, solche Männer mit zivilisierten Leuten zusammenzubringen?« fragte sie den Gesetzeshüter, der den Wortwechsel zwischen ihr und Davis mit einer amüsierten Neugierde zu verfolgen schien. Er zuckte nur mit den Achseln.

»Wollen Sie Ihr Taschentuch nicht wiederhaben?«

fragte Davis. War das Belustigung, die sie aus diesem näselnden Tonfall heraushörte? Sarkasmus? Ja, entschied sie: Sarkasmus.

Rachel schob trotzig das Kinn vor und weigerte sich, ihm zu antworten.

»Dann behalte ich es als Andenken an dich, *querida* ... bis wir uns wiedersehen.«

»Wir werden uns *nicht* wiedersehen«, versetzte sie mit erhobenem Kopf. Sie sah auf die Fesseln an seinen Händen und unterstrich ihre Bemerkung mit dem Wölben einer Augenbraue.

Leise erwiderte er: »Ich denke, doch.«

Es war eine Drohung, schlicht und geradeheraus — so selbstverständlich, wie man an einem klaren Tag zum Himmel schaut und verkündet, daß die Sonne scheint. Eine solche direkte Ankündigung, daß Rachel einen Moment lang gezwungen war, ihre Widerspenstigkeit zu vergessen und ihn anzublicken.

Er lächelte, nicht warm diesmal, sondern mit einer kalten Gewißheit, die Rachel erschütterte. Seine Augen, nun ein rauchiges Blau, musterten sie unverwandt, während er beide Hände ausstreckte und mit einem schlanken Finger an ihrem Kinn entlangstrich. »Wir *werden* uns wiedersehen«, wiederholte er. Sie war nun ehrlich erschrocken, während ihr gleichzeitig fast schwindelig wurde, so stark war die Empfindung, die sein dreistes Benehmen in ihr auslöste. Ihre Haut kribbelte bei seiner Berührung.

Er schob ihr Taschentuch langsam in seine Kniehose, drehte sich um und ging mit selbstbewußter Unbekümmertheit über die Straße. Rachel starrte ihm nach und kämpfte ihre Enttäuschung nieder. Ihr wurde bewußt, daß sie tatsächlich etwas für diesen total fremden Mann empfunden hatte. Nicht nur Sympathie. Nein, es war mehr. Während der kurzen Begegnung — bevor sie die

Stahlfesseln an seinen Handgelenken entdeckt hatte — war etwas Vertrautes zwischen ihnen gewesen, als wären sie alte Bekannte — intime Bekannte, die sich schon oft getroffen und berührt hatten.

Aber das war unmöglich. Sie hatte diesen Mann noch nie zuvor gesehen. Selbst in ihrer kühnsten Phantasie hätte sie niemals an so einen Mann gedacht. Männer wie Davis existierten nicht in ihrer behüteten Welt von New Orleans.

Sie starrte ihm noch immer nach, als er über die Schulter zurücksah. Die breite Krempe seines schwarzen Hutes verdeckte seine Augen; aber sie sah das Lächeln als weißen Fleck in seinem Gesicht. Mit einem Gefühl tiefen Bedauerns hob sie ihr Kinn und blickte in eine andere Richtung.

Er hielt ein letztes Mal an, ehe er um die Hausecke bog, und sah zurück. Das Mädchen stand noch immer dort, und der Wind schlug ihr die gerüschten Röcke um die schlanken Fesseln. Die Quasten an ihrem Sonnenschirm drehten sich wie Kreisel. Und als sie noch einmal dahinter hervorlugte, waren ihre violetten Augen riesengroß vor Entrüstung.

Die Tür des Gerichtsgebäudes stand offen. Sam Wells lümmelte in einem Sessel an der entfernten Wand, den Gewehrkolben auf einen Schenkel gestemmt, die linke Wange von einer Ladung Kautabak ausgebeult. Clyde Lindsey, Pedro Gonzales und Pete Jenkins standen in einer Reihe vor dem Richter, der sie nacheinander finster musterte, ehe er den Blick auf Davis und seinen Bewacher richtete, die soeben den Raum betraten.

Der Wachmann drückte Davis den Lauf seiner Flinte ins Kreuz und versetzte ihm einen Schubs. Davis stellte sich neben Clyde und sah den Richter an.

»Ihr seid die übelriechendste Bande von Klapperschlangen, die mir seit langem begegnet ist«, sagte der Friedensrichter. »Sam, weswegen hast du diese wertlosen Subjekte überhaupt hierhergebracht?«

»Die drei wurden außerhalb der Stadt aufgegriffen, Floyd. Sie werden in Brackettville gesucht wegen Mordes an Deputy Myers. Ich brauche Ihre Erlaubnis, um sie dorthin zu überstellen.«

»Und was ist mit diesem hübschen Burschen hier?« Floyd deutete auf Davis.

»Das ist Kid Davis.«

Die Brauen des Richters schnellten in die Höhe. »Davis! Der Davis, der vor einem halben Jahr all die Leute in El Paso erschoß?«

»Das ist er. Ich habe ihn in Austin aufgestöbert; aber dort ist er mir noch mal durch die Finger geschlüpft. Ich bin ihm dann bis hierher in die Stadt gefolgt und hab' ihn im Hotelzimmer mit Claudia überrascht.«

Der Richter ließ einen leisen Pfiff hören. »Marshall Bettinger wird sich mächtig freuen, daß er ihn endlich hängen lassen kann.« Er wandte sich Clyde zu. »Ihr Jungs habt euch die falschen Städte für eure Schießereien ausgesucht. Das Gericht in Brackettville wird euch an den Galgen befördert haben, noch bevor es dunkel wird.« Er setzte sich ein wenig aufrechter hin, ließ sein Hämmerchen auf die Tischplatte fallen und sagte: »So sei es. Hast du auch genügend Helfer, Sam?«

»Wir reisen mit dem Wagenzug, der die Route nach El Paso nimmt.«

»Je mehr Leute, um so größer die Sicherheit, schätze ich mal. Also gut — ich entlasse euch hiermit in den Gewahrsam von Captain Wells. Und Gott helfe euren Seelen, falls ihr welche habt.«

Der Blick des Richters heftete sich wieder auf Davis.

Davis drehte sich um und folgte den anderen aus der Tür.

Clyde wandte sich ihm zu. »Kid Davis, wie? Ich glaube, ich habe deinen Namen schon mal gehört. Hast du nicht im letzten Herbst die Bank in Austin überfallen?«

»Möglich.«

»Und wenn ich mich recht erinnere, sollst du im letzten Jahr Cajes Cantina in El Paso auseinandergenommen haben. Stimmt das?«

»Vielleicht. Vielleicht auch nicht.«

»Dabei gingen, soweit ich weiß, etliche Leute drauf.«

Davis blickte suchend die Straße hinunter. Das Mädchen war verschwunden.

»Du mußt verdammt gut sein mit einer Kanone«, fuhr Clyde fort.

»Ich komme zurecht.«

»Du *kamst* zurecht, wolltest du wohl sagen. Du bist wie ich unterwegs zu einer Lynchparty, Davis. Irgendwo hast du einen Fehler gemacht.« Clydes Augen verengten sich, als Davis grinste. »Sehe keinen Grund zum Grinsen. Macht keinen Spaß, am Galgen zu baumeln.«

Sie trotteten weiter, während die Ketten an ihren Fußknöcheln Staub aufwirbelten, der vom Wind emporgetragen wurde und sich auf ihrer schweißnassen Haut niederschlug. Sie wurden ins Gefängnis zurückgebracht, wo der Deputy seinen Stuhl vor dem einzigen Fenster im Raum verließ und die Zellentür aufschloß. »Wie ich höre, geht der Wagenzug um zwei ab«, sagte der Deputy zu Sam. »Er wird auf Alex Bastitas Ranch Station machen und am frühen Morgen weiterziehen.«

Die letzte Bemerkung des Hilfssheriffs ließ Davis mitten im Schritt erstarren.

»Jawohl«, kam die Antwort des Rangers. »Señora Bastitas wird heute abend für die Unterkunft und Bewirtung der Reisenden sorgen. Das ist sicher.« Er sah auf, als Davis gegen die Gitterstäbe sank. »Etwas stimmt wohl nicht mit dem Jungen, wie? Er ist kreideweiß um die Nase.«

»Ihm ist eben klargeworden, daß er bald mit dem Henker Bekanntschaft machen wird«, rief eine Stimme im Hintergrund der Zelle.

Davis begegnete Sams Blick und schloß dann die Augen. Seine Finger krallten sich um die Gitterstäbe, bis die Knöchel weiß hervortraten.

Sam drehte sich wieder zu dem Deputy um und fuhr fort: »Die Bastitas sind wirklich feine Leute. Eine Affenschande, daß sie jahrelang so einen Kummer hatten. Angélique Bastitas wird über den Verlust des Jungen niemals hinwegkommen. Sie glaubt noch immer, daß Tomas lebt.«

»Tomas Bastitas ist tot. Die Komantschen lassen weiße Sklaven niemals so lange am Leben«, erwiderte der Deputy.

Sam sank auf einen Stuhl neben der Tür, schob sich ein Stück Kautabak in den Mund und entspannte sich, die Sharps quer über die Schenkel gelegt, den Hut ins Genick geschoben. Er starrte Davis eine lange Sekunde an, bevor er den Blick nachdenklich von ihm abwandte.

»Ich habe fast vier Jahre lang mit Alex Bastitas zusammengearbeitet, als ich versuchte, seinen Sohn wiederzufinden«, erzählte der Ranger. »Du kennst doch diese Indianer. Wenn der Junge nicht sofort getötet wurde, wurde er vermutlich an einen anderen Stamm verkauft. Nach fünfundzwanzig Jahren ist er dann wohl selbst zu einem Wilden geworden.«

Wells spuckte einen Schwall braunen Tabaksaftes in die Richtung des Messingnapfes, der unter dem Schreibtisch des Sheriffs stand. Er traf nicht, aber Sam ignorierte das. Er kratzte sich am Kinn, kippte seinen Stuhl nach hinten und schüttelte den Kopf. »Du warst noch ein kleiner Junge, als die Komantschen San Antonio überfielen. Zunächst gab es ein großes Palaver beim Gemeindehaus an der Main Plaza und Market Street. Der alte Häuptling Muguara hatte sich bereiterklärt, mit Oberstleutnant Fisher zusammenzutreffen und einen Vertrag auszuhandeln. Aber als sie dabei waren, die Rückgabe der Gefangenen zu erörtern, gerieten die Dinge außer Kontrolle. Die Hölle brach los.«

Der Deputy nickte.

»Eine Menge braver Leute kam damals um«, fuhr Wells fort. »Ein Bezirksrichter wurde von dem Pfeil eines Indianerkindes getötet, das auf der Straße spielte. Alex Bastitas und seine Frau wären auch fast ums Leben gekommen. Er wurde von einem Pfeil in der Brust getroffen, der knapp sein Herz verfehlte. Angélique bekam einen Schlag mit der Keule auf den Kopf. Die Leute vom Gemeinderat glaubten zunächst, daß sie alle Indianer gefangengenommen hätten; aber das war nicht der Fall. Einer von diesen roten Halunken schnappte sich Tomas Bastitas. Er riß ihn Angélique einfach aus den Armen. Sie trauern beide heute noch um ihn. Daß sie noch mehr Jungs bekamen, änderte daran nichts. Tomas war ihr Erstgeborener und war nach Alex' Bruder benannt, der in dem Santa-Anna-Massaker umkam.« Sein Blick glitt zu Davis zurück.

Davis lehnte sich gegen die Wand und rutschte daran zu Boden.

Clyde kauerte sich neben ihn und betrachtete ihn neugierig. Ein Grinsen zeigte sich in seinem Mundwinkel, als er sah, daß Davis offenbar an Atembeschwerden litt. »Mir scheint, Ihr hochgeschätzter Gefangener fühlt sich hier nicht sonderlich wohl, Captain«, rief er Sam zu.

Sams Stuhl polterte. Mit zwei langen Schritten war er

bei der Zellentür und schaute auf Davis hinunter. »Du stirbst uns doch nicht etwa unter den Händen weg, wie?« fragte der alte Mann.

Davis schüttelte den Kopf.

»Rückt ein wenig zur Seite, ihr Galgenvögel, damit der Mann genügend Luft zum Atmen bekommt.« Als sie seiner Aufforderung nachkamen, sagte er: »Davis, du siehst aus wie ein Gespenst.« Als Davis seine blauen Augen aufschlug, schob sich der Captain dichter an die Gitterstäbe heran und zwinkerte, als müsse er seinen Geist von den grausamen Erinnerungen befreien, die ihn eben noch beschäftigt hatten. Dann schüttelte er den Kopf und ging zu seinem Stuhl zurück.

2

Am frühen Nachmittag waren zwanzig Fuhrwerke an der San-Antonio—El-Paso-Überlandstraße aufgefahren, zumeist große, vierrädrige Kastenwagen mit schweren, schmutzigweißen Segeltuchplanen als Verdeck. Man hatte den Eindruck, als würden die Insassen entweder in der Hitze ersticken oder bei einem Wolkenbruch ersäuft. Homer George war ihr Wagenmeister. Über einsachtzig groß, hager, drahtig und mit einem Rücken, der so gerade war wie ein Ladestock, stand er nun mit dem Hut in der Hand vor dem Gespann, das Rachel und Audra an diesem Morgen in der Stadt gekauft hatten, und sagte: »Ich möchte Sie ja nicht beleidigen, meine Damen; aber das ist ungefähr der schlimmste Prärieschoner, der mir bisher unter die Augen gekommen ist. Sie haben ihn doch nicht etwa von dieser Schlange gekauft, die Crowbait Jackson heißt, oder?«

Rachel sah ihre Stiefmutter an. Audras Gesicht war ausdruckslos, aber ihre harten Augen glitzerten wie braune Glasperlen, als sie Mr. George anfunkelte und sagte: »Was paßt Ihnen denn daran nicht?«

»Zuerst mal die geflickten Planen. Die lecken wie ein Sieb, wenn's regnet. Und die Räder sind verrottet.« Er stieß mit der spitzen Stiefelkappe gegen die Speichen und schüttelte den Kopf. Er schlug die Plane über der Heckklappe zurück und spähte in den halbdunklen Innenraum. »Wo haben Sie denn Ihre Vorräte, Ma'am?« fragte er.

Audra raffte ihre Röcke, trat neben den Wagenmeister und deutete mit einem langen Finger auf eine Kiste am anderen Ende des Fuhrwerks und auf ein paar Küchengeräte, die auf dem Kastenboden verstreut lagen.

»Ist das alles?« fragte er. »Eine Bratpfanne und ein Kochtopf? Wo haben Sie denn Ihren Kaffeekessel?«

»Ich trinke nie Kaffee«, erwiderte Audra.

»Sie trinken keinen Kaffee?« Er blickte Audra an, als seien ihr plötzlich ein Paar zusätzliche Augen aus der Stirn gewachsen. »Woher stammen Sie eigentlich, meine Liebe? Etwa aus China? Und wo sind das Pökelfleisch und die Erdäpfel?«

»Erdäpfel?«

»Die Kartoffeln.« Mit einem Stirnrunzeln betrachtete er das Mehlsäckchen, das neben dem mit weißen und blauen Flecken bedeckten Zinngeräten lag, schüttelte abermals den Kopf und verkündete: »Das da reicht vielleicht bis zum nächsten Sonntag, aber niemals bis Chihuahua. Lady, Sie steuern dem Hungertod entgegen, würde ich meinen.«

Audra kniff die Lippen zusammen, drehte sich zu Rachel um und funkelte sie wütend an.

Homer George setzte seinen Hut auf. »Wir haben jetzt

keine Zeit mehr, so lange zu warten, bis Sie sich die nötigen Sachen in der Stadt besorgt haben. Wir machen, bevor es richtig ernst wird, noch mal bei den Bastitas Station. Alex wird vermutlich alles auf Lager haben, was Ihnen fehlt. Ich empfehle Ihnen, dort auch die beiden Broncos, die Crowbait Ihnen angedreht hat, gegen ein paar Ochsen oder Mulis einzutauschen. Eher würden mir Flügel wachsen, als daß Sie mit diesen Gäulen bis Brackettville kommen könnten.«

»Wir behalten die Pferde«, beharrte Audra mit hochrotem Kopf.

Sie wartete, bis Homer zum nächsten Gespann gegangen war, ehe sie sich wieder Rachel zudrehte: »Das ist alles deine Schuld«, stellte sie mit schriller Stimme fest. »Hättest du dich betragen wie ein anständiges Mädchen und dich nicht mit diesem Abschaum eingelassen ...«

»Hör endlich auf, Luke als Abschaum zu bezeichnen! Er war alles andere als das! Nur weil er arm war ...«

»Aber du bist mit ihm durchgebrannt! Was hast du dir eigentlich dabei gedacht? Ein Glück, daß dein Vater das nicht mehr erleben mußte! Wenn es sich auf dieser Reise herausstellen sollte, daß du von ihm schwanger ...«

»Luke hat mich kein einziges Mal angefaßt.« Mit flammenden Wangen gab Rachel den Blick ihrer Stiefmutter nicht minder entrüstet zurück und setzte hinzu: »Du hast Dr. Lisster dazu gezwungen, mich dieser schrecklichen, demütigenden Untersuchung zu unterziehen. Was für einen Beweis brauchst du noch, daß ich noch nie mit einem Mann zusammengewesen bin?«

»Lisster ist ein lebenslanger Freund der Familie gewesen, und er würde für dich das Blaue vom Himmel herunterlügen, Rachel. Wahrscheinlich hat er das getan. Abgesehen davon weiß doch inzwischen in New Orleans jeder, daß du mit diesem Jungen durchgebrannt bist. Du hast den Familiennamen für immer ruiniert. Wir konnten dort nicht mehr bleiben.« Ihren Seidenrock und ihre Unterröcke zur Seite schwingend, entfernte sich Audra ein Stück vom Wagen, bevor sie sich wieder umdrehte und Rachel aus halbgeschlossenen Augen fixierte. »Ich tue dir damit nur einen großen Gefallen. In San Felipe Springs wirst du wenigstens den Kopf mit einigem Anschein von Stolz heben können. Mein Bruder besitzt eine der größten Ranches am Rio Grande. Wer weiß — wenn du dich ordentlich aufführst, findest du vielleicht dort einen braven Mann zum Heiraten, der dir deine verruchte Vergangenheit verzeiht.«

»Ich bitte vielmals um Entschuldigung, meine — äh — Damen.«

Rachel wurde sich plötzlich bewußt, daß sie Gesellschaft hatten, und zwang sich dazu, den berittenen Männern am Straßenrand den Kopf zuzudrehen. Sie starrte einen Moment den alten Ranger an, dem sie bereits in der Stadt begegnet war, bevor sie hinter ihm — Davis entdeckte.

Er saß mit derselben arroganten Unbekümmertheit auf seinem Pferd, wie er am Morgen über die Straße gegangen war. Den flachen Hut wieder tief in die Stirn gezogen, beugte er sich leicht im Sattel vor. Seine Hände, die mit einer zwei Fuß langen Kette aneinander gefesselt waren, ruhten übereinandergelegt auf dem Sattelhorn. Rachel errötete vor Verlegenheit, als ihr klarwurde, daß diese Horde ruchloser Menschen Zeugen ihres Wortwechsels mit Audra geworden war. Mit Ausnahme von Davis feixten sie alle. Er hingegen betrachtete sie mit einer Art Mißbilligung, die an Zorn grenzte und sein hübsches Gesicht noch dunkler färbte.

Sam Wells glitt von seinem Pferd. Er trug jetzt einen Revolver an der Hüfte, und sein langes graues Haar hing ihm, zu zwei Zöpfen geflochten, links und rechts über die Schulter. Er machte eine leichte Verbeugung, ehe er sagte: »Ich schätze, Sie sind Audra Gregory und die junge Dame dort Ihre Tochter Rachel?«

»Stieftochter«, korrigierte Rachel.

»Homer George sagte uns, daß Sie das Ende seines Wagenzuges bilden. Da wir gewissermaßen Ihre Reisebegleiter sein werden, dachte ich, daß ich mich Ihnen vorstellen sollte. Mein Name ist Sam Wells, und ich bin Captain bei den Rangers.« Er vollzog wieder eine leichte Verbeugung. »Ich und meine Leute eskortieren diese Bande von Nichtsnutzen nach Brackettville und El Paso.«

Audra trat vor, und die Empörung, daß sie mit dieser Horde von Halunken eine Reise antreten sollte, war ihr deutlich anzumerken. »Aber das sind doch Verbrecher!« verkündete sie so laut, daß sie die Aufmerksamkeit der Leute, die sich in ihrer Nähe befanden, auf sich lenkte. »Sie können doch nicht erwarten, daß wir unser Leben aufs Spiel setzen mit so einem Pack!«

»Ich versichere Ihnen, Ma'am, daß Sie von diesen Männern keine Gefahr zu erwarten haben. Meine Deputys erfüllen die höchsten Ansprüche der Poli...«

»Das sind Bestien!«

Ein zustimmendes Murmeln lief durch die Reihen der Umstehenden.

»Genügt es denn nicht, daß wir uns auf dieser Reise mit der Bedrohung durch Indianer und Banditen abfinden müssen?« rief jemand. »Diese Burschen werden uns vermutlich die Kehlen im Schlaf durchschneiden.«

Wells kratzte sich im Nacken, ehe er sich zu Davis umschaute.

Obwohl Rachel sich dagegen wehrte, wanderten ihre Blicke immer wieder zu Davis. Er war, wie sie zu ihrem Bedauern feststellen mußte, der bei weitem schönste

Mann, dem sie in ihrem Leben begegnet war. Da seine Hutkrempe seine Augen beschattete, dauerte es eine Weile, bis sie bemerkte, daß er ihren Blick erwiderte. Als er nun beide Hände hob und seine Hutkrempe mit einem ausgestreckten Finger berührte, schlug ihr Herz einen Purzelbaum. Aber diesmal fühlte sie sich nicht schwach wie am Morgen vor dem Gefängnis, sondern sie wurde rot vor Zorn.

»Rachel!«

Rachel drehte sich zu ihrer Stiefmutter um.

»Steig in den Wagen«, befahl Audra.

Als Audras Blick von ihr zu Davis ging, wußte Rachel, daß die Sorge ihrer Stiefmutter um ihr Wohlergehen nur vorgetäuscht war. Sie hatte diesen Blick schon zu oft bei ihrer Stiefmutter beobachtet — vor und nach dem Tod ihres Vaters —, um ihn jetzt nicht richtig deuten zu können.

Homer schob sich durch die Menge, die sich um die beiden Frauen geschart hatte, und ging zu Sam.

»Wir haben ein Problem, Homer«, erklärte Sam. »Die Leute hier sind gar nicht glücklich darüber, daß wir uns deinem Wagenzug anschließen. Was meinst du dazu?«

Homer nahm den Hut vom Kopf und schlug sich damit gegen das Bein. »Also, ich sehe die Sache so, Sam: Wenn wir nach Brackettville fahren, müssen wir einen der wildesten Landstriche zwischen hier und Arizona durchqueren. Dort gibt es mehr Komantschen und Apachen als Pfefferfresser in Mexiko. Wenn ich in der Haut dieser Leute hier stecken würde, könnte ich nachts ruhiger schlafen, wenn ich wüßte, daß ich einen Ranger und ein paar Deputys in Rufnähe habe, falls es gefährlich werden sollte.«

»Aber was ist mit denen da?« rief eine Frau in mittleren Jahren, der das Baumwollhemd um den knochigen Leib schlotterte, und deutete mit dem Finger auf die Gefangenen. »Ich muß an meine Tochter denken.« Sie legte den Arm um ein nicht minder dürres Mädchen von etwa fünfzehn Jahren und zog es an sich. Das Mädchen starrte Davis aus großen Hundeaugen an.

»Die werden Ihnen nichts tun«, erklärte Sam. »Wie Sie sehen, sind diese Leute aneinandergekettet. Und falls einer von denen auf falsche Ideen kommen sollte, können Sie sicher sein, daß ich ihm das Gehirn aus dem Schädel blase.« Er blickte sich zu seinen Schutzbefohlenen um und grinste breit.

Homer breitete die Arme aus und trieb die protestierenden Frauen und Männer vor sich her zu ihren Wagen. »Kein Grund zur Sorge, Leute. Und nun laßt uns endlich losfahren, sonst kommen wir noch zu spät zu Bastitas' Fiesta.«

Davis' Pferd fing an zu tänzeln, schlug mit dem Kopf und schnaubte, so daß Davis gezwungen war, die Zügel anzuziehen, um das Tier zu beruhigen. Er sah, wie sich Rachel zu ihrem Wagen umdrehte, und dachte: *Die junge Frau hat also eine Vergangenheit. Einen Liebhaber?* Seine Augen wurden schmal, als sie sich noch einmal umblickte und ihn verstohlen durch ihre halbgesenkten Wimpern musterte. Möglich. Aber sie war noch zu jung, um schon *viele* Freunde gehabt zu haben. Falls es bereits einen Liebhaber in ihrem Leben gegeben hatte, mußte dieser Luke schon etwas Besonderes gewesen sein, wenn er dieses Mädchen um den Verstand bringen und in sein Bett befördern konnte.

Als er sie heute morgen durch das Zellenfenster und vor zwei Tagen von seinem Hotelzimmer aus beobachtet hatte, hatte er gedacht, daß sie die schönste Frau war, die ihm jemals in seinem Leben begegnet war. An dieser Meinung hielt er auch jetzt noch fest. Dieses wilde Terrain betonte noch ihre Weiblichkeit. Sie wirkte zart, fast zerbrechlich mit ihrer blassen weichen Haut. Das Haar, das ihr über die Schultern und den schmalen Rücken floß, war zu herrlichen Locken aufgedreht und schimmerte so hell wie Mondlicht. Und ihre Augen waren tiefe, violette Brunnen voll warmer Flüssigkeit, die einem Mann alles abverlangen konnten, was sie sich nur wünschte. Aber diesem Mann?

Niemals.

»Wie ich sehe, hast du sie ebenfalls im Visier«, bemerkte Clyde mit leiser Stimme hinter ihm.

Davis schloß die Augen. Dieser höhnische, hohle Ton löste ein seltsames, heftiges Unbehagen in ihm aus, und in diesem Moment wußte er, daß er gezwungen sein würde, den Mann an seiner Seite zu töten. Es war ein Instinkt, der sich auf eine jahrelange Erfahrung mit Männern und deren Motiven stützte. Und wie immer in solchen Momenten, wenn sich dieses Unbehagen wie Blei um sein Herz legte und dann in seinen Magen hinuntersank, fragte er sich, ob er sich *diesmal* nicht vielleicht irrte. Letztendlich passierte das jedem, zumeist weil er in die Jahre kam oder er im letzten Augenblick der Konfrontation nicht mehr klar denken konnte. Als er auf Rachel zurückblickte, wurde er von dem Gefühl einer unausweichlichen Bestimmung überwältigt, so daß seine Handflächen feucht wurden und es ihm eiskalt über den Rücken lief. In einer Reflexbewegung preßte er sein Knie gegen die flache Ledertasche, die unter seinem Sattel versteckt war, und seine Angst verflog.

»Aufsteigen!« kam der Befehl des Wagenmeisters.

Rachel und Audra sahen sich an — jede wartete darauf, daß die andere zuerst auf dieses schreckliche Monster auf Rädern kletterte.

»Was machen wir jetzt?« fragte Audra.

»Er sagte, daß wir aufsteigen sollen«, erinnerte Rachel.

»Nun, warum tust du es dann nicht?«

Rachel sah wieder das Vehikel an. Der Wagen schien einmal grün gestrichen gewesen zu sein; aber das lag wohl schon Jahre zurück. Die Planen hingen in der Mitte ein wenig durch wie der Rücken eines alten Maultiers, das zu lange und zu hart gearbeitet hatte. Sie schluckte und sagte: »Du hast als Ältere den Vortritt.« Sie trat einen Schritt zur Seite, wartete darauf, daß ihre Stiefmutter auf den Kutschbock stieg und sah, daß sie beide noch immer von den Gefangenen und den Rangern beobachtet wurden.

»Möchten Sie jetzt mit diesem Treck reisen oder erst mit dem nächsten im kommenden Monat?« rief Sam.

»Vielleicht ist den beiden Damen ein Fußmarsch nach Brackettville lieber«, höhnte einer der Männer.

Rachel sah mit gerunzelter Stirn zu Davis, ob er sich etwa entsprechend geäußert hatte. Er gab ihren Blick zurück und seine Lippen kräuselten sich.

Sam kam auf sie zu, in der einen Hand seinen Hut, mit der anderen führte er sein Pferd am Zügel. »Haben die Damen ein Problem?« fragte er.

»Nein«, erwiderten Stiefmutter und Stieftochter wie aus einem Mund.

»Wer von Ihnen lenkt denn diesen Karren?« fragte er.

Rachel deutete auf Audra.

Audra deutete auf Rachel.

Sam starrte sie beide an. »Scheint so, als hätten Sie doch ein Problem. Haben Sie denn schon einmal so ein Fuhrwerk kutschiert?«

Audra und Rachel schüttelten den Kopf, und Audra sagte: »Ich sehe da keinen großen Unterschied zu einem Einspänner.«

Wells räusperte sich so laut, daß sein Pferd scheute. Sam Wells brachte den Schecken wieder zur Vernunft und blickte die beiden Damen von Kopf bis Fuß an. »Vielleicht geht mich das ja nichts an; aber für zwei Damen in solchen Unterröcken ist der Kutschbock zu klein. Sie tragen ja so viel Wäsche am Leib, daß Sie damit den halben Wagenhimmel erneuern könnten.«

Audras Augen weiteten sich. »Wie können Sie es wagen, uns so etwas Unschickliches zu sagen! Wir sind *Ladies* und ...«

»Das bezweifle ich nicht«, unterbrach Sam sie, »und zwei mächtig feine Ladies dazu, möchte ich sagen. Ungefähr die hübschesten zwei Ladies, die San Antonio seit langem gesehen hat. Aber das ändert doch nichts an der Tatsache, daß Sie so ein Gespann nur lenken können, wenn Sie auch sehen, wo Ihre Gäule hinlaufen. Haben Sie denn niemanden, der den Wagen für Sie kutschieren könnte?«

Rachel zog eine Braue in die Höhe und blickte Audra an. Das Gesicht ihrer Stiefmutter färbte sich puterrot vor Zorn, ehe sie Sam wieder ansah und mit der Bemerkung herausplatzte: »Das ist alles nur die Schuld meines Bruders!«

Der alte Mann hörte ihr höflich zu.

»Vor gut zwei Monaten habe ich meinem Bruder einen Brief geschickt mit der Bitte, uns in Galveston abzuholen. Aber er hat nichts unternommen, und deshalb nahm ich an, er würde sich hier in San Antonio mit uns treffen. Was jedoch nicht geschah.« Ihre Stimme wurde ein wenig leiser, als sie einräumte: »Meine Tochter und ich verfügen nicht über so große finanzielle Mittel, daß wir hier ewig auf ihn warten könnten. Das Fuhrwerk und der Reiseproviant hat uns fast das ganze Geld gekostet, das uns nach dem Krieg noch geblieben war. Ich denke, Sie werden jetzt verstehen, warum wir so rasch wie möglich Brackettville erreichen müssen. Es ist mir absolut unverständlich, warum mein Bruder auf meinen Brief nicht reagiert hat.«

»Er hat ihn wahrscheinlich gar nicht erhalten«, stellte Sam trocken fest. »Seit dem Krieg hapert es nämlich hier in Texas mit der Postzustellung, Mrs. Gregory; besonders an der mexikanischen Grenze. Als der Krieg ausbrach, wurden die Soldaten aus den Forts an der El-Paso-Route abgezogen und in den Osten verlegt. Die Grenze ist seither nicht mehr durch Bundestruppen geschützt. Und was den Briefträger betrifft — ihm könnte unterwegs alles mögliche zugestoßen sein. Entweder wurde er von der Lanze eines Apachen oder Komantschen aufgespießt oder von einer Klapperschlange gebissen.«

Audra drehte sich wieder zu Rachel um. »Ich glaube, ich bekomme wieder meine Migräne. Du wirst wohl kutschieren müssen, bis ich mich erholt habe.«

Rachel, die sich noch immer von Davis beobachtet fühlte, bemühte sich, mit so viel Anstand und Grazie, wie sie aufbringen konnte, auf den Kutschbock zu gelangen. Das war wahrhaftig keine leichte Aufgabe. Als es ihr endlich gelungen war, dieses monströse Vehikel zu besteigen, ließ sie sich auf den Kutschbock sinken, wobei sich ihre Unterröcke wie ein Pilz um sie herum aufbauschten, daß sie gezwungen war, sich fast darauf zu stützen, um die Zügel ergreifen zu können, die der alte Mann ihr hinaufreichte.

»Fädeln Sie das Leder durch die Finger«, befahl er. »Wo haben Sie Ihre Handschuhe?«

»Handschuhe?« Sie blickte auf ihre Hände hinunter. »Ich glaube, ich habe ein Paar Leinenhandschuhe in meinem Koffer.«

»Einen Hut?«

»Einen Hut.« Sie biß sich auf die Unterlippe. »Der liegt auch im Koffer.«

»Vielleicht kann Ihre Mutter Ihnen die Sachen heraussuchen, bevor sie sich hinlegt.«

»*Stief*mutter«, betonte Rachel wieder.

»Was auch immer — denken Sie daran, daß Sie die Zügel stets straff halten müssen; aber nicht zu stramm. Dort ist Ihre Bremse.« Er deutete auf die hölzerne Spindel, die neben ihrem linken Bein aufragte. »Und vergessen Sie nicht, daß ich und meine Männer Ihnen immer so dicht auf den Fersen bleiben, daß wir Ihren Pfiff hören, falls Sie Hilfe brauchen.«

Rachel schielte an den Planen entlang nach hinten und sah direkt in Davis' blaue Augen. Sie setzte sich kerzengerade auf, fixierte einen Punkt am Himmel über Sams Kopf und sagte: »Ich bin sicher, daß ich nicht in die Verlegenheit kommen werde, nach Ihnen zu pfeifen, Captain Wells.«

Sam Wells stülpte sich wieder den Hut über und rief: »Denken Sie daran — immer straff halten; aber niemals ganz stramm.«

»Danke. Ich werde es nicht vergessen.«

Inzwischen hatten sich die Wagen vor Rachel schon ein beträchtliches Stück von ihr entfernt. Der Staub stieg wie eine Sturmwolke über ihnen auf. »Wunderbar«, murmelte sie, biß die Zähne zusammen und ließ das Zügelleder auf den Rücken der Pferde klatschen. »Wunderbar.«

Sie meinte zuerst, sie hätte sich das Läuten nur eingebildet. Aber da war es wieder. Es sang in der Nachmittagsluft so klar wie Kirchenglocken am Sonntag. Durch den Staub erhaschte Rachel einen Blick auf weißgekalkte Lehmziegelwände — eine Barrikade, wie es schien —, bis sie dann die Männer entdeckte, die in lässiger Haltung auf der Brustwehr über dem Mauerwerk standen. Sie begriff, daß sie sich einer Art Festung näherten.

Da waren überall Kinder, die barfüßig und mit lachenden Gesichtern zwischen den Reisenden umherliefen. Hinter ihnen kamen Frauen, die bunte lange Röcke und Bauernblusen trugen. Viele von ihnen trugen Krüge und Körbe, die offenbar mit Broten gefüllt waren. Ein paar junge Männer rannten zu Rachels Fuhrwerk und faßten die Pferde bei den Geschirren, wobei sie Rachel so treuherzig anlächelten, daß sie fast laut gelacht hätte.

»Don Alejandro Felipe Antonio de Bastitas heißt Sie auf der Rancho de Bejar willkommen. *Señorita!*« rief der größte von den jungen Burschen.

Rachel hörte, wie ihre Stiefmutter im Wagen herumkramte, bevor sie den Kopf durch die Öffnung in den Planen steckte und mit benommener Stimme sagte: »Was soll dieser Lärm. Ich habe doch so schreckliche Kopfschmerzen!«

»Willkommen!« begrüßten sie die jungen Männer. »Don Alejandro bittet Sie, uns Ihre Pferde und Wagen zu überlassen und mit ihm eine Fiesta mit Wein, Speisen und Musik zu feiern. Sie setzen Ihre Reise erst morgen früh fort.«

Einer von den jungen Burschen kletterte auf den Kutschenbock und nahm Rachel die Zügel aus der Hand.

Rachel balancierte am Rand des Kutschbocks und fragte sich, wie sie den Abstieg mit Würde und Anmut bewältigen sollte. »Kann ich Ihnen helfen?« hörte sie eine tiefe Stimme hinter sich. Sie brauchte sich nicht erst umzudrehen, um zu wissen, daß sie Davis gehörte, der sie mit seinen rauchblauen Augen spöttisch musterte und sie mit herabgezogenen Mundwinkeln verhöhnte. Himmel, wie dieser Mann ihr zusetzte! Seine bloße Gegenwart genügte schon, um ihr Blut in Wallung zu bringen. Er hatte sie heute morgen zum Narren gehalten und würde sie das nicht so rasch vergessen lassen.

Sie beschloß, ihn zu ignorieren, und blickte, die Lippen nachdenklich zusammengepreßt, auf den Boden.

»Miss Gregory?«

Sie konnte sich wohl nicht länger dagegen sträuben, Notiz von ihm zu nehmen. Das verlangte schon ihre gute Kinderstube, da sie noch nie jemanden vorsätzlich gekränkt hatte. Und ein Snob war sie nie gewesen. Doch ehe sie den Blick hob, wappnete sie sich innerlich gegen diese Macht, die seine Augen auf sie ausübten, was deren Wirkung keineswegs minderte. Sie schluckte und fragte: »Sir?«

Er sah sie mit einer an Zynismus grenzenden Belustigung an: »Darf ich Ihnen vom Wagen herunterhelfen?«

»Sie sind sehr zuvorkommend, wenn man bedenkt, daß Sie ...« Sie verzog leicht den Mund.

»Wenn man was bedenkt?« Sein Sattelleder knarrte, als er sich vorbeugte und sagte: »Sie sollten sich jetzt lieber entscheiden, bevor dieser grauhaarige Kojote meint, mir eine Kugel in den Rücken schießen zu müssen, weil ich Sie belästige.«

»Nun ...« Sie starrte auf seine gefesselten Hände und seine langen Finger, die auf eine sinnlich erregende Weise mit den Kettengliedern spielte. »Ich ... ich denke, ich werde Ihr Angebot nicht in Anspruch nehmen. Das wäre nicht schicklich, meine ich. Nicht, wenn Sie ... nun, Sie wissen schon ... einer von denen sind.«

Sie musterte ihn verstohlen unter halb gesenkten Lidern hervor, um seine Reaktion zu beobachten. Der Blick aus seinen blauen Augen prallte mit ihrem zusammen; und eine solche Gewalt ging von diesen Augen aus, daß sie sich beklommen fragte, warum sie sich der Gegenwart dieses Mannes so eindringlich bewußt war.

Wie lange sie so wie verzaubert zwischen Himmel und Erde hing, bis sie sich daran erinnerte, daß sie eine Lady war, wußte sie nicht zu sagen. Egal, was ihre Stiefmutter von ihr dachte — ihre Verehrer, deren Zahl sich dank des Krieges in engen Grenzen gehalten hatte, hatten nie mehr als ein flüchtiges Interesse in ihr geweckt. Vielleicht hatten sie ihr hin und wieder einen Kuß auf die Wange gegeben und sie mit übertriebenen Komplimenten und Pralinen von Celie's in der Bourbon Street überschüttet. Aber niemals hatten sie einen so nachhaltigen Eindruck auf sie gemacht wie dieser gefährlich aussehende, dunkelhäutige Mann.

Mit einem kurzen Nicken und einem Riß am Zügel wendete er sein Pferd und ritt zu den anderen zurück. Er war wütend. Das konnte sie an der Haltung seiner breiten Schultern sehen und an seiner linken Hand, die sich in die schwarze Mähne seines Pferdes krallte. Einen Moment lang stellte sie sich vor, wie er ebenso gewaltsam an ihren Haaren riß.

Der junge Mann neben ihr fragte: »Ist Ihnen nicht gut, *Señorita?*«

Rachel schloß die Augen und schüttelte den Kopf.

Während eine beunruhigende Röte ihre Wangen färbte, betrachtete sie die weitläufige Hazienda. Dann stieg sie überaus behutsam, um ihre Kleider nicht zu sehr zu beschädigen, vom Kutschbock. Unten gesellte sich alsbald Audra zu ihr, und sie eilten gemeinsam auf die ständig größer werdende Menge zu, die sich vor dem offenen Tor an der Wehrmauer staute.

Sie bemerkte den Mann sofort. Er stand inmitten der Menge, den dunklen Kopf einer viel kleineren Frau, an seiner Seite zugeneigt. Rachel beobachtete, wie er einen langen Arm um die Taille seiner Begleiterin legte und ihr lächelnd in die Augen sah.

»Großpapa!« kam es jauchzend aus der Kehle eines Kindes.

Der Mann sah sich um, als ein Mädchen von drei oder vier Jahren sich in seine Arme warf. Der Großvater schwenkte das Kind, das entzückte Schreie ausstieß, hoch in die Luft.

Rachel war so gefesselt von dieser rührenden Szene, daß sie kaum merkte, daß sich noch jemand zu ihr gesellte, bis eine ihr bekannte Stimme sagte: »So treffen wir uns also wieder, *Señorita.*«

Überrascht blickte Rachel zur Seite und entdeckte den jungen Raufbold aus der Bar in San Antonio neben sich, der sie mit seinen grünen Augen lächelnd ansah. »Ich hoffe, Sie werden die aufregenden Umstände unserer ersten Begegnung geheimhalten«, meinte er augenzwinkernd. »Claude hat den Schaden seiner Cantina noch nicht ausgerechnet, und deshalb bin ich sicher — zumindest bis morgen.« Er nahm ihre Hand, hob sie an die Lippen und sagte: »Erlauben Sie, daß ich jetzt nachhole, mich Ihnen vorzustellen? Ich bin Ramon de Bastitas.«

»Sie sind also hier zu Hause?« fragte sie und erwiderte sein Lächeln.

»Ja. Der Gentleman und die Lady dort sind meine Eltern, das Kind in Vaters Armen ist meine Nichte — die Tochter meines älteren Bruders Estaban. Haben Sie etwas dagegen, daß ich Sie mit meiner Familie bekanntmache?«

Rachel warf einen letzten Blick auf die Gefangenen, die soeben von Sam an die Wehrmauer geführt wurden. Davis hinkte hinter den anderen her, offenbar war er sehr neugierig, was sich zwischen ihr und Ramon abspielte. In diesem Moment hob Sam seine Flinte und gab ihm mit dem Gewehrlauf einen Stoß zwischen die Rippen.

Da wurde ihr bewußt, daß sie geneigt war, sich leichtfertig über die Tatsache hinwegzusetzen, daß Davis ein Verbrecher war. Sie ermahnte sich, in Zukunft vorsichtiger zu sein, wenn er in ihre Nähe kam. Viel vorsichtiger. Ihre Bereitschaft, an das Gute im Menschen zu glauben, hatte sie schon öfter in Schwierigkeiten gebracht. Das beunruhigende Gefühl, daß Davis ihr *Unglück* bringen würde, quälte sie jetzt. Und deshalb versuchte sie, ihn aus ihrem Bewußtsein zu verdrängen, nahm den Arm, den Ramon ihr anbot, und bewegte sich, mit ihrer Stiefmutter im Schlepptau, durch die Menge.

Ramons Mutter beobachtete voller Stolz und Liebe das Mädchen, das nun an der Seite seines Großvaters auf und nieder hüpfte. Ihr wunderschönes kastanienbraunes Haar hatte sie mit einem zu ihrem Kleid passenden smaragdgrünen Seidenband zusammengebunden. Als Ramon sie nun ansprach, blickte sie mit so strahlend grünen Augen ihren Sohn an, daß Rachel vor Staunen fast stehengeblieben wäre.

»Mutter, ich habe hier jemanden, den du unbedingt kennenlernen mußt.«

Die Frau blickte von Ramon auf Rachel. »Ja«, sagte sie, als könnte sie ihren Sohn nur zu gut verstehen. Sie reichte Rachel die Hand und sagte lächelnd: »Ich bin Angélique Bastitas.«

»Und ich bin Rachel Gregory.«

Angélique sah wieder ihren Sohn an, während sie die Hand fast zärtlich um Rachels Arm legte und ihren Mann am Jackenärmel zupfte.

Zum erstenmal, seit Rachel sich Ramons Eltern genähert hatte, blickte sie nun dem Mann an Angéliques Seite voll ins Gesicht. Sie starrte eine peinlich lange Sekunde in die tiefblauen Augen und verspürte ein eigenartiges Flattern in der Brust, während sie sich bemühte, sein Lächeln zurückzugeben.

»Charmant«, hörte sie ihn mit tiefer Stimme sagen. »Ich fühle mich geehrt, *Señorita* ...«

»Rachel Gregory«, antworte Angélique an Rachels Stelle, als wüßte sie um deren Sprachlosigkeit.

Als ihre Stiefmutter sie in die Rippen boxte, kam Rachel wieder zur Besinnung und trat artig zur Seite, wie man es ihr anerzogen hatte, wenn Audra sich anderen Leuten vorstellen wollte.

Audra hatte für Angélique nur ein flüchtiges Kopfnicken übrig und wandte sich dann sofort Ramons Vater zu. »Sie ehren uns sehr mit diesem prächtigen Empfang, Sir. Darf ich Ihnen dafür meinen innigsten Dank aussprechen und mich vorstellen, da meine Tochter das bisher versäumt hat.«

»*Stief*tochter«, korrigierte Rachel sie störrisch, was bei Angélique Bastitas ein überraschend mädchenhaftes Kichern hervorrief.

»Ich bin Audra Gregory, Sir. Und Sie?«

»Alejandro de Bastitas, Mrs. Gregory.« Er führte ihre Hand nicht an die Lippen, sondern schüttelte sie nur. »Kommen Sie von weit her, *Señora?*«

»Aus New Orleans.«

»New Orleans!« Angéliques grüne Augen blitzten lebhaft auf. Sie wandte sich wieder an Rachel und sagte: »Das müssen Sie mir erzählen, meine Liebe. Ich stamme ebenfalls aus New Orleans!«

»Wir reisen nach Brackettville und fahren dann weiter nach San Felipe Springs«, meldete sich nun Audra wieder zu Wort. Sie schien nur noch Augen für Alex Bastitas zu haben, klimperte mit ihren schwarzen Wimpern, fuhr mit einem Finger an ihrem unmäßig tiefen Dekolleté entlang und gestand dann: »Hoffentlich sind alle Gentlemen in Texas so hübsch wie Sie, Mr. Bastitas.«

»Ich bin sicher, es gibt dort Männer, die viel hübscher sind als ich«, erwiderte er und setzte dann mit einer Miene kühler Förmlichkeit hinzu: »*Unverheiratete* Männer. Und wenn sie verheiratet sind, könnten sie ihren Frauen nicht halb so ergeben sein wie ich der meinen.« Dabei blickte er Audra mit einem so entwaffnenden Lächeln an, daß alle, die Zeuge dieser höflichen Abfuhr wurden, meinten, sie hätten sich nur verhört.

»Sie werden doch an unserer Feier teilnehmen?« Angélique stellte diese Frage an Audra und lächelte sie dabei genauso liebenswürdig an wie vorher Rachel. In diesem Moment war Rachel zutiefst beeindruckt von der Vornehmheit und Haltung dieser Frau, die es vermied, Audra noch mehr zu demütigen, obwohl sie das mit Leichtfertigkeit hätte tun können.

Audra war nicht so gnädig. Das war sie nie, wenn sie mit einer Frau zusammentraf, die schöner war als sie.

»Vielleicht.«

»Wir können Ihnen das Essen auch in Ihrem Wagen servieren lassen«, gab Angélique mit unveränderter Liebenswürdigkeit zurück.

Bevor sich Audra mit Ramons Mutter anlegen konnte, faßte Rachel sie beim Arm. Darum bemüht, den Ärger auf sich abzulenken, der sich in roten Flecken auf Audras Wangen ankündigte, sagte sie in flehendem Ton: »Ich bin schrecklich müde von der Reise, Audra. Sollten wir uns nicht eine Weile hinlegen, bevor das Fest beginnt?«

Audra drehte sich von ihren Gastgebern weg und warf Ramon einen so wütenden Blick zu, daß er erschrocken die Hand von Rachels Arm nahm. Ohne sich von ihren Gastgebern zu verabschieden, marschierte Audra durch die Menge und zerrte Rachel hinter sich her, während die Bastitas ihr betroffen nachblickten.

Rachel folgte ihr mit hochrotem Kopf zum Wagen. Wie kam ihre Stiefmutter dazu, sich als Lady bezeichnen und dann die Familie Bastitas auf so gröbliche Weise zu beleidigen? Rachel war außer sich vor Empörung und zugleich tief beschämt.

»Eine stinkende Bande von Mexikanern«, hörte sie Audra leise vor sich hinschimpfen. Es war der gleiche Gossenjargon, den die Hafendirnen gebrauchten, wenn sie zu Hause in der Canal Street auf und ab flanierten.

»Die Bastitas sind spanischer Abstammung, Audra. Sehr vornehme Leute.«

»Steig in den Wagen«, befahl Audra. Sie gab Rachel einen Schubs und fügte dann in garstigem Ton hinzu: »Und komm mir bloß nicht wieder heraus oder ich werde dich . . .«

»Was wirst du?« Rachel schob das Kinn vor, drehte sich zu ihrer Stiefmutter um und entgegnete: »Willst du mich auf mein Zimmer schicken? Mich von Papa wegen meines angeblichen Ungehorsams ohrfeigen lassen? Nun, falls du das noch nicht bemerkt haben solltest, Audra — mein Vater ist tot. Wir haben auch kein Zimmer mehr, in das du mich einsperren könntest, und überdies bin ich jetzt eine erwachsene Frau. Du kannst mich nicht mehr behandeln wie ein Kind.«

Audra holte mit der Hand aus und schlug sie Rachel so heftig ins Gesicht, daß diese in den Wagen taumelte. Rachel weinte nicht. Diese Genugtuung wollte sie Audra nicht verschaffen. Wie bei früheren Gelegenheiten dieser Art starrte sie Audra nur an, forderte die Frau mit Blicken heraus, sie noch einmal zu schlagen. Rachel wußte, daß sie vielleicht ausnahmsweise *diesmal* zurückschlagen würde.

Aber die Herausforderung endete wie immer mit Rachels Rückzug. Schließlich hatte sie ja eine gute Erziehung genossen.

Rachel saß die nächste Stunde zwischen den Koffern mit Audras Garderobe und weigerte sich, ihrer Stiefmutter beim Umziehen für die Fiesta zuzuschauen. Audra suchte sich ein kanariengelbes Prachtstück mit Flittergold heraus, für das sie ein Vermögen ausgegeben hatte. Wohl kaum das richtige Gewand für eine Witwe. Das großzügige Dekolleté bot dem interessierten Auge fast eine Totalansicht ihrer mehr als üppigen Büste. Rachel erinnerte sich, daß ihr Vater Audra Vorhaltungen gemacht hatte, doch nicht ihr Geld für solchen Tand zu verwenden, wenn demnächst die nächste Hypothek getilgt werden mußte. Aber Audra Gregory hatte nie auf ihren Mann gehört. Sie hatte Rachels Vater ebenso ruiniert wie der Krieg. Es gab Momente, in denen Rachel sich fragte, ob die Kugel, die ihn getötet hatte, tatsächlich aus dem Revolver eines Yankees gekommen war — oder aus seinem eigenen.

3

Sam Wells stand am Fenster des Salons und betrachtete den Garten der Hazienda. Er erinnerte sich daran, wie die Rancho de Bajar früher ausgesehen hatte — genauso gepflegt und geometrisch angelegt; aber ohne diese Blütenpracht, die nun jeden Pfad bis in den fernsten Winkel des Parks begleitete. Er war nicht der Mann, der sich mit lautem Ah und Oh für Stiefmütterchen, Petunien und Rosen begeisterte; aber nachdem er die meiste Zeit seines Lebens zwischen Dornenhecken, Kakteen und unfruchtbaren Sanddünen verbracht hatte, waren für ihn Angéliques Gärten ein willkommener Anblick.

»Whisky, Captain?«

Sam nickte, ehe er sich umdrehte.

Alex Bastitas goß zwei Gläser mit seinem edelsten Tropfen voll. »Ich habe für deine Gefangenen ein festes, vergittertes Quartier herrichten lassen«, sagte er. Als Sam ihm nicht antwortete, musterte er seinen alten Freund prüfend. »Du scheinst mir heute abend ein wenig zerstreut zu sein, *amigo.*«

»Ich habe gerade nachgedacht . . . hast du dir diese Burschen näher angesehen?«

»Nein.« Alex reichte Sam eines von den beiden gefüllten Gläsern und deutete dann auf einen Sessel vor dem Marmorkamin. Nachdem er Platz genommen hatte, fragte er: »Gibt es einen besonderen Grund, warum ich sie mir hätte ansehen sollen?«

»Nein, das nicht. Das übliche Pack; aber einer ist darunter . . .« Sam nahm einen Schluck, ließ den Whisky über die Zunge laufen, um das feine Aroma zu genießen, und schluckte ihn dann hinunter. Entschlossen, das Thema zu wechseln, nahm er dankend eine von Alex' Zigarren entgegen und fragte: »Wie geht es Mrs. Angélique? Auf mich hat sie jedenfalls einen prächtigen Eindruck gemacht.«

»Angélique zeigt sich immer nur von ihrer besten Seite.«

»Ja, stets freundlich und liebenswürdig zu jedermann. Du findest keine feinere Lady zwischen hier und Kalifornien. Sie kümmert sich jetzt wohl um die Reisenden, nehme ich an.« Alex stellte sein Glas ab und beugte sich vor, um seinem alten Freund eindringlich in die Augen zu sehen. »Ich bin überzeugt, daß sie inzwischen einige von ihnen nach unserem vermißten Sohn ausgefragt hat.«

»Sie ist seine Mutter, Alex. Der Junge wurde als Kind entführt, als er gerade den Windeln entwachsen war. Ich kann verstehen, daß sie immer noch hofft, ihn eines Tages wieder in ihre Arme schließen zu können.«

Alex stand auf, fuhr sich mit beiden Händen durch das

schwarze Haar und wanderte zwischen Kamin und Fenster hin und her. Er zog ein Bein leicht nach. »Weißt du, wie mir zumute ist, wenn ich zusehen muß, daß sie sich an die fixe Idee klammert, Tomas wäre noch am Leben?«

Sam runzelte die Stirn. »Es bricht dir das Herz, würde ich sagen.«

»Teufel, ja. Es drückt mir das Herz ab. Wenn ich mich damals nur anders verhalten hätte — wenn ich nicht auf die Straße hinausgerannt wäre . . .«

»Das war ein Überfall, Alex. Du hast so gehandelt, wie man es von dir erwarten mußte. Und es war ganz bestimmt nicht deine Schuld, daß du von einem Pfeil getroffen wurdest.«

»Aber wenn ich mit dieser Pfeilwunde nicht monatelang ans Bett gefesselt gewesen wäre, hätte ich den Jungen vielleicht wiedergefunden.«

»Wir haben damals unser Möglichstes getan.«

Ein Gelächter vor dem Fenster brachte die bittere Flut der Vorwürfe, die sich Alex noch immer machte, zum Stillstand. Er drückte die Schultern durch, starrte einen Moment lang an die Decke und ließ dann langsam die Luft aus den Lungen entweichen. »Gott helfe mir«, seufzte er, »aber manchmal wünsche ich mir fast, ich wäre an jenem Morgen gestorben. Dann hätte wenigstens dieser Alptraum ein Ende. Ich mag gar nicht daran denken, welches Martyrium das Kind durchmachen mußte.«

Sam sah zum Fenster, und zum zweitenmal, seit er mit Alex in den Salon gekommen war, war er versucht, seinem Freund seine Vermutung über den Gefangenen, den er nach El Paso überstellen sollte, mitzuteilen. Kid Davis sah Alex unglaublich ähnlich; das war ihm bereits aufgefallen, bevor er Zeuge von Davis' Reaktion auf Bastitas' Namen in der Gefängniszelle von San Antonio wurde. Sam hatte mit den beiden das Leid über den Verlust des

Jungen jahrelang geteilt. Er hatte sich wie sie der Hoffnung hingegeben, den entführten Knaben wiederzufinden, sobald ihn mal wieder die Nachricht erreichte, ein blauäugiger Junge sei bei den Komantschen gesehen worden. Aber derartige Gerüchte waren vor ungefähr fünfzehn Jahren plötzlich verstummt, und damit war auch Alex' Traum, seinen Sohn jemals wiederzufinden, erloschen. Alex und Angélique hatten sich, so gut es ging, mit dem Verlust ihres ältesten Sohnes abgefunden und ihr Leben danach eingerichtet. Sam überlegte, daß er sich diesmal seiner Sache sehr sicher sein mußte, bevor er Alex seinen Verdacht anvertraute, daß dieser Kid Davis in der Arrestzelle der Hazienda sein verlorener Sohn Tomas sein könnte. Er wollte nicht noch einmal grundlos kaum vernarbte Wunden aufreißen.

In diesem Moment wurde sein Gedankengang von einem Klopfen an der Tür unterbrochen. Ein Fremder, der einen nüchternen grauen Anzug mit schwarzer Krawatte trug, trat ein und sah sich unschlüssig um. Dann heftete er seine haselnußbraunen Augen auf Sam und sagte: »Pardon, aber man gab mir zu verstehen, daß ich hier einen gewissen Captain Wells finden würde.«

»Sie haben ihn gefunden, junger Mann«, erwiderte Sam. Er legte seine Zigarre beiseite und erhob sich aus seinem Sessel.

»Ich bin John Hopper«, erklärte der Mann und streckte erst Sam und dann Alex seine Hand entgegen. »Es tut mir leid, daß ich mich verspätet habe, Captain Wells.«

»Ich wußte gar nicht, daß das der Fall ist, Sir. Und wie kommen Sie überhaupt auf die Idee, daß ich hier jemanden erwarte?«

»Nun, ich bin Hopper, Sir, von Allan ...« Er unterbrach sich mitten im Satz und schaute zu Alex.

»Alex ist ein alter Freund von mir, Mr. Hopper. Sagen Sie, was Sie hierhergeführt hat.«

Hopper runzelte die Stirn, zögerte und sagte dann leise: »Hopper, Sir . . . aus Chicago. haben Sie denn den Brief meines Arbeitgebers nicht erhalten?«

»Daß Sie aus dem Norden kommen, habe ich Ihnen sofort angesehen, sonst würden Sie nicht einen so komischen Anzug tragen . . .« In diesem Moment traf ihn die Erleuchtung wie ein Blitz. »Chicago!« dröhnte Sam mit so lauter Stimme, daß Alex und Hopper erschrocken zusammenfuhren. »Warum haben Sie das denn nicht gleich gesagt, Mr. Hopper? Bastitas, dieser Gentleman ist ein Mitarbeiter der Allan-Pinkerton-Agentur. Er ist aus Chicago hierhergekommen . . .«

Hopper unterbrach ihn mit der Bemerkung: »Tatsächlich arbeite ich in der New Yorker Zweigstelle von Mr. Pinkerton.« Er schüttelte Alex zum zweitenmal die Hand. »Sie wohnen herrlich hier, Mr. Bastitas.«

Alex bedankte sich mit einem Lächeln und sagte: »Mir sind schon viele erstaunliche Dinge über die Detektive von Mr. Pinkerton zu Ohren gekommen. Was bringt Sie denn zu uns nach Texas?«

»Die Pflicht. Wir haben beschlossen, in einem besonders kniffligen Fall mit Captain Wells' Kompanie zusammenzuarbeiten.«

»Es handelt sich um einen Halunken, der vor einiger Zeit eine Bank in New York City beraubt und dabei ein paar Leute erschossen hat«, erklärte Wells. »Dieser Kerl scheint inzwischen hier in Texas aufgetaucht zu sein.«

»Ist es jemand, den ich kenne?« fragte Alex.

Sam lächelte nur als Antwort.

Hopper ging ans Fenster und atmete die kühle, nach Rosen duftende Abendluft ein, ehe er im leisen Verschwörerton fragte: »Haben Sie meinen Mann in Gewahrsam, Captain Wells?«

»Ja, das habe ich, Sir.«

»Was halten sie von ihm?«

Sam dachte eine Weile nach. Schließlich sagte er: »Ich denke, daß er ein eisenharter Bursche ist, Mr. Hopper.«

John Hopper nickte, lächelte und sagte: »Ja. Das ist er wohl, nicht wahr?«

Rachel las in der Bibel etwas über die Langmut und darüber, daß man auch die andere Wange hinhalten müsse.

Sie schob die losen und an den Rändern bereits zerfledderten Blätter wieder zwischen die Buchdeckel, klappte diese vorsichtig zusammen und legte den Kopf auf das Kissen zurück. Sie bemühte sich nach Kräften, ihre Nase vor den köstlichen Gerüchen aus der Küche und ihren Ohren vor dem lauten Lachen der Frauen und Männer, die sich im Haus vergnügten, zu verschließen. Ein paar Musikfetzen drangen dennoch zu ihr. Die spanischen Gitarren stimmten nun eine so romantische Melodie an, daß sie nicht umhin konnte, sich ihren Träumen hinzugeben. Doch selbst diese endeten mit einem für Sie enttäuschenden Ergebnis. Wie konnte es nur angehen, daß sie sich in ihrer Phantasie mit diesem schrecklichen blauäugigen Banditen beschäftigte? Der Mann würde nicht einmal die primitivsten Anstandsregeln befolgen, wenn er mit einer Frau zusammen war. Er war ein Verbrecher, ein Schuft, Abschaum. Er lag in Ketten, und sie zog ihm im Geiste einen dunklen Kammgarnanzug an und band ihm eine Seidenkrawatte mit einer Saphirnadel um, die zu seinen unglaublich blauen Augen paßte:

»Rachel? Rachel, sind Sie da drin?«

Rachel setzte sich auf.

»Rachel, ich bin es — Angélique Bastitas.«

Rachel zögerte und rief sich die peinliche Szene mit ihrer Stiefmutter ins Gedächtnis zurück. Dann antwortete sie leise: »Ich bin hier.«

»Darf ich zu Ihnen hineinkommen?«

»Selbstverständlich!« Rachel kniete sich auf den Wagenboden und räumte hastig die Kleider auf, die Audra beim Umziehen im Wagen verstreut hatte.

Die Plane am Heck des Wagens wurde zurückgeschlagen, und Angélique schaute herein. »Störe ich?«

»Nein. Ich habe nur gelesen.«

Mit überraschender Behendigkeit schwang sich Angélique auf die Ladefläche. Ihre roten und schwarzen Seidenröcke füllten den schmalen Einstieg gänzlich aus; ihre weißen Schultern schimmerten im Licht unter der schwarzen Mantilla aus hauchzarter Spitze. Sie bückte sich ein wenig, weil der Wagenhimmel nicht hoch genug war, um sie in ihrer ganzen Größe aufzunehmen, und lächelte Rachel fast entschuldigend an. »Diese verdammten Unterröcke sind doch die reinste Pest. Haben Sie etwas dagegen, wenn ich mich setze?«

»Aber ganz gewiß nicht.« Rachel deutete auf eine nicht gerade stabil aussehende Lattenkiste und sagte: »Ich fürchte, das ist alles, was ich Ihnen anbieten kann.«

»Mir genügt es.« Sobald Angélique auf der Kiste Platz genommen hatte, wobei sich ihre Unterröcke wie eine scharlachrote Wolke um sie bauschten, sah sie sich neugierig im Wagen um. »Es riecht ein bißchen muffig hier, nicht wahr? Ganz und gar nicht das, woran Sie gewöhnt waren, würde ich meinen.«

»Nein, absolut nicht.«

Das Holz ächzte fürchterlich, als Angélique ihr Gewicht verlagerte. Rachel hielt den Atem an, weil sie Angst hatte, daß die Kiste jeden Moment unter der Frau zusammenbrach.

Angélique fuhr fort: »Ich fürchte, der Umzug ist eine schlimme Tortur für Sie. Schließlich besteht zwischen San Antonio und New Orleans ein gewaltiger Unterschied.«

»Die Stadt ist ziemlich . . .« Rachel suchte in ihrem Geist nach einem passenden Wort.

»Unzivilisiert?«

»Oh, nun . . .« Lächelnd gab Rachel ihr recht: »Ja.«

Ihre Blicke begegneten ich, und Angélique sagte voller Mitgefühl: »Ich war erst achtzehn, als ich mit meiner Mutter hierherkam. Als junge Frau, die an die Gesellschaft von New Orleans gewöhnt war, fühlte ich mich hier wie eine Verbannte. Ich konnte mir nicht vorstellen, daß ich mir hier etwas Positives für die Zukunft versprechen durfte. Das war natürlich in einer Zeit, als ich meinen Mann noch nicht kannte.«

Rachel dachte an Angéliques Gatten und seufzte. »Señor de Bastitas ist ein ungemein gutaussehender Mann.«

»Ja, das ist er. Hübscher, als ihm zuweilen guttut. Wenn ich ihn nicht beständig daran erinnern würde, daß er ein normaler Sterblicher ist, würde ich nicht mit ihm leben können.«

Sie lachten beide, und dann fuhr Angélique fort: »Er ist daran gewöhnt, von koketten Frauen wie Ihrer Stiefmutter Komplimente zu bekommen; also nehmen Sie sich den kleinen Fauxpas nicht zu sehr zu Herzen. Offen gestanden wäre ich enttäuscht gewesen, wenn sie ihn nicht unwiderstehlich gefunden hätte. Und er ebenfalls, wenn ich es mir recht überlege. Er hätte sich vermutlich gefragt, ob er jetzt alt wird. Solche Gedanken fügen dem Selbstbewußtsein eines Mannes einen nicht wiedergutzumachenden Schaden zu.«

»Kein Mensch kann ihn für einen alten Mann halten.«

»Mein Mann ist dreiundsechzig.«

»Das glaube ich nicht!« protestierte Rachel. »Ich habe ihn auf vierzig geschätzt und Sie auf höchstens fünfunddreißig.«

»Oh, was sind Sie doch für ein gutes Kind! Ich wußte, daß ich Sie nicht ohne Grund sofort sympathisch fand.«

Sie lachten wieder beide, und der Altersunterschied zwischen ihnen schrumpfte zu einer bedeutungslosen Größe zusammen, weil in diesem Moment eine Freundschaft zwischen ihnen aufkeimte. Angélique stützte die Ellenbogen auf die Knie und sagte im vertraulichen Ton: »Ich bin nicht ohne Grund zu Ihnen gekommen, wissen Sie? Mein Sohn hat sich beschwert, weil er Sie beim Fest vermißte.«

Rachel hatte Ramon total vergessen. Errötend starrte Rachel auf ihre Finger und sagte: »Er ist ein sehr netter junger Mann.«

»Aber?« Als Rachel nicht antwortete, tat es Angélique für sie: »Er ist *zu* jung. Habe ich recht?«

»Nun.« Diese Konversation wurde Rachel langsam peinlich.

»Ich bin absolut Ihrer Meinung, Rachel; Sie müssen sich deshalb nicht die Lippen blutig beißen. Ramon ist jede Woche in ein anderes Mädchen verliebt, und obgleich Sie viel hübscher sind als alle, denen er bisher seine Liebe gestanden hat, fürchte ich, daß seine erste wahre Leidenschaft den Sieg davontragen wird.«

»Und wer ist diese Dame?«

»Die Juristerei. Er wird in ein paar Wochen nach Harvard gehen und Jura studieren.«

Rachel lächelte erleichtert und machte es sich mit untergeschlagenen Beinen auf ihrem Bett bequem — im Indianersitz, wie ihre Amme zu sagen pflegte. Das Licht der Kerosinlampe flackerte, als eine Bö den Wagen sacht hin und her schaukelte und der Wagenhimmel zu flattern begann wie ein Schiffssegel. »Darauf müssen Sie doch ungemein stolz sein«, sagte Rachel.

»Ein wenig«, räumte Angélique lächelnd ein.

»Gibt es eine größere Empfehlung als Harvard?«

»Er ist mein Baby, Rachel. Es wird mich hart ankommen, ihn weggehen zu lassen.«

»Aber Sie haben doch noch mehr Kinder und ein schönes Enkelkind dazu!«

»Das stimmt. Vier Söhne, genauer gesagt, und zwei Schwestern, die ich nach dem Tod meiner Mutter großgezogen habe. Es ist nicht so, als würde mein Nest plötzlich leer sein. Ich bin fünfzig, und könnte ein wenig Ruhe weiß Gott gut gebrauchen. Nur ... ich habe solche Angst, daß ihm etwas zustoßen könnte.«

»Aber was kann ihm denn in Harvard schon passieren?«

»Die Gefahr lauert an den sichersten Plätzen«, erwiderte Angélique. »San Antonio machte damals einen sicheren Eindruck auf mich; aber seine Geschichte ist alles andere als friedlich. Denken Sie nur an Alamo.«

»Aber damals herrschte Krieg.«

»Und was für einen Grund hatten die Komantschen, vier Jahre später die Stadt anzugreifen und unschuldige Frauen und Kinder zu töten? Ich bin überzeugt, daß sich die Städte Victoria, Cuero und Lavaca schon ihrer großen Einwohnerzahl wegen vor Indianern sicher gefühlt haben. Doch sobald wir diese alten Greueltaten vergessen wollen, werden wir um so empfindlicher für neue. Ich habe viel zuviel Grauen erlebt und zu großen Schmerz erfahren, um die Erinnerungen daran einfach verdrängen zu können. Meine eigene Mutter und mein Stiefvater wurden damals getötet, desgleichen der Großvater meines Mannes. Mein Sohn wurde mir aus den Armen gerissen, und Alejandro mußte vier qualvolle Monate auf dem

Krankenlager verbringen, um sich von einer Pfeilwunde in seiner Brust zu erholen.«

Angéliques Gesicht war erschreckend blaß geworden, als sie nun in das Lampenlicht starrte und sagte: »Der Wilde, der meine Mutter tötete, raubte mir auch den Sohn.«

»Ihr Sohn wurde Ihnen nie zurückgegeben?« fragte Rachel leise.

Es dauerte eine Weile, bis Angélique antwortete. »Nein. Ich habe keine Ahnung, ob er noch ... Nein, ich *will* nicht glauben, daß mein Tomas tot ist. Ich bin seine Mutter; wenn er tot wäre, würde ich es hier spüren.« Sie preßte die Hand gegen ihr Herz.

»Ich nehme an, daß Sie nach ihm gesucht haben.«

Angélique nickte. »Vier Jahre lang nach dem Überfall haben mein Mann und die Ranger jede Spur verfolgt. Uns wurde oft gemeldet, daß man bei den Indianern ein gefangenes Kind gesehen hätte. Die Komantschen waren aber immer schon längst weitergezogen, wenn mein Mann oder die Ranger den Ort, den die Zeugen uns angegeben hatten, fanden.«

Mit einem tiefen Seufzer fuhr Angélique fort: »Ich kann nur beten, daß meinem Sohn die schrecklichen Martern erspart wurden, welche die Rothäute normalerweise ihren Gefangenen zufügen. Er war doch noch ein kleines Kind, knapp fünf Jahre alt, als er entführt wurde. Und so hübsch ... so hübsch wie sein Vater. Wenn ich nur daran denke, was sie ihm alles angetan haben könnten ...«

»Bitte, sprechen Sie nicht weiter!« Rachel nahm die Hand ihrer neuen Freundin und drückte sie fest, während sich Angélique eine Weile ihrem Schmerz überließ.

»Die Komantschen zwingen ihre Gefangenen manchmal dazu, Tag und Nacht den Skalp eines geliebten Angehörigen zu fühlen, den sie ihm auf den Leib binden. Es ist eine schreckliche Ermahnung an die Gefangenen, was man mit ihnen machen wird, wenn sie ungehorsam sind.« Angélique sah Rachel fest in die Augen und fuhr fort: »Meine Mutter wurde skalpiert. Und Tomas liebte seine Großmutter über alles, Rachel. Wenn sie ihn gezwungen haben . . .« Angélique wandte ihr Gesicht ab, bis sie ihre Fassung wiedergewonnen hatte. »Entschuldigen Sie, Rachel«, sagte sie leise. »Ich weiß, wie töricht ich bin, noch immer daran zu glauben, daß mein Sohn am Leben ist. Mein Mann meint, wenn das der Fall wäre, hätte Tomas schon lange einen Weg gefunden, um zu uns zurückzukehren.«

»Wirklich?«

»Es ist eine bekannte Tatsache, daß Gefangene Angst davor haben, zu ihren Familien und Freunden zurückzukehren. Sie fürchten die Neugier und den Spott. Man gewöhnt ihnen bei den Indianern eine ganz andere Lebensweise an. Und wenn mein Sohn möglicherweise dazu gezwungen wurde, an ihren barbarischen Sitten teilzunehmen, wie das bei vielen geschehen ist — könnte er uns da noch unter die Augen treten? Er könnte noch bei den Indianern sein, Rachel, und sich wünschen, nach Hause zu kommen, aber vielleicht hat er Angst, diesen Schritt zu vollziehen. Wenn er nur wüßte, daß wir ihn verstehen, daß wir ihn immer noch lieben — vielleicht, aber nur vielleicht, würde er sich dann mit uns in Verbindung setzen.«

Rachel vergaß ihre Scham über Audras Verhalten und dachte nur noch daran, wie sie diese liebenswürdige und vornehme Frau trösten könnte. Wenn Tomas de Bastitas tatsächlich noch lebte, mußte er erfahren, daß seine Mutter noch immer für seine Rückkehr betete.

Angélique, die Rachels Nöte spürte, entschuldigte sich

noch einmal für ihren Gefühlsausbruch und gestand Rachel jetzt: »Eigentlich bin ich nur zu Ihnen gekommen, um Sie zu ermuntern, an unserer Fiesta teilzunehmen, und nun habe ich vor Ihnen unsere unglückliche Lebensgeschichte ausgebreitet. Verzeihen Sie mir. Vergessen Sie die Klagen einer alten Frau, und machen Sie sich ein paar frohe Stunden.«

»Meiner Stiefmutter wäre das bestimmt nicht recht.«

Angélique zog eine Braue in die Höhe. »Sie sind eine erwachsene Frau, oder etwa nicht?«

Rachel, die sich an die häßlichen Szenen erinnerte, die sich nicht selten zwischen ihnen abspielten, sagte: »Aber sie ist schrecklich eifersüchtig. Audra erwartet, daß sie stets im Mittelpunkt des allgemeinen Interesses steht, wohin sie auch kommt. Daß sie die Ballkönigin ist, sozusagen.«

»Mrs. Gregory verdient mein tiefstes Mitgefühl, wenn sie so wenig Selbstvertrauen besitzt; aber Sie dürfen nicht zulassen, daß sie Ihr Leben bestimmt. Ich spreche aus Erfahrung, Rachel. Nur weil sie älter ist als Sie, muß sie nicht unbedingt weiser sein. Hätte ich mehr auf meine Mutter gehört und weniger auf die Stimme meines Herzens, hätte ich Alejandro niemals geheiratet.« Mit einem kleinen verschmitzten Lächeln setzte sie hinzu: »Oh, ich schüttle mich noch heute, wenn ich an diese jungen Stutzer denke, mit denen sie mich in New Orleans verkuppeln wollte.«

»Heißt das, Señor Bastitas fand keine Gnade vor ihren Augen?«

»Oh, sie versuchte ihn sogar einmal zu erschießen, meine Liebe!« Als Rachel ungläubig lachte, fügte Angélique hinzu: »Und er wollte sie erwürgen, glaube ich.«

»Und Sie haben ihn trotzdem geheiratet?«

»Können Sie mich dafür tadeln? Glauben Sie mir,

Kind, als er mich zum erstenmal mit diesen blauen Augen ansah, war ich verloren.«

Blaue Augen. Die Erinnerung an Davis' blaue Augen, an sein schwarzes Haar und an seine Berührung als er ihr mit dem Finger leicht über ihr Kinn gestrichen hatte, raubten Rachel den Atem.

»Du liebe Güte!« Angélique tätschelte sacht Rachels Wange. »Sie sind ja plötzlich ganz blaß geworden! Habe ich Sie so erschreckt?«

Rachel schüttelte den Kopf. »Ich habe nur an etwas gedacht. Ich habe heute einen Mann kennengelernt, der sehr attraktiv ist. Er hat blaue Augen und . . .«

»Und?«

Rachel versuchte den Eindruck, den Davis auf sie gemacht hatte, mit einer schroffen Handbewegung abzutun: »Es war nichts. Er war hochmütig, anmaßend und so ungehobelt wie eine Bisamratte. Hoffentlich sehe ich diesen Mann nie wieder.«

Angélique stieg von der Ladefläche. Der Wind, der an Stärke inzwischen zugenommen hatte, spielte mit den Locken an ihren Ohren und ließ die Spitzenmantilla um ihre Schultern flattern. Angélique sah sich noch einmal zu Rachel um und sagte: »Befolgen Sie zum letzten Mal die Anordnung einer alten Frau, und ziehen Sie ihr schönstes Kleid an. Sie würden mir eine große Freude machen, wenn Sie mit uns feiern.«

Diese Bitte konnte Rachel ihrer Gastgeberin schwerlich abschlagen. »Wo kann ich Sie treffen?«

»Am Ostflügel des Hauses befindet sich ein kleiner Innenhof. Ich werde uns dort von Teresa Erfrischungen servieren lassen und Ihnen anschließend die Hazienda zeigen.« Angélique de Bastitas ließ die Plane über dem Ausstieg am Heck fallen und ging ins Haus.

Rachel fand den Innenhof ohne große Mühe. Eine pausbäckige mexikanische Frau mit grauem Haar begrüßte sie dort mit einem mit Madeira gefüllten silbernen Kelch und erklärte, *Doña* Angélique sei in den Familienflügel der Hazienda gerufen worden, weil ihre Enkelin unter schrecklichen Bauchschmerzen litt, die nur *abuela* kurieren könne. Also setzte sich Rachel geduldig im Innenhof in einen Korbsessel, labte sich an dem fruchtigen Wein und genoß die kühle Brise, die ihre Nerven beruhigte.

Meterlange Bahnen elfenbeinfarbener Seide und Spitzen waren über ihre Unterröcke gebreitet und flossen in einem reichen Faltenwurf zu Boden. Die enganliegende Korsage war mit Walbein versteift, und das Dekolleté, das von juwelenbesetzten Epauletten an den Schultern gerafft war, bestand aus feinster französischer Spitze. Schon manchesmal hatte sie daran gedacht, dieses Kleid zu verkaufen, als sie am Ende des Krieges kaum mehr Geld gehabt hatte. Nach der Niederlage hätte ihr das Kleid sogar ein kleines Vermögen eingebracht bei den vielen Yankee-Carpetbaggers, die es einer ihrer Mätressen geschenkt oder vor ihrer schmollenden Verlobten damit geprahlt hätten, sie hätten es als Kriegsbeute für sie mitgehen lassen.

Aber sie hatte das Kleid nicht hergeben wollen. Ihr Vater hatte es selbst bei Julian Persac in Auftrag gegeben, nachdem er es sowohl in *Harper's Magazine* wie in *Godey's Lady's Book* gesehen hatte. Audra war natürlich außer sich gewesen über die Bestellung; aber das war ihrem Vater egal gewesen. Rachel wäre vor Glück fast gestorben, als ihr Vater ihr dieses Kleid geschenkt hatte, und die Bemerkungen ihrer Stiefmutter, daß dieses Kleid für ihr Alter viel zu gewagt sei, hatten sie nicht im mindesten gestört. Sie kam sich wie eine Prinzessin vor, wenn sie dieses Kleid trug. Sie hatte sich oft in ihr Zimmer eingeschlossen, sich in diesem Kleid vor den Spiegel gestellt und geweint, weil sie wußte, daß es nie mehr so sein würde wie früher. Weder in ihrer Familie noch in den Südstaaten.

Rachel füllte sich den Kelch wieder mit Wein, legte den Kopf gegen die Rückenlehne und schloß die Augen. Diese weichen Gitarrenklänge waren bezaubernd. Ein Mann sang dazu etwas auf Spanisch. Es mußte sich um ein Liebeslied handeln, und Rachel wünschte sich jetzt, sie hätte sich die Zeit dafür genommen, diese Sprache zu erlernen. Wie das Französische konnte Spanisch einem jungen schmachtenden Liebhaber nur so von der Zunge rollen und jedes Mädchenherz höher schlagen lassen.

Ihr Kopf ging mit einem Ruck in die Höhe, als wieder dieses beunruhigende Gesicht mit den unverschämt blauen Augen und dem rabenschwarzen Haar vor ihrem geistigen Auge erschien. Sicherlich war das ein Zeichen für eine verdorbene Phantasie. Hatte sie ihre Amme nicht gewarnt, daß sie sich mit dem Heiraten zu lange Zeit gelassen habe? »Bald wird Ihnen *jeder* wie ein Adonis vorkommen«, hatte sie zu Rachel gesagt.

Die Mädchen ihres Alters hatten sie gewiß schon als alte Jungfer abgeschrieben, obwohl viele ihr gnädigerweise zugestanden hatten, daß der Krieg sicherlich nicht nur ihr die Heiratschancen verdorben habe. Ihre beste Freundin, Lydia Thonars, hatte ihren Bräutigam eine Woche, nachdem sie ihre Verlobung bekanntgegeben hatten, verloren. Und die teure Millicent Chaix war keine zwei Monate nach der Trauung mit ihrem geliebten Louis Witwe geworden. Wie schrecklich war das alles!

Rachel leerte ihren Kelch und stellte ihn auf den Tisch. Der Wein machte sie schläfrig, und sie mußte sich abermals mit heftigem Blinzeln einer Vision erwehren, in der ihr dieser dunkelhäutige Verbrecher in stramm sitzender Hose erschien. Dabei war sie so stolz gewesen, daß sie immer einen kühlen Kopf bewahrt hatte, was Männer betraf, und sicher gewesen war, nie des Geldes oder des Prestiges wegen eine eheliche Verbindung einzugehen. Ihre Mutter und ihr Vater hatten aus Liebe geheiratet, und es war für beide eine glückliche Ehe gewesen. Audra hingegen hatte ihrem Vater Theater vorgespielt. Sie hatte ihr Ränkespiel mit ihm getrieben, ihm vorgegaukelt, daß er unglaublich begehrenswert sei, und sich als perfekte Ersatzmutter für Rachel angepriesen, während sie in Wahrheit ihr eigenes Auskommen suchte — eine üppige Versorgung.

Rachel stand auf und wanderte in dem von Säulen umfriedeten Hof umher, starrte kurz auf ihr Spiegelbild im Wasser des runden Brunnens, auf dem sich Teichrosen wiegten, und schob dann die Ranken beiseite, die am anderen Ende des Hofes den Zugang wie einen Vorhang verdeckten. Sie ging über einen gewundenen Pfad zum Schatten der Trauerweiden und Pekanbäume, die in der Nähe des Hauses wuchsen.

Die kühle Abendluft trug viel dazu bei, die Gereiztheit zu lindern, die sie empfunden hatte, als Davis sich ihrem Bewußtsein aufgedrängt hatte. Aber warum konnte sie den Gedanken an ihn nicht loswerden? Sie war noch keinem Mann begegnet, der sie auf eine so schockierende Weise beeindruckt hatte, sie mit seinem Lächeln binnen einer Sekunde aus einem Zustand sprachloser Verwirrung herausholte und in ein vor Wut zitterndes Wesen verwandelte. Sie, die in New Orleans' Gesellschaftskreisen dafür bekannt gewesen war, ihre Verehrer zuweilen einem Wechselbad der Gefühle auszusetzen, indem sie sie mit einem koketten Augenaufschlag ermutigte, um ihnen gleich darauf die kalte Schulter zu zeigen — sie war zum erstenmal in ihrem Leben von der Gegenwart eines Mannes bis in die Grundfesten erschüttert. Ein unerhörter Vorgang, wenn sie bedachte, was er war. Doch noch absurder und beunruhigender war die Erinnerung an seine Augen, die ihren Körper eingehend gemustert und in ihr eine entnervende und unerklärliche physische Reaktion ausgelöst hatten, die sie selbst jetzt noch erröten ließ.

Vielleicht war das alles nur ein verzweifeltes Bemühen, sich so rasch wie möglich dem Regiment ihrer Stiefmutter zu entziehen, so daß sie jede Vorsicht und Vernunft vergaß und bereit war, mit dem erstbesten Mann durchzubrennen, der ihr schöne Augen machte. Oder vielleicht forderte sie auch ein perverses Rachebedürfnis dazu heraus, alles nur Erdenkliche zu tun, um Audra zu demütigen. Sie wußte ja, wie sehr Audra darauf bedacht war, die Anerkennung anderer zu erringen. Rachel spürte, daß sie zu einem rebellischen Akt fähig war. Sie *war* ja schließlich mit Luke weggelaufen, obwohl das nicht in der Absicht geschah, Audra zu demütigen. Nach einer fürchterlichen Auseinandersetzung mit ihrer Stiefmutter hatte sie sich in einem leichtsinnigen Moment dazu entschieden, von zu Hause wegzugehen. Ihr Jugendfreund war zwar nur der Sohn eines Pächters gewesen, aber Rachel war fest entschlossen gewesen, ihre ruinierte Familie für immer hinter sich zu lassen. Diese Rebellion hatte ein jähes, peinliches Ende gefunden, als man sie kurz vor Baton Rouge aufgegriffen hatte. Luke wurde ausgepeitscht, weil er eine unbescholtene, vermögende Frau zu einer unmoralischen Handlung verführt hatte, und Rachel wurde dazu gezwungen, sich von Dr. Lisster peinlich genau untersuchen zu lassen. Audra hatte ihre Rache bekommen, und für Rachel hatte es den Ausschluß aus der guten Gesellschaft von New Orleans bedeutet. Rachels Vater hatte sie oft vor ihrem aufbrausenden Temperament gewarnt und gemeint, sie könne von Glück sagen, daß sie als Frau auf die Welt gekommen sei, weil sie sonst schon längst in einem Duell erschossen und hinter der St.-Marys-Kathedrale verscharrt worden wäre.

Rachel hob das Gesicht zum Himmel und betrachtete die stecknadelgroßen pulsierenden Lichter am samtblauen Himmel. Irgendwo im Haus hatten Kastagnetten den Rhythmus der Gitarrenmusik aufgenommen, und Rachel begann sich unter den Weiden im Kreise zu drehen, bis ihr schwindelig wurde und sie sich mit geschlossenen Augen gegen einen Baum lehnen mußte.

Als sie die Augen wieder öffnete, fiel ihr Blick auf ein paar Männer, die sich aus der Dunkelheit herausschälten. Sie trugen Gewehre, auf deren Läufe ein Licht matte Reflexe zeichnete.

»Diese Bande wird uns Scherereien machen«, drang eine tiefe Stimme zu ihr. »Ich begreife nicht, warum wir sie bis nach Brackettville schaffen müssen, damit sie dort hängen sollen. Jeder Baum in San Antonio hätte den gleichen Dienst getan.«

»Solange wir mit den Rangers zusammenarbeiten, Tom, müssen wir tun, was man uns befiehlt.«

»Aber deswegen gehe ich trotzdem kein Risiko ein. Wenn nur einer von diesen Halunken eine falsche Bewegung macht, werden sie es alle bereuen müssen. Mir ist es egal, was Captain Wells oder dieser Pinkerton-Agent sagt.«

Die Männer gingen langsam auf ein flaches, vergittertes Gebäude zu, das sich am Ende des Pfades als dunkle Silhouette abzeichnete. Rachel folgte ihnen verstohlen und hielt sich immer im Schatten der Bäume.

Sie hielt mitten im Schritt inne, als sie Davis am Fenster

der Arrestbaracke stehen sah. Er schien in die Betrachtung zweier anderer Männer versunken zu sein, die sich in seiner Nähe aufhielten. Rachel erkannte in dem kleineren der beiden Estaban, der mit einem glücklichen Zufallstreffer seinen Bruder Ramon am frühen Morgen zu Boden geschickt hatte.

Wie gebannt er die beiden doch ansah! Sein Gesicht war ausdruckslos, seine Schultern straff, und seine Hände, die auf dem Fensterbrett lagen, zu Fäusten geballt. In der Dunkelheit, die vor dem Gebäude herrschte, wirkten seine Züge nicht so hart wie am Tage; und er sah um vieles jünger und verletzbarer aus, als Rachel es je für möglich gehalten hätte. Es war so, als hätte sie ihn in diesem Moment im Schlaf überrascht, und obwohl sie wußte, daß der Anstand ihr gebot, sich nun abzuwenden und ihn in diesem Moment intimer Andacht nicht zu stören, konnte sie sich dennoch nicht dazu aufraffen. Sie verharrte im Schatten der Bäume und starrte ihn unverwandt an.

Er war schön, schoß es ihr durch den Kopf — auf eine barbarische Art schön. Er erinnerte sie an einen geschmeidigen schwarzen Panther, den sie einmal in einem Wanderzirkus gesehen hatte. Davis war so wild und gefährlich wie jenes Raubtier — und ebenso faszinierend. Sie konnte nicht umhin, ihn jetzt mit den jungen Männern von New Orleans zu vergleichen. Dieser Mann war kein Kavalier mit milchweißer Haut, der seine Schwäche für Rüschenhemden und Reitstiefel hatte. Davis brauchte kein schmückendes Beiwerk und keine weitere Bestätigung für seine Männlichkeit als den Stoppelbart auf seinem kantigen Kinn und die Haltung, die ihr Herz erbeben ließ wie die gertendünnen Zweige der Trauerweiden in ihrem Rücken.

Aber, du liebe Güte, er war eben nur ein Mann, und davon hatte sie eine reichliche Anzahl kennengelernt. Einige von ihnen hatte sie sympathisch gefunden. Aber diesen Mann mit den seltsam zwingenden Augen würde sie niemals vergessen. Schon jetzt, als sie sich umdrehte und zum Haus flüchtete, wußte sie, daß sie ihn niemals vergessen würde.

4

Die Fiesta war im vollen Gang, als Rachel zur Hazienda zurückkam. Mit exotisch aussehenden Speisen beladene Tische säumten die Pfade. Diener in festlichen Kostümen balancierten silberne Tabletts auf ihren Händen und wichen angetrunkenen Gästen aus.

Einige Leute hatten sich um die Gitarrenspieler geschart, die auf dem von Lampions erleuchteten Festplatz umherwanderten. Die Finger und Hände der Gitarristen bewegten sich mit unglaublicher Geschwindigkeit über die Saiten ihrer Instrumente, und die Zuhörer begleiteten die perlenden Klänge der spanischen Gitarrenmusik mit rhythmischem Klatschen. Sie spendeten einer rothaarigen Frau, die Rachel bereits in San Antonio gesehen hatte, Applaus, als sie mit klappernden Absätzen einen Flamenco zu tanzen begann.

Rachel folgte einem Pfad, der sie von der Menge wegführte. Sie bemühte sich, ihre Gedanken von Davis abzulenken und sein Bild aus ihrem Bewußtsein zu verdrängen.

»Ah! Da sind Sie ja, Miss Gregory. Ich hatte fast schon die Hoffnung aufgegeben, Sie heute abend noch zu sehen.«

Rachel blickte auf und sah, daß Ramon sich aus einer Gruppe von Gästen löste. Er war ein gutaussehender

Mann. Einen Moment lang wünschte sie, daß er älter wäre. Dann vielleicht ...

»Gefällt Ihnen die Musik?« fragte er.

»Sie ist wundervoll, Ramon.« Sie schenkte ihm ihr schönstes Lächeln, als er ihre Hand an die Lippen hob und küßte.

»Ich nehme an, daß meine Mutter mit Ihnen gesprochen hat.«

Rachel nickte.

»Ah. Das erklärt alles.«

»Was erklärt es?«

»Daß Sie jetzt hier sind, natürlich. Ich meine, daß ich nicht hoffen darf, Sie hätten die traurige Einsiedelei Ihres Planwagens verlassen, um mich zu sehen, nicht wahr?«

Sie merkte, daß Ramon eine schwarze Braue wölbte und sie erwartungsvoll anblickte. Er *war* hübsch, seine Haut war von der Sonne leicht gebräunt, sein Haar eine Wolke aus schwarzen Locken, mit denen der Wind spielte.

»Sie brauchen mir nicht zu antworten«, sagte er. »Ich bin sicher, daß meine Mutter den Versuch — oder den Gedanken an so einen Versuch —, Sie zu verführen, damit verdorben hat, indem Sie Ihnen von meiner bevorstehenden Abreise nach Harvard erzählt hat. Keine junge Dame von Verstand würde einem Kavalier Gehör schenken, wenn sie erfahren hat, daß er in wenigen Wochen aus ihrem Leben scheidet.«

»Ich fürchte, Sie haben recht«, antwortete Rachel.

»Verdammt! Und ich hatte mir so große Hoffnungen gemacht.« Er sah sie wieder mit seinen grünen Augen an, in denen der Schalk tanzte. »Ich sehe schon, daß ich mit der teuren Lady reden muß, bevor sie meinen Ruf vollends ruiniert. Ich werde wohl den Rest meiner Tage in San Antonio in mönchischer Zurückgezogenheit verbringen müssen, wenn sie meine geistigen Talente weiterhin so anpreist.«

Rachel lachte. »Ich glaube nicht, daß es so schlimm wird.«

»Sie können das leicht sagen. Sie haben ja nicht den Ruf eines Schürzenjägers zu verteidigen.«

»Nein, da muß ich allerdings passen.«

»Daran hat nur mein Vater schuld, müssen Sie wissen.« Er schwang sie mit einer raschen Bewegung herum, faßte sie bei der rechten Hand, und schon bewegte er sich mit ihr zu den Klängen einer Serenade im Tanzschritt über den Boden. »Mein Vater war bei den Damen für sein ›Savoir-faire‹ bekannt. Ein Schwerenöter, wie er im Buch steht.«

Rachel sah im Geiste Alejandro de Bastitas vor sich und antwortete: »Oh, das kann ich mir sehr gut vorstellen.«

»Gütiger Himmel — Sie werden ihm doch wohl nicht ins Netz gegangen sein!« rief Ramon und spielte den Entrüsteten, als sie laut auflachte. »Was hat dieser Mann nur an sich, daß alle Damen von hier bis New Orleans ihn unwiderstehlich finden?«

»Er ist so groß!«

»Das bin ich auch.«

»Er sieht so gut aus.«

»Ich auch.« Ein Lächeln spielte um seinen Mund. »Sollen wir das Spiel fortsetzen?«

Rachel dachte angestrengt nach, lehnte sich dann in seinen Armen zurück und sagte. »Ich weiß es! Es sind seine blauen Augen!«

»Ah, da bringen Sie mich allerdings in Verlegenheit. Es muß etwas dran sein an Männern mit blauen Augen. Ich habe oft mein Schicksal verflucht, daß ich die grünen Augen meiner Mutter geerbt habe. Tatsächlich haben wir alle grüne oder braune Augen — bis auf meinen ältesten Bruder. Tomas hatte blaue Augen. Sie waren noch blauer als die meines Vaters, wie man mir sagte, obwohl ich mir gar keine blaueren Augen vorstellen kann als seine.« Er neigte den Kopf zur Seite. »Ich nehme an, Sie kennen bereits die Geschichte meines ältesten Bruders.«

Rachel sah ihn stirnrunzelnd an. »Sie scheinen wenig Sympathie für ihn zu empfinden, Señor de Bastitas.«

»Im Gegenteil, meine Teure. Wir haben alle großen Anteil an seinem Schicksal genommen. Aber irgendwann muß man sich mit den Realitäten abfinden und einsehen, daß man daran nichts ändern ...«

»Seltsame Worte aus dem Munde eines zukünftigen Anwalts.« Sie spürte, wie sich der Druck seiner Hand an ihrer Hüfte verstärkte. Und die Hand, die ihre Rechte hielt, schien sich plötzlich wärmer anzufühlen.

»Rachel!« Das war Angéliques Stimme.

Ramon drehte sich zu seiner Mutter um und lächelte, als die Frau mit den roten und schwarzen Taftröcken, die fast bis auf den Boden reichten, auf sie zukam. Ramon gab ihr einen flüchtigen Kuß auf die Wange und fragte dann: »Anscheinend geht es meiner Nichte inzwischen besser, nicht wahr?«

»Entschieden besser. Sie hat wohl nur zuviel Schokolade und Karamelbonbons gegessen.« Angélique ergriff Rachels Hand. »Sie sehen hinreißend aus, Rachel. Hat mein Sohn Sie auch gut unterhalten?«

»Natürlich hat er das«, antwortete Ramon für sie. »Wenn ich etwas von meinem Vater gelernt habe, dann das Gebot, daß man sich stets der schönsten Frau auf einer Fiesta zu widmen hat. Nur hat er mir leider nicht beigebracht, was man mit einer Lady macht, die nicht nur schön, sondern auch mit Verstand begabt ist.« Er sah lächelnd in Rachels errötendes Gesicht. »Was für eine wohltuende Abwechslung.«

Im Verlauf der nächsten Stunde erfuhr Rachel, daß die rothaarige Frau, die in San Antonio bei der Prügelei der beiden Bastitas so energisch aufgetreten war, eine Halbschwester von Angélique war. Sie hatte zwei Halbschwestern — beide waren rothaarig und hatten Sommersprossen. Rachel schätzte sie auf Ende Zwanzig. Sie waren beide nicht verheiratet.

Sie lernte auch Estbans junge Frau kennen, die schmächtige, ein wenig schüchtern wirkende Maria, die ihren Gatten anzubeten schien und jedesmal zusammenschreckte, wenn Alejandro de Bastitas den Mund aufmachte. Rachel hatte das Gefühl, daß Alejandro der Geduldsfaden zu reißen drohte, weil Maria jedesmal errötend kicherte, wenn einer der Diener ihr etwas zu essen oder zu trinken anbot.

Irgendwann im Verlauf des Abends wurde Rachel von Angélique und Ramon eingeladen, das Haus zu besichtigen. Es war sauber und luftig, mit gekachelten Böden und weißgetünchten Wänden. Sie wurde durch das Foyer in eine Art Salon geführt. In einem Schaukelstuhl saß eine Negerin, die so alt und gebrechlich aussah, daß Rachel dachte, daß sie wohl die Hundert schon überschritten haben müsse. Sie hatte einen Weidenzweig im Mund, und ihr weißes Haar war oben auf dem Kopf zu einem Knoten zusammengebunden.

Lächelnd beugte sich Angélique zu der Greisin hinunter und küßte sie auf die Stirn. »Bernice, ich möchte dich jemandem vorstellen.«

Bernices knopfschwarze Augen begegneten Rachels Blick. »Komm hierher, Mädchen, und laß dich anschauen.« Als Ramon stumm nickte, kam Rachel dieser Aufforderung nach. Sie sieht aus wie ein Engel, so ganz in weiß. »Hm — ich wußte doch, daß du hier erscheinen würdest; aber sie meinten alle, ich wäre alt und töricht und sollte mich wieder schlafen legen.«

»Das haben wir nicht gesagt«, widersprach Angélique. »Und ich bin sicher, daß Ramon dich niemals als dumm bezeichnen würde.«

»Habe ja nicht gesagt, daß es Ramon gewesen ist. Dein Mann nannte mich eine alte Närrin! Er sagte, ich sei gebrechlich und sollte mit seinen alten Ziegen draußen auf der Weide das Gnadenbrot essen! Ha, er hat mir das erst heute nachmittag gesagt, als ich ihm von meinem Traum erzählt habe.«

Mit einem etwas schrägen Blick auf Rachel kniff Ramon ein Auge zu und sagte dann: »Seit Bernice vor einigen Jahren in der Kapelle der Gesegneten Jungfrau die Heilige Maria erschien, ist sie mit dem zweiten Gesicht begabt.«

Der Zweig in Bernices Mund wippte auf und nieder.

Rachel bückte sich ein wenig und sah der alten Frau in die schwarzen, hellwachen Augen. »Haben Sie das zweite Gesicht, Bernice?« fragte sie. »Ich glaube an die Prophezeiungen von Traumbildern. Als ich träumte, daß meine Mutter sterben würde, traf das kurz darauf ein. Die Leute haben mich ausgelacht. Was haben Sie denn geträumt?«

»Daß Tomas nach Hause kommt.«

Ein Herzschlag lang konnte Rachel Angélique und Ramon nicht ansehen. Mutter und Sohn wechselten einen kurzen Blick. Ramon hob die Hand und strich seiner Mutter so zärtlich und voller Anteilnahme über den Arm, daß Rachel spürte, wie sich die Tränen hinter ihren Lidern sammelten.

Bernice bewegte unablässig ihren Stuhl und sagte tonlos: »Tomas ist mit Hilfe eines weißen Engels aus seiner Asche wiedererstanden. Ich habe das alles vor meinem Fenster gesehen. Erst heute nachmittag.«

»Ich würde«, empfahl Ramon sehr leise, »das nicht meinen Vater hören lassen.«

»Diese Mann ist genauso stur, wie es dein Großvater gewesen ist. Ha, hm. Ich habe es ihm ebenfalls gesagt. Ich habe auf das Fenster dort gedeutet und ihm erzählt, was ich gesehen habe.«

»Er war bestimmt ganz außer sich vor Aufregung«, meinte Ramon trocken.

»Ach! Er hat mich mit seinen verdammten blauen Augen angesehen und mich zum Teufel geschickt. Ich sagte ihm damals, daß ich bald dorthingehen und ihn gern mitnehmen würde. Komm zu mir, Mädchen.« Sie krümmte einen gichtigen Finger, und Rachel beugte sich näher zu ihr. »Sie glauben, ich wäre eine alte Närrin, und vielleicht bin ich das auch. Aber ich habe damals bei der Geburt dieses Kindes geholfen, in diesem Haus, und ich würde wissen, wenn er tot wäre.«

»Mutter, ich glaube, du mußt dich ein wenig um deine Gäste kümmern«, warf Ramon ein.

»Sei nicht so unverschämt, Ramon«, gab Angélique warnend zurück. »Du sprichst schon fast so wie dein Vater. Wann werdet ihr beide endlich aufhören, mich wie ein krankes Huhn zu behandeln, wenn die Rede auf Tomas kommt? Ich kann mich durchaus über dieses Thema unterhalten, ohne in Trübsinn zu verfallen.«

Ramon preßte seine hübschen Lippen zusammen und sagte dann: »Solange du dir diesen Unsinn anhörst und ihn auch noch glaubst, wirst du Tomas niemals vergessen.«

Angélique hob den Kopf, und ihre grünen Augen blitzten vor Zorn. Rachel räusperte sich, um sich in Erinnerung zu bringen. Doch im gleichen Augenblick wurden sie alle auf die Gegenwart einer weiteren Person aufmerksam.

Captain Wells stand, seinen Hut unter den Arm geklemmt, auf der Türschwelle. Seine rechte Hand ruhte leicht auf dem Perlmuttgriff seines Revolvers, als er lächelnd sagte: »Ich bitte vielmals um Entschuldigung.«

Angélique eilte an seine Seite. »Ich sehe doch, daß dich etwas bedrückt, Sam. Ist etwas passiert?«

»Nein, Angélique; mir ist nur eben eingefallen, daß meine Freunde im Arrestbau noch nichts zu essen hatten. Hättest du etwas dagegen, wenn ich ihnen etwas von dem geschmorten Ziegenfleisch brächte? Wenn ich sie hungern lasse, können sie vielleicht übereinander herfallen wie Kannibalen.«

Ramon bewegte sich zur Tür. »Ich werde dafür sorgen, Mutter.«

»Ganz bestimmt nicht. Du kümmerst dich um unsere Gäste. Ich sage Teresa, daß sie ein paar Tabletts herrichten soll mit ...«

»Ich werde ihr dabei helfen.« Auch Rachel ging zur Tür, so daß sich Angélique erstaunt umdrehte.

»Das ist doch nicht nötig«, wehrte sie ab. »Sie sind unser Gast und ...«

»Aber ich bestehe darauf.« Rachel drängte sich an Ramon vorbei und stand dann im Foyer, das Bild von Davis am Zellenfenster wieder vor Augen. Nach einigen Sekunden bemerkte sie, daß der Captain sie lächelnd beobachtete.

»Ich bin gleich wieder bei Ihnen«, rief er Rachel und ihren Gastgebern zu, die den Korridor hinuntergingen. »Deputy Hale und Rogers werden Ihnen beim Verteilen des Essens helfen. Und vielen Dank noch!«

Ramon sah zu, wie einer von den verschlafenen Deputys den Schlüssel für den Arrestbau ins Schloß steckte, bevor er sich an seine Mutter wandte: »Vater wird dir eine schlimme Szene machen, wenn er etwas davon erfährt. Und Sie«, setzte er an Rachel gewandt hinzu, »haben hier wirklich nichts zu suchen.«

»Du hast Allüren wie dein Vater, Ramon. Und trete gefälligst zur Seite, bevor ich dir das Tablett auf den Fuß fallen lasse. Da unsere Diener mit der Bewirtung unserer Gäste beschäftigt sind, können wir sie nicht für diese Aufgabe entbehren. Also hör auf, mich zu tadeln. Geh mir aus dem Weg, damit wir rasch zur Fiesta zurückkehren können.« Angélique lächelte liebenswürdig aber bestimmt, als Ramon eine schwarze Braue in die Höhe zog.

Rachel stand im Schatten der Hauswand und lauschte dem groben Gelächter der Männer. Dann schwang die Tür auf, und ein trübes gelbes Licht fiel auf den Boden vor ihren Füßen. Ein paar schattenhafte Gestalten bewegten sich im Raum, als die Hilfssheriffs die Gefangenen anwiesen, sich an der entfernten Wand aufzustellen. Zuerst betraten die Deputys den Arrestbau, dann folgten Ramon, Angélique und schließlich Rachel. Die Gläser auf ihrem Tablett klirrten aneinander. Rachel holte tief Luft, um ihre Nerven zu beruhigen.

»Und jetzt benehmt euch gefälligst, wie es sich in der Gegenwart von Damen gehört, Freundchen«, befahl der drahtigere der beiden Deputys und richtete seinen Gewehrlauf auf einen dunkelhäutigen Mann in einem karierten Hemd. »Pedro«, sagte er, »wenn du diese Frauen auch nur scheel anguckst, schieße ich dir eine Kugel in den Kopf.«

Ramon trat widerstrebend zur Seite.

Rachel brauchte sich nicht erst im Raum umzusehen, um sich zu vergewissern, daß Davis hier war. Er stand in einer Ecke, und die Kette zwischen seinen Handgelenken glitzerte im trüben Licht der Laterne. Als sie sich schließlich dazu zwang, ihn direkt anzusehen, bemerkte sie, daß er Clyde angespannt beobachtete. Der Schweiß rann ihm über die Schläfen, und in seinen dunklen Augen spiegelte sich Sorge und Unbehagen.

Deputy Hale stellte sein Gewehr — unerreichbar für die Gefangenen — neben der Tür ab und gab jedem Häftling einen Zinnteller. Er nahm von Angéliques Tablett ein Stück Fleisch, legte es auf einen Teller, goß Chilisoße darüber und legte eine Tortilla obenauf. Dann bewegte er sich zum nächsten Häftling.

Rachel sah wieder zu Davis. Er beobachtete Clyde noch immer, während Clyde Angélique nicht aus den Augen ließ. Er lehnte lässig an der Wand, hielt seinen Teller vor seine schmutzige Hemdbrust, während sich das gleiche widerwärtige Lächeln in seinem Mundwinkel zeigte, das Rachel schon am Morgen abgestoßen hatte.

Aus den Augenwinkeln bemerkte Rachel, daß Davis sich so schnell bewegte, daß wenig Zeit zu einer Reaktion blieb. Als Angélique vor Clyde trat, warf sich Davis zwischen die beiden und stieß dabei das Tablett mit den Speisen zu Boden. Davis unternahm einen halbherzigen Versuch, Angéliques Handgelenk festzuhalten. Dabei geriet Angélique aus dem Gleichgewicht. Als sie rückwärts taumelte, wurde auch das Tablett mit den Gläsern und dem Wasser gegen die Wand geschleudert. Rachel schrie laut auf. Ramon bemühte sich nach Kräften, seine Mutter und Rachel vor dem Handgemenge abzuschirmen, das nun zwischen Clyde, Davis und den Deputys begann.

Ein Schuß brachte die Rangelei zu einem jähen Ende. Gips regnete auf Köpfe und Schultern herunter, als Sam sein Gewehr nun waagerecht in Anschlag brachte und damit auf Davis und Clyde zielte. »Gebt mir einen Anlaß, euch zu erschießen«, forderte er die Gefangenen in einem so drohenden Ton heraus, daß sie alle den Atem anhielten.

Dann bemerkten sie das blutige Messer zu Davis' Füßen. Der Deputy, der das Essen ausgeteilt hatte, schleuderte es mit dem Stiefel dorthin, wo Sam stand.

Ramon sprang Davis an, der seltsamerweise noch immer Clyde beobachtete. Angélique versuchte ihren Sohn zurückzuhalten, aber ihre Hand glitt von seinem Arm ab, während Ramon nun die Finger beider Hände in Davis' Hemd krallte und ihn herumschleuderte.

»Bastard!« zischte er durch die zusammengepreßten Zähne und schlug ihn dann zweimal mit der Faust in die Rippen. »Hast du keine Achtung vor Frauen, du Hundesohn? Vielleicht lernst du das jetzt von mir!«

Rachel, die wie erstarrt dastand, fragte sich entsetzt, von wem das Blut stammte, das nun überall zu sehen war. Ramons Manschetten und das weiße Hemd waren fleckig, und die Hand, mit der er Davis unablässig in die Rippen boxte, war rot.

Angélique schrie, daß Ramon endlich aufhören solle, auf Davis einzuschlagen. *Alles* erschien Rachel in diesem Moment unwirklich zu sein; als verfolgte sie ein Schauspiel, das vor einem entsetzen Publikum aufgeführt wurde. Es dauerte zwar nur Sekunden, bis Sam Ramon am Kragen packte und von Davis wegzog; aber Rachel kam es wie eine Ewigkeit vor. Der Geruch von frischem Blut in diesem heißen, engen Raum war ekelerregend.

Angéliques plötzlicher Ausruf hatte Ramon zur Besinnung gebracht und Rachel aus ihrem Schock geholt. Mit aufgelöstem Haar, das ihr über die Schultern hing, rutschte *la doña* von Rancho de Bejar nun auf den Knien zu Davis. »Gütiger Gott, o gütiger Gott. Tomas! Sam, es ist mein Sohn.«

Davis kauerte in der Ecke und schützte sich mit beiden Armen vor den Schlägen. Blaß und mit schweißnasser

Stirn starrte er ausdruckslos in Angéliques Gesicht und schwieg. Er rührte sich nicht einmal, als sie mit bebenden Fingern vorsichtig seine Wange berührte.

»O Gott, erkennst du mich denn nicht wieder? Tomas, ich bin deine Mutter.«

»Davis.« Seine Stimme war kalt. »Mein Name ist Davis.«

»Nein! Ich glaube dir nicht.« Sie warf Ramon einen flehenden Blick zu. »Ich werde doch mein eigen Fleisch und Blut wiedererkennen!«

Ramon faßte seine Mutter bei den Schultern und zog sie von Davis weg. Sie wehrte sich gegen seinen Griff. »Laß das! Nimm deine Hände von mir, oder ich werde dir das nie verzeihen!«

»Mutter, bitte.« In seiner Verzweiflung legte Ramon seinen langen Arm um Angéliques Taille und hob sie vom Boden. Dann sah er Rachel verstört an, da er ihr ebenfalls zu Hilfe kommen wollte, es aber nicht konnte.

Rachel, die wie gelähmt auf dem Boden hockte, starrte Davis an und bemerkte, daß er nicht einen Moment den Blick von Angéliques Gesicht abgewendet hatte. Gütiger Gott; sie bemerkte selbst die Ähnlichkeit: die Augen, das Haar, die Statur. Tatsächlich konnte sie in Davis Alejandro de Bastitas erkennen, wie er vor dreißig Jahren ausgesehen haben mußte!

Angéliques Weinen brachte Rachel zur Besinnung. Sie stand auf, schüttelte Glassplitter von ihrem Rock und taumelte benommen zur Tür. Daß dieser gemeine Verbrecher der Sprößling von so gesitteten und edelmütigen Leuten sein könnte, war absurd. Schließlich hatte *er* ja mit dem Messer zugestochen. Davis! Er war brutal und heimtückisch und ... er sah Rachel direkt an. Sie begegnete seinem unverschämten Blick mit zornigen Augen und schnaubte: »Bestie. Man hätte Sie töten sollen.« Dann schwang sie herum und folgte Ramon de Bastitas und seiner Mutter.

Alejandro de Bastitas fegte durch die Schlafzimmertür mit der Gewalt eines Wirbelsturmes. Mit dunkelrotem Gesicht und lodernden Augen brüllte er: »Was, zum Teufel, geht hier vor? Nun?« Ramon war noch nicht von seinem Stuhl aufgesprungen, als Alex ihn schon anfuhr: »Seit wann bist du der Sprache nicht mehr mächtig, du angehender Anwalt? Ich habe dich etwas gefragt!«

Angélique, die ihr Taschentuch zwischen den Händen drehte, warf sich an die Brust ihres Mannes, bevor Ramon den Mund öffnen konnte; »Unser Sohn befindet sich in der Arrestkammer, Alejandro. Es ist Tomas! Ich weiß, daß er es ist!«

Alex musterte Ramon. »Was hat das alles zu bedeuten?«

»Ich kann für mich selbst sprechen!« verteidigte sich Angélique.

Ramon räusperte sich. »Es gab einen kleinen Tumult im Arrestbau und . . .«

»Das weiß ich! Ich will wissen, warum du deiner Mutter erlaubt hast, dorthin zu gehen!«

»Verlaß das Zimmer, Ramon!« Angélique deutete auf die Tür. »Hinaus!«

»Du bleibst, wo du bist, Ramon!«

»*Dios mio.*« Ramon verdrehte die Augen.

»Wurde Miss Gregory verletzt?«

»Nein, *mi padre. Die Señorita* ist wohlauf.«

»Gott sei Dank.« Dann faßte Alex wieder Angélique ins Auge. »Was dich betrifft . . .«

»Hast du nicht gehört, was ich vorhin gesagt habe, Alejandro?« Sie klammerte sich an die Aufschläge seines *charro*-Jacketts und wiederholte eindringlich: »Der Mann im Arrestbau ist . . .«

».. . nicht unser Sohn! Verdammt noch mal, Engel, wir haben das jahrelang immer wieder erlebt!«

»Aber . . .«

»Diese alte Frau hat dir mit ihren törichten Träumen diese Flausen in den Kopf gesetzt. Sie bedeuten nichts!« Er umfaßte ihre Schultern fester und schüttelte sie mit einer für ihn ungewohnten Heftigkeit. »Tomas ist tot, Angélique. Sie haben ihn vor fünfundzwanzig Jahren entführt und umgebracht.«

Während die beiden sich plötzlich in einem erschrockenen Schweigen gegenüberstanden, schloß sich hinter ihnen die Tür mit einem leisen Schnappgeräusch. Sie waren allein.

Als Angélique ihre Stimme wiederfand, war sie nur ein qualvolles Flüstern: »Das glaubst du doch selbst nicht.«

»Ich habe mit den Deputys gesprochen, und sie versicherten mir, daß der Mann im Arrestbau ein Mörder namens Davis ist. Sie bringen ihn nach El Paso, wo er aufgehängt werden soll. Engel. Wäre es nicht logisch, daß er es zugeben würde, wenn er unser Sohn wäre? Er müßte doch alles in seiner Macht Stehende tun, um von uns als Sohn anerkannt zu werden und damit dem Strick zu entgehen.«

»Vielleicht weiß er es nicht — vielleicht kann er sich nicht mehr erinnern. Er war doch noch ein kleines Kind . . .«

»Exakt. Es ist ein Ding der Unmöglichkeit, daß du dich vor einen total fremden Mann hinstellen und mit absoluter Sicherheit behaupten kannst, daß er unser Sohn ist.«

Die Tränen liefen ihr nun heiß über die Wangen. »O Gott, Alexander, wenn du ihn dir doch nur anschauen würdest! Er sieht genauso aus wie Dein Ebenbild. Der gleiche Mann, den ich gesehen habe, als ich vor einunddreißig Jahren in diesen Säulenhof kam — so hübsch und groß und dunkel. Seine Augen, oh, seine Augen, Alexander. Sein Haar, sein Kinn ... Bitte, tu mir diesen einen Gefallen und ...«

»Mein Sohn ist kein Mörder, Angélique!« Er drehte sich von ihr fort und fuhr sich mit beiden Händen durch das schwarze Haar.

»Schlägst du mir deshalb die Bitte ab? Dein verdammter Bastitas-Stolz erlaubt dir nicht, zu glauben, daß dein Sohn etwas anderes sein könnte als ein perfekter Mensch!«

»Genug.«

»Darf ich dich an deine eigene Vergangenheit erinnern, mein teuerster *patron*? Muß ich dir ins Gedächtnis rufen, daß mein Vater durch *deine* Hand starb?«

Bastitas erstarrte. »Engel ... nicht das.«

Als Angélique bewußt wurde, was sie soeben gesagt hatte, starrte sie ihre Hände an. Sie hatte ihrem Mann vor vielen Jahren versprochen, daß diese schreckliche Geschichte vergeben und vergessen sei. Alejandro hatte jeden Grund dazu gehabt, sich mit Reginald DuHon zu duellieren. DuHon und Alejandros erste Frau, Pamela Bastitas, waren zusammen im Bett erwischt worden. Es war kein sinnloser Mord gewesen, sondern ein Duell, das Alejandro dazu getrieben hatte, Angéliques Vater ins Grab zu schicken und ihre Mutter in eine verbitterte Frau zu verwandeln, die auf Rache sann. Aber dieser Davis war nach allem, was sie gehört hatte, tatsächlich ein Mörder, ein kaltblütiger Killer, der eine Reihe von unschuldigen Leuten bei einer Schlägerei in einer Cantina getötet hatte.

Mit heiserer Stimme sagte Alejandro: »Engel, manchmal habe ich das Gefühl, daß du denkst, mir wäre mein Sohn vollkommen gleichgültig geworden. Du weißt, daß das nicht stimmt. Ich bin jeder Spur gefolgt, und jedem Gerücht nachgegangen. Ich habe so viele Gräber geöffnet und so viele Leichen angestarrt in diesen letzten fünfundzwanzig Jahren, daß ich ...« Er holte tief Luft. »Es ist uns gelungen, den Verlust des Jungen so viele Jahre lang standhaft zu ertragen. Laß uns nun nicht wieder alte Wunden aufreißen. Laß Tomas in Frieden ruhen.«

»Du bittest mich darum, die Erinnerungen an ihn zu begraben?«

»Das tue ich nicht.« Er drehte sich zu ihr um. »Ich bitte dich nur, daß du altes Leid nicht wieder zum Leben erweckst. Ich bitte dich darum, endgültig diese Wahnidee zu begraben, daß Tomas noch am Leben ist. Ich bin kein junger Mann mehr, Engel. Ich bin mir nicht sicher, ob ich noch eine Enttäuschung ertragen könnte ...« Er schloß die Augen, und Tränen liefen ihm übers Gesicht.

»Oh!« Angélique lief zu ihrem Mann, strich ihm mit den Fingerspitzen die Tränen aus dem Gesicht und berührte sacht seine grauen Schläfen. »Es tut mir leid«, sagte sie dann mit bebender Stimme. »Natürlich weiß ich, daß du Tomas vermißt. Daran habe ich keinen Moment gezweifelt. Aber ich habe ihn neun Monate unter meinem Herzen getragen und ihn genährt. Er wurde mir genommen, lange bevor ich bereit war, ihn aufzugeben. Ich habe keinen wirklichen Beweis, daß er tot ist. Wenn ich ihn hätte, könnte ich vielleicht das Band durchschneiden, das mich noch immer mit ihm verbindet. Wenn er aber lebt ...«

»... wünsche ihm Glück.« Alex nahm ihr schmales Gesicht in seine Hände und zwang sich zu einem Lächeln. »Hoffe, daß es ihm gutgeht und er gesund ist — daß er sich gelegentlich vage an eine Mutter und an einen Vater erinnert, die ihn geliebt haben und noch immer lieben.«

»Ich habe es versucht. Aber der Mann im Arrestbau...«

»Ich werde ihn mir anschauen, Engel. Das verspreche ich dir. Aber selbst wenn dieser Mann mir so ähnlich sieht, wie du behauptest, haben wir keinen Beweis... und wir können ihm nicht unser Heim öffnen, solange er uns nicht als seine Eltern anerkennt. Du darfst dich nicht zu voreiligen Entschlüssen hinreißen lassen. Das sind wir unseren Söhnen schuldig. Laß uns auch weiterhin in Frieden leben, wie wir das in den letzten Jahren getan haben.«

Angélique brach das Herz, aber sie antwortete dennoch: »Ich werde mein möglichstes tun.«

Er küßte sie sanft auf den Mund. Und wie immer hatte sein Kuß die erwünschte Wirkung: Ihre Knie wurden schwach, und ihr Herz pochte heftiger.

Sie sank an seine Brust. Er schob sie ein wenig von sich weg und meinte neckend: »Wir haben Gäste im Haus. Vergiß das nicht.«

Er lächelte spitzbübisch. Er konnte sie nach so vielen Jahren noch immer zum Erröten bringen.

»Ich hoffe, Ramon kümmert sich um Rachel. Ich fürchte, ihr Kleid wurde bei diesem Handgemenge ruiniert.«

»Dann wird er ihr eben ein neues kaufen.« Er küßte sie abermals, während er ihr die Mantilla von den Haaren zog.

»Sie ist ein reizendes Mädchen.«

»Hm.«

Angélique stöhnte leise, als er an ihrem Ohrläppchen knabberte: »Ich erkenne mich selbst in ihr wieder, als ich in ihrem Alter war.«

»Tatsächlich? Ich hatte nicht den Eindruck, daß sie eingebildet oder starrköpfig wäre.«

»Sie könnte die Tochter sein, die ich mir gewünscht, aber nie bekommen habe.«

»Du willst noch immer eine Tochter haben?« Er hauchte ihr ins Ohr: »Wir könnten daran arbeiten.«

»Ich bin ein bißchen zu alt dafür, um noch ... Babys zu bekommen.«

»Aber nicht für die *Arbeit* daran.«

»Wir haben Gäste«, erinnerte sie ihn.

»Vergiß sie.«

Ein lautes Klopfen an der Tür machte ihr Vorhaben zunichte. Alex zog eine Grimasse, kniff Angélique in die Nasenspitze und knurrte: »Wenn das Ramon ist, werde ich ihn erwürgen.«

Sam Wells senkte, um Entschuldigung bittend, den Kopf, als Alex die Tür aufriß. »Ich hoffe, ich störe nicht«, meinte der alte Ranger lächelnd.

»Was bringt dich auf den Gedanken, daß du stören könntest, nur weil ein Mann und eine Frau die Tür ihres Schlafzimmers zugemacht haben?«

»Nun, bei deinem Alter, Bastitas, bringt mich eigentlich nichts auf diesen Gedanken.« Er verneigte sich flüchtig vor Angélique und fuhr fort: »Ich wollte mich nur nach deinem Befinden erkundigen, Angélique, und mich dafür entschuldigen, daß die Sache unserer Kontrolle entglitten ist. Ich wollte dir auch noch sagen, daß ich nicht glaube, daß Clyde Lindsey versucht hat, dich mit dem Messer zu verwunden. Ich denke, er wollte meinen Deputy damit angreifen.«

Angélique, die gerade ihre Mantilla zusammenfaltete, blickte ihren alten Freund überrascht an. »Mr. Lindsey hatte das Messer? Ich dachte, Davis hätte es benutzt.«

»Nein, Ma'am. Ich weiß, daß es so aussah, als ob Davis plötzlich eine Biene in seiner Hose entdeckt hätte und losgesprungen wäre. Aber Lindsey hatte sich das Messer irgendwo beschafft. Davis hat gemerkt, was er vorhatte, und versuchte, Sie aus seiner Nähe zu entfernen, bevor er zustechen konnte.«

»Aber das Blut . . .«

»Er fing den Messerstoß ab. Die Klinge glitt in seine Seite wie in heiße Butter.«

Vergessen flatterte das Spitzengewebe zu Angéliques Füßen. »Er . . . ihm geht es doch hoffentlich gut?«

»Ja, es ist nur eine Fleischwunde. Er hat zwar ein paar Tage Schmerzen, aber ich schätze, er hat schon Schlimmeres überstanden.« Dann drehte er Angélique den Rücken zu und sagte: »Tut mir leid, daß ich gestört habe. Wir sehen uns morgen früh bei Anbruch der Dämmerung, *amigo?*«

Alex nickte und wartete, bis Sam um die Ecke am Ende des Korridors gebogen war, schloß dann langsam wieder die Tür und drehte sich zu seiner Frau um. Ihr Gesicht war aschfahl, und ihre grünen Augen glänzten hoffnungsvoll. »Nicht«, sagte Alex mit gepreßter Stimme. »Tu das nicht, Engel.«

»Ein eigenartiges Verhalten für einen kaltblütigen Mörder«, murmelte sie.

Alejandro sank gegen die Tür und schloß die Augen.

Rachel starrte das Bündel in ihren Armen an, und obwohl sie sich hartnäckig bemühte, die Tränen zurückzuhalten, sammelten sie sich dennoch auf ihren Wimpern. Sie vergrub das Gesicht in den von schmutzigen Sohlenabdrücken bedeckten Falten ihrer Röcke und weinte. Ihr Kummer galt zwar auch dem verdorbenen Kleid, in Wahrheit hatte er aber tiefere Ursachen. Es schien, als nehme ihr Leben jedesmal eine unglückselige Wendung: zuerst ihre Stiefmutter, dann der Krieg, schließlich der Verlust ihres Vaters und ihres Heims. Nun weckte Davis in ihr die seltsamsten Gefühle und verwirrte ihren Verstand. Dieser Mann brachte sie irgendwie dazu ihre Vergangenheit zu vergessen, sobald er auch nur seine blauen Augen auf sie richtete.

»Miss Gregory, ist mit Ihnen alles in Ordnung?« Ramons besorgte Stimme drang an ihr Ohr.

»Mir geht es gut«, log sie. Rachel preßte die Handballen gegen die Augen, damit ihre Tränen versiegten und das Bild von Davis nicht länger ihr Bewußtsein peinigte. Dann holte sie rasch Luft, wischte hastig die Tränenspuren von ihren Wangen und schlug die Zeltplane zurück, die das Heck des Wagens verdeckte. Ramon starrte sie im Mondlicht an. »Das ist wirklich nicht nötig«, sagte sie, als er beide Arme nach ihrem Kleid ausstreckte.

»Gewiß ist es nötig. Meine Mutter wird das Kleid reinigen und es dann in das Haus Ihres Onkels bringen lassen.«

»Das sollten sie nicht tun. Ich werde vermutlich nie mehr einen Anlaß haben, es zu tragen. Auf einer Ranch kann ich mir Empfänge nicht vorstellen.«

»Das können Sie jetzt noch nicht wissen«, belehrte er sie. Er schob sich das Kleid unter den Arm, blickte zum Haus und preßte seinen Mund zu einem dünnen Strich zusammen. »Ich wünschte, meine Mutter würde diesen törichten Gedanken aufgeben, daß der Mann im Arrestbau mein Bruder ist«, sagte er schließlich. Als Rachel nichts darauf erwiderte, seufzte er und schüttelte den Kopf. »Ich weiß, daß der Verlust von Tomas für sie eine schreckliche Prüfung war . . .«

»Dann sollten Sie versuchen, Ihre Mutter zu verstehen.«

»Aber fünfundzwanzig Jahre sind eine lange Zeit. Es ist Wahnsinn, sich an den Gedanken zu klammern, mein Bruder wäre noch am Leben.«

Rachel, die sich wieder an die Ähnlichkeiten zwischen

Davis und Alejandro erinnerte, erwiderte: »Vielleicht ist es gar kein Wahn. Vielleicht hat Bernice recht. Vielleicht lebt Tomas tatsächlich noch. Was haben Sie denn für einen Beweis, daß er tot ist.«

»Oh — das ist nicht das erste Mal, daß so etwas passiert — ich meine, daß meine Mutter glaubt, Tomas wiedergefunden zu haben. Jedes Kind, das auch nur Tomas im entferntesten ähnlich sah, riß Mutter an sich.«

»Aber wenn er *wirklich* noch lebt . . .«

»Dann sollte man ihn dort lassen, wo er ist. Er ist dort glücklicher als hier.« Ramon zog eine Braue in die Höhe, als er Rachels betroffenes Gesicht bemerkte. »Selbst wenn er zu uns zurückkehren würde, wäre er doch ein Fremder für uns, verstehen Sie? Und er wäre für immer versehrt — wenn nicht körperlich, dann ganz gewiß seelisch. Es ist tragisch, aber viele Gefangene, die aus den Händen der Indianer befreit und ihren Familien zurückgegeben wurden, haben sich das Leben genommen. Sobald sie die Freiheit wiedergewonnen haben, finden sie sich in der Rolle eines Außenseiters wieder. Die Nachbarn betrachten sie wie Mißgeburten in einer Jahrmarktbude. Die Entführten haben sich im Laufe der Jahre an die heidnische Lebensweise der Indianer gewöhnt, verstehen Sie? Kennen Sie die Geschichte von Cynthia Parker?«

Rachel schüttelte den Kopf.

»Sie wurde als siebenjähriges Kind entführt. Die Quahadis nahmen sie gefangen, und sie wurde später die Frau von Peta Nocona, dem Häuptling des Noconi-Stammes der Komantschen. Sie brachte Kinder zur Welt und lebte über fünfundzwanzig Jahre mit ihm zusammen. In den sechziger Jahren stieß eine Gruppe von Rangern auf eine umherziehende Horde von Wilden. Im Verlauf eines Scharmützels entdeckten die Ranger Cynthia Parker und brachten sie zu ihrer Familie zurück.

Cynthia Parker war damals der englischen Sprache nicht mehr mächtig und reagierte nur auf den Namen Naduah. Obwohl ihre Familie sie aufnahm und alles nur mögliche für sie tat, versuchte sie zu fliehen und mußte unter Bewachung leben. Nachdem ihre Tochter gestorben war, verstümmelte sie ihren eigenen Körper und hungerte sich zu Tode.«

»Wie tragisch.«

»Ja. Können Sie nun verstehen, warum mein Vater sich dagegen sträubt, die Suche nach Tomas fortzusetzen? Falls mein Bruder tatsächlich noch am Leben ist, steht zu vermuten, daß er sich in einen Wilden verwandelt hat. Das könnte, wenn er wieder zu uns käme, uns allen schaden.« Ramon betrachtete Rachel, die auf ihre Hände starrte. Hätte sie ihn in diesem Augenblick angesehen, hätte er ihr vielleicht einen Kuß auf den Mund gegeben. Statt dessen ging er mit einem Seufzer auf das Haus zu und hielt nur einmal an, als der Nachtwind ihm ihre leise, stockende Stimme zutrug: »Aber wenn ...«

Er drehte sich um und starrte durch das Dunkel.

Sie hob das Gesicht. Ihre Augen waren groß und voller Kummer. »Was ist, wenn Tomas den Indianern entfliehen konnte und sich inzwischen eine ehrenvolle Existenz aufgebaut hat? Was ist, wenn er irgendwo da draußen umherstreift und sich wünscht, heimkehren zu können, aber sich davor fürchtet, diesem Wunsch nachzugeben. Vielleicht hat er Angst, daß Sie ihn für einen Wilden *halten* ... auch wenn er es nicht ist. Was wäre, wenn ... wenn der Mann im Arrestbau tatsächlich Ihr Bruder wäre?«

Es herrschte eine Weile Schweigen, bis Ramon antwortete: »Dann, *Señorita*, haben wir alle einen schweren Fehler begangen.«

5

Alejandro stand am Fenster und hörte, wie die Tür hinter ihm ins Schloß fiel. Gleich darauf sah er, wie seine Frau den kiesbestreuten Pfad zu der Karawane von Planwagen lief, die außerhalb der Wehrmauer der Hazienda aufgefahren war. Das Haar floß ihr in sanften Wellen über den Rücken, und man hätte sie für ein Mädchen halten können. Im Licht der Morgendämmerung, das durch die Bäume sickerte, glich ihre Mähne einem prächtigen flammendem Vorhang, und Alex spürte das schmerzliche Verlangen, sie zu berühren.

Sie war noch immer rank und schlank, obwohl nicht annähernd so dünn wie damals, als er sie zum erstenmal sah. Das Alter und die Schwangerschaften hatten ihren Hüften und Brüsten eine sanfte Rundung verliehen.

Bei Gott, er liebte sie.

Er schloß die Augen und betete, daß er die Kraft haben möge, diese Prüfung und die Enttäuschung, die unweigerlich darauf folgen mußte, zu überstehen. Der Mann, der am Galgen sterben sollte, konnte unmöglich sein Sohn sein. Aber er hatte Angélique sein Wort gegeben, sich persönlich davon zu überzeugen, ob er sein Sohn war oder nicht ... Und noch immer glomm ein unter der Asche verborgener Hoffnungsfunke in seiner Brust.

Er drehte sich vom Fenster weg, hob die Jacke vom Boden auf, wo er sie in der Nacht zuvor hingeworfen hatte, und legte sie sich über die Schultern. Er ging mit energischen Schritten zur Tür, erfreut, daß dieser nagende Schmerz, der ihn gelegentlich zum Hinken verurteilte, sich an diesem Morgen nicht eingestellt hatte. Manchmal begrüßte er sogar diesen Schmerz, zumeist dann, wenn er sich an seinen Bruder erinnerte, der an seiner Stelle in Alamo gestorben war. Wenn sein Großvater nicht gewesen wäre, hätte er, Alex, wohl zu den unglückseligen Opfern des Massakers von General Santa Ana gezählt. Carlos de Bastitas Loyalität gegenüber seinem geliebten Diktator hatte Alex vor dem Tode in Alamo bewahrt, dafür aber hatte Carlos mit dem Leben eines anderen Enkels büßen müssen.

Alex hörte die Tochter seines Sohnes weinen. Er ging langsamer und lauschte, bis aus dem Schluchzen des Kindes plötzlich ein Lachen wurde, in das Estaban einstimmte. Alex beobachtete, wie Ramon das Foyer durchquerte und durch die Haustür ins Freie stürmte. Der Junge hatte es wohl eilig, noch einmal dieses Mädchen zu sehen, dachte Alejandro bei sich. Er kam jetzt an Rafaels Zimmer vorbei und mäßigte abermals seinen Schritt. Die Tür stand offen, und Teresa war damit beschäftigt, die Möbel abzustauben. Sie glättete mit ihrer breiten braunen Hand die Patchwork-Decke auf dem Bett, während sie leise vor sich hinsummte. Sie sah auf, zeigte Alex lächelnd ihre weißen Zähne und sagte: »*Buenos dias, Don Alejandro!* Wir wollen doch das Zimmer fertig haben, wenn *Señor* Rafael nach Hause kommt, *si?*«

»*Si*«, erwiderte Alex und ging weiter. *Falls* er nach Hause kommt, dachte er bei sich. Sein Sohn befand sich irgendwo in Kalifornien oder möglicherweise sogar in China. An seinem einundzwanzigsten Geburtstag hatte Rafael verkündet, daß er nicht dazu geboren sei, Rinder zu züchten. Dann hatte er seiner Mutter einen Abschiedskuß gegeben und war aus dem Haus gegangen. Nun würde auch Ramon bald das Haus verlassen. Und Estaban hatte davon geredet, daß er sich Land im Osten von Texas kaufen und sein Glück als Farmer versuchen wollte.

Alex blieb am Kopfende der Treppe stehen und betrachtete das reiche, aber unaufdringliche Dekor seines Heims. Was, um Himmels willen, sollte er mit einem leeren Haus anfangen? Was würde Angélique tun? Er besaß fünfunddreißigtausend Morgen Weideland und ein Heim, auf das wohl fast alle Männer stolz wären; aber seine Söhne wollten unbedingt etwas Eigenes haben. »Die Zeiten ändern sich eben«, hatte Ramon in seinem für ihn typischen hochmütigen Ton eines Morgens beim Frühstück erklärt. »Ich mache vielleicht eine Praxis in Boston auf oder sogar in New York City.«

»Brauchen wir in Texas etwa keine Rechtsanwälte?« hatte Alex mit so donnernder Stimme erwidert, daß das Kristall auf dem Tisch leise klirrte. Ramon hatte nur eine Braue in die Höhe gezogen und die Augen verdreht.

»Snob«, murmelte nun Alex leise vor sich hin.

Vor dem Haus empfing ihn eine leichte Brise. Die Luft war schwer von dem Duft der Blumen in den Rabatten, die Angélique angelegt hatte, nachdem Tomas von den Indianern entführt worden war. Schwanger mit Rafael war sie zwischen den blühenden Pflanzen umhergewandert und hatte sich geweigert, sich von ihm helfen zu lassen. Sie hatte geschworen, daß sie eines Tages zwei Rosen miteinander kreuzen und eine neue Sorte züchten würde, die sie nach Tomas benennen konnte.

Alex bewegte sich automatisch den Pfad hinunter, während die Angst in seiner Brust bedrohlich anwuchs. Einen Moment lang wurde der Schmerz so heftig, daß er anhalten und warten mußte, bis das Stechen zwischen seinen Rippen nachließ und er wieder Luft bekam.

Sam stand bei den Pferden und kratzte sich verdrossen am Kopf, als seine Deputys zum Arrestbau gingen. »Morgen«, begrüßte ihn der Ranger, ohne sich umzudrehen. »Ich dachte mir doch, daß du früher oder später hier auftauchen würdest.«

Alex starrte auf den Boden und fluchte leise in sich hinein. Schließlich fragte er: »Was weißt du über Davis?«

»Nicht viel.«

Rogers warf Sam die Schlüssel zu und stieß die Tür zum Arrestbau auf.

»Woher stammt er?«

»Er hat keinen festen Wohnsitz, wie ich hörte.«

Pedro kam als erster durch die Tür. Alex warf ihm einen Blick zu und sah dann auf Sam zurück.

»Wie sieht dieser Davis aus?«

»Er ist groß, hat ungefähr deine Größe, schätze ich.«

»Es gibt eine Menge Leute meiner Größe.«

Ein blonder Mann trat nun aus dem Arrestbau. Er blinzelte in die Sonne und folgte Pedro zu den Pferden. Alex sah ihm nur flüchtig nach.

»Er ist dunkelhaarig«, fuhr Sam fort. »Wie du.«

»Es gibt Millionen von Männern in Texas und Mexiko, auf die *diese* Beschreibung paßt.«

Clyde schob sich in diesem Moment ins Freie. Er musterte Sam höhnisch und spuckte Kautabak in den Sand.

Sam brummte etwas und schlug sich mit dem Hut gegen das Knie. Er sah auf Alex zurück und sagte: »Ich werde mich um die Männer kümmern.« Dann trottete er davon.

Die Sonne, die nun eine Handbreit über dem Dach des Arrestgebäudes stand, blendete Alex, als er wieder zur Tür sah. Dort stand eine dunkle Gestalt mit breiten Schultern. Alex mußte die Augen mit der Hand beschatten, um im gleißenden Gegenlicht Einzelheiten erkennen zu können.

Er hielt einen Moment den Atem an.

Davis trat mit gesenktem Kopf aus dem Gebäude. Im Schatten der Hutkrempe war sein Gesicht nicht zu erkennen. Aber als er aufsah, stieß Alejandro unwillkürlich die Luft aus.

Blicke aus zwei blauen Augenpaaren kreuzten sich. Ohne sich dessen bewußt zu sein, ging Alex nun langsam auf Davis zu. Er sah ihn unverwandt an und registrierte die Übereinstimmung ihrer Körpergröße, der Haare, der Mundform. Die Stille um sie her war fast mit Händen zu greifen und wurde so lastend wie die Hitze, die auf sie herunterbrannte. Alex öffnete den Mund, aber kein Laut kam ihm über die Lippen. Er ballte die Hände zu Fäusten, um nicht diesem fast unwiderstehlichen Drang nachgeben zu müssen, das Gesicht dieses Mannes zu berühren und um einen Hinweis zu betteln, daß der Alptraum der letzten fünfundzwanzig Jahre nun endlich ein Ende hatte. Es war ein zu großer Zufall, daß dieser Mann ihm so ähnlich sah — zumal seine anderen Söhne die Augen oder die Gesichtszüge von ihrer Mutter geerbt hatten. Davis schwieg. Er gab nur seinen Blick zurück, ohne mit der Wimper zu zucken. Tomas würde ihn doch sicherlich wiedererkennen. Da mußte doch ein winziger Funken der Erinnerung an sein Heim und die Eltern, die ihn liebten, in seinem Geist glimmen!

Panik überflutete Alex, als Davis sich von ihm abwandte. Er starrte auf seinen Rücken und rief: »Tomas!«

Davis verhielt ein wenig im Schritt.

»Tomas!« wiederholte Alex, und der Mann drehte sich langsam um. Abermals kreuzten sich ihre Blicke.

»Mein Name ist Davis«, erklärte der Mann mit leidenschaftlicher Stimme. »Kid Davis.« Dann drehte sich Davis wieder um und ging auf sein Pferd zu.

Rachel starrte in Angéliques blasses Gesicht, auf die Schatten unter den grünen Augen, die viel zu trübe waren für so eine frühe Stunde. »Ich glaube nicht, daß ich es verstehe«, sagte sie. Tatsächlich *hatte* sie verstanden; war sich aber sicher, daß da ein Versehen auf Seiten von Captain Wells vorliegen mußte. »Sie sagten, Davis sei nicht der Anstifter dieses Fluchtversuches gewesen? Und daß er Mr. Lindsey daran gehindert habe, uns einen körperlichen Schaden zuzufügen?«

Ramon, der neben seiner Mutter stand, zuckte mit den Achseln. »Ich werde mich wohl bei dem Mann entschuldigen müssen.«

»Unbedingt«, sagte Angélique.

Just in diesem Moment kam die Gruppe der Gefangenen um die Mauer herum. Die Reisenden hörten auf, ihre Sachen zusammenzupacken oder ihre Zugtiere anzuschirren, und beobachteten die Männer schweigend, deren Nähe ihnen offensichtlich unheimlich war. Clyde ging an der Spitze, Davis bildete den Schluß. Sie marschierten direkt an Rachels Wagen vorbei, die auf ihre Füße starrte und betete, daß Davis sie nicht bemerken möge. Sie schämte sich fürchterlich, nachdem Angélique sie über das Verhalten von Davis aufgeklärt hatte. Sie war dazu erzogen worden, die Gefühle anderer Menschen, ohne Ansehen der Person oder deren sozialer Stellung, zu respektieren. Sie hatte Davis am Abend zuvor auf das gröbste beleidigt, ihn als Bestie bezeichnet und ihm den Tod gewünscht.

Angélique vermied es ebenfalls, den Mann anzusehen. Sie drehte ihm sogar den Rücken zu, obwohl Rachel spürte, daß ihr das nicht leichtfiel. Sie klammerte sich an den Arm ihres Sohnes Ramon und starrte auf den Boden. Doch es gelang ihr nicht, die Tränen zurückhalten, die ihr nun über die Wangen flossen. Rachel trat zu ihr und ergriff ihre Hände.

»Was macht er jetzt?« fragte Angélique.

Rachel zwang sich, ihn anzusehen. »Nichts. Nur . . .« Er prüfte seinen Sattelgurt. »Nichts.«

»Ramon, du mußt deinen Vater finden. Er wollte mit Mr. Davis reden ...«

»Wenn Vater meint, der Mann wäre Tomas, würde er das sagen.«

Rachel runzelte die Stirn. Männer! Sie verschwendeten doch keinen Gedanken daran, welche Gefühle eine Frau bewegen!

»Aufgesessen!« befahl Homer George mit lauter Stimme.

Audra schob den Kopf durch die Planen am Heck und blinzelte schlaftrunken. »Was hat denn dieser Lärm zu bedeuten?« erkundigte sie sich unwirsch.

»Wir brechen auf.« Rachel sah immer noch Davis an. Er ging ein wenig steif auf die linke Seite seines Pferdes, und zum erstenmal bemerkte sie den dunklen Fleck auf seinem Hemd, der sich auf seinem Rücken bis zum Rippenbogen zog. Ein kleiner Riß klaffte im Hemd über dem Hosenbund, wo das Messer ihn getroffen hatte.

Rachel zwang sich, ihre Blicke auf Angélique und Ramon zu richten und versuchte, ihr schönstes Lächeln aufzusetzen. »Ich hoffe doch, daß Sie mir schreiben werden«, sagte sie.

»Das werden wir unbedingt tun«, erwiderte Ramon. »Sobald ich mich in Harvard eingerichtet habe, schicke ich Ihnen einen Brief und berichte Ihnen, wie es mir dort gefällt und was ich dort treibe.« Dann hauchte er ihr einen Kuß auf die Wange.

Alex de Bastitas kam aus der Hazienda und sah sich suchend nach seiner Frau um.

Rachel, die bemerkte, wie elend Angélique in diesem Moment zumute war, sagte: »Ramon, vielleicht sollten Sie Ihre Mutter jetzt besser ins Haus bringen. Der Schock ist zu groß für sie gewesen, fürchte ich.«

Angélique hob ihr blasses Gesicht zu Ramon empor.

»Wenn ich vielleicht noch einmal mit Mr. Davis reden würde...?«

»Das wirst du nicht tun, Mutter. Vater wird es nicht erlauben. Und ich lasse es ebenfalls nicht zu.« Er faßte seine Mutter bei den Schultern. »Wenn Sie uns jetzt entschuldigen wollen, Miss Gregory!« Er ging mit Angélique auf Alejandro zu, der ihnen mit langen Schritten durch den Garten entgegenkam.

Davis schwang sich in den Sattel und beobachtete, wie die Bastitas sich im Garten der Rancho de Bejar versammelten. Dann kam Sam, hoch zu Pferde, an seine Seite.

»Das sind prächtige Leute«, erklärte er. »Ja, das sind sie. Ein Mann, der sich Bastitas nennen kann, darf mächtig stolz sein.«

»Warum sagen Sie mir das?« schnaubte Davis. Er beobachtete in diesem Moment die rothaarige Frau, die an der Schulter ihres Mannes weinte. Als Sam ihm keine Antwort gab, drehte er den Kopf zur Seite und blickte dem alten Mann ins Gesicht.

»Ich habe keinen besonderen Grund, Junge. Habe nur laut ausgesprochen, was ich denke. Die arme Miss Angie und Alex können einem leid tun. Sie haben den Jungen, der entführt wurde, geliebt. Kann ich gut verstehen. War ihr Erstgeborener.«

Davis verlagerte sein Gewicht im Sattel und musterte Alex.

»Siehst ein bißchen blaß aus, Junge«, drang Sams Stimme zu ihm. »Und ist auch nicht das erste Mal, daß du grün wirst um die Nase, seit wir uns begegnet sind. Gestern morgen zum Beispiel, als ich die Fiesta bei den Bastitas erwähnte. Aus welchem Winkel, sagtest du, würdest du stammen?«

»Ich habe darüber nicht gesprochen.« Davis schluckte.

»Schätze, du hättest es aber getan, wenn das dort drüben nicht deine Ma und dein Pa wären ...«

Der Schweiß stand jetzt in kleinen Tropfen auf Davis' Stirn. Er schloß die Augen, krallte die Finger in die Mähne seines Pferdes und drehte das Tier leicht in Sams Richtung, weg von den Bastitas.

Sam drängte sein Pferd noch dichter an Davis heran. »Es scheint dir wirklich nicht gutzugehen, Junge. Muß wohl an dem Tumult gestern nacht und an der Hitze heute liegen«, mutmaßte Sam voller Anteilnahme.

»Richtig.«

Homer George befahl mit lauter Stimme: »In Marschkolonne aufstellen!«

Davis holte tief Luft, reihte sich neben Clyde in die Kolonne ein und weigerte sich, noch einmal zu den Bastitas hinzusehen.

Clyde grinste und deutete auf Rachel. »Ein leckeres kleines Ding, wie?« Clyde kicherte, ehe er einen dünnen Strahl Tabaksaft durch seine Lippen in den Sand spuckte. »Lecker genug für mich.«

Davis beobachtete Rachel, die große Mühe hatte, auf den Kutschbock zu klettern. »Warum hältst du zur Abwechslung nicht mal die Schnauze, Lindsey? Dann kämen wir beide viel besser miteinander aus.«

Clyde neigte sich über seinen Sattelknopf und zischte Davis ins Ohr: »Wenn du heute nacht nicht so verdammt darauf versessen gewesen wärest, den Helden zu spielen, könnten wir jetzt schon in Mexiko sein. Für mich tickst du nicht richtig, wenn du es so eilig hast, an den Galgen zu kommen.«

»Denk doch mal nach, Lindsey. Wir wären nicht weiter gekommen als bis zur Wehrmauer. Ich bin nicht bereit, mich für den Mord an einem Ranger hängen zu lassen. Wenn sich ein Dummkopf von mir beim Mogeln mit gezinkten Karten erwischen läßt und dafür eine Kugel einfängt, ist das ganz etwas anderes, als einen Prozeß wegen Mordes an einem Gesetzeshüter am Hals zu haben.«

»Nun, da ich bereits einen Sternenträger umgelegt habe, habe ich ja nichts mehr zu verlieren. Und wie ich hörte, du ebenfalls nicht. Diese Leute in El Paso waren nicht die ersten, die du kaltgemacht hast. Ich habe gehört, wie der olle Wells sagte, daß du von Kalifornien bis Kansas gesucht wirst wegen einer ganzen Latte von Kapitalverbrechen. Bei deinem Ruf kann ich mir nicht vorstellen, daß du dich einfach unter einen Baum stellst und brav wartest, bis man dir die Schlinge um den Hals legt.«

Davis wandte sich von Clyde ab und sah Rachel an. Inzwischen war es ihr gelungen, trotz ihrer zahllosen Unterröcke, den Kutschbock zu besteigen, und sie setzte sich gerade einen Hut auf, der mit riesigen roten Vogelfedern verziert war. »Ich bin keiner, der brav auf etwas wartet — schon gar nicht auf den Strick«, erwiderte Davis geistesabwesend.

»Nun, wir haben zwei Wochen Zeit, etwas dagegen zu unternehmen, *amigo.*«

»Wir?« Davis warf Clyde einen kurzen Blick zu und lächelte so kalt, daß der Mann sich steil im Sattel aufrichtete. »Ich bin ein Einzelgänger, Lindsey. Bin es immer gewesen und werde es immer bleiben. Wenn ich beschließe, mich von unseren Wächtern abzusetzen, mach' ich das allein.«

»Dann hast du also etwas vor.« Clyde schob sein häßliches Gesicht näher an Davis heran und grinste höhnisch. »Wie ich bereits zu meinen Jungs sagte — du machst dir viel zu große Hoffnungen. Was willst du denn unternehmen, Davis?«

»Das wirst du schon sehen.«

»Du kannst diese Bande von Rangern nicht allein abschütteln. Du wirst Hilfe brauchen.«

»Ich brauche nur eine Kanone.«

»Hm. Keine Kanone ist so gut, daß du damit gleich zwei Ranger auf einmal erledigen kannst. Meistens reicht sie nicht mal dazu aus, einen Ranger umzupusten.«

Davis richtete seine blauen Augen wieder auf Clyde und erwiderte: »Meistens gilt nicht für mich, Lindsey.«

Das Klirren des Geschirrs und das Blöken der Ochsen und Maultiere erfüllte die Luft, als die Wagenlenker ihre Peitschen knallen ließen. Die Ranger und Deputys ritten herbei, die Gewehre quer über die Schenkel gelegt.

»Nach Ihnen, Gentlemen«, rief Captain Wells. »Ihr klemmt euch hinter den letzten Wagen und benehmt euch. Der erste, der aus der Reihe zu tanzen versucht, bekommt aus dieser Kanone eine Kugel in den Hintern. Das ist ein Versprechen!« Er schlug mit der Hand an den Revolver in seinem Halfter.

»Ich bin kein sonderlich guter Staubfresser, Captain!« rief Clyde. »Vielleicht sollte ich lieber vor dem Wagen reiten und Miss Gregory Gesellschaft leisten!«

»Oder der Dame im hinteren Abteil!« rief Pedro grinsend.

Angetan mit einem sehr dünnen Hemd, raffte Audra gerade die Planen am Heck zusammen und band sie an den Streben des Wagenhimmels fest. Ihr braunes Haar floß ihr über Schulter und Brüste, die bei jedem Schlagloch in der Straße auf und nieder hüpften.

»*Puta*«, meinte Clyde höhnisch, an Davis gewandt. »Sie hat ein Auge auf dich geworfen Davis. Für zwei *centavos* macht sie für dich die Beine breit, möchte ich wetten. Sie mag sich ja eine Lady schimpfen; aber ich kenne diese Sorte von Damen.«

»Bin nicht interessiert.«

»Nein, das glaub' ich dir, weil du die Junge aufs Korn genommen hast. Aber ich habe Neuigkeiten für dich, *amigo*; sie ist nicht dein Typ. Oder besser gesagt, du bist nicht ihr Typ, selbst wenn du nicht mit diesen eisernen Manschetten herumlaufen würdest.«

Davis blickte auf die zwei Fuß lange Kette, die seine Handgelenke miteinander verbanden.

»Sie ist 'ne echte Lady. Ein Mann, der zu ihr ins Bett kriechen darf, darf nicht nach Pferd riechen — er muß reich und gebildet sein. Wie dieser *Bastitas-hombre*, der sie zum Abschied auf die Wange geküßt hat. Ein Mann wie du nimmt sich doch in der Regel von einer Frau, was er sich wünscht, ob sie es ihm geben will oder nicht.«

In Davis' Mundwinkel deutete sich unwillkürlich ein Lächeln an. »Erzählt man sich so was von mir?«

»Ist es nicht so?«

Davis ignorierte diese Frage und wechselte das Thema. »Du scheinst auch nicht sonderlich besorgt zu sein, daß du hängen wirst, Lindsey.«

»Ich werde bestimmt nicht hängen. Diese Bande von Idioten bringt mich und meine Leute niemals bis nach Brackettville.«

»Du bist dir deiner Sache wohl sehr sicher, wie?«

»Ich habe Freunde auf beiden Seiten der Grenze.«

»Müssen ja mächtige Freunde sein.«

»Ich habe loyal zu ihnen gestanden. Sie werden mir helfen, sie haben es schon mal getan. Im letzten Jahr wollten sie mir in Matamoros was anhängen; aber die Anklage wurde fallengelassen.«

»Dann hast du Verbindungen zur Regierung?«

»Vielleicht ... vielleicht auch nicht.«

»Der einzige, der so was zu Wege bringen kann, ohne zur mexikanischen Regierung zu gehören, ist meines Wissens Juan Cortinas. Und er haßt *gringos*, Lindsey.

Ich würde ihm nicht zu sehr vertrauen, wenn ich du wäre.«

Clyde schob die schmale Unterlippe vor und schnaubte: »Er läßt mich nicht im Stich.« Als er merkte, was er gerade gebeichtet hatte, wurden seine Augen zu Schlitzen: »Du hältst dich wohl für einen schlauen Burschen, wie? Möglich, daß ich mit Cortinas unter einer Decke stecke; aber ich unterstehe ihm nicht direkt. J. Duncan ist mein Boß. Er ist ein mächtiger Mann in diesem Teil des Landes, und er wird mich nicht hängen lassen. Du wirst es erleben.«

»Mir gefällt dein Vertrauen; aber Vertrauen zählt nicht viel, wenn ein Mann sich zwischen seinem eigenen Ruf und dem eines anderen entscheiden muß. Was macht deine häßliche Haut denn so kostbar, daß er seinen Ruf aufs Spiel setzt, um sie zurückzubekommen?«

»Weil ich gut bin in meinem Job, Davis. Ich bin schnell mit einer Kanone und kenne mich mit Rindern aus. In einer guten Nacht kann ich zwei Dutzend Longhorns zusammentreiben und sie vor Sonnenaufgang über die Grenze schmuggeln.«

»Also stiehlst du Rinder für Duncan, und er verkauft sie an Cortinas. Wie ich hörte, soll der Mexikaner ein kleines Abkommen mit Kuba haben.«

»Cortinas ist dabei, sich das nötige Geld für seine eigene Revolution gegen Texas zu besorgen.«

Lächelnd sagte Davis: »*Du bist* ein Texaner, *amigo*. Vergiß das nicht.«

Der Wagenzug schlängelte sich langsam durch die Vorberge. Rachel hatte schon am ersten Tag ihrer Reise erkannt, daß Homers Prophezeiung richtig gewesen war. Die Pferde, die Crowbait Jackson ihnen verkauft hatte, eigneten sich nicht als Gespann. Sie fragte sich, wofür sie überhaupt taugten. Sie versuchten ständig, sich gegenseitig zu beißen oder zu treten, wollten immer in die entgegengesetzte Richtung laufen und machten Anstalten, das Geschirr abzustreifen. Manchmal blieben sie einfach stehen, machten einen Buckel und keilten so heftig mit den Hinterbeinen aus, daß die Vorderräder des Wagens fast vom Boden abhoben, Rachel um ein Haar vom Bock geschleudert wurde und Audra so laut schrie, daß Jeromie Peabody, der Maultiertreiber des Wagenzuges, herbeigeritten kam, um nach dem Rechten zu sehen.

»Sie hätten sich ein Paar Ochsen besorgen sollen!« rief er. »Oder Maultiere. Pferde sind nicht gut zum Ziehen von großen Wagen. Haben Sie sich etwa diese aufsässigen, überflüssigen Heufresser von einer Klapperschlange namens Crowbait Jackson andrehen lassen?«

Rachel funkelte ihn so wütend durch ihre rubinfarbenen Straußenfedern an, daß er nur noch einmal schweigend an seine Hutkrempe tippte und im Galopp wieder an das andere Ende des Wagenzuges ritt.

Binnen einer Stunde waren Rachels Röcke naß von ihrem Schweiß. Ihre Arme fühlten sich an, als würden sie jeden Moment aus den Schultergelenken herausfallen. Ihre Finger klebten am Zügelleder, und ihre Hüften schmerzten. Eingedenk der Anweisung, die Sam ihr gegeben hatte, daß sie die Zügel »straff, aber nicht zu stramm« halten sollte, brachte sie das Gespann abwechselnd zum Stehen und zum Traben, wenn sie an den Zügeln zog und diese dann wieder lockerte, und fand den feinen Unterschied zwischen straff und zu stramm nie heraus.

Sie begriff allerdings rasch, daß Audra ihr keine Hilfe war. Ihre Stiefmutter saß halbnackt im Wagen, klagte über die Hitze und jammerte, daß ihr schlecht würde von den Schaukelbewegungen, so daß sie gezwungen sei, sich hinzulegen.

Die Landschaft drückte Rachel ebenfalls aufs Gemüt. Der Boden war knochenhart gebacken. Die Luft waberte vor Hitze, und die Eintönigkeit der Szenerie wurde nur gelegentlich durch einen Kaktusbaum und eine Ansammlung von Sträuchern durchbrochen. Sie wurde von Heuschrecken belagert, die groß wie Kolibris über ihrem Kopf schwirrten und mit ihren gelbgrauen Körpern die Sonnenstrahlen reflektierten wie Silberspangen. Sie kamen in mächtigen Scharen herbeigeflogen und zogen sich zu unglaublich großen Wolken zusammen. Manche machten auf dem Kutschbock Rast, wenn nicht gar, was öfters vorkam, auf Rachels Kopf und ihren Schultern.

Als zum erstenmal eine Heuschrecke in ihrem Nacken landete und sich dort mit spitzen kleinen Füßen festkrallte, schrie Rachel so laut auf, daß Homer George und Captain Wells zu ihrer Rettung herbeisprengten, beide fest davon überzeugt, daß sich ein Indianer an sie herangepirscht haben mußte. Rachel stand auf dem Wagensitz, schlug sich mit der Hand gegen die Schultern und betete mit ihrer lautesten Stimme: »O Gott, o Gott, hilf mir; die Biester fressen mich auf!« Davis ritt zu ihr und lachte so laut, daß die Heuschrecke aufflog und mit unbekanntem Ziel davonschwirrte.

»Wir haben soeben den ersten fleischfressenden Grashüpfer von Texas gesehen«, sagte er in seiner sarkastischen Art zu Sam, bevor er sich abwandte. »Eines muß man diesem verdammten Vieh lassen. Es hat einen guten Geschmack, was Frauen betrifft.«

»Das hat es, bei Gott«, stimmte ihm der alte Ranger zu, als sie zusammen wieder an den Schluß der Kolonne ritten.

Um zwölf Uhr wurde die erste Rast eingelegt. Homer ritt an der Kolonne entlang und rief: »Zwei Stunden,

Leute. Gebt den Tieren was zu futtern. In zwei Stunden geht's weiter, Leute!«

Rachel starrte auf den Boden und fragte sich, ob sie sich den Hals brechen konnte, wenn sie mit geschlossenen Augen vom Bock sprang. Dann hätte ihr Elend ein Ende, und sie müßte sich nie mehr mit den beiden Gäulen abplagen. Da sie sich aber vermutlich nur einen Arm brechen würde, kletterte sie lieber vorsichtig vom Bock und kam mit zwei kleinen Rissen in den Unterröcken davon.

In der Früh hatte sie nach einer fieberhaften Suche in ihren zwei Koffern ihre Handschuhe gefunden. Sie klebten ihr nun an den Händen und Unterarmen und brachten ihre Haut zum Jucken. Das Kleid, das sie sich für die Reise ausgesucht hatte, war nicht viel besser. Das Oberteil saß so stramm wie ein Futteral; der Stoff bauschte sich mächtig unter der Taille und fiel in unzähligen Falten über die drei Unterröcke hinunter, die sie in aller Eile angezogen hatte, bevor das Signal zur Abfahrt gegeben wurde. Die breite Strohkrempe ihres Hutes schützte zwar ihr Gesicht vor der Sonne, aber sein rubinroter Federschmuck mußte Aufsehen erregen. Blieb also nur die Alternative, ihn nicht aufzusetzen oder seinen Zierrat zu entfernen, was für sie nicht in Frage kam. Dieser Hut war nach ihren Angaben angefertigt worden, und ihre Hutmacherin, Kathleen Guillot de la Malmaison, hatte lange nach einer Feder suchen müssen, die genau denselben roten Farbton hatte wie das Kleid, das sie im Augenblick trug. Hut und Kleid waren ein überaus effektvolles Ensemble gewesen für Kutschfahrten durch das Vieux Carré. Rachel dachte gar nicht daran, es nun zu zerstören!

Als sie sich in ihrer Umgebung umschaute, fiel ihr Blick auf Davis, der in einiger Entfernung noch immer im Sattel saß. Etwas abseits von den anderen Gefangenen, den Hut tief in die Stirn gezogen, schien er über etwas nachzudenken — bis er sich bewegte. Er zuckte zusammen, griff sich an die Seite und versuchte, ein wenig gerader zu sitzen. Die freie Hand, die auf seinem Schenkel lag, verkrampfte sich unwillkürlich.

Rachel biß sich auf die Lippen, weil sie sich in diesem Moment an Sams Bericht erinnerte, daß Davis nicht der Anstifter des Fluchtversuchs gewesen war. Als sie nun Zeugin wurde, daß Davis offenkundig unter den Nachwirkungen seiner lobenswerten Tat zu leiden hatte, nahm ihr schlechtes Gewissen noch zu, weil sie ihn als Bestie bezeichnet und ihm den Tod gewünscht hatte. Es gab nur eine Möglichkeit, ihr Gewissen zu beruhigen — eine Entschuldigung.

Sie holte tief Luft, hob das Kinn und ging so graziös wie möglich auf Davis zu. Zweimal stieß sie mit dem großen Zeh gegen einen im Sand versteckten Stein, und mit jedem Windstoß, der über die flache Prärie fegte, blähte sich ihr Rock um ihre Hüften wie ein riesiger roter Pilz.

Davis beobachtete Sam und die anderen Gefangenen, als sie ihn endlich erreicht hatte. Sie wartete einen Moment und räusperte sich dann.

Nichts.

Sie räusperte sich zum zweitenmal.

Wieder nichts.

Diese zaghaften Laute bemerkte Davis gar nicht. Erst als der Wind ihr fast den Hut vom Kopf riß und sie laut schrie, drehte er sich mit einem Ruck zu ihr herum. Er richtete sich so unvermittelt im Sattel auf, daß sein Pferd einen kleinen Satz zur Seite machte und ihn fast abgeworfen hätte.

»Jesus«, hörte sie ihn sagen. »Lady, gehen Sie niemals von hinten an ein Pferd heran.«

Nachdem es Rachel gelungen war, dem tänzelnden Reittier auszuweichen, strich sie so beiläufig, wie möglich, ihre Röcke glatt und sagte dabei rasch: »Tut mir leid, Mr. Davis.«

Er schob seinen Hut mit dem Daumen aus der Stirn und gab mit dem Hauch eines Lächelns im Mundwinkel zurück: »Er ist ein bißchen nervös, verstehen Sie?«

Da merkte sie, daß er sie mißverstanden hatte, schüttelte den Kopf und versuchte seinem Blick noch einmal standzuhalten. »Nein, Mr. Davis, ich meinte, daß mir das von gestern abend leid tut. Wie ich hörte, haben Sie sich bei Ihrer Aktion, mit der Sie Mr. Lindseys Fluchtversuch vereitelt haben, verletzt. Ich hoffe, Sie haben unter der Wunde nicht zu sehr zu leiden.«

»Ich habe schon Schlimmeres erlebt«, erwiderte er trocken.

»Ich bedaure, das hören zu müssen.«

Er hob fragend eine dunkle Augenbraue.

»Ich finde, Ihr Verhalten war überaus nobel und ich ... es tut mir leid, daß ich so schreckliche Sachen zu Ihnen gesagt habe. Ich hoffe, Sie bringen es übers Herz, mir zu vergeben.«

Da zogen sich seine Augen plötzlich zusammen, und Rachel wich einen Schritt zurück, als er sie herausfordernd ansah.

»Moment mal«, sagte er skeptisch. »Bedeutet das, daß Sie sich bei mir entschuldigen wollen?«

Sie nickte und wich abermals einen Schritt zurück. »Ja, und ich hoffe doch, daß Sie meine Entschuldigung auch annehmen.«

»Das werde ich mir überlegen.«

Sie lächelte gnädig und drehte sich in die Richtung ihres Wagens um. Da hörte sie wieder seine Stimme, freier diesmal, nicht ganz so spöttisch.

»Haben Sie ihren Sonnenschirm verloren, Miss Gregory?«

Rachel machte eine halbe Drehung.

Davis sagte: »Verraten Sie mir mal etwas, Lady ...«

Sie stand völlig im Bann dieser blauen Augen, die eben noch kalt wie Eis gewesen waren und nun aufzutauen schienen, als er mit einer gewissen Belustigung ihren Hut studierte.

Er deutete mit einem Finger auf die Feder, die im kühnen Bogen über ihre Hutkrone ragte und mit dem breiten, fächerartigen Ende vor ihrer Nasenspitze wippte. »Wo, zum Teufel, findet man denn so große Vögel?«

»In Afrika«, gab sie gereizt zurück.

Er wirkte ein wenig ratlos, als er sich im Sattel bewegte und sagte: »Soso. Ist das irgendwo hier in der Nähe?«

Er sah, wie ihre violetten Augen sich erstaunt weiteten; die Hand, die sie schützend über ihren rubinroten Hutschmuck halten wollte, verharrte auf halbem Weg in der Luft, während sie ihm ins Gesicht starrte. Ihre rosenfarbenen Lippen klafften ein wenig auseinander, während sie ihn mit zuckenden Mundwinkeln ungläubig musterte.

Er gewann den Eindruck, daß er etwas Komisches gesagt haben mußte; aber worin die Komik bestand, wußte er nicht. »Fehlt Ihnen etwas?« wollte er wissen.

»Sie machen sich über mich lustig, nicht wahr?« erwiderte sie. »Sie wissen doch genau, wo Afrika liegt.«

Sein Magen zog sich zusammen. »Natürlich weiß ich das«, antwortete er und versuchte, unbekümmert zu grinsen. »Afrika liegt irgendwo östlich von Atlanta.«

Sie starrte ihn wieder aus geweiteten Augen an. Er sah, wie sich ein Lächeln auf ihre Lippen stahl, bevor sie den Kopf in den Nacken warf und ein Lachen in ihrem schlanken Hals aufsprudelte wie eine kleine Fontäne klaren Wassers. Sie lachte eine ganze Minute lang, bis sie wieder genügend Luft bekam, um zu ihm zu sagen: »O Mr. Davis, was für einen bemerkenswerten Sinn für Humor Sie besitzen, wenn man bedenkt, daß Sie ein — nun, ein so rauher Mensch sind. Ja, ich schätze, es liegt östlich von Atlanta. *Sehr* östlich.« Sie brach wieder in Gelächter aus.

Das Blut wich aus seinen Wangen. Er lächelte nicht mehr. Er konnte es nicht ausstehen, wenn man ihn auslachte, und sie lachte ihn aus, ob sie sich dessen bewußt war oder nicht. Sie mußte die Veränderung in seinem Verhalten bemerkt haben; denn plötzlich riß ihr Gelächter ab. Sie biß sich auf die Lippen und nestelte an ihrem Rock.

Sam trat zu den beiden, spuckte einen Schwall Tabaksaft in den Sand und sagte: »Ich schätze, Sie werden Hilfe beim Ausspannen Ihrer Pferde brauchen, Miss Rachel.«

»Zweifellos«, setzte Davis mit so viel Sarkasmus hinzu, wie er ihn in diesem Moment aufbringen konnte.

Rachel hob das Kinn an, drehte sich um und ging zu ihrem Wagen zurück. Sam, der ihr nachblickte, rief: »Ich werde einen meiner Männer abstellen, damit er sich um Ihre Pferde kümmert, Miss Rachel!«

Sam und Davis beobachteten, wie die rote Feder im Wind zu flattern begann. Dann sagte Sam: »Du scheinst wütend zu sein, Junge. Hast du dich über etwas geärgert?«

Davis zog seinen Hut tiefer in die Stirn hinein und zuckte mit den Achseln. »Haben Sie schon mal eine so große Feder gesehen?«

»Ein paarmal schon.«

»Sie kommen aus Afrika«, murmelte Davis.

»Was du nicht sagst.«

»Erzähle mir mal, alter Mann — wo liegt Afrika?«

Sam dachte einen Augenblick nach und kratzte sich durch den Bart am Kinn. »Afrika. Auf der anderen Seite der Erde, würde ich meinen.«

Die Scham kroch in Davis' Wangen, brannte dort so heftig wie die Sommersonne über ihm. »Östlich von Atlanta?« fragte er vorsichtig.

»Ein mächtiges Stück östlich von Atlanta, würde ich meinen. Warum fragst du?«

»Aus keinem besonderen Grund«, erwiderte Davis und ritt zu den anderen Gefangenen.

Rachel massierte sich die Schläfen und fragte sich noch immer, warum Davis plötzlich so wütend geworden war, als Audra um den Wagen herumkam. »Um Himmels willen, was stehst du hier herum, Rachel? Wir haben nur zwei Stunden Zeit, unser Mittagessen zuzubereiten, und du rührst keine Hand, sondern starrst ins Leere.«

»Ich habe Kopfschmerzen.«

»Deine Schuld. Wärest du gestern im Wagen geblieben, wie ich es dir befohlen habe, müßtest du jetzt nicht unter den Nachwirkungen leiden.«

Rachel schloß die Augen und zählte bis zehn.

»Ich bitte um Entschuldigung.« Es war die Stimme eines Fremden. Rachel drehte sich um und schielte über die Hinterteile ihres Pferdes hinweg in die sanften braunen Augen eines Mannes. Er lächelte und sagte: »Ich habe beobachtet, daß Sie große Mühe mit diesen Gäulen hatten. Darf ich Ihnen meine Hilfe anbieten?«

»Sie sind Engländer«, erwiderte Rachel.

»Es tut mir leid, wenn Sie das beleidigt.«

»Tut es nicht.«

»Das freut mich.« Er glättete mit beiden Händen die taubengrauen Aufschläge seiner Jacke, setzte seine Melone wieder auf und ging um die Pferde herum. »Sie hätten sich ein Paar Ochsen kaufen sollen. Sie sind zwar bedächtig, aber dafür gehen sie auch nur selten durch. Gestatten Sie, daß ich mich vorstelle. Martin Stillwell, Exquire.« Er beugte sich über Rachels Hand. »Und Sie sind Rachel Gregory?«

Rachel nickte; die rubinrote Feder wippte zwischen ihren Augen auf und nieder.

»Sie sind mir schon gestern bei der Fiesta aufgefallen. Sie sahen bezaubernd aus.« Über ihre Schulter blickend, sagte er: »Und Sie müssen Mrs. Gregory sein.«

»Meine Stiefmutter«, ergänzte Rachel.

»In der Tat.« Er sah Rachel wieder an und lächelte. »Ich gehe wohl nicht fehl in der Annahme, daß Sie ohne männliche Begleitung reisen?« Als Rachel zustimmend nickte, fuhr er fort: »Das muß ja eine gräßliche Heimsuchung für Sie sein. Es ist schon anstrengend für einen Mann, so ein Gespann zu lenken. Gott weiß, wie dankbar ich bin, daß ich Jules als Hilfe habe.« Er deutete über seine Schulter, und zum erstenmal wurde Rachel auf einen silberhaarigen Mann aufmerksam, der in einiger Entfernung erwartungsvoll dastand.

»Sie kutschieren Ihr Gespann nicht selbst?« fragte sie Martin.

Er schlug seine mit Handschuhen bekleideten Hände zusammen und erwiderte: »Nein, keineswegs, meine teure Lady. Aber seien Sie versichert, daß mein Diener Ihnen zur Verfügung steht, wenn Sie Hilfe benötigen.«

»Ihr Diener. Nun, das ist überaus freundlich von Ihnen.« Sie musterte den gertenschlanken Mann. Staub bedeckte seinen kahlen Schädel, über den sich Schweißbahnen zogen. »Aber ich denke, wir kommen auch allein zurecht. Ich bin sicher, Ihr Mann hat im Augenblick mehr zu tun, als er bewältigen kann.«

Martin lächelte abermals. »Dann will ich Sie jetzt nicht länger von der Arbeit abhalten. Bis heute abend, meine Damen.« Er lüftete seine Melone und ging zu seinem Wagen zurück.

»Dummkopf!« Audra stürmte mit hochrotem Kopf auf Rachel zu. »Du hättest sein Angebot annehmen sollen. Wir müssen unsere Zugtiere füttern und das Essen zubereiten.«

»Das erledigen wir selbst.«

»Selbst! Was weißt denn du von der Versorgung der Pferde und wie man ein Essen zubereitet?«

»Daran hättest du denken sollen, bevor du uns in diese scheußliche Lage gebracht hast, Audra.«

»O Gott, ich werde meinen Bruder umbringen, wenn ich ihn sehe. Er wird den Tag bereuen, an dem er geboren wurde. Wie konnte er nur meinen Brief ignorieren . . .«

»Captain Wells meint, daß er ihn vermutlich nie erhalten hat.«

»Oh, er hat ihn ganz bestimmt bekommen. Er ist nur . . .«

Rachel wartete, während ein schrecklicher Verdacht in ihr aufkeimte. Vielleicht war Audras Bruder gar nicht so glücklich darüber, daß sie zu ihm auf die Ranch zogen, wie Audra behauptet hatte. »Er ist was, Audra?«

»Nichts. Er ist nur manchmal nicht sonderlich . . . zuverlässig. Das ist alles.« Sie wischte sich das Gesicht mit einem Taschentuch ab, verdrehte die Augen und wimmerte: »Gott, diese Hitze. Ich habe immer noch diese schreckliche Migräne. Ich muß mich hinlegen. Ruf mich, sobald das Essen fertig ist.«

Rachel starrte ihrer Stiefmutter nach. Wie lange mußte sie sich noch Audras Gezänk und Tücken gefallen lassen und ihr auch noch die andere Wange hinhalten? Gewiß hatte ihr Vater nicht so eine schreckliche Unterwerfung im Sinn gehabt, als er sie zum Respekt vor ihren Eltern erzog.

»Brauchen Sie Hilfe bei dem Gespann, Miss Gregory?«

Verdammt, dachte sie. *Er* schon wieder.

Sie schloß die Augen und erwiderte: »Mr. Davis, ich hatte vorhin den Eindruck, daß ich etwas gesagt habe, was Ihr Mißfallen erregt hat.«

»Nun ... ich gehöre nicht zu den nachtragenden Menschen. Ich dachte, ich sollte Sie wissen lassen, daß ich Ihnen Ihre giftigen Bemerkungen von gestern nacht verzeihe.«

Rachel straffte die Schultern. »Ich bin erfreut, das zu hören. Und vielen Dank für Ihre Hilfsbereitschaft. Wenn Sie sich nun bitte wieder entfernen würden, damit wir ...«

Sie sah ihm erst jetzt ins Gesicht und bemerkte, daß er sie mit einem halben Lächeln musterte. »Sie schienen vor zehn Minuten noch nichts gegen meine Anwesenheit zu haben.«

Ihre blassen Wangen bekamen rote Flecke, als sie ihm zornig erwiderte: »Was sind Sie doch für ein eingebildeter Stoffel! Wenn Sie meinen, daß ich mich auch nur im entferntesten für Ihre Person interessieren würde, Sir, täuschen Sie sich gründlich.«

Einen Moment lang spiegelte sich so etwas wie Überraschung in seinen blauen Augen. Dann musterte er sie mit einer ganz anderen Art von Neugierde und erwiderte: »Aber, aber, Miss Gregory, ist das die Sprache einer Lady?«

»Woher wollen Sie denn wissen, wie eine Lady spricht?« parierte sie mit süßer Stimme. »Sie sind vermutlich in Ihrem Leben nur zweimal bis auf zehn Schritte an eine *wirkliche* Lady herangekommen.«

»Es würde Sie überraschen ...«

»Das bezweifle ich. Ich glaube, nichts, was Sie tun, könnte mich noch überraschen.«

Er kam näher. Sie wich zurück oder versuchte es jedenfalls. Die Pferde in ihrem Rücken verstellten ihr den Fluchtweg. »Was haben Sie vor?« forschte sie. Der Zorn, den sie über das Verhalten ihrer Stiefmutter und über die beklagenswerten Umstände empfand, in die sie sich durch Audra versetzt sah, löste sich auf wie eine Rauchwolke im Wind, als er sie mit diesen blauen Augen durchbohrend anblickte. Sie war sich plötzlich nur zu deutlich der Gründe bewußt, warum sie die Nähe dieses Mannes mit Unbehagen erfüllte. »Ich fragte, was Sie vorhaben!«

Sein Mund verzog sich zu einem Grinsen, als er langsam die Hand hob, ungeachtet der Ketten, die an seinen Gelenken baumelten, und schob mit einer fast lässigen Eleganz eine silberfarbene Haarsträhne von ihrer Wange. »Ich überrasche Sie«, sagte er schließlich.

Die Spitze seines mit einem Handschuh bekleideten Zeigefingers strich über ihre Wange. Es war ein rauhes, schon zerschlissenes Leder, warm von der Sonne und der Hitze seines Körpers. Rachel starrte in seine Augen und hatte das Gefühl, als würde sie in eine unergründliche Tiefe hinunterstürzen. Sie wurde sich plötzlich bewußt, wie sie aussehen mußte, als sie seinen forschenden Blick auf ihrem Gesicht spürte. Ihr Haar, das sie am Morgen zu einem Zopf geflochten und mit einem Band zusammengebunden hatte, hing ihr nun, halb aufgelöst, um die Schultern. Ihre Wangen und ihr Hals waren mit Schweiß und Staub bedeckt, und ihr Kleid war keineswegs sauberer als ihr Gesicht.

Sie spürte, wie ihre Wangen immer heißer wurden, als sein Blick langsam über ihre Schultern hinunterwanderte, kurz auf den festen Rundungen unter ihrer Korsage verharrte und dann weiter abwärts schweifte, bis zu ihren Füßen. Sie fürchtete, sie könnte jeden Moment in Ohnmacht fallen. Sie hätte nach Captain Wells rufen können; aber sie fand nicht die Kraft oder den Atem dafür. Statt dessen schob sie ihr Kinn eigensinnig vor, um ihn durch ihre Gleichgültigkeit gegenüber seinen schlechten Manieren zumindest zu beweisen, daß er ihr keine Angst einjagen konnte. Dennoch verspürte sie große Erleichterung, als Sam hinter Davis auftauchte.

»Himmel, Davis, mußt du dich so schlüpfrig verhalten wie eine Klapperschlange? Ich sehe schon, daß ich mit dir meine liebe Not haben werde. Ich brauche dir nur eine Sekunde den Rücken zuzudrehen, und schon schleichst du dich davon, um den Ladies den Hof zu machen.« Er tippte mit dem Finger an seine Hutkrempe und sagte: »Entschuldigung, Miss Rachel. Hat dieser Nichtsnutz Sie auf irgendeine Art belästigt?«

Davis starrte ihr in die Augen und wartete.

Nervös fuhr sich Rachel mit der Zungenspitze über die Lippen, als sie sich zu ihrem Entsetzen bewußt wurde, daß sie — aus irgendeinem Grund — für Davis lügen würde. Gütiger Himmel! Zwei Minuten in der Gegenwart dieses Mannes genügten, daß sie ihre eigenen Skrupel vergaß. »Nein, er ...« Sie schluckte, als hätte sie den Staub von halb Texas in der Kehle. »Ich weiß nicht, wie man ein Lagerfeuer macht, Captain.« Wenigstens war *das* nicht gelogen. »Er sagte, er würde mir helfen.«

Davis zog die Stirn kraus, ob aus Überraschung oder Mißvergnügen, wußte sie nicht zu sagen. »Nun?« preschte sie vor. »Haben Sie mir nicht gesagt, Sie würden mir zeigen, wie man ein Feuer anmacht, Mr. Davis?«

Davis grinste nur als Antwort.

6

Er ging mit ihr zum Heck des Wagens, während Sam sie im Auge behielt. Rachel kämpfte gegen die Versuchung an, sein Gesicht anzusehen.

»Das ist Ihre Kiste für Brennmaterial«, sagte er mit einer so tiefen Stimme, daß sie meinte, das Wagenbett würde unter ihren Sohlen vibrieren. Sie starrte auf seinen von der Sonne gebräunten Zeigefinger, der auf eine Kiste wies.

»Die Kiste für Brennmaterial«, wiederholte sie und sah dann auf die Kiste.

Er griff nach dem Deckel der Vorratskiste, und dabei fiel seine Kette klirrend gegen die Seitenwand des Wagens, was eine ernüchternde Wirkung auf Rachels Sinne hatte. Sie blickte stirnrunzelnd in das geöffnete Behältnis. Es schien mit braunen, getrockneten Rasenstücken und Holzspänen gefüllt zu sein.

Ein unangenehmer Geruch stieg von der Kiste auf. Rachel rümpfte die Nase und wich einen Schritt zurück.

»Es ist *bois des vaches*«, erklärte Sam kichernd.

»Kuhfladen«, setzte Davis als Erklärung hinzu. »Sie erzeugen ein gutes, heißes Feuer. Wenn ich Sie wäre, würde ich unterwegs meine Augen offen halten und für Nachschub sorgen. Sieht so aus, als hätten Sie nicht genügend Brennmaterial mitgenommen. Jedenfalls reicht es niemals bis Brackettville.«

»Kuhfladen«, fauchte sie. »Sie erwarten von mir, daß ich mich jedesmal, wenn ich so einen Fladen sehe, mit einer Schaufel bewaffne und das Zeug einsammle?« Die Frage war rein hypothetisch. Sie starrte angewidert in die Kiste, und ihr Entsetzen wurde noch größer, als Davis nun mit beiden Händen hineingriff und so viel von dem Dung herausholte, wie er tragen konnte. Schaudernd stellte sie fest, was nicht zu übersehen war: »Sie . . . Sie fassen das mit Ihren Händen an, Mr. Davis?«

Er blieb stehen, drehte sich um und zeigte sich von ihrer Frage überrascht. »Richtig, Miss Gregory. Aber vielleicht kommen die Fladen von allein aus der Kiste, wenn wir uns davorstellen und pfeifen. Versuchen Sie es doch mal. Ich warte so lange.«

Die Sekunden schlichen vorbei, während Rachel mit hochrotem Gesicht die federleichten Fladen betrachtete, die er in den Händen hielt und dann durch die Zähne hervorpreßte: »Sie können ja eine Mistgabel dafür verwenden, Mr. Davis.«

Davis sah zu Sam und meinte, noch immer mit dieser Miene unsäglichen Erstaunens: »Himmel, warum habe ich denn nicht gleich an so was gedacht. Haben Sie eine Mistgabel bei sich, Captain?«

Sam, der offensichtlich den Wortwechsel zwischen ihr und Davis genoß, schüttelte den Kopf: »Ich habe sie in San Antonio gelassen, fürchte ich.«

Davis ging nun zu einer kleinen Lichtung zwischen den Büschen, begann mit dem Stiefelabsatz eine Rinne in den Sand zu ziehen und ließ die Fladen hineinfallen. »Besorgen Sie mir ein paar Steine, Miss Gregory, und bauen Sie damit einen Wall um das Feuer. Der wird die Wärme speichern und dafür sorgen, daß das Wasser schneller kocht.«

Er hockte sich auf die Fersen, und der schwarze Stoff seiner Hose spannte sich fast zum Zerreißen über seinen Muskeln. Rachel starrte auf das fadenscheinige Material an seinem Schrittsaum. Er sah auf und bemerkte ihren Blick.

»Steine«, erinnerte er sie.

»Oh!« Sie wirbelte herum.
»Vielleicht sollten Sie Ihren Kopf ausschütten. Jede Frau, die sich ohne männliche Begleitung auf so eine Reise begibt, muß statt eines Gehirns Steine im Kopf haben.«

Sie schäumte innerlich vor Wut über diese Bemerkung, während sie den Boden nach Steinen absuchte, die groß genug waren, das winzige Feuer, das er nun entfachte, einzusäumen. Sie war nicht wütend über das, was er gesagt hatte, sondern weil er vermutlich recht hatte. Es war ihr und ihrer Stiefmutter überlassen gewesen, sich einen Wagen und die nötige Ausrüstung für die Reise zu besorgen, und dank ihrer krassen Unwissenheit hatten sie diese Aufgabe erbärmlich gelöst. Audra hatte einen Wagen gekauft, der bei jeder ächzenden Umdrehung der Räder auseinanderzufallen drohte. Rachel hatte keine Ahnung, wie sie so eine schlichte Aufgabe wie das Anzünden eines Lagerfeuers bewältigen sollte, und sie kannte sich noch weniger mit dem ... Oh, Himmel, sie konnte nicht kochen!

Davis sah auf, als Rachel mit den Steinen zurückkam. Ihr Gesicht war rot von der Hitze und glänzte vor Schweiß. »Ihr Hut läßt die Federn hängen«, registrierte er grinsend. »Sieht so aus, als ob Sie bald wieder nach Afrika müßten, um sich einen neuen Hutschmuck zu besorgen.«

Sie lud die Steine vor seinen Füßen ab und blickte dabei Sam an. »Vielen Dank für Ihre Hilfe, Captain.«

»Wenn Sie uns bitten, zum Essen dazubleiben ...« begann Davis.

»Tue ich nicht«, schnitt sie ihm das Wort ab.

Davis stocherte noch ein paarmal mit einem Stock im Feuer herum, stand dann auf und klopfte sich den Schmutz von den Händen. So ein empfindliches Wesen wie diese Miss Gregory war ihm noch nicht begegnet. Sie regte sich wegen einer lächerlichen Vogelfeder auf!

»Wenn Sie das Feuer wieder löschen wollen«, belehrte er sie, »nehmen Sie reichlich Wasser, und rollen Sie die Steine wieder weg. Dann rühren Sie die Asche auf und schütten noch einmal Wasser darüber. Ein Präriefeuer wäre verheerend zu dieser Jahreszeit.«

Sie begann mit fahrigen Bewegungen ihre Handschuhe auszuziehen.

Davis schüttelte den Kopf. »Sie sollten jetzt besser die Pferde ausspannen, damit sie fressen und trinken können, sonst sind sie in einer Stunde so tückisch wie zwei gereizte Klapperschlangen.«

Rachel hörte auf, an ihren Handschuhen zu zupfen, blickte ihm ins Gesicht und sagte: »Danke für den guten Rat.«

»Gern geschehen.«

Als sie wieder an ihren Handschuhen zerrte, fragte er: »Brauchen Sie Hilfe beim Ausspannen Ihrer Pferde?«

»Was bringt Sie auf diese Idee, Mr. Davis?«

Ihre Augen waren riesengroß und fast schwarz. Als sie erst den einen, dann den anderen Handschuh über den Unterarm klatschte, überkam ihn das fast unwiderstehliche Verlangen, ihr einen Kuß auf ihren kleinen rebellischen Mund zu geben. Fast hätte er es getan. Bist du verrückt geworden? schalt er sich. Sie verkörperte alles, was er, seit er der Kindheit entwachsen war, gemieden hatte wie die Pest. Sie erinnerte ihn an alles, was ihm ein böses Mißgeschick vorenthalten hatte. Sie gehörte zu jenen Gesellschaftskreisen, die ihn mit Füßen getreten hatten, als er am Boden lag. Und sie besaß die Frechheit, mit ihrer komischen Vogelfeder dazustehen und so begehrenswert auszusehen, daß er darüber alles vergaß — seine Vergangenheit und seine Zukunft, so dunkel und ungewiß sie auch immer sein mochte.

Er hatte Männer gekannt, die dumm genug gewesen

waren, sich wegen einer Frau umbringen zu lassen, die bei weitem nicht so schön gewesen war wie diese da. Sie war sich nicht zu fein dazu, ihr Aussehen als Waffe zu verwenden, um bei einem Mann zu erreichen, was sie von ihm verlangte. Das ärgerte ihn am meisten. Er hatte sie vorhin beobachtet, als sie mit dem Stadtmenschen in diesem komischen Anzug geredet hatte. Sie hatte ihn mit großem Respekt behandelt. Aber ihn sah sie jetzt an wie ein Hahn mit gesträubten Federn — sehr von oben herab —, weil er in ihren Augen nur ein... wie hatte sie sich ausgedrückt? ... ein ›eingebildeter Stoffel‹ war.

Rachel sah, wie sein Gesicht sich verfinsterte und sich seine Augen indigoblau verfärbten, als sie mit einer geradezu aufreizenden Bedächtigkeit ihr Gesicht betrachteten. Und als er nun noch den Mundwinkel in die Höhe zog, drehte sie sich um und verkündete mit einer Entschiedenheit, die wohl keinen der beiden Männer überzeugte: »Ich werde mich selbst um die Pferde kümmern.« Und damit ging sie zu den Gäulen, die sie mit zurückgelegten Ohren erwarteten.

Ihr Puls klopfte heftig im Hals, während Davis und Wells ihr nachsahen und sie einen der beiden hinter sich sagen hörte: »Das könnte aber lustig werden.«

Womit sollte sie anfangen? Da waren überall Gurte und Schnallen. Sie rieb sich die schweißnassen Hände an ihren Röcken ab und kaute auf ihrer Unterlippe. Sie spürte, daß Sam und Davis näher kamen und neugierig jeden ihrer Handgriffe verfolgten. Sie wußte, daß sie jetzt zugeben mußte, daß sie noch nie ein Pferd abgeschirrt hatte; aber nach der Bemerkung von Davis, daß sie Steine statt Verstand im Kopf habe, wollte sie lieber tot umfallen, als ihm den Beweis für die Richtigkeit seiner Behauptung zu liefern.

Da war ein breiter Ledergurt, der über den Widerrist

der Tiere führte. Sie beschloß, damit anzufangen. Sie näherte sich den beiden Tieren vorsichtig und streichelte erst das ihr zunächst stehende Pferd, das besonders nervös zu sein schien, während sie nach der Schnalle oder Öse suchte, die sie lösen mußte, um das sperrig aussehende Geschirr von der Wagendeichsel zu trennen. Sie beugte sich ein wenig vor und streckte den Arm nach dem Gurt aus, aber kaum hatte sie mit einem Finger das Leder berührt, als ihr urplötzlich der Hut vom Kopf gerissen wurde.

»Oh!« rief sie, wirbelte herum und sah, wie das linke Zugpferd, ihren Hut im Maul, den Kopf schüttelte. »Oh!« rief sie noch einmal, »du verdammtes Biest! Gib sofort meinen Hut her!«

Hinter ihr brachen Davis und Wells in schallendes Gelächter aus.

Die Pferde zeigten sich nicht davon beeindruckt, daß Rachel nun vor ihnen herumhüpfte und nach der Krempe ihres Hutes zu greifen versuchte. Als sie diese endlich mit zwei Fingern zu fassen bekam, drückte das Pferd, das sich ihrer Kopfbedeckung bemächtigt hatte, seine Zähne so fest in den Hut, daß darin ein Loch so groß wie sein Maul entstand. Rachel taumelte, die abgebissene Krempe in der Hand, nach hinten und setzte sich ziemlich unsanft auf die Kehrseite.

Mit bis zu den Knien hinaufgeschobenen Röcken starrte Rachel entgeistert die Überreste ihres Hutes an. Sie war zu betäubt, um weinen zu können oder zu bemerken, daß ihr Mißgeschick ein beträchtliches Aufsehen erregt hatte. Alle Gefangenen und deren Bewacher standen in einer Reihe neben ihrem Gespann und krähten vor Vergnügen — mit Ausnahme von Sam, der mit seinen Säbelbeinen auf sie zurannte, und Davis, dem sie einen vernichtenden Blick zuwarf. Doch er beachtete sie nicht, sondern schielte mit gerunzelter Stirn auf ihre entblößten Beine, während Clyde ihm etwas ins Ohr flüsterte. Im selben Moment fuhr Davis herum und packte den wieselgesichtigen Mann bei der Gurgel, worauf die beiden in einem Wirbel von Armen, Beinen und Ketten über den Boden rollten.

Rachel hörte, wie Sam mit den Zähnen knirschte. Der sonst so friedfertige Ranger zog seinen Revolver und brüllte: »Es reicht, Jungs! Davis, laß ihn sofort los, oder ich schieße dir ein Loch in den Arsch, das so groß ist, daß ein Fuhrwerk hindurchfahren kann!«

Deputy Rogers sprang auf die Kämpfer zu, packte Davis beim Kragen und zog ihn von dem rotgesichtigen Clyde weg, der sich mit beiden Händen an den Hals griff und gräßliche Würgelaute hervorstieß.

»Sie — haben Sie das gesehen, Captain?« japste Clyde. »Er hat versucht, mich umzubringen, nur weil ich zu ihm sagte, mir gefiele das, was die Lady unter ihren Unterröcken versteckt hält.«

»Wenn das stimmt, Lindsey, werde ich dich wohl selbst umbringen müssen. Steh auf, damit ich besser zielen kann! Ich habe noch nie auf eine Ratte geschossen, die sich auf dem Bauch im Dreck wälzt!«

Die übrigen Gefangenen zogen sich nun rasch aus der Schußlinie zurück, während sich die beiden Kampfhähne vorsichtig aufrichteten und in die Mündung des Revolvers starrten, den Sam auf sie gerichtet hielt.

»Ich habe dich bisher immer fair behandelt, Davis«, sagte Sam. »Ich habe dich sogar an der langen Leine laufen lassen, daß man fast hätte glauben können, du gehörst zu den Leuten, die das Gesetz vertreten.«

Davis' blaue Augen wurden schmal. Er spuckte Sand auf den Boden.

»Aber ich kann solche Disziplinlosigkeiten, wie ihr sie

soeben gezeigt habt, nicht länger dulden. Das ist schädlich für meine Verdauung. Und deshalb werde ich einen Deputy bitten, eure Fußknöchel zur Strafe so eng aneinander zu fesseln, daß ihr zusammenhängt wie siamesische Zwillinge. Vielleicht vertragt ihr euch dann in Zukunft besser. Ihr anderen begebt euch gefälligst zurück an euer Lagerfeuer und laßt Miss Gregory und ihren Hut in Ruhe. Rogers, du hilfst Miss Gregory, die Pferde zu versorgen. Sie hat sich mächtig erschrocken bei diesem Sturz, wie du selbst gesehen hast, und es wäre kein Wunder, wenn die Gäule sie jetzt nervös machen.«

Rogers ging zu Rachel und streckte ihr seine Rechte entgegen. Sie ignorierte sie, stand auf und sah zu, wie er die Pferde ausspannte. Dann kam Deputy Hale herbei, ließ sich auf die Knie nieder und begann, Davis' Beine in Eisen zu legen, während Davis sich mit einer Hand die Hüfte hielt. Das schwarze Haar hing ihm fast bis in die Augen, mit denen er Rachel beobachtete.

Sie drehte sich weg und versuchte, sich den Sand aus den Röcken zu klopfen. Er ist ein Raufbold, dachte sie. Gemeingefährlich und brutal. Wie konnte sie sich nur in eine so unmögliche Lage bringen? Sie saß in dieser gottverlassenen Wüste mit einer Frau fest, die sie verabscheute, und mußte sich die Gesellschaft einer Verbrecherbande gefallen lassen, die sich benahm wie ungezogene Kinder.

»Ich bitte um Entschuldigung, *Señorita.*«

Rachel wirbelte herum und sah sich einer lächelnden mexikanischen Frau gegenüber. Sie versteckte rasch ihren demolierten Hut auf dem Rücken und sagte: »Guten Tag.«

»Guten Tag. Ich bin Manuela Alverez. Mein Mann und ich kutschieren den Wagen vor Ihnen.«

Rachel warf einen Blick auf den dürren Mexikaner, der in einiger Entfernung über einen Topf gebeugt am Feuer saß. Er sah sie an, tippte mit dem Zeigefinger an seinen Sombrero und widmete sich dann wieder seinem Topf.

»Wir dachten, daß Sie vielleicht mit uns essen möchten. Es ist nichts Besonderes, nur Bohnen mit Tortillas; aber wir haben reichlich.«

»Das ist sehr gütig von Ihnen, aber meine Stiefmutter ...«

»Sie ist ebenfalls zum Essen bei uns willkommen.«

»Ich fürchte, sie hat Migräne. Und außerdem sollte ich unsere Mahlzeiten wirklich selbst zubereiten.«

Manuela verschränkte die Arme vor ihren üppigen Brüsten und starrte auf die Männer, die von Sams Leuten bewacht wurden. »Ich habe gesehen, daß Ihnen der Große dort geholfen hat, ein Feuer anzuzünden. Ich glaube, daß jemand, der keine Ahnung vom Feuermachen hat, auch nichts vom Kochen versteht.«

Rachel spürte, wie sie feuerrot wurde.

»Haben Sie Vorräte im Wagen?« fragte Manuela. Ihre schwarzen Augen blinzelten Rachel neugierig und amüsiert an.

Rachel nickte.

»Mehl, Speck und Bohnen?«

»Keine Bohnen.«

»Wir haben so viele, daß wir leicht etwas davon abgeben können. Und weil die Mittagspause niemals ausreicht, daß man in der Zeit eine volle Mahlzeit zubereiten kann, kocht man sie abends und ißt sie dann am nächsten Tag. Abends haben Sie mehr Zeit für das Fleisch. Wir haben genügend Tortillas gebacken und Bohnen gekocht. Sie nehmen doch einen Teller davon für Ihre Mutter mit, *si??*«

»*Stief*mutter«, betonte Rachel und setzte dann erleichtert hinzu: »Vielen Dank.«

Zu ihrer Überraschung waren die Bohnen sehr

schmackhaft. Sie hätten Rachel noch viel besser geschmeckt, wenn sich Audra nicht laufend darüber beschwert hätte. »Bohnen!« kreischte sie laut genug, daß die Alverez sie hören konnten. »Ich warte nun seit Stunden auf mein Essen, und alles, was du mir vorsetzt, sind Bohnen, die von einer ...«

»Sprich leiser«, forderte Rachel sie mit halblauter, aber fester Stimme auf. »Du solltest dankbar sein, daß du überhaupt etwas zu essen bekommst. Du weißt, daß ich keine Ahnung vom Kochen habe.«

»Du hast von allem wenig Ahnung«, gab die Frau spitz zurück. Sie lag auf ihrem Bett, starrte zum Wagenhimmel und sagte: »Du bist genauso wie dein Vater, taugst nur als Dekoration und fürs Predigen. Siehst du jetzt, wohin ihn seine Reden von: ›Tue anderen, was du dir wünschst, daß andere für dich tun sollen‹ geführt haben? Ins Grab! Nun, ich bin noch nicht tot, und ich habe auch nicht die Absicht, so rasch in die Grube zu fallen.«

Rachel war der Appetit vergangen. Sie legte ihren Löffel und ihre Schüssel beiseite und sagte: »Vater hat nur verlangt, daß wir uns so verhalten, wie es unserer gesellschaftlichen Stellung zukommt, und daß wir auch an jene denken müssen, denen es schlechter geht als uns.«

»Nun, du hast ihm ja seine Sprüche nicht gedankt, wenn ich daran denke, daß du mit Luke durchgebrannt bist und damit den Familiennamen beschmutzt hast.«

Rachel erwiderte: »Hättest du mir erlaubt, mit ihm zu gehen, wärst du mich für immer los gewesen. Warum hast du mich ins Haus zurückholen lassen, Audra?«

»Warum?« Audra lachte — ein scharfes, bitteres Geräusch, das an Rachels Nerven zerrte. »Ich bin dein Vormund, liebes Mädchen. Daß du mir das nie vergißt!«

»Aber du wolltest die Verantwortung für eine Stieftochter nicht übernehmen, als mein Vater noch lebte. Wieso hast du später deine Einstellung so radikal geändert?«

Audras dunkler Kopf kam hoch. Sie stützte sich auf beide Ellenbogen und erklärte mit kühler Stimme: »Vielleicht, weil ich dir nun den Kummer, den du mir die ganzen Jahre über gemacht hast, heimzahlen kann.«

»Kummer! Ich habe dir nie bewußt etwas angetan...«

»Einen Teufel hast du nicht!« Audra saß nun kerzengerade vor ihr und fauchte: »›Unsere kleine Rachel kann doch nie etwas Unrechtes tun. Unsere Rachel wird die schönste Frau in New Orleans sein‹, hat dein Vater immer geprahlt, bis ich mir Watte in die Ohren stopfen mußte, weil ich es nicht mehr hören konnte.«

»Wenn du ein Kind von ihm bekommen hättest, wäre es vielleicht...«

»Ein Kind?« höhnte Audra. »Ein Kind von diesem alten Mann? Niemals! Es war schon schlimm genug, daß ich ihm einmal im Monat seine ehelichen Rechte gewähren mußte.«

Rachel nahm mit bebenden Händen ihre Schüssel und ihren Löffel auf und wandte sich dem Wagenheck zu. Wenn sie nicht ins Freie ging, würde sie vor Wut platzen und...

»Dein Vater war ein Narr«, setzte Audra im giftigen Ton hinzu.

»Du hast ihn dazu gemacht«, gab Rachel zurück. »Er hat für dich gesorgt und dich ins Haus genommen, als du nichts anderes warst als eine...« Sie biß sich auf die Zunge, als sie merkte, daß sie zu weit gegangen war.

»Was war ich? *Was!* Dreh dich um, Mädchen, und sag es mir ins Gesicht!« Audra faßte nach Rachels Arm. »Los, was wolltest du sagen?«

Rachel zuckte zusammen, als sich die Fingernägel ihrer

Stiefmutter in ihren Arm bohrten, und schaute ihr dann in die Augen. »Ich meinte lediglich, daß du eine Witwe warst, die nur einen Koffer mit alten Kleidern besaß. Er hat dich geheiratet und dir alles gegeben, was er dir mit seinem Geld kaufen konnte.«

»Was wenig genug war. Er war ständig damit beschäftigt, dir Zucker in den Hintern zu blasen, so daß er mich kaum bemerkt hat.«

»Wärst du öfter zu Hause geblieben und hättest ihm die Gelegenheit gegeben, dir zu ... Wo bist du denn während all der Nächte gewesen, die du angeblich bei einer kranken Freundin verbracht hast, Stiefmama? Vielleicht bei Richard Delaney, wie?«

»Rich ...? Was weißt du von Richard?«

Audras Gesicht wurde bleich, und ihre vollen Lippen zuckten. Ein eigenartiges Gefühl der Genugtuung durchströmte Rachel, als sie den Schock sah, den ihre Worte bei ihrer Stiefmutter ausgelöst hatten. »Ich weiß, daß Delaney eine Flußratte war mit einer Vorliebe für Glücksspiele.« Sie befreite mit einem Ruck ihren Arm aus Audras Griff. »Ich weiß auch, daß du dich ein- oder zweimal wöchentlich mit ihm getroffen hast. Luke ist dir ein paarmal heimlich zum Hafen gefolgt.«

»Ich verstehe.« Audra legte sich aufs Bett zurück und fragte: »Und du hast deinem Vater davon erzählt?«

»Nein! Mein Vater mochte dich. Ich hätte ihn niemals auf so eine Weise verletzt, und wenn ich es noch so gerne gesehen hätte, daß er dich rausschmeißt.«

»Soso.« Audra streckte sich in ihrem dünnen Hemd auf der Matratze aus. Der mit Spitzen gesäumte Stoff spannte sich über ihren schweren Brüsten, als sie lachte. »Du hättest es ihm wohl besser sagen sollen, Rachel. Dein Schweigen ist dich teuer zu stehen gekommen, wie du siehst.«

»Ich weiß nicht, was du damit meinst.«

»Jetzt hast du mich als Vormund.«

»Ich werde noch früh genug einundzwanzig.«

»Das wirst du wohl.« Sie lachte abermals. »In der Tat, das wirst du.«

Die Mittagssonne traf Rachel wie eine Stichflamme aus einem Schmelzofen, als sie vom Wagen stieg. Der Bohneneintopf schwappte über, und der Löffel fiel in den Schmutz. Rachel kniete sich nieder, hob den Löffel auf und versuchte, nicht mehr an dieses schreckliche Gespräch mit Audra zu denken. Wie konnte ihr Vater nur so blind gewesen sein? Warum hatte er sich in diese egozentrische Frau verliebt?

Sie blickte über die Schulter, als sie ein Stampfen und Klirren in ihrem Rücken hörte. Deputy Rogers schirrte die Pferde wieder an. Dicht hinter ihm standen Hale, Clyde und Davis. Die Ketten an ihren Fußknöcheln waren über Hales Schulter geworfen. Davis schüttelte ein Bein aus, während er zu ihr herüberstarrte.

Sie begegnete diesmal seinem Blick, ohne mit der Wimper zu zucken. Vielleicht war der Ärger über die Anmaßung ihrer Stiefmutter dafür verantwortlich, daß sie ihm nun zulächelte.

Davis lächelte zurück.

»Aufgesessen!« rief Homer George in diesem Moment.

Rachel erschrak, als sie unversehens ein heißer Windstoß mitten ins Gesicht traf, an ihren Haaren riß und ihre Röcke flattern ließ wie Segel. Der Wagenhimmel über ihr blähte sich und gab Geräusche von sich wie ein Blasebalg. Sie warf rasch Schüssel und Löffel durch den Spalt in den Planen am Wagenheck und ging dann mit steifem Rücken zu den Pferden, wo sie sich bei Rogers mit einem Lächeln bedankte.

Der tippte kurz mit dem Finger an seine Hutkrempe. Plötzlich kroch ein zweiter Schatten langsam an der Seite des Wagens auf Rachel zu, bis er mit ihrem verschmolz. Die Sonne, die eben noch auf ihren Rücken heruntergebrannt hatte, war von Davis' breiten Schultern verdeckt, als er hinter ihr stehenblieb. Sie drehte sich nicht um. Nein, das würde sie nicht tun!

»Brauchen Sie Hilfe beim Aufsteigen, Miss Gregory?«

Seine Worte drangen wie Donner an ihr Ohr, sommerwarm und bedrohlich. Es wäre nicht schicklich, in Anbetracht dessen, was er war, sich von ihm helfen zu lassen, und sie mußte sich nun doch umdrehen, um ihm das zu sagen.

Aber die Worte wollten ihr nicht über die Lippen kommen. Unter seinem forschenden Blick gab es nur ein kurzes Aufbegehren ihrer Vernunft, und dann stand sie sprachlos da, gleichsam aufgesogen von seiner Gegenwart, überwältigt von dieser virilen Kraft, die er ausstrahlte.

»Soll ich Ihnen beim Aufsteigen helfen?« wiederholte er.

»Das ist sehr gütig von Ihnen, Mr. Davis; aber Ihre Verletzung . . .«

»Zum Henker mit meiner Verletzung.«

»Nun, dann — wenn Sie unbedingt darauf bestehen.« Sie mußte plötzlich lächeln, als er sich wie ein Kavalier vorbeugte und mit seinen Händen einen Steigbügel bildete. Sie hob ihre Röcke bis über die Fesseln und setzte einen mit einem Slipper bekleideten Fuß in seine verschränkten Hände. Sie starrte auf seinen Hinterkopf und wurde im selben Moment von einem so schmerzlichen Verlangen überwältigt, mit den Fingern die unbändige schwarze Haarflut in seinem Nacken zu berühren, daß sie beinahe gefallen wäre.

»Vorsicht«, warnte er und lehnte dann seine Schulter als Stütze gegen ihr Bein.

»Sie sind sehr galant«, sagte sie im neckischen Ton.

»Ja, das bin ich. Und nun beeilen Sie sich.«

Sie schwebte plötzlich in der Luft. Sie faßte nach dem Wagensitz und schwang sich darauf. »Ich danke Ihnen vielmals, Mr. Davis.«

Er drehte sich von ihr weg.

Sie betrachtete den strammen Sitz seiner Hose, als er langsam zu Sam zurückging und sie offenbar bereits vergessen hatte. Dann schloß sie die Augen.

»Abfahren!« rief Homer.

Ohne Hut und Handschuhe nahm sie die Zügel hoch und konzentrierte sich darauf, diese Anweisung zu befolgen.

7

Rachel verbrannte sich am nächsten Morgen beim Feuermachen die Hand. Sie verbrannte sie sich zum zweitenmal, als sie nach dem Henkel des Topfes griff, in dem sie das Wasser für Audras Tee gekocht hatte. Sie ließ den Speck, den Manuela ihr geschenkt hatte, zu lange braten und versengte sich den Saum ihrer Unterröcke, als sie sich über das Feuer beugte, um die glühenden Holzkohlen aufzurühren. Und als ob das nicht schon genügt hätte, fand sie sich auch noch im Mittelpunkt des allgemeinen Interesses. Ihr Wagen schien eine seltsame Anziehungskraft zu besitzen, weil so viele Männer und Frauen daran vorbeiwanderten, mit gerunzelter Stirn stehenblieben und dann grinsend und kopfschüttelnd weitergingen.

Nur Martin Stillwell besaß die Liebenswürdigkeit, wenigstens auch mit ihr zu reden. Er kam zu ihr und drückte ihr eine Serviette, in die noch warme Hörnchen gewickelt waren, in die Hand. »Guten Morgen«, sagte er, was ihr zum erstenmal an diesem Tag ein Lächeln entlockte. »Jules ist ein superber Küchenchef, so daß ich Ihnen versprechen kann, daß dieses Gebäck Ihnen auf der Zunge zergehen wird. Darf ich Ihnen ein Kompliment machen? Sie sehen großartig aus heute.«

Sie blinzelte, um nicht laut loszuheulen. »Sie sind zu gütig.«

»Ein erfrischender Kontrast zu all diesen unscheinbaren Damen in groben Stiefeln und farblosen Kittelkleidern.«

Rachel blickte an ihrem himmelblauen Seidenrock hinunter auf ihre zierlichen Slipper. Dann sah sie ihn an.

Stillwell war ein angenehmer, umgänglicher Gentleman mit hagerem, rosigem Gesicht und blondem Haar. Er hielt sich immer tadellos gerade, wenngleich er ziemlich schmale Schultern und eine schmächtige Brust hatte. Er trug ein dunkelblaues Jackett mit Messingknöpfen, eine weiße Seidenweste und eine lohfarbene Reithose. Offensichtlich waren seine hohen Schaftstiefel heute morgen gewienert worden. In New Orleans hätte er sicherlich mehr als einen Blick von ihr und ihren Freundinnen eingefangen; aber hier ...

»Haben Sie gut geschlafen?« fragte er.

Aus ihrem Gedankengang geschreckt, nickte Rachel geistesabwesend und log: »Sehr gut, danke.«

Er spitzte die Lippen, sah über ihre Schulter hinweg und runzelte heftig die Stirn. »Eine recht unappetitliche Bande, nicht wahr? Ich habe beobachtet, daß Sie der Große gestern angesprochen hat. Ich hoffe doch, daß er Sie nicht belästigt hat, wie?«

Sie folgte seinem Blick. Die Gefangenen saßen mit ihren Bewachern um ein Feuer herum, kratzten geräuschvoll ihre Zinngefäße aus und schlürften heißen Kaffee. Alle bis auf Davis. Der saß allein auf einem Felsblock und balancierte einen emaillierten Becher auf seinen langen Fingern. Den Hut hatte er wie immer tief in die Stirn gezogen und schien, da er den Kopf etwas gesenkt hielt, in seinen Kaffee zu starren. Aber Rachel spürte, daß dies nicht der Fall war. Er beobachtete sie, und als sie seinen verstohlenen Blick erwiderte, sah sie, wie er einen Mundwinkel spöttisch in die Höhe zog.

»Unverschämtheit«, murmelte sie.

»Was sagten Sie eben?«

Sie zwang sich, Martin ihre Aufmerksamkeit zu schenken. »Ich sagte, daß ich Ihnen recht gebe. Alles Gesindel. Ohne Manieren . . .«

»Ja. Eine Geißel der Menschheit. Es ist eine Schande, daß Sie gezwungen sind, ihre Nähe zu ertragen. Möchten Sie, daß ich mal ein Wörtchen mit Mr. George rede?«

»Nein! Ich meine, das ist sehr freundlich von Ihnen.« Sie schaute Davis erneut an und dachte abermals an die geschmeidige schwarze Großkatze, die sie als Kind gesehen hatte. Er hatte seine langen Beine von sich gestreckt. Er wirkte faul und zufrieden, wie er so dasaß und die Morgensonne genoß. Er schaute jetzt auf die endlose Prärie hinaus, die sie gestern durchquert hatten.

Als sich Rachel Martin wieder zuwandte, starrte er sie neugierig an.

»Stimmt etwas nicht?« fragte sie ihn.

»Dieser Mann scheint Sie sehr zu beschäftigen.«

»Wirklich?« Sie errötete. »Er beschäftigt mich in keinster Weise. Warum sollte er auch?«

»Ja, warum sollte er wohl. — Lassen Sie sich die Hörnchen schmecken.«

Sie hatte sein Mitbringsel vollkommen vergessen. Das noch warme Gebäck in der leinenen Serviette trieb ihr den Schweiß auf die Handflächen. »Ich bin sicher, daß sie mir schmecken«, erwiderte sie.

Bis zum späten Vormittag geschah wenig, was Rachel aufmuntern konnte. Audra kurierte noch immer ihre Migräne aus, und die Pferde benahmen sich so störrisch wie eh und je. Rachel war noch wund und steif von den Strapazen des letzten Tages, und bei jedem Stoß des Wagens oder Zerren der widerborstigen Pferde hätte sie fast laut aufgeschrien vor Schmerzen.

Einmal verlor sie sogar die Nerven und weinte. Sie saß auf ihrem Kutschbock, wo jeder sie sehen konnte, und ließ ihren Tränen freien Lauf. Es waren heiße Tränen, die sie alsbald auf unangenehme Weise daran erinnerten, wie sehr ihre Wangen inzwischen von der Sonne verbrannt waren. Sie wischte sich mit dem Ärmel über das Gesicht und verrieb damit nur den Schmutz, der in kleinen Bächen auf ihr Kleid hinuntertropfte.

Die Landschaft veränderte sich allmählich. Stacheliges Gras, gelegentlich ein Baum, Lehm, Sand und Geröll erstreckten sich endlos vor ihr. Und als sich das Terrain veränderte, änderte auch die Mannschaft von Homer George ihre Taktik. Der Abstand zwischen ihr und den Reisenden wurde größer. Auf der Suche nach Wasser und Wild sah man die Männer in der Ferne über Kuppen reiten und dahinter verschwinden. Dann preschten sie wieder an die Spitze des Zuges und schwärmten vor dem ersten Wagen aus. Indem sie stets nach einer Gefahr für den Wagenzug Ausschau hielten, wiederholten sie dieses Manöver mit der Regelmäßigkeit eines Uhrwerks.

Rachel beobachtete Jeromie Peabody bei so einem Manöver, als Davis neben ihr auftauchte.

Er ritt ein paar Minuten neben ihrem Wagen, bevor sie

auf ihn aufmerksam wurde. Als sie ihn endlich sah, sagte er: »Sie passen nicht auf.«

»Nein?«

Er schaute auf die durchhängenden Zügel in ihren schlaffen Händen.

»Wenn die Pferde jetzt durchgingen, wären Sie in großen Schwierigkeiten.«

»Wäre ich das?« Sie blinzelte nur in die Sonne, ohne die Zügel anzuziehen. Davis bemerkte, daß sie erschöpft von der Hitze war und fast einschlief.

»Wo ist Ihr Hut?« fragte er.

Sie dachte einen Moment nach und kniff die Augen zusammen. Dann sah sie ihn wieder an, den Hauch eines Lächelns auf ihrem kleinen Mund. »Wahrscheinlich liegt er in der Kiste für Brennmaterial«, gab sie ihm endlich zur Antwort.

Er rutschte im Sattel nach vorn. »Ziehen Sie die Zügel stramm.«

Sie tat es und setzte sich etwas gerader hin.

»Passen Sie auf. Die Pferde sind durstig. Wenn sie Wasser wittern, könnte es sein, daß sie einfach lospreschen.«

Sie sah ihn an. »Durstig bin ich auch. Und ich würde zu gern ein Bad nehmen.«

Davis wandte den Blick von ihrem von der Sonne verbrannten, hübschen Gesicht ab und betrachtete die Hügel in der Ferne. Sein Leben war schon kompliziert genug; er durfte sich nicht von so einer schönen Larve beeindrucken lassen. Aber sie beeindruckte ihn. Und das galt für alle Männer in diesem Wagenzug.

»Werden wir bald Rast machen?« hörte er ihre hoffnungsvolle Stimme.

»Möglich.« Er sah, daß sie die Zügel wieder durchhängen ließ.

»Halten Sie die Zügel stramm, Rachel«, ermahnte er sie zum zweitenmal.

»Ach, gehen Sie zum Teufel mit Ihren Zügeln, Davis. Ich bin müde.«

Da mußte er lächeln. »Sie drücken sich aber nicht so gewählt aus wie eine Dame.«

Sie rieb sich die Nasenspitze mit dem Handrücken und erwiderte: »Ich fühle mich auch kaum noch wie eine Dame — und sehe auch nicht wie eine aus.«

»Meine Mutter sagte mal zu mir, daß das Aussehen einer Person nichts damit zu tun habe, was sie darstellt.« Das rutschte ihm einfach so heraus. Er hatte eigentlich nicht von seiner Mutter reden wollen.

»Sie hatten eine Mutter? Das kann ich kaum glauben!«

Sie meinte zu sehen, wie sich ein Schatten über seine Augen legte; aber sie konnte es sich nicht verkneifen, hinzuzusetzen, während sie auf seine Handschellen starrte: »Sie müßte jetzt eigentlich sehr stolz auf Sie sein, Mr. Davis.«

Davis riß so heftig am Zügel, daß sich sein Pferd aufbäumte, während ihr Wagen weiterrumpelte und eine Staubwolke hinter sich herzog. Er starrte ihm nach und fragte sich dabei — eher belustigt als wütend —, warum es ihr so mühelos gelang, ihn aus der Fassung zu bringen. Er haßte sie für das, was sie war. Und für das, was sie nicht war. Er haßte sie wegen ihres Flitterkrams; aber der war nicht Teil ihres Wesens. Sie war gänzlich anders. Im Unterschied zu vielen sogenannten Ladies, die er in Chicago und New York kennengelernt hatte und die — mit oder ohne Kleider — so kalt und unnahbar sein konnten wie eine Weißblechkonserve, *war* sie verletzbar. Er sehnte sich danach, sie zu berühren. Zum Henker mit ihr!

Sie spähte mit apfelroten Wangen um den Wagenhimmel herum und lächelte.

Zum Henker mit ihr.

Rachel blinzelte, um ihre Augen vom Staub zu befreien. Sie sah Davis zu den anderen zurückreiten, die dem Wagen im beträchtlichen Abstand folgten. Ein seltsamer Mann, dachte sie bei sich. Er spricht von seiner Mutter in einem so ehrfurchtsvollen Ton, während seine Handschellen ihn als rücksichtslosen Kriminellen auswiesen. Davis war ein harter Bursche; daran zweifelte sie keine Sekunde. Hart und bitter bis auf den Grund seiner Seele. Doch manchmal überraschte er sie durch seine Anteilnahme. Es steckten zwei verschiedene Persönlichkeiten in diesem Mann. Die eine finster, gefährlich, unnahbar; die andere empfindsam und einsam — verzweifelt einsam. Sie konnte ihm das zuweilen an den Augen ansehen, wenn er sich von den anderen absonderte und in die Ferne oder seinen Kaffeebecher starrte. Vielleicht war es Reue über seine Vergangenheit, die ihn zwang, eine Barriere zwischen sich und anderen Menschen aufzurichten. Vielleicht war seine Seele doch noch zu retten.

Phantastereien! Rachel seufzte und gab sich wieder ihren Tagträumen hin.

Der Pfad, dem sie folgten, versank zwischen Kalksteinwänden, die so hoch waren wie der Widerrist der Pferde. Das Licht, das vom weißen Felsen zurückgeworfen wurde, blendete Rachel so sehr, daß sie die Augen schließen mußte — ihr erster Fehler. Ihr zweiter war, daß sie die Augen geschlossen hielt. Vielleicht döste sie, oder die Sonne hatte ihr das Gehirn ausgetrocknet. Was auch immer der Grund gewesen sein mochte — jedenfalls entglitten die Zügel ihren Händen und fielen um ihre Füße, was sie nicht bemerkte. Ihr Kopf wippte auf und nieder, während die Wagen vor ihr aus dem Hohlweg herauskamen und einem entfernten Flußbett entgegenrumpelten.

Jemand schrie etwas hinter ihr. Sie setzte sich erschrocken auf und nahm instinktiv die Hände vor das Gesicht, um ihre Augen vor der gleißenden Sonne zu schützen. Da war eine Bewegung auf dem Felsen, der ihrem Gespann am nächsten war — etwas Längliches, Zylindrisches in einer Spalte zwischen zwei Blöcken. Dann ringelte es sich zusammen. Es rasselte und streckte sich nun nach dem Hals ihres linken Pferdes.

Der Wagen machte einen gewaltigen Satz, so schien es ihr, und wäre sicherlich umgekippt, wenn die Wand nicht gewesen wäre. Als Rachel ihren Fehler erkannte und sich nach den Zügeln bückte, wieherten die Pferde entsetzt und reckten die Köpfe nach vorn. Die Zügel glitten von der Fußstütze und fielen — unerreichbar für sie — auf die Deichsel.

Der Wagen schwankte und schleuderte hin und her wie ein Schiff im Orkan. Rachel wurde auf ihrem Sitz von einer Seite auf die andere geworfen; und der nackte Wille zum Überleben zwang sie dazu, sich mit beiden Händen irgendwo festzuklammern, bevor sie an das andere Ende der Welt katapultiert wurde. Audras hysterische Schreie waren wenig hilfreich. Auch das Klirren des Geschirrs und das Überschwappen der Wasserfässer verbesserten kaum ihre Lage: jedes Geräusch machte die Pferde noch kopfloser, bis sie sich nur noch von den Zugleinen und dem Wagen zu befreien suchten, um diesem Lärm zu entrinnen.

Rachel konnte nicht schreien. Der Staub von ganz Texas hatte sich in ihrer Kehle, ihren Augen und ihren Nasenlöchern angesammelt. Sie spürte, daß der Wagen sich so weit nach links neigte, wie das nur irgend ging, ehe er genauso weit in die andere Richtung pendelte. Aus den Augenwinkeln sah sie Männer auf sich zureiten; aber sie waren viel zu weit von ihr entfernt. Sie würden sie nie mehr einholen können, und nun rasten die Pferde im gestreckten Galopp vor dem Wagen her.

Die Zügel hingen noch immer über die Deichsel und schleiften mit den Enden über den Boden. Wenn sie sich streckte . . .

Rachel kniete sich nieder, verfluchte ihre Unterröcke, die sich bis zu ihren Achseln hinauf blähten. Sie beugte sich nach vorn und streckte den Arm nach den Zügeln aus. Das vordere rechte Rad prallte gegen einen Stein und schleuderte sie in die Höhe. Sie faßte nach dem Wagensitz, grub die Nägel in das harte Holz, als es ihren schweißnassen Händen zu entgleiten drohte.

Und dann erschien *er* aus dem Nirgendwo, ein großer, dunkler Engel, den der Himmel zu ihrer Rettung sandte. Er schwang sich so graziös über die Seite des Wagens, als beträte er eine Hotelhalle in New Orleans. Sein Gesicht war grimmig und konzentriert, während ihm das rabenschwarze Haar wie eine Standarte um den Kopf flatterte. Sie sah, wie er mit seinen gefesselten Händen nach ihr griff; sie war zu ängstlich, um sich bewegen zu können, und wollte den Wagensitz nicht loslassen aus Furcht, in diesen Strudel aus Geschirren, donnernden Hufen und Zügelleder gesaugt zu werden.

Seine Finger schlossen sich fest um ihre Handgelenke. Er hob sie auf den Sitz, obwohl sie einen verzweifelten Versuch unternahm, sich an ihn zu klammern. Doch er schob sie von sich weg, ehe er über die Fußstütze langte, wo sie vorhin noch gekauert hatte. Er streckte sich, schwankte und rutschte ab.

Als er verzweifelt einen neuen Halt suchte, warf sie sich nach vorn und krallte ihre Hände in seinen Hosenbund. Mit der ganzen Kraft, die sie besaß, zog sie ihn nach hinten; er landete mit seinem vollen Gewicht auf ihrem Schoß, und ohne viel nachzudenken, schlug sie ihre Arme um seine Taille und drückte ihn an sich, während er mit den durchgehenden Pferden kämpfte.

Allmählich wurde der Wagen langsamer.

Rachel bemerkte gar nicht, daß er endlich zum Stehen kam. Ihr Gesicht war gegen seinen Rücken gepreßt. Sie keuchte und war benommen vom Geruch seines Schweißes und ihrer Angst. Sie stöhnte, als er sich bewegte.

Dann waren seine Hände plötzlich an ihrer Taille. Wie er sie vom Kutschbock hob und sie auf den Boden stellte, wußte sie nicht zu sagen. Ihre Welt stand noch immer auf dem Kopf und drehte sich wie ein Kreisel. Sie wußte nur, daß er sie schüttelte, als es ihr endlich gelang, die Augen zu öffnen. Seine Finger gruben sich in ihre Schultern wie Schraubstöcke. Die Kette zwischen seinen Armen baumelte vor ihrem Gesicht.

»Wie konnten Sie so etwas nur tun? Habe ich Ihnen nicht eingeschärft, die Zügel festzuhalten? Habe ich das nicht? Himmel, Sie hätten ums Leben kommen können!«

Trotz der dunklen Stoppeln auf seinem Kinn und seinen Wangen war sein Gesicht schneeweiß, und das Blau seiner Augen war noch intensiver.

»Wie konnten Sie nur die Zügel loslassen, Rachel! Ich habe Sie doch erst vor zwei Stunden gewarnt, daß die Pferde durchgehen könnten, wenn sie Wasser wittern!«

Sie starrte auf seinen Mund und dachte, daß er die ebenmäßigsten und weißesten Zähne besaß, die sie jemals bei einem Mann gesehen hatte.

»Man müßte Ihnen verbieten, diesen Wagen zu kutschieren, verdammt noch mal!«

Eine Ader pochte an seinem Hals. Sein Hemd, an dem ein Knopf fehlte, klaffte über seiner Brust auseinander. Sie glitzerte vor Schweiß. Die Haut auf seiner Brust war dunkel. Ein Schweißtropfen bildete sich unter seinem Ohr und lief im Zick-Zack-Kurs an einer blauen Ader an seinem Hals entlang. Sie hob die Hand und berührte die Ader mit dem Finger. Der Tropfen hing nun an ihrem Fingernagel.

In einem dunklen Winkel ihres Geistes wußte sie, daß er sie küssen würde. Sie wollte, daß er es tat. Sie hatte in den letzten Nächten nur noch davon geträumt, daß er sie in die Arme nahm. Wie bei einem Kind, das sich nach einer Gelegenheit sehnt, etwas Verbotenes zu tun, hatte der Gedanke daran auch jede wache Minute ihres Tages ausgefüllt. Sie brauchte das jetzt — von jemandem berührt, festgehalten, getröstet zu werden. Und dieses Verlangen war so stark, daß es jeden Vorbehalt beiseite schob, keine Verstellung mehr zuließ, so daß ihr wahres Wesen zutage trat, das sich zu seinem Begehren bekannte.

Sie hob ihm ihr Gesicht entgegen und wartete, daß er ihr Angebot annahm. *Beeile dich!* flehten ihr Herz und ihr Geist ihn an, *ehe ich mich wieder daran erinnere, daß ich eine Lady bin und du ein Verbrecher!*

Er schüttelte sie abermals. Und als sie ihn diesmal aus leicht verschleierten Augen ansah, war es um ihn geschehen. Er mußte sie küssen, und nichts und niemand konnte das noch verhindern. Er hatte schon vor zwei Tagen gewußt, daß es dazu kommen würde — schon seit ihrer ersten Begegnung vor dem Gefängnis. Und er hatte auch keine Skrupel mehr deswegen. Er würde nachgeben — kapitulieren, zum Teufel noch mal! Es wäre nicht das erste Mal. Er hatte schon einmal auf den Knien vor jemandem gelegen.

Aber, o Gott, doch nicht vor einer Frau!

Er nahm ihr Gesicht, das so zart und zerbrechlich war wie Porzellan, in seine Hände. Seine Finger fuhren durch ihr zerzaustes Haar und preßten sich an ihre Kopfhaut. Er senkte den Kopf, und ehe er die Augen schloß, sah er noch, wie sie überrascht die Lippen öffnete — oder war es Verweigerung? Er wußte es nicht zu sagen. Es war ihm auch egal. Er flüsterte leise: »Närrin, kleine Närrin. Wenn du mit dem Feuer spielst, Rachel, wirst du dich unweigerlich daran verbrennen.«

Dann bedeckte er ihren Mund mit dem seinen und nahm ihn fordernd in Besitz. *Du Grobian!* schalt er sich, während er sie an sich zog. Ihre Hände zerrten verzweifelt an seinem Hemd, aber er küßte sie noch immer und zwang sie, den Mund zu öffnen. Sie wimmerte, und da stieg ein Knurren in seiner Kehle auf und summte zwischen ihren Lippen.

»Sie... tun... mir weh«, konnte sie mühsam stammeln. Ihre kleinen Fäuste trommelten gegen seine Brust, als sie ihm zu entrinnen versuchte.

Klappernde Hufe brachen den Bann. Davis nahm die Hände von Rachels Kopf und zog sich zurück.

Ihr Mund war rot, feucht und leicht geschwollen; die Haut daneben von seinen Bartstoppeln wundgescheuert. »Bestie!« Sie berührte vorsichtig mit den Fingerspitzen ihren Mund. »Daß du mich nie, *niemals* mehr so küßt. Für wen hältst du mich eigentlich — für eine Hure, die du behandeln kannst, als hätte sie die Gefühle eines Zaunpfahls?« Verblüffung, die sich nun in Zorn verwandelte, spiegelte sich auf seinem Gesicht, und Rachel erschrak. Gütiger Himmel, was hatte sie da eben gesagt?

Homer George ritt heran, war wie der Blitz aus dem Sattel. »Mein Gott, wie konnte das nur passieren? Es ist Ihnen doch hoffentlich nichts geschehen, Miss Gregory!«

Rachel ging um den besorgten Wagenmeister herum und schnaubte: »Doch!«

Sam kam hinzu. Er schaute zwischen Davis und Rachel hin und her und sagte: »Das war die waghalsigste Wagenfahrt, die ich seit langem gesehen habe. Es ist Ihnen doch hoffentlich nichts zugestoßen, Miss...!«

»Doch!« rief sie mit fast hysterischer Stimme.

Sie standen nun alle mit offenem Mund um sie herum und überlegten, ob sie noch etwas sagen sollten. Plötzlich bemerkten sie Audra, die einen Steinwurf von ihnen entfernt stand. Sie war nur mit einem Hemd und ihren Pantalons bekleidet, wischte sich den Staub von der Wäsche und fluchte. Gut die Hälfte der Männer im Wagenzug gafften sie an.

Es war alles so ... komisch. Warum lachte Rachel nicht? Sie begann statt dessen am ganzen Leib zu zittern, war diesem Zittern genauso machtlos ausgeliefert wie den Tränen, die in ihre Augen schossen. Homer und Sam besaßen wenigstens so viel Anstand, sich abzuwenden, vielleicht aus Respekt oder vielleicht auch nur, weil die Gefühlsanwandlungen einer Frau ihnen peinlich war. Rachel war mit einemmal genauso allein wie damals, als ihr Vater starb.

Sie preßte die Finger gegen den Mund in dem vergeblichen Bemühen, einen Heulkrampf zu unterdrücken. Nicht hier, dachte sie. Nicht in dieser so gänzlich von Männern beherrschten Welt, die in ihr nichts anderes sahen als eine törichte kleine Gans mit Steinen statt Verstand im Kopf.

Davis' Hand schloß sich um ihren Arm, und er drehte sich sacht herum. Sein Zorn war verraucht, wenngleich sein Mund noch immer eine grimmige Linie bildete. Er umfaßte ihre Handgelenke und sagte: »Himmel, Sie bluten ja.«

Sie schaute durch einen Tränenschleier auf ihre Fingerspitzen. Dort war die Haut abgeschürft und das Fleisch mit kleinen Steinen gespickt. Doch sie wurde nur von einem Gedanken beherrscht: *Nicht blinzeln, oder es gibt eine Sintflut.*

Er drehte ihre Hände um. Ihr Handteller war mit aufgeplatzten Blasen bedeckt. »Verdammt.« Er verfiel wieder in seinen alten rüpelhaften Ton. »Wo haben Sie denn Ihre Handschuhe gelassen, verdammt noch mal! Und ihren Hut! Sie sollten sich mal Ihr Gesicht ansehen, Lady! Es ist eine einzige Brandwunde. Wo ist Ihr Hut?«

»Den haben die Pferde gefressen«, hauchte sie.

»Die Pferde gefressen!« wiederholte er mit gereizter Stimme.

Sie vergrub das Gesicht an seiner Brust, weinte leise vor sich hin und verfluchte die Kette, die zwischen ihren Körpern eingezwängt war. Sie erinnerte sich daran, daß ihr Kopf an dieser Brust nichts zu suchen hatte. Sie konnte keine Zärtlichkeiten von ihm verlangen, wenn er sie ihr nicht geben konnte. Sie wollte mit beiden Fäusten auf seine Brust einschlagen. Und warum? *Weil* er sie nicht so andächtig geküßt hatte, wie das in ihren Träumen geschehen war — wie einer dieser Stutzer in New Orleans sie geküßt hätte. Und weil er nicht mit süßen, tröstlichen Worten ihre Schnittwunden und Hautabschürfungen wegzauberte. Er stand nur wie ein Brett und ließ sie ihre Seele in seine Hemdenbrust weinen.

Ein Pferd näherte sich.

»Miss Gregory?«

Martin Stillwell. Rachel hob den Kopf und schielte ihn aus dem Augenwinkel an.

Er sprang vom Pferd und fuchtelte mit seiner Reitgerte vor Davis' Gesicht herum: »Nehmen Sie Ihre dreckigen Hände von dieser jungen Dame, Sir!«

Ein Muskel zuckte unter Rachels Wange. Das war Davis' einzige Antwort.

»Captain Wells«, fuhr der Engländer fort, »hätten Sie vielleicht die Güte, endlich etwas gegen diesen Unhold zu unternehmen? Sie erlauben ihm, in diesem Wagenzug umherzuwandern, als wäre er ein Angehöriger der Königsfamilie, und jetzt vergreift er sich auch noch an dieser jungen Dame. Haben Sie nicht gehört, was ich sagte? Sie sollen Ihre Hände von ihr wegnehmen!«

Ehe sich Rachel gänzlich von Davis lösen konnte, schob sich Stillwell zwischen sie, reckte sein spitzes Kinn vor und rief zu dem größeren Mann hinauf: »Wie können Sie es wagen, Ihre unwürdigen Finger auf sie zu legen! Sie sind es nicht wert, ihr die Füße zu waschen, Sir!«

Davis kochte vor Wut. Rachel konnte es ihm ansehen. Doch er tat nichts und starrte Martin nur mit so eiskalten Augen an, daß Rachel unter diesem Blick zu frieren begann.

»Bitte, Martin.« Es war wohl am besten, wenn sie die Aufmerksamkeit des Engländers auf sich zog, bevor Davis die Geduld verlor. Tatsächlich war sie zutiefst beeindruckt, daß dies noch nicht geschehen war. »Mr. Davis hat meine Pferde gebändigt. Wäre er nicht gewesen, läge ich jetzt sicherlich hier tot im Gras.«

Martin drehte sich zu ihr um und zog mißbilligend eine Braue in die Höhe. Ob er sie nun dafür tadelte, daß sie ihn verteidigte oder weil ihre Kleider in Unordnung geraten waren, wußte sie nicht zu sagen. Aber in diesem Moment konnte sie ihre Sympathie für Davis nicht verleugnen.

Martin nahm mit einer überraschend besitzergreifenden Geste ihren Arm. »Kommen Sie von hier weg, Rachel. Ich werde meinen Diener losschicken, damit er Ihren Wagen holt. Uns wird schon etwas einfallen . . .«

Rachel war nur zwei Schritte weit gekommen, als sie mit so einer Gewalt zurückgerissen wurde, daß ihr Kopf vor und zurück schleuderte. Dann wurde sie herumgewirbelt und sah sich Davis gegenüber. Die kalte Wut in seinen Augen und der rebellische Blick, den er Martin zuwarf, ließ keinen Protest zu — weder physisch noch verbal.

»Steigen Sie auf Ihren Wagen«, preßte er durch die Zähne und setzte dann hinzu: »Miss Gregory.«

Rachel blickte verblüfft zu Sam, der nun einen Schritt näher kam.

»Ich werde mich um den Wagen der Lady kümmern,

Engländer«, zischte Davis. »Ich kann mir kaum vorstellen, daß Ihr Butler mit beiden Fuhrwerken zugleich kutschieren kann.«

Martin straffte seine schmalen Schultern. »Er ist *kein* Butler. Er ist ein Kammerdiener.«

Davis zog spöttisch eine schwarze Braue in die Höhe: »Tatsächlich?«

Es wurde wirklich höchste Zeit, daß Sam sich einmischte. »Ich schätze, Davis hat recht«, verkündete er allen, die die Szene verfolgten. »Miss Gregory braucht jemanden, der ihren Wagen kutschiert.«

»Um Gottes willen!« rief Stillwell. »Das kann doch nicht ihr Ernst sein, Captain. Dieser — dieser mit Ketten gefesselte Verbrecher dürfte nicht einmal bis auf Sichtweite an unseren Wagenzug herangelassen werden, geschweige denn in die Nähe einer jungen Dame, die nicht den Schutz eines männlichen Kavaliers genießt.«

»Die Ketten haben ihn nicht daran gehindert, der Lady das Leben zu retten, obwohl ich verdammt sein will, wenn ich weiß, wie er das angestellt hat. Egal — ich bin jedenfalls nahe genug bei der Dame, um auf sie aufpassen zu können«, erklärte Sam. Dann drehte er sich Rachel und Davis zu. »Du sitzt dort auf dem Kutschbock, wo meine Leute und ich dich jederzeit sehen können, ja?«

Rogers ritt herbei. »Hier ist dein Hut, Davis.«

Davis nahm ihn und stülpte ihn Rachel über den Kopf. »Ich sagte Ihnen doch, daß Sie einen Hut tragen müssen«, herrschte er sie an. »Und hören Sie auf, sich die Lippen abzulecken. Sie werden nur spröde davon, reißen auf und fangen an zu bluten.« Er sah auf ihre Hände. »Himmel, die sehen schlimm aus. Da müssen wir auch was unternehmen.«

Sie drückte ihre Hände an die Brust.

»Habe ich Ihnen nicht gesagt, daß Sie Handschuhe anziehen müssen? Haben die Pferde diese ebenfalls gefressen?«

Sie blickte ihm in die Augen und dachte, daß es wirklich besser wäre, wenn sie jetzt aus der Sonne ging. Die Hitze machte sie ganz schwindlig. Sie starrte auf seinen Mund.

Audra stieg auf die Ladefläche und schimpfte leise vor sich hin.

Rachel erinnerte sich daran, wie heiß sein Mund auf ihren Lippen gewesen war. Sie war so wütend über seine Grobheit und noch zu erschüttert von der Gefahr gewesen, in der sie geschwebt hatte, daß sie im ersten Moment über seinen Mangel an Zärtlichkeit empört gewesen war. Nun wärmte jedoch der Gedanke an seinen Kuß das Blut in den Adern. Sein harter Arm berührte den ihren. Seine kräftigen, aber schlanken Beine waren grau von Staub und schienen den ganzen Kutschbock in Beschlag zu nehmen. Sie hätte sich jetzt am liebsten zu einem kleinen Ball zusammengerollt und sich diesen großen Händen überlassen, die jetzt die Zügel mit einer fast unheimlichen Behutsamkeit ergriffen. Seltsam zu sehen, wie sanft seine Hände sein konnten.

Die anderen warteten bereits mit ihren Wagen am Ufer des Arroyo-Hondo-Flusses, als sie sich mit ihrem Fuhrwerk dem Wagenzug anschlossen. Der Fluß schlängelte sich durch steile Hügel und breitete sich dann weiter im Westen zu einem klaren See aus, der den müden Reisenden und Zugtieren eine Erholung von der grausamen Hitze versprach. Doch zuerst, wurde ihnen bedeutet, müßten sie den Fluß überqueren.

Rachel ignorierte die neugierigen und zuweilen strafenden Blicke der anderen Frauen — oder versuchte es zumindest. Sie musterten abwechselnd sie und Davis, als er daran ging, den Wagen für die Flußüberquerung vorzubereiten.

Homer suchte die zwei stabilsten Fahrzeuge im Wagenzug heraus. Dann wurden Davis und die anderen Gefangenen dazu bestimmt, beim Entladen der schweren Frachtwagen zu helfen. Es war ein komischer Anblick, als die Kinder zwischen Betten und Matratzen, Koffern aus Leder, Reisigbesen und einer mit Stecknadeln gespickten Schneiderpuppe herumtollten. Jeromie faßte das Gebilde um die Wespentaille und walzte damit am Ufer herum.

Dann wurden die beiden entladenen Wagen von den Gefangenen in den Fluß geschoben. Vier leere Wasserfässer wurden in jedem der beiden Wagen festgezurrt, diese dann im Fluß umgedreht und sodann mit einem Seil verbunden, das Homer am anderen Ufer an einem Baumstumpf befestigte. Rachel beobachtete die Aktivitäten mit großem Interesse. Doch am meisten interessierte sie Davis. Er ging mit einer Erfahrung ans Werk, die jener der Mannschaft des Wagenmeisters in nichts nachstand. Und während Clyde, Pete und Pedro sich so träge bewegten, daß Sam fluchte und ihnen mit seiner Sharp drohte, arbeitete Davis hart. Rachel war im Grunde ihres Herzens froh, daß er nun ihren Wagen kutschierte.

Die umgedrehten Wagen bildeten eine primitive Fähre, die zwar nur drei Meter mal vier Meter maß, jedoch groß genug war, um die Fuhrwerke aufzunehmen, die von den Reisenden nun vorsichtig auf die umgedrehten Wagen gelenkt wurden. Anschließend wurde jedes Fahrzeug einzeln über das tiefe, schnell dahinfließende Wasser ans andere Ufer gezogen. Es war ein langwieriger Prozeß, und da Rachels Gespann den Schluß des Wagenzuges bildete, nützte sie die Zeit aus, setzte sich in den Schatten einer Steineiche und überlegte, ob sie Kid Davis mochte oder nicht. Sie betrachtete neugierig ein Vogelnest, das zwischen den Stacheln eines Feigenkaktus hing, und befand, daß sie Davis mochte — sogar sehr. Egal, was er auch war. Dann lenkte sie ihre Aufmerksamkeit auf ihre Hände.

Sie taten schrecklich weh, aber wenn sie Aufhebens von dieser Tatsache machte, würde sie die anderen nur daran erinnern, was für eine schlimme Belastung sie vom Anbeginn der Fahrt für ihre Mitreisenden darstellte. Sie waren gar nicht glücklich, daß sie dem Wagenzug angehörte. Schließlich war außer ihr und Audra keine Frau ohne einen männlichen Begleiter unterwegs. Ledige Frauen stellten schon eine Gefahr an sich dar, zumindest für verheiratete Damen. Nun, sie mußte ihnen eben zeigen, daß sie genauso zäh und brav war wie alle anderen Reisenden. So etwas Lächerliches wie — sie blickte auf ihre von Blasen bedeckten Handteller — eine wundgescheuerte Hand durfte sie nicht daran hindern, den ihr zustehenden Anteil von Arbeiten zu übernehmen.

Das Überqueren des Flusses ging zügig vonstatten. Alles in allem nahm dieses Manöver nicht viel mehr als zwei Stunden in Anspruch. Als Rachels Wagen am anderen Ufer die morastige Böschung hinaufrollte, teilte Homer allen mit, daß sie gleich weiterziehen würden, um noch das restliche Tageslicht auszunützen. Nachdem sich Menschen und Tiere in den letzten zwei Stunden im Fluß erfrischt hatten, waren alle begierig, die Fahrt fortzusetzen.

Die Reisenden beeilten sich, die Wagen wieder zu beladen, die Zugtiere einzuspannen und eine Kolonne zu bilden. »Abfahren!« befahl Homer mit lauter Stimme, und Davis, der sich neben Rachel auf den Kutschbock geschwungen hatte, ließ einen ohrenbetäubenden Pfiff hören. Der Wagen setzte sich taumelnd in Bewegung, neigte sich zur Seite ... und brach zusammen.

8

Rachel hätte schon blind und taub sein müssen, um nicht zu bemerken, daß alle Leute angefangen hatten, über ihre Beziehung zu dem in Ketten gelegten Sträfling zu reden.

»Autsch!« Rachel schloß die Augen und knirschte mit den Zähnen, als Manuela mit einer Stecknadel einen Splitter aus ihrem Finger entfernte. Rachel sah sich um, während Manuela mit einem Wattebausch das Blut abtupfte, das aus der winzigen Wunde quoll. »Sie starren mich alle so an, Manuela.«

»Unsinn. Halten Sie den Finger still.«

»Sie starren mich an, sage ich Ihnen. Um Himmels willen — der Mann kutschiert doch nur meinen Wagen! Man könnte meinen, wir wären ein Liebespaar — so wie mich alle angucken und tuscheln.«

»Die Leute reden immer über etwas.« Manuela stach wieder mit der Nadel zu.

»Au! Aber es gibt doch gar nichts, über das sie klatschen könnten. Au!«

»Vielleicht reden sie über andere Dinge.«

»Zum Beispiel?«

Stirnrunzelnd schob Manuela Rachels Hand ins Licht und sagte: »Über Ihre Kleider, zum Beispiel.«

»Meine Kleider! Was ist denn so verkehrt an ihnen?«

»Sie mögen ja recht hübsch sein für New Orleans, aber hier sind sie ziemlich fehl am Platz.«

»Oh, ich bitte vielmals um Entschuldigung. Ich werde mich für eine Minute in den Wagen zurückziehen und mir einen Kartoffelsack überstreifen. Autsch!« Rachel preßte die Lippen zusammen und beobachtete ein paar Kinder, die mit einem aus Stoffresten zusammengedrehten Ball spielten.

»Sie sind sehr teuer«, erklärte Manuela. »So teure Kleider kann sich kaum einer von den Leuten hier leisten.«

»Ich habe ja niemanden gebeten, sie mir abzukaufen.«

»Und sie sind auch nicht sehr praktisch.«

Dieser Behauptung hatte Rachel nichts entgegenzusetzen. Sie ließ die Schultern hängen. »Ich habe nichts anderes anzuziehen«, gestand sie leise.

»Dann würde ich an Ihrer Stelle nicht hinhören, wenn die Leute sich über Ihre Kleider lustig machen.« Manuela umwickelte Rachels Hand mit einem Gazestreifen und sagte: »Sie müssen den Verband so lange tragen, bis die Wunden einigermaßen verheilt sind.«

»Aber wie soll ich denn damit kochen? Oder ein Feuer anzünden? Oder einen Wagen kutschieren?« Rachel hob ihre beiden bandagierten Hände und wies auf ihren Wagen. »Meine Stiefmutter bekommt einen Ohnmachtsanfall, wenn sie glaubt, ich wäre nicht mehr bereit, nach ihrer Pfeife zu tanzen. Sie wird mir den ganzen Tag vorhalten, daß ich ein verzogenes und verwöhntes Kind bin und nur an mich denke.«

Manuela sammelte Gaze, Salben, Faden und Nadeln zusammen und deutete mit dem Kopf auf die Männer, die in ihrer Nähe arbeiteten. »Mir scheint, es mangelt Ihnen nicht an Helfern, Señorita Rachel. Sie brauchen keine Sorge zu haben, daß Ihre Stiefmutter hungern muß.«

Das war ein schwacher Trost, dachte Rachel, als sie die schwitzenden und fluchenden Männer betrachtete, die mit ihrem Wagen beschäftigt waren.

Davis stemmte seine Knie gegen die Seitenwand des Wagens, bückte sich, um unter die Ladefläche zu greifen, drückte den Rücken wieder gerade und hob zusammen mit Lindsey, Gonzales und Jenkins den Wagen so weit in die Höhe, daß Homer und Jeromie Peabody das defekte Rad von der Achse nehmen konnten.

»Das habe ich mir doch gleich gedacht«, hörte er Homer sagen. »Das verdammte Holz hat sich verzogen. Wir müssen es im Fluß aufquellen lassen. Setzt den Wagen wieder ab, wenn ihr könnt, Jungs. Vor morgen früh ist da sowieso nichts zu machen.«

Ein Stöhnen lief durch die Reihen der Zuschauer.

»Ich protestiere«, rief einer von ihnen. »Sie hätten nicht erlauben sollen, daß diese Frauen ohne männliche Begleitung im Zug mitfahren dürfen, Mr. George.«

»So?« erwiderte Homer.

»Jawohl, Sir. Von Beginn der Reise an hat es wegen den beiden nur Scherereien gegeben. Sie brauchen die Damen doch nur anzusehen. Die wissen ja nicht einmal, wie man mit Pferden umzugehen hat. Und nun muß der Gefangene für sie den Wagen kutschieren, und das bringt uns alle in Lebensgefahr.«

»Also, ich habe nicht gehört, daß sich einer von Ihnen für diese Aufgabe angeboten hätte.«

Ein zweiter Zuschauer meldete sich zu Wort: »Sie hätten auch nicht zulassen dürfen, daß sie mit einem so baufälligen Fuhrwerk auf die Reise gehen. Mit dieser Karre kommen sie doch nie ans Ziel.«

»Vielleicht bricht noch jedem von euch eine Achse.«

Mehrere Reisende riefen zugleich: »Wir haben einen halben Tag verloren!«

»Es wird nicht der letzte sein«, gab der Wagenmeister zurück. »Und ihr solltet euch beim Herrgott bedanken, daß es hier an einem Fluß passiert ist und nicht irgendwo in der Wüste. Macht das Beste daraus, Leute, und genießt das Wasser, denn so schnell bekommt ihr keinen Fluß mehr zu sehen.«

Murrend zerstreute sich die Menge.

Peabody und noch ein paar andere Männer vom Begleitpersonal beeilten sich, den Wagen mit einer Stützleier aufzubocken. Kaum war das Gerät unter den Boden geklemmt, als Clyde, Pete und Pedro den Wagen auch schon losließen, so daß Davis das ganze Gewicht aufgebürdet war. Die Stützleier neigte sich auf seine Seite hinüber, und bevor sich Davis mit einem Sprung aus der Gefahrenzone retten konnte, kippte das Fuhrwerk nach links und begrub ihn unter sich. Es fehlte nicht viel, und die Achse hätte ihm das Bein zerquetscht.

»Gütiger Himmel!« Es war Rachels Stimme. Davis sah, wie sie mit wehenden Röcken durch die gaffenden Zuschauer lief und aufgeregt mit ihren verbundenen Händen gestikulierte. »Nun helft ihm doch!« schrie sie.

»Hievt den Wagen weg!« befahl Sam den grinsenden Gefangenen. Er hob seine Sharp an und zielte damit auf Clyde: »Ein bißchen fix!«

Rachel fiel neben dem unter dem Wagen Eingeklemmten auf die Knie. »Oh, du meine Güte! Ich fürchte, das war meine Schuld, Mr. Davis. Haben Sie arge Schmerzen?«

»Ja«, log er und bemühte sich, einen Schwerverwundeten zu mimen.

Sie legte ihm fürsorglich eine Hand auf die Brust. »Ich werde alles in meiner Macht Stehende tun, um Ihnen zu helfen. Ich habe während des Krieges als Krankenschwester in einem Lazarett gearbeitet. Sie dürfen meine Hand halten, wenn Sie möchten. Wenigstens so lange, bis man den Wagen von Ihrem Bein gehoben hat.«

Er legte vorsichtig die Finger um ihre bandagierte Hand. Mit dem aufgelösten silberblonden Haar, das ihre makellosen Züge wie ein Glorienschein umgab, sah sie aus wie ein Engel. Er fragte sich flüchtig, ob ihn der Wagen nicht tatsächlich zu Tode gequetscht hatte.

»Oh«, stöhnte sie. »Sie sind ganz blaß, Mr. Davis.«

War er das? Da schleuderte er plötzlich ihre Hand zur Seite und sagte: »Lassen Sie mich in Ruhe. Ich habe keine Schmerzen.«

»Aber Sie ...«

»Mir fehlt nichts.« Als Beweis hob er den Kopf und Oberkörper, stemmte die Ellenbogen in den Sand und zog auch seine Beine unter dem Wagen hervor. Er sah, wie ihre Augen schwarz wurden.

»Oh!« keuchte sie wieder und schob rasch ihre Hand in die Falten ihres mit Staub bedeckten Rocks. »Ich hätte wissen müssen, daß Sie die Situation nur ausnützen würden.«

»Warum auch nicht? Es kommt ja nicht alle Tage vor, daß sich eine schöne Frau vor mir auf die Knie wirft.«

»Ich bezweifle das keine Minute.« Sie stand auf und funkelte ihn aus so flammenden Augen an, daß er seinen kleinen Scherz fast bereute. *Fast.*

»Genügt es denn nicht, daß der ganze Wagenzug bereits meinen guten Ruf anzweifelt?« fauchte sie und schob ihr fein gemeißeltes Kinn vor, auf dem ein kleiner Schmutzfleck saß, der sie noch anziehender machte.

Er sprang auf die Füße, klopfte sich den Lehm von der Hose und musterte die neugierigen Männer und Frauen, die sich zögernd entfernten. »Das nächste Mal werde ich Ihren verdammten Wagen über die Klippe stürzen lassen, Miss Gregory«, drohte er mit gedämpfter Stimme. »Ich frage mich, ob Sie auch so besorgt wären um Ihren guten Ruf, wenn Martin Stillwell Ihr Leben gerettet hätte.«

»Nun, er hat es nicht getan.« Sie verschränkte kampflustig die Arme vor der Brust.

Er tippte mit dem Zeigefinger an ihre Nasenspitze und erwiderte: »Genau, meine Süße. Ich habe das getan, und vergessen Sie das nicht.«

Zusammen mit den anderen Häftlingen stemmte Davis noch einmal die vordere linke Ecke des Wagens in die

Höhe und hob sie auf die Stützleier. Diesmal stand sie wie ein Baum.

Sam hielt sein Gewehr wie ein Baby in der Armbeuge, nickte Rachel freundlich zu und sagte: »Ich schätze, wir werden hier das Nachtlager aufschlagen müssen, damit sich das Rad bis zum Morgen mit Wasser vollsaugen kann. Vermutlich sind am Fluß auch die Aussichten, etwas Eßbares vor die Flinte zu bekommen, nicht übel. Ich frage mich, Miss Rachel, ob ich nicht Ihren Proviant etwas aufbessern könnte, da Sie doch mit Vorräten nicht gerade gesegnet sind. Ich und meine Männer haben reichlich damit zu tun, die uns anvertrauten Missetäter unter Kontrolle zu halten. Und deshalb mache ich Ihnen einen Vorschlag. Wir versorgen Sie mit Fleisch, wenn Sie für uns kochen.«

»Kochen?« Sie schluckte ihre Panik hinunter. »Ich?«

»Nichts Ausgefallenes. Eintopf und Brot.«

»Brot?«

»Natürlich werden wir abwechselnd auch Ihre Tiere versorgen, sie anspannen und wieder ausschirren und Ihnen Brennmaterial für Ihr Feuer beschaffen. Mr. Davis kann Ihr Fuhrwerk kutschieren, solange Sie ihn dafür brauchen — und solange er sich anständig benimmt natürlich.«

»Aber . . .«

Sam hob eine schwielige Hand, um sie zum Schweigen zu bringen. »Sie brauchen wirklich keine Angst zu haben, daß wir Sie auf irgendeine Weise belästigen. Nein, Ma'am, das haben wir nicht vor. Wir halten Abstand zu Ihrem Wagen wie bisher, und wenn das Essen fertig ist, wird einer meiner Deputys es holen. Ich möchte einer so feinen Dame doch nicht die Nähe dieser Leute zumuten.« Er deutete auf die Gefangenen, schob seinen Kautabak von der linken in die rechte Wangentasche und lächelte. »Ich weiß, es ist schon schwer genug für Sie, wenn Sie Davis neben sich dulden müssen.«

Sie öffnete den Mund, um zu protestieren, dachte dann aber wieder an die Bohnen, von denen sie die letzten zwei Tage gelebt hatte.

Davis schaltete sich in das Gespräch ein. »Vielleicht hat die Lady gar keine Ahnung vom Kochen, Sam.«

Rachel sah ihn aus schmalen Augen an. Sein Blick war freundlich, sein Lächeln aber zu spöttisch, um nicht ihren Stolz zu verletzen.

»Nun hör aber auf, Davis«, erwiderte Sam. »Jede Frau kann kochen. Das ist ihr so angeboren wie das Kinderkriegen.«

Rachel blickte auf ihre Füße, dann auf den Ranger, preßte ihre bandagierten Hände zusammen und seufzte. »Nun, ich — ich denke . . .«

»Fein! Großartig! Wir sind Ihnen sehr verbunden, Miss Rachel. Und jetzt halten Sie Ihren größten Topf bereit, weil einer meiner Männer vorhin ein paar Karnickel gesichtet hat.« Er tippte an seine Hutkrempe, machte kehrt und ging, nachdem er noch einmal sein Gewehr drohend auf Clyde gerichtet hatte, zu seinen Deputys, die in einiger Entfernung das Nachtlager vorbereiteten.

Rachel hätte vielleicht noch einmal protestiert, wenn Sam nicht sofort mit Deputy Hale ein Gespräch begonnen hätte.

Davis hatte sich inzwischen zum Wagen umgedreht, um sich noch einmal zu überzeugen, daß er fest auf seiner Stütze stand. Rachels Blick wanderte über seinen Rücken, seine schmalen Hüften, an seinen langen muskulösen Beinen entlang, und dann wieder hinauf zu seinen Schultern. Das Hemd war hinten voller Sand und klebte ihm auf der Haut, und hier und dort waren dunkle Schweißflecken zu sehen. Sein schwarzes Haar ringelte sich über seinem Kragen und an den Ohren.

In diesem Moment kam der Stoffball aus dem Nirgendwo herbeigesegelt, prallte gegen Davis' rechten Stiefel und kollerte dann unter den Wagen.

Davis drehte sich um, als ein flachshaariger Junge mit einem Gesicht voller Sommersprossen zwischen seinen leicht gespreizten Beinen hindurchtauchen wollte. Er faßte den Jungen am Hosenboden, zog ihn unter dem mit der Leier nur ungenügend abgestützten Wagen hervor, stellte ihn auf die Beine und sagte: »Mein Freund, möchtest du zu Brei zerquetscht werden?«

»Das bestimmt nicht, Mister. Ich wollte nur meinen Ball wiederhaben.«

»Sah aber eben so aus, als hättest du vor, dich plattdrücken zu lassen wie eine Flunder.«

Der Junge schüttelte energisch seinen blonden Lockenkopf.

Davis grinste, ließ sich auf ein Knie nieder und fischte den Ball hinter der Leierstütze hervor. Als er sich wieder umdrehte, saugte der Junge an seinem Daumen. »Vom Daumenlutschen bekommst du schiefe Zähne«, warnte ihn Davis.

»Aber ich lutsche doch gar nicht!«

Davis sah den Jungen so eindringlich in die Augen, bis dieser seinen speichelnassen Daumen aus dem Mund riß und auf dem Rücken versteckte. Dann bemerkte er Rachel, die die Szene fasziniert verfolgt hatte und an Alejandro de Bastitas und seine Enkelin denken mußte. Dabei fiel ihr auch wieder die verblüffende Ähnlichkeit zwischen Davis und dem gutaussehenden älteren Mann ein.

Sie war erstaunt über die plötzliche Veränderung, die sie an Davis wahrgenommen hatte. Noch nie war sie einem Menschen begegnet, der sich so rasch in ein gänzlich anderes Wesen verwandeln konnte wie Davis, als das Kind vor ihm aufgetaucht war. Dieses Erlebnis beeindruckte sie, und sie hatte ein Gefühl im Magen, als bewegten Dutzende von Schmetterlingen ihre Flügel gleichzeitig.

»Was ist Ihre Meinung, Miss Gregory?« hörte sie Davis mit seiner tiefen melodischen Stimme fragen, die ihre Schwäche fast zu einem Schwindelgefühl steigerte. »Hat er nun am Daumen gelutscht oder nicht?«

»Nein! Dafür bin ich doch schon viel zu alt! Mich hat doch nur eine Biene in den Daumen gestochen. Willst du es sehen?« Der Knirps, der fünf oder sechs Jahre als sein mochte, streckte Davis die Hand entgegen, die er eben noch auf dem Rücken versteckt hatte.

Davis betrachtete die Schwellung auf der Daumenkuppe.

Rachel trat zu den beiden, und als sie neben dem Jungen in einer Wolke aus blauer Seide und weißen Spitzen auf die Knie sank, tat sie das natürlich nur aus Sorge um das Kind. »Ich denke, er hat recht, Mr. Davis. Und wenn Sie genauer hinsehen, können Sie sogar noch den Stachel in der Haut erkennen.« Sie griff nach der Hand des Jungen, ehe sie sich bewußt wurde, wie wenig sie mit ihren bandagierten Fingern auszurichten vermochte.

Davis schob sie sanft beiseite und nahm die Hand des Kindes in seine. Rachel starrte auf die schwarzen Flaumhaare, die seinen Handrücken bedeckten, bevor sie sich dazu zwang, den Blick wieder auf das Gesicht des Knaben zu richten.

Davis studierte einige Sekunden den Daumen des Kindes, hob ihn behutsam an seinen Mund, fuhr sacht mit der Zungenspitze über die Schwellung und preßte dann seine Zähne darauf. Der Junge zuckte zusammen. Einen Moment lang glaubte Rachel, das Kind würde zu weinen anfangen. Dann hob Davis den Kopf und spuckte den Stachel aus, der an seiner Zungenspitze hing.

Rachel löste rasch ein Stück von der Gaze, mit der ihre Hand bandagiert war, riß es mit den Zähnen ab und wickelte es dann um den Daumen des Jungen. »Geht es dir jetzt besser?« fragte sie.

»Ricky! Ricky, um Himmels willen, was hast du dort zu suchen?«

Rachel, Davis und Ricky drehten sich um, als die Mutter des Jungen auf sie zueilte wie eine Glucke mit gesträubten Federn. Sie drückte ihren Sohn an sich und funkelte Davis wütend an.

»Wie können Sie es wagen, meinen Sohn anzufassen!« Dann bedeckte sie das Gesicht des Jungen mit Küssen, bevor sie ihn fragte: »Hat er dir etwas angetan, Kleines? Hat der böse Mann meinem Kind weh getan?«

Rachel sprang so rasch auf die Beine, daß ihr Absatz im Saum des Unterrocks hängenblieb. Der Stoff zerriß, aber Rachel achtete nicht darauf, sondern herrschte die Frau mit flammendroten Wangen an: »Wie kommen Sie dazu, diesem Mann so etwas zu unterstellen? Er hat nichts anderes getan, als Ihren Jungen daran zu hindern, unter den Wagen zu kriechen. Er wollte nicht, daß er sich verletzt.«

»Und er hat meinen Finger wieder heilgemacht«, verkündete Ricky und zeigte seiner Mutter den bandagierten Daumen.

Doch seine Mutter beachtete ihn nicht. »Solche Leute wie Sie haben in diesem Zug überhaupt nichts zu suchen!« keifte sie. »Sie stellen eine Bedrohung für uns alle dar.« Sie nahm den Jungen auf den Arm, drückte seinen Kopf an ihre Wange, drehte sich um und eilte mit ihm davon. Ricky sah über ihre Schulter auf Rachel und Davis zurück. Er hatte Tränen in den Augen, als er die Hand mit dem verbundenen Daumen hob und winkte.

Rachel war wütend. »So ein rüpelhaftes Verhalten ist unverzeihlich!« schimpfte sie. »Ich . . .« Sie drehte sich zu Davis um.

Doch der hatte sie inzwischen ebenfalls verlassen und sich zu den übrigen Gefangenen gesellt.

In dieser Nacht konnte Rachel nicht schlafen. Das Bettzeug, das sie neben dem Wagen ausgerollt hatte, bot kaum oder gar keine Bequemlichkeit, und es bestand immer die Gefahr, daß eine Schlange ihre Nähe suchte, um sich an ihrem Körper zu wärmen, und unter ihre Decke schlüpfte.

Sie hatte an dem Square Dance teilgenommen, den die Begleitmannschaft nach dem Abendessen veranstaltet hatte. Obwohl Jeromie Peabody fast meisterhaft auf seiner Fiedel gespielt und Martin Stillwell jede Quadrille mit ihr getanzt hatte, war Rachel nicht bei der Sache gewesen. Sie hatte Martins verbindliches Benehmen und seine adrette Kleidung mit Davis' verglichen — und am Schluß einsehen müssen, daß er Davis nicht das Wasser reichen konnte. Weder im Benehmen, noch im Aussehen oder ... im Küssen.

Ja, sie hatte Martin erlaubt, sie am Ende des Abends zu küssen. Sie hatte die Augen geschlossen und das Gesicht zu ihm emporgehoben, in der Hoffnung, daß sein Kuß eine ebenso große Flut aufwühlender Empfindungen in ihr auslösen würde wie Davis' Kuß am Morgen. Aber das war nicht geschehen. Martin hatte seine Finger um ihre Schultern gelegt, seinen trockenen Mund auf ihre Lippen gepreßt, und ihre Reaktion darauf war ... war es Abscheu gewesen?

Um solche Gedanken abzuwehren, die sie am Einschlafen hinderten, legte sich Rachel ihren Schal um die Schultern, entfernte sich auf Zehenspitzen vom Wagen, um Audra nicht zu wecken, und lenkte ihre Schritte auf eine Felsengruppe zu, die dunkel in einiger Entfernung aufragte. Außerhalb der Wagenburg, wo der Wind heftiger blies, kletterte sie auf ein flaches Plateau und starrte über den Fluß, der im Mondlicht ein langes Band aus Onyx und Saphiren bildete. Am anderen Ufer sah sie Nachtwachen über eine sanfte Hügelkuppe mit versilberten Grasspitzen reiten. Ihre schwarzen Silhouetten vor dem sternenhellen Horizont wirkten in dieser feindseligen Umgebung beruhigend.

Sie zog ihr Nachthemd über die Knie hinauf, setzte sich an den Rand der Felsplatte und ließ die Füße ins Wasser hängen. Ihre Füße hatten eine Erholungspause bitter nötig. Stillwell hatte ihre Zehen grausam mißhandelt. Er mochte zwar ein Gentleman sein, aber tanzen konnte er nicht.

»Eine schöne Nacht.«

Sie schrak zusammen, drehte den Kopf zur Seite und zog den Schal fester um ihre Schultern. »Mr. Davis! Was machen Sie denn hier draußen?«

»Ich genieße die Aussicht, Miss Gregory. Und Sie?«

»Ich konnte nicht schlafen«, erwiderte sie und kniff die Lider ein wenig zusammen, um ihn im Schatten der Felsen besser sehen zu können.

Er stieg auf die Felsenplatte und sah lange auf den Fluß hinaus. »Mir geht es nicht anders«, sagte er schließlich. »Haben Sie sich gut amüsiert heute abend?«

Seine Nase, sein Kinn und seine Wangen schimmerten im Mondlicht, das seinem schwarzen Haar silberne Glanzlichter aufsetzte. Sie schluckte und antwortete: »Ja, danke — es war eine angenehme Zerstreuung.«

Sie krümmte die Zehen im Wasser und versuchte, sich auf den Wächter am anderen Ufer zu konzentrieren. Ein vergebliches Bemühen. Die Nacht war von Davis gänzlich ausgefüllt. Jeder Stern und jeder Schatten. Selbst der Wind auf Rachels Gesicht war plötzlich heiß, und die Luft schien vor Spannung zu knistern.

Entschlossen, das lastende Schweigen zwischen ihnen zu brechen, sagte sie: »Ich fürchte, daß ich in der allgemeinen Aufregung, die unsere Panne ausgelöst hat, vergessen habe, Ihnen für Ihre heroische Tat zu danken.«

Er betrachtete sie schweigend.

»Vielen Dank, Mr. Davis.«

Davis lächelte und wurde sich sodann bewußt, daß er das in den letzten Tagen mit bestürzender Regelmäßigkeit getan hatte — jedesmal, wenn er in Rachels Nähe gekommen war. Er wurde weich, und das störte ihn ungemein. Er hatte verdammt hart daran gearbeitet, keine Gefühle zu entwickeln. Ihm war gar keine andere Wahl geblieben, wenn er sich in seiner Welt behaupten wollte — in einer Welt, in der weder gerüschte Unterröcke noch seidene Überröcke existierten. Nicht daß er seine Entscheidung, so ein Leben zu führen, jemals bereut hätte. »Was du nie hattest, wirst du nie vermissen«, hatte Barnard Davis einmal zu ihm gesagt, kurz bevor er an der Spitze seiner Patrouille Fort Bliss verließ und am Antelope Creek von Chipota niedergemetzelt wurde.

Davis runzelte die Stirn, als er an Barney dachte. Es war eine Wunde, wie so viele andere in seinem Leben, die nie ganz verheilen würde. Er hatte Barney Davis über alle Maßen geschätzt und verehrt.

Barnard Davis war ein unerbittlicher Zuchtmeister gewesen — von der Litze seiner Dienstmütze bis zur Stiefelspitze hinunter ein Mustersoldat. Er hatte sein Leben dem Ziel gewidmet, jedes Unrecht zu ahnden, das an den Siedlern *und* den Indianern in Texas und Neumexiko verübt worden war. Er hatte einem Jungen, der innerlich gestorben war, beigebracht, wie er wieder zum Leben erwachen konnte. Wie er mit seinen Niederlagen und seinen Triumphen fertigwerden konnte, und er hatte ihm eingeschärft, *nicht* auf Ereignisse zurück zu blicken, die er nicht zu ändern vermochte. An dem Tag, an dem ein Spähtrupp mit der Leiche von Captain Davis ins Fort zurückgekommen war, hatte der Junge, der seinen Dank für die Großzügigkeit, die Barney Davis ihm in den letzten vier Jahren erwiesen hatte, nie ausdrücken können, den Namen Davis als seinen eigenen angenommen, war durch das Tor des Forts gegangen und hatte sich kein einziges Mal mehr umgesehen.

Er fragte sich nun, wie wohl sein Leben verlaufen wäre, wenn er das Fort nicht verlassen hätte. Wäre er in die Armee eingetreten, wie Barnard gehofft hatte, hätte er sich vermutlich hochgedient, vielleicht sogar bis zum Rang eines Hauptmanns. Eine Frau wie Rachel Gregory mochte einen Mann mit Offizierslitzen vielleicht respektabel genug finden — respektabel genug wofür?

Er betrachtete Rachels Kopf. Das im Mondlicht glänzende Haar lag auf ihrem geisterblassen Schal und ihrem weißen Nachtgewand. Dieser Anblick konnte einem Mann den Schlaf rauben — ein auf der Erde gestrandeter Engel mit etwas schiefsitzendem Heiligenschein. Schiefsitzend? Davis lächelte. Wenn er ihm einen tüchtigen Stoß versetzte, würde er wohl sofort herunterfallen. Unter dieser ungeheuchelten Unschuld steckte eine erwachsene Frau. Sie hatte das nur noch nicht begriffen. Oder vielleicht doch? Da hatte es doch diesen Luke gegeben ...

Rachel sah sich um, als Davis neben ihr in die Hocke ging. Irgend etwas war anders an ihm, das merkte sie sofort. Erfreut stellte sie fest, daß er sich rasiert, gebadet und das Hemd gewechselt hatte. Und da war noch etwas, auf das sie nicht gleich den Finger legen konnte.

Er ertappte sie dabei, wie sie ihn eindringlich musterte. »Ich habe mich rasiert«, erklärte er.

»Ich habe das bemerkt.« Etwas störte sie, aber sie wußte nicht, was. Und als sie sich noch einmal gestattete, ihn genauer zu betrachten, *wußte* sie plötzlich, was es war. Außergewöhnlich. Das Wort kam ihr ins Bewußtsein. Glatt rasiert war dieser Mann außergewöhnlich hübsch. Hübscher, als sie je angenommen hätte. Sie neigte den Kopf, um ihn nicht mehr sehen zu müssen, vergaß aber ihre Vorsätze und fixierte ihn noch einmal.

In diesem Moment erkannte er, daß er wieder so etwas Dummes wie am Morgen anstellen und sie küssen würde, wenn er nicht aufpaßte. Also starrte er auf den Fluß und fragte: »Wie erging es unserem Mr. Stillwell heute abend?«

»Er ist mir dauernd auf die Zehen getreten, muß ich leider gestehen. Ich werde in den nächsten zwei Tagen kaum gehen können.«

»Was für eine Schande. Besucht ihr reichen Leute denn keine Tanzschulen?«

»In der Regel schon. Er muß es versäumt haben.«

Sein Kopf drehte sich langsam in ihre Richtung, bis er sie wieder voll im Blick hatte. »Und wie küßt er, Miss Gregory?« Er schaute auf ihren Mund.

Ihr sank die Kinnlade herab. Seine Augen unter den schweren Lidern verrieten nur ein höfliches Interesse, aber die energische Linie seines Mundes deutete auf etwas anderes hin. »Nun, Mr. Davis, ich meine, das geht Sie nichts an. Haben Sie mir etwa nachspioniert?«

»Vom Spionieren kann gar keine Rede sein, Miss Gregory. Der halbe Wagenzug hat sie beobachtet.«

Ihre Augen weiteten sich.

»Küßt er vielleicht besser als Luke?«

»O! Ich glaube nicht, daß ich das erörtern möchte.« Sie machte Anstalten, sich zu erheben. Ihr weiches weißes Nachtgewand rutschte ihr bis zu den Schenkeln hinauf, als sie ihre Füße aus dem Wasser zog.

»Setzen Sie sich«, forderte er streng.

Rachels Wangen röteten sich ärgerlich. »Ich habe mich nicht zur nächtlichen Zeit hierherbegeben, um mich von Ihresgleichen verleumden zu lassen, Mr. Davis. Gute Nacht!«

»Ich sagte — Sie — sollen — sich setzen.« Er schlug ihr mit einer großen sonnengebräunten Hand auf die Schulter und drückte sie auf die Felsenplatte zurück.

Sie gab dem Druck widerstrebend nach und warf ihm dabei einen vernichtenden Blick zu, der mehr aussagte als viele Worte. Eine steile Falte erschien zwischen Davis' Brauen, als sich ihre Blicke begegneten, und einen Moment lang lastete Schweigen zischen ihnen.

»Sie sind sehr empfindlich, was diesen Luke angeht«, sagte er schließlich.

»Ich möchte lediglich nicht darüber reden«, belehrte sie ihn. »Meine Freundschaft mit Luke ist mir mein ganzes Leben über teuer gewesen, und ich will deswegen nicht noch einmal getadelt werden.«

»Haben seine Eltern für Ihren Vater gearbeitet?«

»Ja.« Sie starrte ins Wasser.

»Als Landpächter?«

»Ja«, erwiderte sie, »seine Mutter war bei uns im Haus tätig. Luke und ich wurden fast zur gleichen Zeit geboren. Und wir verloren beide unsere Mütter während der Gelbfieberepidemie des Jahres dreiundfünfzig.«

»Waren Sie in ihn verliebt?«

Rachels Kopf fuhr herum, und plötzlich waren diese erstaunlich seelenvollen Augen wieder auf ihn gerichtet und brachten ihm abermals diesen Kuß zu Bewußtsein, den sie ihm am Morgen erlaubt hatte. Ihm wurde es zunehmend unwohler bei dem Gedanken, daß andere Männer von ihrem Liebreiz gekostet haben könnten. Er hatte im Schatten gestanden und mitangesehen, wie Stillwell sie geküßt hatte. Zum Glück war er in diesem Moment an Pedro gekettet gewesen; sonst hätte er wohl in dem Augenblick, als die Lippen dieses Mannes ihren Mund berührten, Besitzrechte geltend gemacht und Stillwell ...

»Ich habe ihn geliebt, Mr. Davis. Aber ich war nicht in

ihn *verliebt.* Da besteht ein gewaltiger Unterschied zwischen diesen beiden Zuständen.«

»Aber er war in Sie verliebt.«

»Aber nein ...«

»Ich glaube nicht, daß ein Mann das bißchen Respekt und Einfluß, das er besitzt, aufgeben und mit einer Frau, die einer anderen Gesellschaftsschicht angehört, einfach durchbrennen könnte, wenn er sie nicht aufrichtig lieben würde.«

Ihr Gesicht brannte. Seine Worte hatten sie in größere Not versetzt, als Davis ahnen konnte. Sie hatte kein einziges Mal an die Möglichkeit gedacht, daß Luke sie lieben könnte. Wenngleich sie damals, als sie ihm ihre Idee unterbreitete, von zu Hause wegzulaufen, diese Möglichkeit als unsinnig verworfen hätte. Da war sie absolut davon überzeugt gewesen, daß ihre gemeinsame Flucht nichts anderes war als eine Notwendigkeit.

Verärgert gab sie zurück: »Liebe! Sie reden wie ein Experte, Mr. Davis. Was können *Sie* wohl von so einem Gefühl wissen?«

»Nicht mehr, als daß es in der Regel eine Zeitverschwendung ist. Es hindert einen Mann am klaren Denken und gefährdet in den meisten Fällen sein Leben.«

»Wie zynisch. Und wie traurig.« Sie planschte wieder mit den Füßen im Wasser und warf ihm, weil er nichts sagte, aus dem Augenwinkel einen Blick zu. Ein Knie auf den Felsen gestützt, starrte er ins Wasser, während der Wind sein schwarzes Haar zerzauste. Sein leichtes gemustertes Baumwollhemd bildete einen lebhaften Kontrast zu seinem Gesicht. Er hatte auch das Schuhwerk gewechselt. Die Lederfransen an den kniehohen Mokassins flatterten im Wind.

»Hatten Sie nie den Wunsch zu heiraten, Mr. Davis?« Was sie zu so einer blödsinnigen Frage getrieben hatte, wußte sie selbst nicht, aber sie lag ihr schon auf der Zunge, bevor sie ihren Verstand einschalten konnte. Und sie entdeckte in drei unendlich langen, schweigsamen Sekunden, daß ihr die Antwort unglaublich wichtig war.

Ohne ihren Blick zu erwidern, sagte er schließlich: »Ich habe.«

»Sie haben?«

»Ich habe ... geheiratet.«

»O!« Ihr Herz machte einen kleinen Satz, und sie wäre vor Überraschung fast von der Felsenplatte gerutscht.

Ein Ziegenmelker schrie irgendwo im Dunklen; Zikaden summten in den Büschen in der Nähe. Rachel hörte es kaum. Ihr Verstand war zu sehr mit Fragen beschäftigt: *Warum? Wie? Wer war sie? Und wo befindet sie sich jetzt? Ist sie der Grund, warum du so hart, bitter und gewalttätig geworden bist?* Plötzlich versuchte sie verzweifelt die Schuld an seinen offenkundigen Missetaten auf eine andere Person zu schieben.

»Wo ist Ihre Frau jetzt?« entschlüpfte es ihr, weil sie ihre Neugierde nicht länger zügeln konnte.

»Ich weiß es nicht. Das ist schon so lange her, und ...«

»Haben Sie sie geliebt?«

Stirnrunzelnd erwiderte er: »Ich kann mich nicht mehr daran erinnern.«

»Sie können sich nicht erinnern?«

»Das sagte ich doch gerade.« Er starrte auf ihre Fesseln, die sich weiß über dem tintenblauen Wasser abzeichneten.

»Sind Sie immer noch verheiratet?«

Er feuchtete sich die Lippen mit der Zungenspitze an. Die Brise, die ihren Weg unter ihr Nachthemd gefunden hatte, blähte es sacht an ihren Schenkeln auf. »Nein«, sagte er. »Nein, Miss Gregory, ich bin nicht mehr verheiratet.«

»Nun — lebt sie denn nicht mehr?«

»Ich habe keine Ahnung. Und es interessiert mich auch nicht. Es wäre mir egal gewesen, wenn Cochise in unser Schlafzimmer geritten wäre und sie in unserer Hochzeitsnacht entführt hätte. Das hätte mich davor bewahrt, selbst nach ihr suchen zu müssen.«

Sie starrte ihn abwartend an.

Im Mondlicht schimmerte ihr Gesicht so weiß wie Porzellan — genauso zerbrechlich und durchsichtig. Er fragte sich, nicht zum erstenmal, wie sie, hingestreckt auf einem weiß bezogenen Bett, aussehen würde ...

»Wie seltsam«, stellte sie schließlich betroffen fest.

»Da war nichts Seltsames daran. Ich war damals neunzehn Jahre alt und glaubte, etwas von der Welt zu wissen. Offenbar war das nicht der Fall. Ich habe in einem Saloon eine Hure kennengelernt; sie hat mich in ihr Zimmer mitgenommen und mein Innerstes nach außen gekehrt. In diesem Alter sind Lust und Liebe dasselbe. Sie sehen gleich aus, schmecken gleich, riechen gleich ...«

Er stand auf und war wütend bei der Erinnerung an damals. »Sie hat mich davon überzeugt, daß die Ungerechtigkeiten des Lebens sie in diese unglückselige Lage gebracht hätten, und da mir Ungerechtigkeiten nicht fremd waren, fiel es mir nicht schwer, ihr zu glauben. Sie versicherte mir, daß sie, wenn der richtige Mann käme, das Bordell für immer hinter sich lassen und in einem geruhsamen Leben mit dem Backen von Teekuchen, Großziehen von Kindern und der Verehrung ihres Mannes aufgehen würde. Damals war es für mich ein großes Bedürfnis ... verehrt zu werden.«

»Sie haben eine ... eine Prostituierte geheiratet?«

»Wer sonst hätte mich wohl haben wollen, Miss Gregory? Ich hatte nichts außer ein paar Hundert Dollar, die mir ein Freund vermacht hatte, einem Revolver an der Hüfte und dem Ruf, rasch in Schwierigkeiten zu geraten.

Ich griff nach dem, was ich für einen Rettungsring hielt, und fand statt dessen eine Schlange im Gras.«

Rachel sprang auf, legte sacht eine Hand auf seinen harten Arm und sagte: »Wer Sie sonst wohl haben wollte? Wie können Sie so etwas Törichtes sagen? Die Meinung anderer Leute sollte Ihnen nicht mehr bedeuten als die Meinung, die Sie von sich selbst haben. Wenn Sie nicht an sich glauben, wer kann es dann tun? Sie müssen mehr Achtung vor sich selbst haben, Mr. Davis.«

Er sah sie an. Der Wind, der ihm im Rücken stand, spielte mit seinen Hemdsärmeln, die er an den Unterarmen hochgekrempelt hatte. Ab und zu wühlte eine Bö in seinem rauchschwarzen Haar, brachte ihn aus dem Gleichgewicht und schob ihn eine Kleinigkeit näher an sie heran.

Sie wich nicht zurück, und sein Zorn über seine eigene Dummheit legte sich sofort, als er ihr schmales Gesicht sah und den Ernst in ihren großen, ein wenig schräg gestellten Augen erkannte.

»Ich nehme an, daß Sie geschieden sind.«

Er antwortete mit ruhiger Stimme, aber mit einem bitteren Unterton: »Als ich am Morgen nach unserer Hochzeitsnacht erwachte, war sie fort und mit ihr jeder Cent, den ich damals besaß. Ich brauchte Monate, um sie wiederzufinden — aber ich fand sie.«

Die Art, wie er das vorbrachte, hatte etwas Entnervendes. Rachel schauderte und zog ihren Schal fester um sich. »*Dann* wurden Sie also geschieden?«

»Das war nicht nötig. Die Eheschließung war ungefähr genauso gesetzlich wie der falsche Friedensrichter, der uns getraut hatte. Es scheint, daß sie und der Bursche Komplizen waren. Sie hatten den gleichen Betrug schon an fünfzehn oder zwanzig Männern vor mir begangen.«

»Was haben Sie mit ihr gemacht?«

Seine Augen wurden zu Schlitzen. »Fragen Sie mich

nicht danach, Miss Gregory. Die Antwort könnte Sie verletzen. Es genügt, wenn ich Ihnen sage, daß der Ruf der jungen Frau als *femme fatale* an diesem Tag ein unglückseliges, schmerzliches Ende fand...«

»Sie... sie ist doch nicht...?«

»Tot? Nein, *querida*. Ich habe noch nie eine Frau getötet, wenngleich ich sicher bin, daß sie sich damals, als ich mit ihr fertig war, gewünscht hatte, sie wäre gestorben.«

Als Rachel Davis' Gesicht musterte, sah sie in der harten, glitzernden Tiefe seiner Augen eine Andeutung dessen, was er meinte, und ihr blieb fast das Herz stehen.

Sie spürte einen Zorn in sich aufsteigen — nicht auf ihn, sondern auf diese heimtückische Frau, die sein Bemühen, eine echte Beziehung zu finden, mißbraucht und für eine Handvoll Geld verdorben hatte. Und einen Moment lang, während sein harter Blick über ihr Gesicht glitt, erkannte sie in ihm den jungen unbekümmerten Mann von damals, der sich so sehr nach einem Heim und Liebe sehnte, daß er die erstbeste Frau geheiratet hatte, die ihn haben wollte.

Sie hob eine blasse Hand im Mondlicht und legte sie an seine Wange. Der körperliche Kontakt wirkte auf sie beide, als sei ein Blitz in sie gefahren. Davis zuckte zusammen, die harte Linie seines Mundes krümmte sich, und seine rechte Hand flog in die Höhe, packte ihr Handgelenk und schleuderte es zur Seite. Doch kaum hatte sie sich von seiner überraschenden Reaktion erholt, als er abermals den Arm hob, ihn diesmal um ihre Taille legte und sie an sich zog. Ihr Versuch, sich gegen seinen Griff zu wehren, war fruchtlos und führte nur dazu, daß er sie noch fester an sich drückte. So blieb ihr gar keine andere Wahl, als sich an ihn zu lehnen, und die intime Nähe seines Körpers weckte wieder dieses Verlangen in ihr, das sie tagelang bekämpft hatte, aber nun nicht länger verleugnen konnte.

Als er sie jetzt küßte, spürte sie weder Reue noch Scham.

Sie hatte gewußt, daß es dazu kommen würde — schon in jenem Moment, als sie ihn hinter sich auftauchen sah. Es war Bestimmung, und nichts konnte das verhindern. Die Verlockung, von der verbotenen Frucht zu naschen, war für sie genauso groß wie für ihn. Und obwohl sie in diesem Moment am ganzen Körper zitterte, war das nicht Ausdruck ihrer Angst, sondern ein wohliges Erschauern, eine Freude, die in ihrem Blut sang wie Musik.

Er war hinreißend, dieser Kuß — leidenschaftlich und dennoch verhalten. Sie spürte eine mühsam gebändigte Kraft dahinter, eine Anstrengung, sich selbst zu beschränken, die fast weh tat. Er dachte daran, wie verletzt und zornig sie am Morgen reagiert hatte, und so strichen sein Mund und seine Zungenspitze nur sacht über ihre Lippen, bis sie sich langsam öffneten. Und auch jetzt versagte er es sich, diese Einladung zu einer leidenschaftlicheren Berührung auszunützen. Er löste statt dessen seine Lippen von ihrem Mund und vergrub sein Gesicht an ihrer Schulter.

»Rachel«, flüsterte er in ihr Ohr und wirbelte dabei mit seinem Atem die seidigen Haare an ihrer Schläfe auf. »O Gott, Rachel — ich möchte dich haben.«

Ihre Antwort war ein leises Stöhnen. Ihre Lider flatterten und öffneten sich, als er die weiche Unterseite Ihres Kinns küßte. Sie starrte zu den Sternen am Nachthimmel und fragte sich, welcher Wahnsinn wohl über sie gekommen war, daß sie hier im Mondlicht stand und von dem Liebesgestammel dieses Mannes ihre Tugend gefährden ließ. Und daß ihre Tugend ein für sie peinliches Ende finden würde, spürte sie, als seine Hände an ihrem Rückgrat hinaufglitten, und dann, langsam, ganz langsam zu der Unterseite ihrer Brüste wanderten. Und als er nun seine großen Hände öffnete und über ihre Brüste legte, war es so, als würde ihr jede Kraft, jeder Gedanke und jede vernünftige Überlegung genommen, während sie gegen ihn sank.

Er tastete nach den winzigen Perlknöpfen ihres Batisthemdes, schob dann den Stoff ungeduldig zur Seite, bis er die kühle Haut ihrer Brust berühren konnte. Sein Atem klang in ihren Ohren so laut wie der Nachtwind, der pfeifend über den Fluß strich. Und in diesem Moment der Andacht, des Stillhaltens, wo sie sich ihm noch hätte entziehen können, preßte er sie mit seinem linken Arm noch fester an sich, bis das harte, heiße Schwelen seines Verlangens durch seine Kleider und ihr Hemd zu spüren war.

»Schau nur, was du mit mir gemacht hast«, flüsterte er heiser. »*Fühle*, was du mit mir gemacht hast.«

Mit Daumen und Zeigefinger massierte er ihre Brustwarze, bis sie sich steil aufrichtete. Dann schob er das Knie zwischen ihre Beine, und sie schmiegte sich an ihn, wobei sich der harte Muskel seines Glieds gegen den Hügel ihrer Weiblichkeit preßte.

Das war alles neu für sie — so neu: dieser Kuß und die verbotene Berührung ihrer Brüste. Sein Mund fand wieder ihre Lippen. Da war keine vorgetäuschte Zärtlichkeit mehr, nur noch Hunger und Verlangen, bis sie plötzlich keine Luft mehr bekam und der Arm, der um ihre Taille lag, sie fast erdrückte. Sie schob ihre Arme wie Keile zwischen seine Unterarme und versuchte ihn von sich wegzudrücken. Sie brauchte Luft — das war alles. Die Situation entglitt viel zu schnell ihrer Kontrolle ... Sie brauchte eine Erholungspause — nur einen Atemzug ...

»Bitte!«

Er küßte ihre Augen, ihre Nase, ihr Kinn. »Entspanne dich«, flüsterte er. »Du mußt dich nur entspannen.«

»Mr. Davis — bitte!«

»Du begehrst mich, Rachel. Ich weiß es, ich spüre es. Leugne es nicht, mein Liebling.« Er hätte sie wieder geküßt, wenn sie nicht das Gesicht zur Seite gedreht hätte.

»Rachel! Verdammt noch mal — schau mich an!«

»Bitte nicht! Du tust mir weh!«

»Dann hör auf, dich zu wehren. Ich werde dir nicht weh tun, wenn du aufhörst, dich zu sträuben.«

»Das ist nicht die richtige Art« — sie drückte ihn ein Stück von sich —, »mit einer Frau umzugehen.«

Seine Brust hob und senkte sich heftig, als er sie jetzt losließ und schnaubte: »Zeig mir eine *Frau*, und ich werde mich entsprechend benehmen.«

Sie sah ihn verstört an, rieb sich die Handgelenke und rief: »Was meinen Sie damit?«

»Was ich sagte. Werd erwachsen, Rachel. Du hast keine Ahnung von den Dingen, die sich zwischen Mann und Frau abspielen. Warum tust du dann so als ob? Du bist ein kleines Mädchen, das mit Erwachsenen spielt. Ein Mädchen, das Männer herausfordert.«

»Oh, und Sie sind ein ekelhafter liebestoller *Heide!*«

»Und du küßt wie eine frigide alte Jungfrau!«

»Oooh!«

»Eisprinzessin. Du bist so kalt und steif wie ein verdammter Eiszapfen. Laß dir eines von mir sagen, Prinzessin. Ich habe schon Ladies in meinen Armen gehalten, die sich nicht so hochgestochen ausgedrückt haben wie du — schöne und reiche Damen, die zehnmal mehr Frau waren als du. Sie hatten nichts dagegen, daß ich sie ein bißchen rauh angefaßt habe. Tatsächlich hat ihnen das Spaß gemacht. Eine Menge Spaß. *Sie* wußten, wie man einen Mann glücklich macht, und *sie* haben mich nicht geküßt wie eine Leiche!«

Sie wich taumelnd zurück, während sich ihr Mund zu einem stummen Protest öffnete.

Die Reue packte ihn, als er sah, wie Rachel herumwirbelte und durch die Dunkelheit zu ihrem Wagen floh. Sie konnte nichts dafür, daß sie so war, wie sie war — so wenig wie er für sein eigenes Wesen.

Zärtlichkeit lag nicht in seiner Natur, und er war zu alt, um sich jetzt noch ändern zu können. Aber er mußte zugeben, daß es die Mühe fast lohnte. Er hatte in dieser Nacht entdeckt, wie sehr er Rachel Gregory begehrte. Er verlangte nach ihr mit einer Macht, die fast an körperlichen Schmerz grenzte.

Gott, o Gott. Was sollte er jetzt tun?

9

Rachel wälzte sich auf der Matratze hin und her.

Da war etwas nicht richtig gewesen.

Er war anders. Er hatte gebadet, sich rasiert und seine Kleider gewechselt.

Etwas hatte nicht gestimmt heute nacht.

Rachel setzte sich auf.

Er hatte keine Ketten getragen!

Es dauerte lange, bis sie ihren Schlaf wiederfand.

Rachel erwachte mit einem Hämmern im Kopf und Stimmen, die wie wütende Bienen in ihren Ohren summten. Und dazwischen erklang das Wehklagen einer Frau, ein langgezogenes Heulen wie bei einer Totenklage. Rachel drehte sich auf den Bauch, schob die weißblonde Strähne aus den Augen und blickte Audra an. Ihre Stiefmutter saß angekleidet auf einer Kiste, ihr blasses Kinn in eine Hand gelegt, den Ellenbogen auf ein Knie gestützt.

»Was ist los?« fragte Rachel schlaftrunken. Sie setzte sich auf, sah sich um, blinzelte in die grelle Morgensonne und fragte: »Warum hast du mich nicht geweckt? Warum hat Homer unseren Wagen noch nicht repariert?« Als wieder dieser langgezogene Klagelaut an ihr Ohr drang, fragte sie drängender: »Audra, was ist passiert?«

»Offenbar hat das mausartige kleine Mädchen, dessen Mutter so heftig dagegen protestierte, daß die Ranger sich unserem Wagenzug anschlossen, ein böses Mißgeschick getroffen«, sagte Audra. »Sie ist tot.«

»Tot«, wiederholte Rachel tonlos.

»Ja. Offenbar hat sie in der Nacht das Lager verlassen. Sie wurde vergewaltigt und dann erwürgt. Man fand sie kurz nach Anbruch der Dämmerung beim Fluß. Dort drüben.« Audra deutete in die Richtung, in die Rachel gestern nacht ebenfalls gegangen war. »Dort, wo sich ein kleines Plateau über dem Wasser erhebt, glaube ich.«

O nein! dachte Rachel. *Nein!*

Die Menge, die sich am Fluß versammelt hatte, setzte sich in Richtung des Wagenzuges in Bewegung. Rachel zog sich rasch etwas an, stieg aus dem Wagen und lief der Menge entgegen. Sie hörte, wie die Wachleute hinter ihr ihre Gewehre durchluden.

Sie machte kehrt, lief der Menge voraus, auf die bewaffneten Gesetzeshüter zu und blieb plötzlich wie angewurzelt stehen, als sie Davis, wieder mit Handschellen und Ketten versehen, unter einem Baum sitzen sah. Er richtete sich auf, als er sie bemerkte.

Sie zitterte am ganzen Körper vor Entrüstung und Angst. Sie schüttelte sich ungläubig. Sie konnte nicht — sie *wollte* nicht — so etwas von ihm glauben.

Der Vater des toten Mädchens hielt vor Sam an. »Gehen Sie mir aus dem Weg, Captain Wells! Eine von diesen Bestien hat mein Mädchen umgebracht! Ich fordere Gerechtigkeit!«

Die Menge brüllte: »Ja, ja, Gerechtigkeit!«

Die Mutter des Mädchens begann wieder zu heulen. »Wir haben Sie gewarnt«, schluchzte sie. »Wir haben Sie alle gewarnt, daß dieser Abschaum uns nur Kummer bereiten würde. Nun haben sie mir mein kleines Mädchen genommen und, oh ...«

Sie brach in den Armen ihres Mannes zusammen. »Mein Baby«, klagte sie mit vor Schmerz verzerrtem Gesicht. »Mein geliebtes kleines Baby.«

Sam hielt sein Gewehr in der Armbeuge, während seine Blicke rasch über die wütenden Gesichter der Menge wanderten. »Sie täuschen sich, Sir«, sagte er mit gelassener Stimme. »Es kann keiner von diesen Männern gewesen sein. Wie Sie sehen, stehen sie unter Bewachung. Außerdem habe ich die Spuren überprüft, die sich in der Umgebung der Leiche befanden. Es waren Abdrücke von weichledrigen Sohlen. Es war ein Indianer, Sir, der das Mädchen umgebracht hat.«

»Indianer!« Das Wort hallte wie ein Schuß durch die Menge.

»Wir haben bisher noch keine Indianer in diesem Teil des Landes gesichtet!« rief jemand.

Sam beugte sich nach rechts und spuckte einen Schwall braunen Tabaksaft in den Sand. »Das werden Sie aber«, prophezeite er, »und zwar bald, schätze ich.«

»Wenn es ein Indianer gewesen wäre, hätten wir doch irgend etwas von ihm bemerken müssen. Nein! Ich sage, es war einer von diesen Strolchen!«

Die Menge stimmte ihm grölend zu.

»Wollen Sie bestreiten, daß sie in Brackettville und El Paso wegen Mordes gehängt werden sollen?« rief der Vater des Mädchens und schüttelte seine Faust.

»Es wird ihnen dort wegen ihrer Verbrechen der Prozeß gemacht, Sir. Aber das ändert nichts an den Tatsachen hier. Ich selbst habe heute nacht Wache über diese Leute gehalten, und ich schwöre Ihnen, daß keiner von ihnen das Lager verlassen hat. Sie waren alle gefesselt und mit Ketten versehen und haben die Nacht in ihren Schlafsäcken verbracht. Der Missetäter ist ein Komantsche oder Apache, der als Späher unterwegs war und dem es irgendwie gelungen ist, die Nachtpatrouille zu umgehen. Dann muß er mit ihrer Tochter am Fluß zusammengetroffen sein. Inzwischen ist er längst schon zu seinem Trupp zurückgekehrt und hat ihm von unserem Wagenzug berichtet. Wenn ich Sie wäre, würde ich jetzt scharf Ausschau nach Indianern halten. Ich spüre es in den Knochen, daß es bald Unheil geben wird. Ich verwette meinen Ruf als Texas Ranger darauf. Wenn ich Ihnen einen Rat geben darf: Beerdigen Sie das Mädchen und reparieren Sie so rasch es geht Miss Gregorys Wagen, damit wir aufbrechen und einen möglichst großen Abstand zwischen uns und die Indianer legen können.«

Das zornige Murren der Menge sank zu einem leisen Murmeln herab. Nach und nach drehten sich die Frauen und Männer um und gingen zu ihren Wagen.

Rachel jedoch blieb stehen. Sie konnte den Blick nicht von Davis abwenden. Sie logen — gütiger Himmel, Davis und Captain Wells logen und sahen sie an. Und sie wußte in diesem Moment, daß sie darauf warteten, ob sie sich zu Wort melden würde.

Davis kam langsam auf sie zu, während seine dunkelbraunen Hände den Hut noch tiefer über die Augen zogen, als er aus dem Schatten des Mesquite-Baumes trat. Er trug nicht mehr die Mokassins von heute nacht, statt dessen aber wieder die Handschellen.

Sie sah so zart aus im Sonnenlicht — und so zerbrechlich. Ihr dichtes Haar war zerzaust und flatterte in der Morgenbrise um ihre Hüften. Ihr Gesicht war so blaß wie der Tod. »Miss Gregory«, sagte er leise.

Sie wich zurück.

»Rachel«, versuchte er es noch einmal, diesmal mit einem Lächeln. »Rachel ... bitte, gehen Sie in Ihren Wagen und ziehen Sie sich an.«

»Nein — rühren Sie mich nicht an.«

»Gehen Sie zu Ihrem ...«

»Sie waren es. *Sie* haben dieses Mädchen getötet!«

Er blieb stehen, straffte seine Schultern und sagte: »Das glauben Sie wohl selbst nicht.«

»Aber er hat gelogen!« Sie warf Sam einen kurzen Blick zu. »Er hat gelogen, um Sie zu schützen, Mr. Davis.«

»Sprechen Sie nicht so laut, verdammt noch mal!«

»Ich will wissen, warum!«

»Das geht Sie nichts an.«

Mit zu Fäusten geballten Händen drohte sie: »Ich werde sofort zu Homer gehen und es ihm erzählen.«

»Nur zu, aber bevor der Strick um meinem Hals liegt, wird Ihr kostbarer Ruf so tot sein wie dieses Mädchen.«

Sie holte aus und gab ihm eine schallende Ohrfeige. »Wie können Sie es wagen, mir ins Gesicht zu sagen, daß mir mein Ruf wichtiger wäre als die Wahrheit!«

»So?« Seine Augen waren so kalt und gefühllos wie die eines Reptils, als er sie anzischte: »Sie sind nicht wütend, weil das Mädchen umgekommen ist. Nein, Ihre Wut gilt mir, weil heute nacht etwas mit Ihnen geschehen ist, was Sie nicht begreifen. Ich habe Sie von Ihrem Podest heruntergeholt, und das gefällt Ihnen nicht.«

Davis fuhr in seinem erbarmungslosen, verbitterten Ton fort, wohl wissend, daß seine nächsten Worte sie bis ins Mark treffen würden. Aber in diesem Augenblick war ihm das gleichgültig. Daß sie ihm zutraute, dieses Mädchen ermordet zu haben, hatte ihn tief verletzt. »Sie wissen, daß ich dieses Mädchen nicht getötet, und bestimmt nicht vergewaltigt habe. Wenn ich eine Frau so bitter nötig bräuchte, hätte ich ja Sie.«

Rachel drehte sich um und lief davon. Blind, atemlos,

mit einem Würgen im Hals, stolperte sie zu ihrem Wagen, fiel dort auf die Knie und übergab sich.

Audra kam um den Wagen herum und fragte in einem vorwurfsvollen Ton: »Himmel, was ist denn mit dir los? O Gott, könnte das die Morgenkrankheit sein? Du bist doch nicht etwa schwanger, wie?«

»Geh weg.« Rachels Magen hob sich zum zweitenmal. »Um Himmels willen, geh weg und laß mich allein!«

Die Männer senkten langsam die in eine Decke eingewickelte Leiche des Mädchens in das Grab, während die Zuschauer, die hinter den gramgebeugten Eltern standen, die Köpfe schüttelten und Gott im stillen dankten, daß es nicht einer von ihnen war, der einen so grausamen Tod gefunden hatte.

»Laßt uns beten«, erhob sich Homers Stimme über das leise Schluchzen. Er stand an der flachen Grube, drehte den Hut in den Händen und begann: »Lieber Gott . . .«

»Ich sage dir«, flüsterte jemand in der Menge, »es war kein Indianer. Meinst du etwa, ein Indianer hätte sich mit einer begnügt?«

»Nein«, kam die leise Antwort.

»Teufel, nein«, flüsterte ein dritter.

»Ich weiß nicht, wie Ihr es in Zukunft handhaben werdet, Jungs; aber ich werde meine Augen weit offen halten, weil sonst unsere Frauen und Töchter als nächste an die Reihe kommen.«

Die anderen murmelten zustimmend.

»Asche zu Asche, Staub zu Staub«, drang wieder Homers Stimme an Rachels Ohr. »Amen.«

Rachel entfernte sich vom Grab.

Homer war noch vor ihr bei ihrem Wagen. Sie sah, wie er seine Jacke auszog — ein mit kleinen Perlen besticktes Lederjackett —, als er sich anschickte, das Rad wieder an der Achse zu befestigen. Ein Feuer brannte in der Nähe. Davis stand daneben — mit dem Rücken zu Rachel. Er hatte sein Hemd ausgezogen, und die Hitze des Feuers und der Sonne, die auf ihn herunterbrannte, gab seiner Haut eine dunkelrote Färbung, daß sie glänzte wie feuchtes Kupfer.

Trotz ihrer Wut auf Davis verlangsamte Rachel ihren Schritt, als sie die tiefe halbmondförmige Narbe zwischen seinen Schulterblättern sah. Sie verdrängte das Mitgefühl, das sie jählings überkam, und beachtete die bestürzende Erkenntnis nicht, daß er einmal knapp dem Tod entronnen sein mußte. Mit erhobenem Kopf ging sie an den Gefangenen vorbei, ignorierte den Gruß, den Sam ihr freundlich entbot, und trat zu Audra, die im Schatten einer Steineiche saß.

»Du wirst es nicht glauben, was dieser Lümmel von einem Wagenmeister uns für die Reparatur dieses verdammten Rades berechnet«, klagte ihre Stiefmutter. »Zwei Dollar! Und fünf Dollar für den Ersatz der zerbrochenen Speichen. Das ist glatter Raub, sage ich dir.«

Rachel breitete ihre rosenfarbenen Taftröcke über der Kiste aus, auf der sie Platz nahm, bevor sie sagte: »Du hättest wenigstens den Anstand haben können, an der Beerdigung teilzunehmen, Audra.«

»Begräbnisse sind so deprimierend.«

»Hast du deswegen nach der Bestattung meines Vaters zwei Champagnerflaschen geöffnet? Hast du eine Aufmunterung gebraucht?«

Audra warf ihrer Stieftochter einen schrägen Blick zu und lächelte.

»Macht das Feuer tüchtig heiß!« rief Homer. »Hältst du den Radreifen bereit, Jeromie?«

»Ja!« rief Jeromie zurück.

»Captain Wells«, sagte Homer, »hätten Sie die Güte, Ihren Jungs zu sagen, daß sie sich zum Wagen begeben sollen?«

»Wird gemacht, Sir«, erwiderte Sam. Er hob sein Gewehr, richtete es auf die Gefangenen und befahl: »Also los, Jungs. Wird Zeit, daß ihr euch euer Fahrgeld verdient für eure Reise in diesem Zug. Spannt die Muskeln an und hebt den Wagen hoch, wenn wir euch das Kommando dazu geben!«

Jeromie, der das Rad vom Fluß heraufgerollt hatte, legte es neben das Feuer und wartete, während Homer mit einem langen schwarzen Haken im Feuer stocherte und den rotglühenden Radreifen aus der Asche hob. Dann schoben sie mit einer überraschenden Geschicklichkeit den rauchenden Metallreifen über das Rad und klopften ihn mit einem kleinen Hammer fest. Sobald das erledigt war, hoben sie das Rad auf, drehten es in die senkrechte Lage und paßten die mit Fett eingeschmierte Achse ein, während Davis und die anderen Gefangenen den Wagen von der Leierstütze hievten. Das Rad glitt auf die Achse wie ein Glacehandschuh, der über eine Hand gestreift wurde.

»Holt rasch Wasser!« rief Homer. Er und Jeromie sprangen zu der langen Reihe von gefüllten Eimern, die neben dem Wagen bereitstanden, packten zwei davon und entleerten sie über den noch glühenden Reifen. Es zischte und knisterte, und Dampfwolken stiegen in die schwüle Luft.

Endlich trat Homer vom Wagen zurück. »Das sollte genügen, Jungs. Ihr habt euch jetzt eine Verschnaufpause verdient.«

Sie traten nun alle aus dem Rauch. Ihre Oberkörper waren rot und schweißglänzend. Davis war sogar naß bis zu den Knien hinunter, sein Haar klebte an der Stirn, und er hatte gerade Rachel im Blick, als Martin Stillwell zu ihr trat und sagte: »Rachel, meine Liebe, da sind Sie ja. Wie ich sehe, hat man Ihren Wagen repariert. Was für eine Erleichterung. Ich bin froh, daß wir diesen schrecklichen Ort endlich verlassen können.«

Er nahm ihre Hand behutsam in seine und half ihr beim Aufstehen.

»Ich habe Sie bei der Beerdigung vermißt, Martin.«

»O du liebe Güte, nein. Meine Stirnhöhlen haben mich die ganze Nacht hindurch geplagt.« Er legte den Kopf zurück, legte zwei Finger an die Nasenwurzel und schniefte. »Ich bekomme immer diese gräßlichen Kopfschmerzen davon.«

»Ich verstehe.« Rachel rümpfte die Nase und wandte sich ab.

»Ich bin gekommen, um Sie zu fragen, ob Sie nicht mit uns das Mittagessen einnehmen möchten. Ich werde Jules sagen, daß er etwas Besonderes zubereiten soll. Darf ich Ihnen wieder frische Hörnchen anbieten? Mit Honig vielleicht?«

Ihre Augen leuchteten auf. »Honig?«

»Direkt aus Skipton in Yorkshire. Heidehonig — der süßeste der Welt.« Er tupfte die gerötete Spitze seiner Nase mit einem Taschentuch ab und sagte: »Kommen Sie!«

Fast wäre sie dieser Einladung gefolgt, wenn ihr nicht das Versprechen eingefallen wäre, das sie Sam gegeben hatte. »Aber ich habe dem Captain mein Wort gegeben, daß ich für ihn und die Gefangenen kochen werde.«

»Ach, lassen Sie diese verdammten Kerle doch hungern. Sie verdienen es nicht besser.«

Rachel warf ihm einen scharfen Blick zu. »Vielen Dank, Martin; aber nach gestern abend halte ich es nicht für eine so gute Idee, wenn wir zu oft zusammen gesehen werden.«

Er ließ ihre Hand ein wenig sinken. »Tatsächlich?«

»Die Leute reden schon über uns, verstehen Sie?«

Er hob fragend eine Braue und blickte an seiner spitzen Nase entlang auf sie hinunter. Dann grinste er ein wenig zu scheinheilig für ihren Geschmack und bemerkte: »Warum sollten wir uns darum kümmern, was diese Horde von Banditen über uns denkt? Ich möchte behaupten, deren Ruf war bereits ruiniert, als sie geboren wurden.« Als Rachel ihn aus geweiteten Augen ansah, entschuldigte er sich: »Das war unhöflich von mir, nicht wahr? Ich bitte um Entschuldigung. Daran sind nur meine verdammten Stirnhöhlen schuld. Mir läuft ständig die Nase.« Er schwenkte sein Taschentuch in der Luft, als müßte er ihr zeigen, wie naß es war. »Und dazu diese schreckliche Hitze, die Fliegen und der Gestank dieser verdammten Ochsen. Kein Wunder, daß ich mich so echauffiere.«

»Ich finde das sehr bedauerlich, Martin. Ich wußte ja nicht, daß ihre Gesundheit unter diesen beklagenswerten Umständen so leiden muß.« Sie tätschelte besorgt seine Hand. »Vielleicht sollten Sie sich von Jules einen Tee zubereiten lassen, bevor wir aufbrechen.«

Er blinzelte, schniefte abermals und rief: »Was für eine exzellente Idee, Miss Gregory! Sie werden ihn doch hoffentlich mit uns einnehmen?« Als sie erneut zögerte, hob er ihre Hand an die Lippen, küßte hingebungsvoll ihre Fingerspitzen und sagte mit belegter Stimme: »Nach gestern abend dachte ich, daß Sie vielleicht geneigt wären, mich öfter zu sehen.«

»Nach gestern abend?« Rachel dachte an Davis und seine Zudringlichkeiten. »Gestern abend?«

Er drückte seine Nase wieder mit seinen klammen Fingern zusammen. »Sie haben zugelassen, daß ich Sie küsse, meine Liebe. Sie erinnern sich?«

»Oh! Oh, das meinten Sie.« Ihr Mund zuckte bei dem Gedanken daran.

»Wenn wir in England wären, würde man von mir erwarten, daß ich Sie wegen dieser Dreistigkeit heirate.«

Sie runzelte die Stirn, als er seinen blonden Kopf über

ihre Finger beugte. Sie starrte auf seinen Scheitel und sagte mit Nachdruck: »Haben Sie keine Angst, Mr. Stillwell. Wir befinden uns nicht in England. Hier ist ein keuscher Kuß im Dunkeln von einem *Freund* kein Grund, die Hochzeitsglocken zu bemühen.«

»Keusch?« Er lächelte schlau. »Ich würde diesen Kuß nicht unbedingt als keusch bezeichnen.«

Verglichen mit Davis' Kuß war seiner nur ein zahmer Schmatz gewesen.

»Entschuldigung!« drang Davis' tiefe Stimme an ihr Ohr. *Wenn man an den Teufel denkt* ... Sie und Martin sahen ihn an.

Davis lehnte immer noch mit nacktem Oberkörper an Rachels Wagen. Er zeigte ihnen lächelnd seine weißen Zähne und fragte: »Na, haben Sie beide Spaß?«

Stillwell wirbelte zu Davis herum.

»Sie ungehobelter Mensch! Wie können Sie sich erdreisten, das Gespräch zweier Vertreter der vornehmen Gesellschaft zu belauschen? Wenn Sie nicht in Ketten gelegt wären, würde ich Sie zum Duell fordern!«

Davis lachte nur. »Wenn Sie Captain Wells Honig ums Maul schmieren würden, wie Sie das gerade bei Miss Gregory getan haben, könnten Sie ihn vielleicht dazu bringen, mir so lange die Ketten abzunehmen, bis ich Sie getötet habe, Martin. Los. Ich warte hier auf Sie.«

Martins Körper bebte vor Entrüstung. Seine sonst so blassen Wangen färbten sich hochrot. »Ich werde mich bei dem Wagenmeister über Sie beschweren, Davis. Sie sind eine Bedrohung für diese junge Dame — ja, für den ganzen Wagenzug.«

Davis' Augen wurden schmal.

Martin schob einen Finger unter seinen gestärkten Hemdkragen und zog ihn von seinem schweißnassen Hals weg, als er sich wieder zu Rachel umdrehte und sagte: »Ich sehe Sie dann später, meine Liebe. Sie wissen doch, wo Sie mich finden können, wenn Sie mich brauchen, Rachel?«

Sie löste widerstrebend den Blick von den schwarzgelockten Haaren auf Davis' Brust und fragte verträumt: »Wie bitte?«

»Ich sagte . . .«

»Natürlich. Ja, ja. Ich sehe Sie dann später. Vielen Dank für Ihre Einladung, Martin. Ich werde es mir überlegen.«

Martin warf Davis noch einen letzten vernichtenden Blick zu, bevor er zu seinem Wagen ging.

»Aufgesessen!« rief Homer in diesem Moment.

Davis grinste noch immer, als Rachel sich zu ihrem Wagen umdrehte. Ohne ihn direkt anzusehen, sagte sie so hochmütig, wie sie konnte: »Wie können Sie es wagen, sich mir in einem so — so anstößigen Aufzug zu nähern.«

»Da sollten Sie mich mal sehen, wenn ich schlafe«, gab er ebenso hochmütig zurück.

»Vielen Dank, nein. Ich finde diesen Vorschlag genauso widerwärtig wie Sie selbst.« Sie rauschte an ihm vorbei, blieb neben dem Kutschbock stehen und spähte über die Schulter. »Nun? Wollen Sie den ganzen Tag dort stehenbleiben oder mir beim Aufsteigen helfen?«

»Sie möchten, daß ich *Ihnen* dabei helfe?« Er bewegte sich auf sie zu und schwenkte dabei auf aufreizende Weise die Hüften. »Aber gewiß doch, Miss Gregory. Ich bin außerordentlich gut, was das Aufsteigen betrifft . . . in jeder Beziehung.«

Sie wirbelte herum und funkelte ihn wütend an, während er sie amüsiert aus tiefblauen Augen musterte. »Sie gemeiner Kerl! Ich werde noch in dieser Sekunde zu Sam gehen und verlangen, daß er Sie von meinem Wagen abzieht.«

»Tun Sie das. Aber wenn ich mir Ihre Hände betrachte, werden Sie auf einen Gehilfen, der Ihren Wagen lenkt, nicht verzichten können. Vielleicht bietet Clyde sich dafür an.«

Entnervt barg Rachel ihre geballten Fäuste in den Falten ihrer rosenfarbenen Röcke und zischte durch zusammengepreßte Zähne: »Oh! Ich — ich hasse Sie! Sie abscheulicher, stinkender, ungebildeter Affe!«

Seine Augenbrauen schnellten in die Höhe.

»Sie haben damals recht daran getan, diese Hure zu heiraten. Keine anständige Frau, die einen Funken Verstand besitzt, würde Sie näher als eine Meile an sich heranlassen!«

Als sein Gesicht sich verfinsterte wie eine Gewitterwolke, wurde ihr erst bewußt, was ihr gerade über die Lippen geschlüpft war. Wie konnte sie nur so etwas Dummes und Grausames sagen? Der Teufel mußte sie geritten haben. Sie erwartete jeden Moment, daß er sich auf sie stürzte, ihr seine Kette um den Hals legte und sie so lange zusammendrehte, bis kein Funken Leben mehr in ihr war.

»Sind Sie jetzt fertig?« ertönte seine tödlich ruhige Stimme.

Sie nickte.

»Gut.« Er kam auf sie zu, beobachtete, wie sie trotzig ihr Kinn anhob und vor ihm zurückwich. Als sie so dicht am Wagen stand, daß sie fast mit der Nase dagegenstieß, schob er sein dunkles Gesicht an ihr blasses heran und zischte: »Gut. Dann können Sie jetzt ihren kleinen frechen Popo allein auf den Wagen hinaufbefördern, *Prinzessin*.«

Davis machte auf dem Absatz kehrt, hob sein Hemd vom Boden auf und ging davon.

Rachel war bekümmert und bestürzt über ihr grobes Verhalten. Wie konnte sie nur? Noch nie hatte sie so zu einem anderen menschlichen Wesen gesprochen wie eben zu

Davis. Aber bislang hatte auch noch kein anderes menschliches Wesen sie derart herausgefordert . . . abgesehen von Audra vielleicht. Aber irgendwie war es ihr fast immer gelungen, ihre Zunge im Zaum zu halten, was ihre Stiefmutter anlangte. Wenngleich sie nicht leugnen konnte, daß diese Frau unentwegt ihre Geduld strapazierte. Und oft war sie schrecklich wütend auf Audra gewesen, weil sie ihren Vater so schändlich behandelt hatte. Doch niemals hatte Audra sie durch ihre bloße *Existenz* so in Rage gebracht wie Davis.

Rachel drehte ihren Sonnenschirm auf der Schulter, blickte auf die monotone Landschaft und runzelte die Stirn.

»Ich empfehle Ihnen, sich jetzt nach hinten unter die Planen zu begeben«, drang Davis' Stimme an ihr linkes Ohr. »Es ist zu heiß hier draußen, und außerdem stoßen Sie mir mit Ihrem verdammten Drahtunterrock ständig gegen das Schienbein.«

Sie drehte ihren Sonnenschirm ein bißchen heftiger.

»Und wenn wir schon davon reden, wäre es ratsam, wenn Sie hinten im Wagen ein paar von diesen Unterröcken ausziehen würden. Sie schleppen ja die halbe Baumwollernte von Louisiana unter dem Kleid mit sich herum. Drei Viertel aller Klapperschlangen könnten sich in diesen Dingern verkriechen und ein Jahr lang den Ausgang nicht wiederfinden.«

»Das ist eine Krinoline«, erklärte sie, neigte den Kopf ein wenig zur Seite und lächelte überlegen. »Das sind Reifröcke, Mr. Davis. Und um Ihren Bildungsmangel etwas zu mindern — eine Krinoline besteht aus Leinen und Roßhaaren.«

»O Teufel, das ist natürlich etwas anderes. Welche Klapperschlange wäre so dumm, sich in Roßhaaren zu verirren?«

Wie kam es nur, fragte sie sich, daß er immer das letzte Wort haben mußte?

Schweigend fuhren sie weiter, bis er nach einer Stunde fragte: »Wie geht es Ihren Händen?«

»Sie sind noch nicht abgefallen«, gab sie zurück.

Er grinste, obwohl er ihr eigentlich noch böse sein sollte, weil sie ihn einen ungebildeten Affen genannt hatte. Er betrachtete ihr perfektes kleines Profil und bemerkte, zum erstenmal, daß ihre Brauen und Wimpern von weizengoldener Farbe waren — nicht annähernd so hell wie ihr Haar. Ihre wie ein Herz geformte Oberlippe war weich und rot trotz der Hitze und der Sonne, und sie besaß die kleinsten und zierlichsten Ohren, die er jemals gesehen hatte.

Etwas in ihm wurde nachgiebiger, und sein Magen rebellierte, als hätte er sich zu rasch im Kreis gedreht. Nur ein kurzer Schwindelanfall, der sofort wieder vorbei war. Doch er hinterließ eine gewisse Mattigkeit und das Gefühl, daß er sich nicht mehr mit ihr streiten wollte. Sie hatte eine unheimliche Art, ihn mit schlechtem Gewissen zu belasten, wenn sie sich stritten. Und er fühlte sich schon schuldig genug für seine vergangenen Sünden.

Er rutschte auf der harten Bank ein wenig zur Seite und sagte: »Wenn Sie diesen . . . diesen Sonnenschirm beiseite legen würden, könnte ich Ihnen das Kutschieren beibringen.« Sie drehte so heftig am Griff dieses Geräts, daß er den Kopf einziehen mußte, um den scharfen Enden der Stahlspeichen unter dem rosenfarbenen Stoff auszuweichen.

»Warum sollte ich das denn wollen?« fragte sie ihn.

»Damit Sie mich loswerden.«

»Oh, dann werde ich wohl müssen.« Rachel klappte den Schirm zusammen und warf ihn durch den Spalt der Segeltuchverkleidung in den Wagen. Sie stützte die bandagierten Hände auf die Knie und sagte: »Dann lassen Sie uns mit der Lektion beginnen, Mr. Davis.«

Ihre Blicke kreuzten sich.

Er rückte dichter an sie heran.

Sie rückte etwas von ihm weg.

Er verdrehte die Augen, und sie hob das Kinn.

»Wollen Sie nun den Wagen kutschieren oder nicht, Lady?«

»Muß ich Sie deswegen auf meinem Schoß sitzen lassen, Mr. Davis?«

»Nehmen Sie die verdammten Zügel.«

»Müssen Sie immer fluchen, wenn Sie mit mir reden?«

»Nehmen Sie die Zügel, bitte.«

»In Ordnung.« Sie streckte ihre Hand aus, mit der Innenfläche nach oben, und wartete, daß er ihr das Zügelleder reichte.

Sofort legten die Pferde die Ohren nach hinten, und Davis dachte: *Verdammt gerissene Biester.*

»Das Pferd zu Ihrer Linken ist das Führungstier. Es lenkt das andere. Ein langer, stetiger Zug an den Zügelleinen veranlaßt das Führungstier, eine Drehung nach links zu machen. Probieren Sie das mal.«

Sie tat es. Und tatsächlich ging das Pferd nach links. Sie setzte sich ein wenig gerader hin.

Davis grinste. »Eine Serie kurzer, scharfer Züge an den Zügeln bringt das Pferd dazu, den Kopf nach oben und rechts zu werfen, um den Druck der Gebißstange zu lindern. Das bewirkt, daß das Pferd eine Rechtsbiegung macht, und das zweite Gespannpferd reagiert auf die gleiche Weise. Versuchen Sie es mal.«

»Es funktioniert!« Sie lachte, fuhr sich mit der Zungenspitze über die Lippen und probierte es zum zweitenmal.

»Sehr gut; aber ich würde Ihnen raten, jetzt nicht übermütig zu werden. Das ist ein Spezialgeschirr, und wenn Sie zu häufig an den Zügeln zerren, wird das Maul des Tieres wund.« Er ließ sie noch eine Weile kutschieren, bevor er ihr die Zügel wieder abnahm. »Das genügt für heute«, sagte er, und als er die Falte zwischen ihren Brauen bemerkte, fuhr er neckend fort: »Sie haben doch nicht erwartet, daß ich Sie so rasch vom Haken lasse, meine Süße? Es wird noch ein paar Tage dauern, bis Ihre Hände so weit verheilt sind, daß Sie die Zügel übernehmen können.«

Sie fuhren weiter, diesmal in einträchtigem Schweigen.

Rachel brach diesmal das Schweigen: »Ich habe nicht wirklich geglaubt, daß Sie das Mädchen getötet haben, Mr. Davis.«

Er sah sie an, und seine hochgezogenen Brauen zeigten, wie überrascht er über diese Bemerkung war.

»Was mich verwirrt hat, war Captain Wells' Lüge, mit der er Sie beschützt hat. Warum?«

»Wer hat Ihnen denn gesagt, daß er *mich* beschützen wollte?« gab er zurück.

Ihr Kopf fuhr so rasch herum, daß ihre Nackenwirbel knackten. »Mr. Davis, wollen Sie damit andeuten, daß er von unserer Begegnung gestern nacht wußte?«

»Möglich.«

»Und es erlaubte?« Sie hüstelte ungläubig. »Das finde ich noch sonderbarer, Mr. Davis. Und wenn wir schon davon sprechen — wie kam es, daß Sie sich ohne diese scheußlichen Ketten im Dunkeln frei bewegen konnten?«

Sie fixierte ihn von der Seite. Er hatte den Kopf leicht in den Nacken gelegt, und seine Hutkrempe berührte fast die Nasenwurzel. Er schien in der Sonne zu dösen, während er die Pferde beobachtete, deren Köpfe rhythmisch auf und nieder gingen. Schließlich sagte er: »Ich habe mir die Beine vertreten, Miss Gregory.«

»Sie hätten fliehen können.«

»Ma'am, niemand entflieht einem Texas Ranger, und falls er es doch täte, müßte er es am Ende büßen. Der alte Mann dort hinten gehört zu den besten. Er wurde von

Jack Hays angeworben und ausgebildet. Er ist mit Sam Walker, Ben McCulloch und Big Foot Wallace geritten. Er hat mehr Gefechte erlebt als Sam Houston, Andrew Jackson und George Washington zusammengenommen.«

»Man könnte fast glauben, Sie würden Hochachtung vor diesem Mann empfinden, Mr. Davis.«

»Ich respektiere den Revolver an seiner Hüfte, Miss Gregory. Er schießt niemals daneben.« Davis richtete sich ein wenig auf, schob mit dem Daumen seinen Hut in den Nacken und sagte: »Selbst wenn ich mich dazu entschlossen hätte, einen Ausflug nach Mexiko zu machen, hätte ich ohne Pferd oder Waffe mein Ziel nie erreicht. Da versuche ich lieber mein Glück bei einem Schwurgericht, als mich von ein paar Hundert Komantschen oder Apachen jagen zu lassen . . . oder von diesem einen alten Mann da hinten.«

Die Gelegenheit hatte sich ihr von selbst geboten, und obwohl sie spürte, daß sie es bedauern würde, holte Rachel tief Luft, starrte auf die schwarze Mähne des Leittieres und fragte: »Wegen welcher Vergehen wird man Ihnen den Prozeß machen, Mr. Davis?« Das darauffolgende Schweigen machte sie unsicher, und sie redete immer zuviel, wenn sie unsicher wurde. »Ich bin überzeugt, es kann kein zu schweres Verbrechen sein. Sie sind nicht so wie diese anderen Männer. Nicht wirklich. Ganz und gar nicht so wie dieser Clyde. Er ist schmutzig und gemein und . . .« Warum antwortete er nicht? »Nun?«

Langsam drehte sie ihm das Gesicht zu. Ein paar Strähnen waren ihm über die Stirn gefallen und flatterten im Wind. Er sah wie ein unschuldiger Junge aus, und plötzlich erschien er ihr verängstigt. Doch nur einen kurzen Moment lang. Während sie ihn beobachtete, verfinsterte sich sein Gesicht, und der Zorn verwandelte sein Profil zu Stein. In diesem Augenblick wollte sie es nicht mehr wissen.

Sie preßte ihre wunden Finger zusammen und stotterte: »Ach, lassen wir das. Vergessen Sie, daß ich Sie gefragt habe. Ich weiß nicht, was in mich gefahren ist. Ich bin sicher, es wird sich alles aufklären bei Ihrem Prozeß. Wahrscheinlich handelt es sich um ein schreckliches Mißverständnis oder einfach um eine Verwechslung.«

Sie sah, wie er mit seinen langen Wimpern schläfrig in die Sonne blinzelte. Und dann murmelte er mit seiner tiefen Stimme: »Möglich.«

10

Rachel erwachte von einem tiefen, perlenden Lachen. Sie hatte geträumt, daß sie kopfüber in ein ruhiges blaues Wasser sprang. Warm an der Oberfläche, doch tief unter diesem verlockenden Äußeren bitterkalt und beunruhigend schwarz; sie sah sich alsbald um ihr Leben kämpfen, als sie wieder die Oberfläche zu erreichen suchte.

Wie lange hatte sie geschlafen? Sie wußte nur, daß eine drückende Hitze unter den Planen herrschte und sie sich innerlich leer fühlte. Bei der Schaukelei des Wagens war es kein Wunder, daß Audra mit verdorbenem Magen tagelang ihr Bett nicht verlassen konnte. Audra. Rachel sah zu den leeren Decken auf dem Lager ihrer Stiefmutter und runzelte die Stirn. Wo war Audra?

»Sie ist schon immer so ein schrecklich zartes Ding gewesen, die arme Kleine. Mein teurer verstorbener Mann hat sie deswegen auch furchtbar verwöhnt. Natürlich ist sie so verzogen, weil er ihr stets ihren Willen ließ. Als junges Mädchen war sie kaum mehr zu bändigen. Sie haben ja keine Ahnung, Mr. Davis, was es für mich bedeutet hat, mich mit ihren kleinen Wutausbrüchen und zugleich noch mit diesem schrecklichen Krieg auseinandersetzen zu müssen. Ich kann nur hoffen, daß mir mein Bruder hilft, sie ein wenig zur Vernunft zu bringen. Doch nach diesem schrecklichen Fiasko mit Luke bin ich mir nicht sicher, ob wir jemals einen Mann finden, der bereit ist, ihr den Verlust ihrer Tugend zu verzeihen.«

»Ziehen Sie Rachels wegen nach Brackettville?«

»Aber selbstverständlich! Ihr Ruf war doch in New Orleans ruiniert. Das Mädchen hätte niemals in den besseren Gesellschaftskreisen der Stadt — so wenig davon noch übriggeblieben ist — einen Mann gefunden. Wenn Sie wenigstens mit einem ihr ebenbürtigen Mann durchgebrannt wäre! Dann hätte man vielleicht noch etwas machen können. Aber mit diesem schrecklichen Bauernlümmel! Welcher Mann möchte sie jetzt noch anfassen? Zudem hörte ich, daß Brackettville ein militärischer Außenposten sein soll. Dort muß es nur so wimmeln von Soldaten, die verzweifelt nach einer Frau suchen.«

»Ja, Ma'am, Brackettville *war* einmal ein militärischer Außenposten. Aber Fort Clark wurde bereits im Jahre zweiundsechzig geräumt, zusammen mit vielen anderen Außenposten an der San-Antonio—El-Paso-Route. Ich habe aber gehört, daß man den gesamten Bereich wieder mit Bundestruppen besetzen will. Ich bin sicher, sobald das Militär dort wieder einzieht, wird es eine Menge einsamer junger Soldaten geben, die in Miss Gregory genau das finden würden, was sie brauchen, um ihr trauriges Dasein ein wenig erträglicher zu machen.«

Rachel sank entsetzt auf ihr Bett zurück.

»Vielleicht wollen Sie sich selbst nach einem neuen Mann umsehen, Mrs. Gregory«, fuhr Davis fort. »Frauen, die so hübsch sind wie Sie, dürften keinerlei Schwierigkeit haben, sich einen oder zwei Captains zu angeln.«

Zwei Dutzend, dachte Rachel bei sich. *Und Angeln war*

nicht das richtige Wort für das, was Audra mit ihnen machen würde.

»Also, Mr. Davis, es ist überaus freundlich von Ihnen, mir so etwas zu sagen. Es ist schon lange her, seit ich ein solches Kompliment von einem Mann bekommen habe.«

»Das kann ich kaum glauben.«

»Es ist auch schon lange her, daß ich die Gesellschaft eines Mannes genossen habe . . .«

»Das ist eine echte Schande, Ma'am. Eine *wirkliche* Schande. Die Männer in New Orleans müssen blind oder Narren gewesen sein, daß sie sich so etwas Schönes wie Sie durch die Finger schlüpfen ließen.«

»Mr. Davis, Sie verdrehen mir ja den Kopf, Sir. Wenn Sie ein bißchen zu mir herüberrutschen, können wir uns meinen Sonnenschirm teilen. Diese Hitze ist schrecklich. Ich fürchte, ich spüre bereits die ersten Anzeichen eines Sonnenstichs.«

»Soll ich anhalten und Ihnen ein Glas Wasser besorgen, Mrs. Gregory?« Seine Stimme klang etwas heiserer.

»Ach, wie liebenswürdig von Ihnen, Mr. Davis. Aber nein danke. Ich will den Wagenzug nicht aufhalten. Und bitte, nennen Sie mich Audra.«

»Also gut — Audra. Hm, mir gefällt dieses Parfüm, Audra. Das riecht wirklich gut.«

»Parfüm ist meine Schwäche. Ich liebe es, meinen ganzen Körper damit einzureiben.«

»Eine so schöne Frau wie Sie riecht vermutlich genauso gut ohne Parfüm.«

»Hätten Sie etwas dagegen, wenn *ich* eine Weile den Wagen kutschieren würde?«

»Aber keineswegs. Obacht. Diese Hände sind viel zu hübsch für das rauhe Leder. Halten Sie die Zügel so.«

»*Zeigen* Sie es mir, Mr. Davis. Ist es so richtig?«

»Legen Sie die Finger so wie ich um das Leder. Sachte,

Schätzchen. Und lassen Sie sich Zeit. Nur hin und wieder einen kleinen Ruck. Möchten Sie meinen Hut haben? Ihre Nase wird ein bißchen rot. Obwohl ich nicht gern dieses hübsche braune Haar damit verdecke. Ich hatte schon immer eine Schwäche für brünette Frauen. Wissen Sie, daß es ein Vergnügen für mich ist, zur Abwechslung mal eine echte Lady neben mir zu haben? Ja, Ma'am, ein echtes Vergnügen.«

Rachel schloß die Augen und dämmerte wieder in den Schlaf hinüber.

»Das ist mir aber eine Freude. Ja, Sir, eine echte Freude. Miss Rachel, Sie haben sich selbst übertroffen. Was habe ich dir gesagt, Davis? Habe ich dir nicht prophezeit, daß das Kochen einer Frau angeboren ist?«

Rachel blickte beiläufig auf Davis und dankte Manuela im stillen, daß sie ihr wieder bei der Vorbereitung der Mahlzeit geholfen hatte. Ihre Augen weiteten sich, als sie ihr Taschentuch — das Spitzentuch, das sie Davis in San Antonio vor die Füße flattern ließ —, nun ein wenig aus Davis' Brusttasche hervorlugen sah. Sie wandte sich rasch Sam zu.

Der schüttelte seinen ergrauten alten Kopf und sagte: »Ich bekenne hiermit, Miss Rachel, daß Sie einem jungen Mann eine mächtig gute Ehefrau und prächtige Mutter seiner Kinder sein werden. Ja, wirklich. Wenn ich dreißig Jahre alt wäre, würde ich mich selbst um Ihre Hand bewerben. Nicht, daß Sie so eine Klapperschlange wie mich für einen passenden Freier halten würden; aber das würde mich nicht daran hindern, auch meinen Hut in den Ring zu werfen. Aber ich vermute, Sie werden sich lieber nach einem großen, schlanken, gutaussehenden Draufgänger wie . . .«

Mit geweiteten Augen und angehaltenem Atem starrte sie Sam an.

»Stillwell!« rief Sam. »Heiliger Strohsack! Sie haben sich herausgeputzt, als wollten Sie die Ostermesse besuchen! Wenn ich Sie mir so anschaue, bin ich versucht, zurückzureiten und meinen Sonntagsfrack aus dem Kleiderschrank zu holen.«

Martin half Rachel zu ihrem Stuhl, neigte den Kopf zu ihrem Ohr hinunter und sagte leise: »Sie haben mich nicht davon informiert, meine Teure, daß wir noch andere Gäste zum Essen erwarten.«

Sie neigte ihr Gesicht eine Kleinigkeit dem seinen zu und fragte unschuldig: »Habe ich das vergessen?« Dann schaute sie lächelnd zu Sam und gestand: »Ich dachte, das wäre das wenigste, was ich tun könnte, um mich bei Sam — *und* Mr. Davis natürlich — dafür zu bedanken, daß er mir und Audra bei der Reparatur unseres Wagens geholfen hat. Ich meinte, sie würden sich vielleicht über die Chance freuen, etwas bequemer essen zu können . . . mit uns.«

»Was Sie wirklich meinen«, konterte Davis, »ist wohl eine Gelegenheit, zivilisierter zu speisen.«

Sie begegnete dem Blick aus seinen blauen Augen. »Also gut, Mr. Davis, wenn Sie mich in diesem Punkt berichtigen wollen, gebe ich zu, daß ich es satt hatte, auf Lattenkisten zu sitzen und von Zinntellern zu essen. Als ich Martin bat, mit uns ein Eintopfgericht zu essen, hat mich Jules mit Porzellan, Tischtuch und einem Tisch versorgt.«

Die Aufmerksamkeit aller richtete sich jetzt auf Jules.

»Erinnern Sie mich später daran, daß ich mich bei Ihnen bedanke, guter Mann«, sagte Martin trocken. Er nahm auf einem Stuhl zwischen Rachel und Audra Platz, breitete seine feine Spitzenserviette auf seinem Schoß aus und sagte: »Ich kann mich nicht erinnern, wann ich zuletzt in so angenehmer Gesellschaft gegessen habe.«

Sam, der seine Serviette in seinen Hemdkragen stopfte, sagte: »Stillwell, Sie haben doch sicherlich in England mit allen hochgestellten Persönlichkeiten gegessen. Verraten Sie mir mal — auch mit Victoria?«

»Victoria?«

»Na, Sie wissen schon — mit Victoria, der Königin.«

Martin lehnte sich zurück. »Mein guter Mann, wenn man von Ihrer Majestät der Königin spricht, nennt man sie nicht einfach Victoria. Und nein, ich hatte niemals die Ehre, Ihrer Majestät persönlich zu begegnen. Sie sitzt nicht an irgendeiner Straßenecke wie eine Bettlerin und schüttelt jedem Lümmel, der vorbeikommt, die Hand.«

»Nun, ich würde Sie nicht unbedingt als Lümmel bezeichnen«, entgegnete Sam lächelnd.

Martin hüstelte hinter vorgehaltener Serviette.

Dann sahen sie alle schweigend zu, wie Jules zwei Kerzen auf dem Tisch anzündete.

Rachel sagte: »Wären Sie so gut, Jules, uns unseren Eintopf zu servieren?«

Davis lehnte sich zurück und betrachtete die Szene. Die Kerzenflammen spiegelten sich in dem reichverzierten Silberbesteck, das neben seinem Teller lag. Die Kristallstiele der Weingläser, in denen sich das Licht brach, versprühten winzige weiße, rote und grüne Sterne. Und dennoch konnten diese Sterne sich nicht mit den Lichtern messen, die in Rachels violetten Augen tanzten, als sie den Blick auf ihn richtete.

Ihm gefiel die Art, wie sie das geflochtene Haar, zu einer Schnecke zusammengerollt, im Nacken trug. Ihr Hals war lang, weiß und graziös; ihre glatten bloßen Schultern schimmerten wie Samt. Was ihm *nicht* gefiel, war der gewagte Ausschnitt ihres Kleides. Er legte zuviel von ihren Brüsten bloß. Er bemerkte, daß sich Stillwells Blick immer wieder dorthin verirrte. Er mußte sich beherrschen, daß er nicht von seinem Stuhl aufstand und diesem . . .

»Mr. Davis?«

Er blinzelte stirnrunzelnd und wandte sich zerstreut Audra zu.

Sie musterte ihn unter ihren schweren Lidern hervor und sagte: »Ich erklärte Mr. Wells gerade, daß Sie nicht ernsthaft an eine Gefahr durch Indianer glauben, oder?«

»Doch, Madam. Ein Indianer hat das Mädchen getötet.« Davis richtete sich ein wenig auf.

»Oh, Sie hören sich aber schrecklich überzeugt an, Davis«, schaltete sich Rachel ein.

»Ich bin es.«

Martin starrte in den Dampf, der von seinem Teller aufstieg, und forschte: »Warum haben wir sie dann nicht gesehen, Davis? Warum haben sie uns nicht angegriffen?«

»Weil sie wissen, daß wir auf ihren Angriff vorbereitet sind. Sie werden warten, bis wir verwundbarer sind — die Morgendämmerung eignet sich in der Regel am besten für einen Überfall. Die Wachen sind übernächtigt, ihre Reflexe entsprechend langsamer. Das heißt, falls es Apachen sind, die uns verfolgen. Komantschen warten, bis der Mond am hellsten ist, dann greifen sie an. Also irgendwann im Verlauf der Nacht.« Davis nahm sein silbernes Messer hoch und drehte es ein paarmal in der Hand, ehe er fortfuhr: »Ich hoffe, Sie können mit einer Waffe umgehen, Mr. Stillwell.«

»Natürlich kann ich das. In York war die Fasanenjagd ein beliebter Sport an den Feiertagen.«

Davis' blaue Augen musterten Stillwells Gesicht. »Fasane?«

»Sie werden manchmal so groß wie Truthähne«, erklärte Sam.

Davis lehnte sich zurück, während ihm Jules mit einer Kelle aus einer Schüssel den kochend heißen Eintopf auf den Teller schöpfte. »Es besteht ein großer Unterschied zwischen dem Schießen eines Vogels und dem Töten eines Menschen, Stillwell.«

»Ohne Zweifel, Sir. Und ich bin sicher, daß Sie in letzterem ein großer Experte sind.«

»Vielleicht«, gab Davis zurück. Seine langen Wimpern senkten sich wieder, als er abermals nachdenklich das Silberbesteck in seiner Hand betrachtete. »Ich weiß, daß ein kleines Stück *Ihrer* eigenen Seele mit dem Mann stirbt, den Sie zum erstenmal erschießen, Mr. Stillwell. Nach einer Weile hat es dann für Sie keine Bedeutung mehr — das Schuldgefühl, meine ich. Sie sagen sich, daß Sie nur getan haben, was Sie tun mußten. Es war ja seine Entscheidung, zu sterben, nicht Ihre. *Er* hat ja das Messer oder den Revolver gezogen. Das können Sie sich so lange einreden, bis Sie eines Tages nicht mehr schlafen können, weil Sie ständig die Gesichter kurz vor ihrem letzten Atemzug vor Augen haben. Dann wünschen Sie sich, daß der andere mit seinem Revolver etwas schneller gewesen wäre.«

»Warum setzen Sie dann nicht einfach Ihre Pistole an Ihren Kopf und drücken ab?« erwiderte Stillwell spöttisch.

Eine Wolke schien sich auf die Gruppe herabzusenken, so dick wie Nebel und so dunkel wie die Dämmerung, die allmählich in Nacht überging.

»Nun?« hakte der Engländer nach, so daß alle zusammenzuckten.

Nur Davis blieb ruhig. »Weil man nicht umhin kann, zu denken, daß irgendwo dort draußen etwas oder jemand sein mag, der einem helfen kann zu vergessen.«

Martin lachte schrill. »Nur Gott kann Ihnen helfen, Davis.«

»Vielleicht«, gab Davis zurück. »Oder ein Engel.«

Rachel hatte große Mühe, ihren Blick von Davis zu lösen. Ihre Haut brannte, und sie fragte sich, ob sie ihr Korsett nicht zu eng geschnürt hatte. Ihre Lungen bekamen nicht genügend Luft. Sie verschränkte die Hände im Schoß, da sie nicht die Kraft fand, den Löffel aufzuheben und zu essen. Sams Schnurrbartspitzen hingen über seinen Teller, als er den Eintopf in sich hineinstopfte, während Martin nur in seinem Kaninchenhaschee stocherte und Audra, die kochte, weil es ihr noch nicht gelungen war, Davis' Aufmerksamkeit auf sich zu ziehen, auf ihrem Brot kaute, als wäre es Rachels Kehle.

Rachel hatte sich für Davis angezogen, für Davis gekocht und sich insgeheim Audras Parfüm ausgeborgt. Das alles nur, weil sie den Gedanken nicht ertragen konnte, daß er eine andere Frau begehrte. Dumme Gans! Der Mann war auf dem Weg ins Gefängnis, um wegen einer verruchten Tat verurteilt zu werden — für einen Mord zweifellos, wenn sie an das Gespräch eben zurückdachte. Und sie versuchte, ihn zu verführen!

Gütiger Himmel, was war nur über sie gekommen? Sie fühlte sich von sich selbst und der ganzen Affäre angewidert; sie mußte aufstehen und weglaufen, bevor sie allen ein unwürdiges Schauspiel lieferte.

Sie sprang auf, prallte mit einem Bein gegen den Tisch, so daß die Kristallgläser und das Porzellan klirrte und der Eintopf auf Martins weißes Tischtuch schwappte. Als vier verblüffte Gesichter sich ihr zudrehten, schlug sie sich die Hand vor den Mund und schluchzte: »Oh, ich bin ja so ungeschickt. Es ist . . .« Sie sah, wie Martin das Haschee über das Kinn lief. »Mir ist so schrecklich heiß und — ich fühle mich nicht gut. Verzeihen Sie mir, bitte.«

Als sie sich von den vier Gesichtern wegdrehte, sah sie aus den Augenwinkeln, wie ein Mann hochsprang. Davis? Nein, er konnte es nicht sein. Er lauerte bestimmt geduckt wie ein Panther am Tisch und leckte sich zufrieden die Lippen. Es war für ihn viel leichter, sie auf *seine* Ebene hinunterzuziehen. Das war es, was er wollte. Er haßte sie, weil sie Moralbegriffe, ein Gewissen und Werte besaß. Er wollte ihr all diese hehren Ideale nehmen, um seine eigenen Schuldgefühle beruhigen zu können, weil er ein Versager war.

Sie lief zum entfernten Ende ihres Wagens und weg von diesen neugierigen Augen. Sie hob das Gesicht zum Himmel und fragte sich, was für ein Verbrechen sie begangen hatte, daß sie sich mit so einem Mann wie Kid Davis abgeben mußte.

»Miss Rachel?« Sam stand am anderen Ende des Wagens. Das Lagerfeuer beleuchtete nur eine Hälfte seines Gesichts. »Geht es Ihnen besser?«

Sie starrte auf ihre Hände und schüttelte den Kopf. Tränen tropften auf ihre Finger.

Er zerrte die Serviette aus seinem Hemdkragen und kam an ihre Seite. »Aber — ich schätze, dies ist eine gute Gelegenheit für ein Gespräch unter vier Augen.« Er legte zwei Finger unter ihr Kinn und hob ihr Gesicht an. »Nun verraten Sie mir mal — was soll das sein?«

»Dummheit.«

»Ich hatte immer gedacht, die Dummheit sieht so aus wie mein Vetter Ezekiel. Er kam mit einem Gesicht auf die Welt, das dem Südende eines Maultiers glich, und hatte ungefähr so viel Verstand wie eine Kuckucksuhr.«

Sie lachte. Sie konnte nicht anders.

Sams schnurrbärtiges Gesicht verzog sich zu einem Lächeln. »Ist ein harter Trip, nicht wahr, meine Liebe? Erst müssen Sie ein paar Tage diesen verdammten Wagen selbst kutschieren, und dann schaben Ihnen Steine auch noch die Haut von den reizenden kleinen Fingern. Und wenn mich meine Augen und Ohren nicht täuschen, scheinen auch Ihre Stiefmutter und Sie nicht gerade ein Herz und eine Seele zu sein. Haben Sie denn außer ihr keine Familie?«

Rachel wischte sich mit dem Handrücken die Tränen von den Wangen und schüttelte den Kopf.

»Das ist eine Schande. Sie brauchen einen Mann, der für Sie sorgt. Jemand, der seßhaft werden will und einer Frau ein gutes Heim bieten kann. Jemand wie der olle Stillwell dort drüben.«

»Stillwell?«

Er spitzte die Lippen und studierte ihr bekümmertes Gesicht. »Wenn ich es mir allerdings genauer überlege — der Engländer weiß bestimmt nicht, was er mit einem Ackergaul anfangen soll. Er würde vermutlich versuchen, auf ihm hinter irgendeinem verrückten Fuchsschwanz herzujagen. Nein, Sie brauchen einen Mann — einen echten Mann. Sie brauchen jemanden wie . . .«

Rachel spürte, wie ihr heiße, unvernünftige Tränen in die Augen schossen. Sie bedeckte das Gesicht mit beiden Händen und flehte: »Nein! Oh, bitte nicht. Das ist nicht fair, Sam. Es ist nicht gerecht. Etwas muß mit mir nicht stimmen, daß ich überhaupt an so etwas denke. Er ist gemein und grob und . . .«

»Vergessen Sie das Wort ›dickköpfig‹ nicht.«

»Dickköpfig und so verdammt arrogant, daß ich spucken könnte.« Sie holte Luft, schniefte und sagte etwas weniger temperamentvoll: »Er ist ein Verbrecher. Jeder Mann, der mit Absicht einem anderen Menschen schadet, muß nicht ganz richtig im Kopf sein.«

»Ich schätze, das stimmt. Das Leben treibt trotzdem manchmal seinen Schabernack mit Menschen. Dinge geschehen, die wir nicht vermeiden können. Wir haben gar keine andere Wahl, Miss Rachel. Es ist dieser Selbsterhaltungstrieb, der uns mit den Tieren verbindet, denke ich. Keiner von uns möchte gern sterben.«

Sie blickte in das Gesicht des alten Mannes und sagte: »Sie können ihn doch nicht entschuldigen!«

»Das steht mir nicht zu. Ich weiß nur, daß Sie Ihrer Gefühle wegen nicht zu hart mit sich ins Gericht gehen sollten. Gefühle sollten nichts mit dem zu tun haben, was ein Mann ist oder nicht ist. Ob er Ihnen Reichtümer verschaffen kann oder ein armer Schlucker ist. Sind es nicht die inneren Werte, die zählen? Was er für Sie tun oder Ihnen geben *will?*«

»Aber Davis hat doch gar keine inneren Werte. Der Mann ist herzlos.«

»Ich weiß nicht recht. Würde ein Mann, in dem nichts steckt, das Messer mit seinem Rücken auffangen, das für einen anderen bestimmt ist? Würde er sein Leben riskieren und einem Wagen nachjagen, mit dem die Gäule durchgehen? Ich habe ihm nicht meinen Revolver an die Schläfe gehalten und ihm befohlen, Ihnen das Leben zu retten. Tatsächlich hat mein Deputy ihn zweimal zurückgerufen, als er hinter ihrem Gespann herhetzte. Ich mußte Hale in den Arm fallen, weil er ihm sonst eine Kugel in den Rücken geschossen hätte. Davis hätte sich mit Leichtigkeit eines Ihrer Pferde schnappen und die allgemeine Aufregung zur Flucht ausnützen können. Aber er hat es nicht getan.«

Rachel kniff die Lider ein wenig zusammen, damit sie das Gesicht des Ranger im Dunklen besser sehen konnte, und flüsterte: »Sam, was wollen Sie mir damit sagen?«

»Ihnen sagen?« Sam stopfte die Serviette wieder unter seinen Kragen und schüttelte den Kopf. »Nichts. Ich will Ihnen nur sagen, was meine Mammy immer zu sagen pflegte: ›Richte nicht, damit du nicht selbst gerichtet wirst.‹ Aber da liegt immer noch ein Kloß mit meinem Namen irgendwo in der Mitte des Tisches, und ich habe vor, ihn auch zu verzehren. Darf ich Sie zum Tisch zurückbegleiten, Mylady, bevor ihr Essen kalt wird?«

Gerührt von Sams Anteilnahme schob sie die Hand durch seine Armbeuge. »Sam«, sagte sie lächelnd, »Sie haben ein gutes Herz. Ich habe seit dem Tod meines Vaters keinen Menschen getroffen, der mir so viel Verständnis und Mitgefühl entgegenbrachte wie Sie. Tatsächlich erinnern Sie mich sehr an meinen Vater. Darf ich Ihnen danken, wie ich mich bei ihm bedankt hätte?« Seine Augen weiteten sich, als sie sich auf die Zehenspitzen stellte und ihm einen Kuß auf die Wange drückte.

Er räusperte sich, senkte den Kopf und murmelte: »Ach, das ist doch weiter nichts. Ich kann nur nicht mit ansehen, daß etwas Gutes verdirbt. Das ist alles.«

»Haben Sie deshalb Davis' wegen heute morgen gelogen? Haben sie das Gefühl, daß sich unter seiner rauhen Schale ein goldenes Herz versteckt?«

Er dachte einen Moment nach, während er auf seine Stiefel starrte. »Dreht sich denn nicht alles darum? Sie würden nicht empfinden, was Sie empfinden, wenn er diesem Clyde auch nur im entferntesten ähnlich wäre.«

»Ich habe Sie nach *Ihren* Gefühlen gefragt, Sam.«

»Tun Sie das nicht, Miss Rachel, weil ich es Ihnen nicht sagen kann. Ich weiß nicht, was ich von diesem Jungen halten soll. Tatsache ist, daß er mir unter die Haut gegangen ist, seit wir San Antonio verlassen haben. So sehr unter die Haut, daß er mir in letzter Zeit einige schlaflose Nächte bereitet hat.«

Überrascht forschte sie in dem Gesicht ihres neugewonnenen Freundes. »Spielen Sie etwa auf Angéliques de Bastitas Überzeugung an, daß Davis ihr Sohn sei?«

Er gab ihr keine Antwort.

»Sam, glauben Sie, daß Kid Davis wirklich Tomas de Bastitas ist?« Sie spürte, wie sein Körper erstarrte. »Sam?«

»Ich habe keine Möglichkeit, das herauszufinden, Miss Rachel. Dieses Geheimnis ist in dem Kopf des Jungen eingeschlossen, und ich schätze, wenn er sich dazu bekennen will, wird er es tun.«

»Aber vielleicht kann er sich nicht mehr erinnern?«

»Dieses Gemetzel wird niemals vergessen werden, liebes Kind — weder von den Rangers noch von den Komantschen. Ich bin sicher, daß die Komantschen, die ihn mitgenommen haben, ihn ständig daran erinnert haben. Zudem besitzt der Mann dort einen Verstand, der so scharf ist wie ein Rasiermesser, und er ist so verschlagen wie ein Kojote; er würde sich erinnern, wenn er Tomas de Bastitas wäre. Ich kann nicht glauben, daß jemand jemals vergessen könnte, wie seine Großmutter vor seinen Augen skalpiert wurde. Oder wie man seinen Pa und seine Ma auf der Straße niederstreckte und tot liegen ließ. Ja, Ma'am, der Gedanke ist mir gekommen, daß Davis Alex' Junge sein könnte, wenn auch aus einem anderen Grund. Ich habe keinen Zweifel, daß er irgend etwas mit diesen verdammten Wilden zu tun hat . . .«

»Woher wissen Sie das, Sam?«

»Weil er einem Komantschen so ähnlich ist wie nur irgendeiner, den ich gesehen habe, seit ich mich mit Little Buffalo an Clear Fork im Jahre vierundsechzig herumschlug. Er hat diese unstete Art, bei jedem Geräusch aufzuhorchen und auf alles zu achten, was sich bewegt. Und kein normaler Mann kann ein Pferd so reiten wie er, außer vielleicht ein Ranger, aber er ist kein Ranger, Miss Rachel. Er ißt selten und schläft immer nur hin und wieder ein bißchen, wie das die Gewohnheit der Komantschen ist. Und die Komantschen haben so eine Art, einen Weißen anzusehen — eine arrogante Art, als ob er denkt, wir wären Ungeziefer, das man zertreten sollte. Manchmal hat Davis diesen Blick.«

»Wollen Sie damit sagen, wenn er Tomas de Bastitas ist, haben die Komantschen ihn zu einem der ihren gemacht? Aber wie konnte er das zulassen? Wie könnte ein Junge, der in eine kultivierte aristokratische Familie hineingeboren wurde, zu einem Wilden werden?«

»Aus Angst, meine Liebe. Wenn man Tag und Nacht um

sein Leben bangen, Schmerzen und Folterqualen fürchten muß, kann das den Verstand eines Menschen verändern, Miss Rachel.«

»Entschuldigen Sie deswegen das Verbrechen, das er begangen hat?«

»Verbrechen?« Sam sah sie verwirrt an.

»Er *wird* doch nach El Paso transportiert, um sich dort vor einem Schwurgericht zu verantworten, nicht wahr?«

»Oh! Richtig. Ja, ich meine, nein; ich entschuldige nichts. Das ist Aufgabe des Schwurgerichts. Nun, hatte ich nicht eben etwas von einem Kloß erwähnt, der . . .«

In diesem Moment kam Deputy Hale um den Wagen herum. »Captain!« Er keuchte. »Es gibt Schwierigkeiten. Homer kam gerade zurück. Jeromie ist ins Lager geritten und . . .«

Sam war jetzt hellwach, ließ Rachels Arm los und herrschte den Deputy an: »Nun sag schon, Mann! Haben wir einen Indianerüberfall zu befürchten oder nicht?«

»Komantschen, Sir.«

Bevor Rachel Luft holen konnte, hatte Sam schon ihren Arm gepackt und sie um den Wagen gezerrt. Sie sahen sich dort Davis gegenüber. Plötzlich fand sich Rachel zwischen den beiden Männern wieder, die mit ihren Blicken Zwiesprache hielten.

Endlich sagte Sam: »Mir scheint, wir bekommen ein bißchen was zu tun, Davis. Kann ich mich darauf verlassen, daß du die Dinge an diesem Ende des Lagers im Auge behältst?«

»Ich werde mein möglichstes tun mit dem, was mir zur Verfügung steht.«

»Rachel!« Das war Martins Stimme. Er nahm ihren Arm und zerrte sie auf Audra zu, die die Hände rang und sich wie wild in der Wagenburg umsah. Martin fuhr fort: »Das ist Wahnsinn! Reiner Wahnsinn! Man erzählte mir vor Anbruch der Reise, daß diese Heiden keine Neigung mehr hätten, weiße Männer anzugreifen.« Er fuhr sich mit der Serviette übers Gesicht und stöhnte: »Gütiger Himmel, diese Leute haben doch tatsächlich den Menschen die obere Hälfte ihrer Köpfe abgeschnitten.«

Audra griff sich in ihre ondulierten Locken und wimmerte.

Das ganze Lager erwachte plötzlich zu einer fieberhaften Tätigkeit. Ein Wagen wurde aus dem Kreis der Fuhrwerke geschoben, damit man die Pferde und die Rinder in die Wagenburg treiben konnte.

Martin fiel die Kinnlade herunter, als ein gewaltiger Ochse mit spitzen Hörnern plötzlich auf ihn zutrabte. Martin duckte sich unter den Tisch, ehe das Tier in diesen hineinpreschte und Kristall, Silber und Porzellan in klirrenden Scherben zu Boden schickte. Davis faßte Rachel und Audra an den Händen und befahl: »Kriechen Sie unter den Wagen, und kommen Sie unter keinen Umständen wieder darunter hervor.«

»Aber was wird aus Ihnen?« Rachel starrte ihm in die Augen — sie wußte, wie besorgt ihre Stimme geklungen hatte, und hielt ihn verzweifelt am Arm fest.

»Ich werde immer in Ihrer Nähe sein, Miss Gregory. Ich versichere Ihnen, daß Sie sicher sein werden, wenn . . .«

»Davon bin ich überzeugt, Mr. Davis. Ich habe mich nach Ihrer Sicherheit erkundigt. Sie haben keinen Revolver. Wie wollen Sie sich selbst schützen?« fragte Rachel mit schriller Stimme.

Er sah zu, wie Audra unter den Wagen kroch. Dann nahm er Rachel beiseite, neigte seinen dunklen Kopf zu ihrem Ohr und fragte: »Entdecke ich da eine echte Sorge um mein Wohlergehen, Miss Gregory?«

Sein warmer Atem auf ihrer Wange ließ sie innerlich dahinschmelzen. Das Geräusch der aufgeregten Stimmen und der blökenden Rinder kam plötzlich aus weiter Ferne, als sie ihren Kopf ein wenig zur Seite drehte und gegen seine Wange preßte.

»Ja.«

Er stand ganz still.

Schließlich sagte er: »Kriechen Sie unter den Wagen, Miss Gregory, und machen Sie sich meinetwegen keine Sorgen. Ich bin es nicht wert.«

Dann trat er von ihr weg, ohne sich noch einmal nach ihr umzusehen, und gesellte sich zu Sam.

11

Die Nacht schien sich endlos dahinzuschleppen. Rachel und Audra kauerten unter ihrem Wagen, die Knie fest an die Brust gezogen, die Arme wie Schraubstöcke um die Schienbeine gelegt. Gelegentlich schielten sie durch die Ritzen ihrer Barrikaden aus Kisten und Säcken; aber alles, was sie in der Entfernung erkennen konnten, waren die schwarzen Umrisse von Dornenbüschen und die bedrohlicheren Silhouetten von Kakteenbäumen, deren weit ausladende Äste Armen und Beinen glichen. Die Blüten konnte man im Mondlicht für einen Kopfschmuck aus Federn halten.

Die Gefangenen — Clyde, Pete und Pedro — waren am Frachtwagen angekettet. Clyde machte sich einen Scherz daraus, die Reisenden mit Schauergeschichten zu unterhalten. Kinder und Frauen schluchzten laut.

»Die Hölle ist eine Erholungsstätte im Vergleich zu dem, was die Indianer mit euch machen werden, wenn sie euch schnappen!« Clyde legte die Hände wie ein Trichter an seinen Mund und rief: »Sie pfählen euch und schneiden euch die Lider ab, damit die Sonne eure Augäpfel backen kann! Sie werden sich alle Frauen einzeln vornehmen ... und dort draußen warten mindestens zweihundert von diesen Rothäuten auf euch.«

Sam trat plötzlich aus dem Dunkeln hervor und versetzte Clyde einen Fußtritt.

Es war Mitternacht, als sich Davis zu Rachel und Audra gesellte. Er umrundete gelassen die wiederkäuenden Rinder, kroch dann unter den Wagen, schob eine der Kisten beiseite, die ihnen Schutz bieten sollte, und ließ die kühle Nachtluft in ihr primitives, stickig heißes Nachtquartier unter dem Wagenbrett strömen.

»Sie können sich jetzt entspannen, meine Damen«, sagte er.

Rachel musterte ihn mit einem verstohlenen Blick. Er trug kein Hemd. Seine Haut, in der sich die schwache Glut eines entfernten Lagerfeuers spiegelte, war glatt und feucht. Diese im Licht des Feuers wie Kupfer glänzende Haut, unter der sich die fein gemeißelten Muskeln abzeichneten, deuteten auf eine gefährliche Kraft hin, die in ihr ein Gefühl der Schwäche und Hinfälligkeit weckten. Kid Davis war zweifellos ein Prachtexemplar von einem Mann.

Sie bemerkte plötzlich, daß die schweren Eisen an seinen Gelenken die Haut abgeschürft hatten und das Fleisch darunter rot entzündet war. Ohne nachzudenken, griff sie nach einem ihrer Unterröcke, riß zwei Streifen vom Saum ab, bot sie ihm mit leicht bebenden Fingern dar und sagte. »Das könnte Ihnen helfen, Mr. Davis.« Als er keine Anstalten machte, ihr Angebot anzunehmen, langte sie nach seinen Handgelenken und schob die Stoffstreifen behutsam unter das Eisen.

Er betrachtete ihre Finger, die leicht auf seinem Arm ruhten. Dann brach Audra den Bann, indem sie fragte:

»Wann werden diese verdammten Indianer angreifen, Davis? Ich bezweifle, daß ich noch eine Stunde in dieser grausamen Ungewißheit ertragen kann.«

»Wenn wir Glück haben, greifen sie überhaupt nicht an«, erwiderte er. »Homer und Sam verhandeln gerade mit ihnen.«

»Sie meinen, wir sind vor ihnen sicher?«

Rachel und Davis starrten auf die langfingrige weiße Hand hinunter, die Audra irgendwie auf die Mitte seiner Brust manövriert hatte. Rachel spürte, daß ihr das Blut ins Gesicht schoß. Davis grinste nur.

»Oh, ich denke, wir sind sicher genug«, sagte er in etwas rauherem Ton. »Es ist nur ein kleiner Spähtrupp; sie wissen, daß sie uns nicht gewachsen sind. Aber es sind Männer, die uns in vielerlei Hinsicht schaden könnten, wenn sie eine Weile hierblieben.«

»Aber was ist mit dem Mädchen, das sie umgebracht haben?« fragte Rachel, die immer noch auf Audras Hand starrte.

»Das streiten sie natürlich ab.«

»Aber was sollen wir tun?« Audra drängte sich an ihn und warf schmollend die Lippen auf. »Was wollen diese bemalten Kreaturen von uns, Mr. Davis?«

»Whisky höchstwahrscheinlich. Und etwas Tabak. Wir haben reichlich von beidem in unserem Frachtwagen. Wir werden ihnen geben, was sie verlangen, und weiterziehen.«

»So einfach ist das?« erwiderte Audra und kräuselte dabei verächtlich ihre Lippen. Rachel wurde fast übel.

»Vielleicht. Vielleicht auch nicht. Das hängt davon ab, wie weit sie von ihrem Dorf entfernt sind. Es könnte Tage dauern, bis sie ihren Stamm erreichen. In diesem Fall sind wir sicher genug ... vorläufig wenigstens.«

Er sah auf Rachel zurück. Ihre Mundwinkel hingen nach unten. Ihre Augen, die wie ovale dunkle Knöpfe in ihrem blassen Gesicht saßen, wirkten irgendwie leer, als sie auf Audras Hand starrte. Man konnte Mrs. Gregorys Verhalten nicht mißverstehen. Das war keine keusche, kurze Berührung ihrer Finger auf seiner Brust. Die Lady hatte ein ebenso großes Verlangen nach ihm wie er nach ...

Ohne sich zu entschuldigen, rollte er sich unter dem Wagen hervor und ging zum Frachtwagen. Deputy Hale, der seine Sharp quer über die Knie gelegt hatte, betrachtete ihn abschätzend.

Davis ließ sich zu Boden fallen, lehnte sich gegen das Rad und starrte auf Rachels Wagen. Clyde, der inzwischen die Lust daran verloren hatte, Panik unter den Reisenden zu verbreiten, schob sich an ihn heran und fragte: »Hast wohl den Ladies die Zeit vertrieben, wie? Mir scheint, du kannst dir beim alten Wells verdammt viel herausnehmen.«

Davis grinste.

»Das könntest du doch ausnützen«, fuhr Clyde fort. »Wir beide könnten das ausnützen und türmen, wo jetzt alle nur daran denken, wie sie ihre Haut vor den Indianern retten können.«

»Nein.«

»Wir könnten es in einem Tag bis D'Hanis schaffen.« Clyde streckte sich neben Davis aus, stützte sich auf einen Ellenbogen und sagte. »Du brütest was aus, Davis, und ich möchte daran beteiligt sein.«

»Ich weiß nicht, was du meinst, Lindsey.«

»Spiel nur nicht den Ahnungslosen, Davis. Ich sehe doch, wie du dauernd vor dem alten Mann katzbuckelst und dich benimmst wie ein kleiner Scheißer, der schon in die Hosen macht, wenn man nur 'nen Revolver auf ihn richtet. Aber nach allem, was ich von dir gehört habe, findest du keinen in drei Staaten, der schneller ziehen könnte als du — Ranger inbegriffen. Und deshalb sind wir, ich und die anderen, zu dem Schluß gekommen, daß du dem alten Mann nur etwas vormachst, um sein Vertrauen zu gewinnen und dann über ihn herzufallen.«

Davis lachte über diese Schlußfolgerungen.

Clydes Miene verdüsterte sich. Er schob seine Visage dichter an Davis' Gesicht heran und zischte: »Wenn du auf eine Gelegenheit zum Abhauen wartest — wir türmen mit dir.«

Davis ließ ein paar Sekunden verstreichen, bevor er antwortete: »Und was habe ich davon?«

»Vier Kanonen sind besser als eine.«

»Und ein Pferd hinterläßt weniger Spuren, wenn sich der alte Mann auf die Verfolgungsjagd macht.«

»Dann knallen wir ihn eben ab. Wir können sie alle kaltmachen.«

Davis blickte Clyde an und sagte: »Niemand wird kaltgemacht.« Er strich mit dem Finger über den Stoff, den Rachel zwischen seine Handgelenke und die Eisenbügel geschoben hatte. »Wo sind eigentlich deine Freunde geblieben, Lindsey? Du hast mir doch erzählt, daß Cortinas und Duncan zur Stelle wären, wenn du sie brauchst.«

»Sie kommen schon noch.«

»Lassen sich aber verdammt viel Zeit.«

»Erwartest du, daß sie hereinspazieren und sagen: ›Laß die drei doch gehen, bitte, bitte‹? Nein, ich muß zu ihnen, und dann bringen sie mich nach Mexiko, wo ich 'ne Weile für Cortinas arbeiten werde, vielleicht Waffen und Rinder zum Golf schmuggle.«

»Hört sich so an, als wäre das eine große Sache.«

»Ist es auch. Duncan hat schon immer gut bezahlt. Aber er nimmt nur die Besten.« Clyde rückte noch dichter an Davis heran. »Hilf mir aus diesem Schlamassel heraus, Davis, und ich werde mit A. J. und Cortinas reden. Du könntest für sie in Mexiko arbeiten, bis sich die Lage hier wieder beruhigt hat. Ein Mann mit deinem Ruf kann gutes Geld verlangen, und das würden sie dir geben.«

Davis streckte sich, verschränkte die Hände hinter dem Kopf und starrte zu den Sternen hinauf. »Ich werde es mir überlegen«, sagte er.

Der Angriff blieb aus, und mit anbrechender Morgendämmerung machten sich die übernächtigten Reisenden auf den Weg, um einen möglichst großen Abstand zwischen sich und die verdächtig friedfertigen Indianer zu bringen. Homer ließ allen mitteilen, daß sie noch vor Einbruch der Nacht in D'Hanis sein könnten, wenn sie Glück hätten und es keine Pannen mehr gäbe. Obwohl D'Hanis nur eine kleine Niederlassung war, gab es dort doch einen Handelsposten mit einem Saloon und einem Brunnen mit frischem Wasser.

Rachel schlief bis zum Mittag im Wagen; sie erwachte vom Geruch frisch gebratenen Specks und dem lauten Ruf von Captain Wells: »Speck und Kaffee ist heiß!«

Rachel zog sich rasch und leise an, um Audra nicht zu wecken. Als Rachel sich zu Sam ans Feuer setzte, bemerkte sie zu ihrem Mißvergnügen, daß Davis mit den anderen Gefangenen in einiger Entfernung unter einem Baum aß. Als Sam merkte, wie überrascht und enttäuscht sie war, drückte er ihr einen Teller mit Speck und frisch gebackenem Fladenbrot in die Hand und sagte: »Kid ist heute morgen mit dem falschen Fuß aufgestanden, er hat meine Einladung zum Essen abgelehnt.«

Rachel ließ sich schweigend auf eine Lattenkiste fallen und begann, an dem frischen Fladenbrot zu knabbern.

»Wir haben noch etwas von Mr. Stillwells Honig übrig«, sagte Sam.

»Nein, danke.«

Sam goß sich Honig über sein Brot und steckte sich gerade ein tüchtiges Stück davon in den Mund, als sie ihre violetten Augen auf ihn richtete und fragte:

»Wird man ihn in El Paso aufhängen?«

Sam schob seine Schultern nach vorn und versuchte, seinen Bissen hinunterzuschlucken.

»Hat er jemanden kaltblütig ermordet, Sam? Er *hat*, nicht wahr? Und das war nicht das einzige Verbrechen, das er begangen hat, richtig? Er erzählte mir, daß er mit neunzehn schon als Pistolenheld berüchtigt war. Er haßt sich dafür, Sam. Ich weiß, daß er das tut. Wenn man ihm noch einmal eine Chance geben würde, könnte er ein anständiger Mensch werden. Davon bin ich überzeugt. Wenn er nur jemanden hätte, der ein bißchen an ihn glaubt, dann würde er vielleicht Selbstvertrauen bekommen. Wußten Sie, daß er eine Prostituierte geheiratet hat, weil er dachte, daß ihn keine andere haben will?«

Der Honig lief Sam aus dem Mundwinkel und tropfte in seinen Bart.

Rachel fuchtelte mit einem Stück Speck vor dem Gesicht des alten Mannes herum und sagte: »Seine Lebensumstände erinnern mich an Luke, Sam. Luke wurde von der Gesellschaft geschnitten, weil er das Pech hatte, als Sohn armer Eltern auf die Welt zu kommen. Aber weil ich ihm Verständnis und Sympathie entgegengebracht habe, wurde er ein aufrichtiger und zuverlässiger Freund. Ich glaube, daß Davis — wenn Davis sein richtiger Name ist — sich insgeheim danach sehnt, sich zu bessern. Er ist nur zu stur, um das zuzugeben. Trotz aller Fehltritte hat er seinen Stolz. Und ich habe mir überlegt . . .«

Sam starrte auf seinen Teller und schluckte das nächste Stück Brot hinunter.

»Ich frage mich — wenn Davis Tomas de Bastitas ist —, warum sagt er das nicht? Ich glaube, das hängt mit seinen Brüdern zusammen. Sie sind alle gut erzogen, und Ramon wird demnächst sogar in Harvard studieren. Ich denke, daß er sich mit seinen Brüdern vergleicht und deshalb meint, er wäre ein wertloser Mensch. Ich glaube, nichts wäre ihm lieber, als zugeben zu können, wer er wirklich ist. Aber davor hat er Angst. Es muß doch eine Möglichkeit geben, ihn dazu zu bringen, daß er sich als Tomas de Bastitas zu erkennen gibt. Was meinen Sie dazu, Sam?«

»Ich meine, daß Sie mehr gedacht als geschlafen haben, Miss Rachel.«

»Ja, ich war bis zur Morgendämmerung wach. Aber der Mann ist ein Rätsel, Sam. Er gibt sich so, als wäre er ein schlimmer Gewaltverbrecher. Aber ist er das auch? Wenn er ein kaltblütiger Mörder wäre — warum unterscheidet er sich dann so sehr von Clyde? Clyde ist ein Killer, aber nicht Davis. Wenn Davis einen Mann getötet hat, muß es einen zwingenden Grund dafür gegeben haben.«

Sam stellte seinen Teller zwischen die Stiefel und wischte sich den Mund an seinem Hemdsärmel ab. »Ich habe einen Freund, der hier im Norden lebt. Sein Name ist Hickock. James Butler Hickock. Er ist noch jung, so ungefähr in Davis' Alter, und genauso tüchtig mit einem Revolver. Der sagt zu mir: ›Sam, wenn es Streit gibt, paß auf, daß du nicht zu schnell schießt. Laß dir Zeit. Ich habe so manchen gekannt, der in Schwierigkeiten kam, weil er zu rasch gezogen hat.‹ Scheint so, als hätte Davis zu oft zu rasch gezogen. Nun bezahlt er dafür.«

»Aber er könnte sich ändern, Sam. Ich weiß es! Wenn die Geschworenen ihm nur eine Chance geben würden! Vielleicht würden sie das, wenn ...«

Sam sah sie mißtrauisch an.

»... wenn *Sie* für ihn sprechen würden.«

»Ich?«

Sie schenkte ihm ein strahlendes Lächeln. »Warum nicht? Sie sind ein Texas Ranger, der Inbegriff von Gesetz und Ordnung. Von Gerechtigkeit!« Sie unterstrich dieses Wort mit einer heftigen Handbewegung.

Sam schüttelte den Kopf. »Es gibt keine Möglichkeit, zu beweisen, daß er Tomas de Bastitas ist, außer er bekennt sich selbst dazu, und das hat er bisher nicht getan. Sie glauben, Davis ist immer so, wie er sich jetzt aufführt? Süß wie Honig? Meine Liebe, Kid Davis ist das lebende Beispiel eines Killers von der gefährlichsten Sorte. Sie benehmen sich unauffällig und nüchtern und wirken so andächtig wie Mönche. Wir nennen sie ›Schießer‹. Denn das Schießen ist ihr Beruf, und das erledigen sie kaltblütig und ohne Nerven.«

Rachel starrte ihren Freund schockiert an. »Aber gestern abend haben Sie ihn doch noch verteidigt und mich sogar dazu ermuntert, mich mit ihm anzufreunden!«

»Eintopf und Klöße machen mich sentimental. Weinende Frauen ebenfalls.«

Sie mußte verletzt ausgesehen haben, denn Sam stieß mit der Stiefelkappe gegen den Rand des Zinntellers und entschuldigte sich.

»Tut mir leid. Wir mußten gestern abend einen Indianerüberfall befürchten. Wir haben noch ein Drittel der Wegstrecke nach Brackettville zurückzulegen, und ich bin froh, wenn wir dort ankommen. Ich traue Clyde und seinen Jungs nicht weiter, als ich sie werfen könnte. Sie stecken mir zu oft die Köpfe zusammen, und seit gestern abend scheint Davis sich ihnen angeschlossen zu haben. Clyde hat nicht so viel Verstand, um sich aus einem alten Getreidesack freizukämpfen; aber Davis ist aus einem anderen Holz geschnitzt. Ich möchte wirklich nicht in die Lage versetzt werden, auf den Jungen schießen zu müssen; aber wenn er mich dazu herausfordert, bleibt mir keine andere Wahl.«

»Sie glauben doch nicht etwa, daß er zu fliehen versucht?« fragte sie mit vor Panik bebender Stimme.

»Männer wie Davis marschieren nicht einfach in einen Gerichtssaal und vertrauen darauf, daß die Geschworenen Mitleid mit ihm haben, Miss Rachel.«

Rachel schob das Kinn vor. »Ich glaube das nicht. Ich will nicht glauben, daß er nicht besserungsfähig ist, und ich werde auch die Vermutung nicht aufgeben, daß er Angéliques Sohn ist, bis er mich vom Gegenteil überzeugt.«

Sam kratzte sich am Kinn und betrachtete nachdenklich ihr Gesicht. Schließlich sagte er: »Vielleicht sollte ich ihn Ihren Wagen nicht mehr kutschieren lassen.«

»Das können Sie nicht tun!« Sie sprang auf die Beine und verstreute Fladenbrot und Speck auf dem Boden. »Meine Hände sind noch wund, Sam. Ich kann das Gespann nicht lenken!«

»Dann stelle ich Ihnen Deputy Hale...«

»Ich weigere mich.« Sie verschränkte trotzig die Arme vor der Brust.

Sam nahm seinen Hut von einer Kiste, knallte ihn auf seinen Kopf und entfernte sich zu den Gefangenen, während er etwas über störrische Frauen in seinen Bart murmelte.

Rachel mußte zu ihrem Leidwesen entdecken, daß Sam recht hatte. Davis war still und in sich gekehrt und sprach in den nächsten paar Stunden kaum ein Wort. Und je länger er mit steinernem Gesicht und offenbar blind für alles außer der monotonen Landschaft neben ihr saß, um so nervöser wurde sie. Und je nervöser wie wurde, um so mehr redete sie.

»Haben Sie denn keine Veränderung an mir bemerkt, Mr. Davis?« Sie studierte sein Profil und wartete. Sie fragte sich sogar, als das Schweigen einige Stunden andauerte, ob er sie überhaupt gehört hatte.

Das Leitpferd spitzte die Ohren, als Davis kurz an den Zügeln zog. Dann schüttelte er den Kopf.

»Ich trage keine Krinoline mehr!« erklärte sie.

Er drehte den Kopf nur um eine winzige Idee. Sie meinte ein Zucken in seinen Mundwinkeln zu erkennen, aber sie konnte sich auch getäuscht haben.

»Gut«, sagte er.

»Sie hatten hundertprozentig recht, wissen Sie? Ein Wagenzug ist nicht der richtige Ort für so eine Garderobe. Ich muß für die anderen ja so etwas wie eine Sensation gewesen sein. Und mir ist auch nicht mehr heiß. Hören Sie mir überhaupt zu, Mr. Davis?«

Er nickte.

»Gefällt Ihnen mein Hut?« Sie fuhr mit dem Finger am Rand ihres Reisehuts entlang. »Ich hatte ganz vergessen, daß ich ihn eingepackt hatte. Stimmt etwas nicht, Mr. Davis?«

Wieder schüttelte er nur den Kopf.

Seufzend starrte sie auf die Landschaft und fragte sich, was er an diesem Horizont so interessant finden konnte. Seit sie das Lager abgebrochen hatten, hatte sie sich einen Plan zurechtgelegt, wie sie Davis dazu bringen konnte, über seine Vergangenheit zu sprechen. Sie mußte sich behutsam an ihr Thema herantasten. Wenn er tatsächlich Tomas de Bastitas war, durfte sie ihn mit ihren Fragen nicht allzu sehr verletzen. Dennoch mußte er wissen, was für eine wunderbare Familie die Bastitas waren. Vielleicht hatte er schlechthin Angst, in den Schoß seiner Familie zurückzukehren, weil er sich seiner Vergangenheit schämte. Er mußte davon überzeugt werden, daß Alejandro und Angélique ihm unerschütterlich zur Seite stehen würden, egal, was gewesen war.

Sie räusperte sich und zwang sich zu der Frage: »Sind Sie in Texas geboren, Mr. Davis?«

Er bewegte sich unruhig auf dem Sitz.

»Sam und ich haben beim Essen über Familienangelegenheiten geredet«, fuhr sie mit leicht bebender Stimme fort. »Genauer gesagt, über die Familie Bastitas.«

Sein Arm, der ihren leicht berührte, wurde plötzlich steif, und ihr Herz machte einen Satz.

»Ich fände es herrlich, zu so einer großen, wunderbaren Familie gehören zu dürfen. Ich bin ein Einzelkind und habe mir immer Geschwister gewünscht. Angéliques und Alejandros Söhne stehen sich alle sehr nahe. Ich kann mir vorstellen, daß sie als Kinder einer für den anderen eingesprungen und auch eine große Hilfe für ihre Eltern gewesen sind. Ich bin sicher, für Alejandro und Angélique war der Verlust von Tomas ein großer Kummer.«

Sie sah einem Erdkuckuck nach, der unter den vielen, mächtigen spanischen Palmlinien hervorschoß und sich im dichten silbergrauen Blattwerk eines Ceniza-Strauches versteckte. Warum sagte Davis nichts?

Rachel faßte einen Yucca-Baum in der Ferne ins Auge. »Ich denke, Alejandro de Bastitas ist einer der schönsten Männer, die mir im Leben begegnet sind. Für seine Söhne gilt dasselbe. Ich kann gut verstehen, daß Angélique sich so hoffnungslos in ihn verliebt hat.«

Davis starrte sie jetzt an, und sie mußte ihn nicht ansehen, um das zu wissen. Sie konnte es fühlen.

»Natürlich ist auch Alejandro über alle Maßen in Angélique verliebt. Man kann es in seinen Augen lesen, wenn er sie anschaut. Man denke nur — mein Mann würde mich so anschauen nach über dreißig Ehejahren! Nun, *ich* habe jedenfalls beschlossen, einen Mann zu heiraten, der genauso hübsch und aufregend ist wie . . .« Sie drehte ihm das Gesicht zu und sah seine flammenden blauen Augen auf sich gerichtet. Mit leiser Stimme beendete sie den Satz: ». . . wie Alejandro de Bastitas.«

Sein Gesicht verdüsterte sich noch mehr. Er sagte gereizt: »Sie hätten sich etwas länger auf der Ranch der Bastitas aufhalten sollen. Ich hatte den Eindruck, daß dieser arrogante Bastitas nur zu bereit war, Ihnen den Hof zu machen.«

Sie war so verblüfft darüber, daß ihm Ramons Interesse für sie nicht entgangen war, daß sie ein paarmal den Mund öffnete und schloß, ehe sie die Kraft fand, zu erwidern: »Ramon?« Hatte sie tatsächlich eine Spur von Eifersucht in seiner Stimme entdeckt? Gütiger Himmel, dachte sie, er ist auf seinen eigenen Bruder eifersüchtig! Das hatte sie keineswegs beabsichtigt!

»Ramon ist ziemlich jung«, erklärte sie. »Ich ziehe ältere Männer vor, verstehen Sie?«

»Wieviel älter?« forschte er.

»Nun, alt genug, um schon zu wissen, wie es in der Welt wirklich zugeht. Einen *erfahreneren* Mann.«

»Gebildet?«

»Nicht unbedingt. Mein Vater hatte auch keine abgeschlossene Berufsausbildung — er war nur von einem Hauslehrer unterrichtet worden; aber er war der klügste Mann, den ich je kannte. Er wußte alles, was zur Leitung einer Plantage und zum Anbau von Baumwolle gehört. Jeder ist auf irgendeinem Gebiet ein Experte.« Sie schaute ihm offen ins Gesicht. »Selbst Sie, Mr. Davis.«

»O ja?« Seine dunklen Brauen zogen sich zusammen, während er sie grimmig anfunkelte. »Ja, ich schätze, das stimmt. Ich bin ein Experte mit dem Revolver, Miss Gregory. Wie Sie sehen können, hat mich das weit gebracht im Leben.«

Sie warf die Hände in die Höhe und erwiderte erbittert: »Entschuldigen Sie, daß ich Ihr Selbstbewußtsein stärken wollte. Ich habe noch keinen Menschen gekannt, der sich selbst so leid tut wie Sie.«

»Ich bemitleide mich selbst?« dröhnte er so laut, daß Sam näher an den Wagen heranritt, um nachzusehen, was es dort gab.

»Genau! Sie haben den ganzen Morgen über nichts anderes getan, als sich in ein krankhaftes Schweigen zu hüllen. Zweifellos hadern Sie im stillen mit Ihrem Schicksal.«

»Ich hadere nicht, meine Dame. Ich hatte es nur satt, mir Ihr belangloses Geschwätz anzuhören. Und Ihre Versuche, mich zu reformieren!«

»Und ich, Sir, bin es leid, Ihre gehässigen Bemerkungen und Ihre morbide Selbstironie über mich ergehen zu lassen.«

»Meine wie?«

»Selbstironie, Mr. Davis. Wenn Sie die Bedeutung dieses Wortes nicht kennen, empfehle ich Ihnen, es in einem Wörterbuch nachzuschlagen. Sie wissen doch, was ein Wörterbuch ist . . .«

Er ließ ein spöttisches Schnauben hören und starrte auf die Ohren der Pferde.

»Nun?«

»Ich weiß, was ein Wörterbuch ist.«

»Was?«

»Ein Buch, das die Bedeutung von Wörtern erklärt.«

»Offensichtlich. Jeder ungebildete Affe kann sich ausrechnen, was dieses Wort bedeutet.«

In diesem Augenblick ritt Jeromie an ihnen vorbei. »Keine zwei Meilen mehr bis D'Hanis!«

»Was für ein Glück«, hörte sie Davis murmeln.

Sie schlugen ihr Lager außerhalb der Siedlung auf, nicht weit von der St.-Dominic-Kirche und einem Farmhaus entfernt, das einem liebenswürdigen mexikanischen Ehepaar gehörte, das den Reisenden nur zu gern frische Milch, Butter und ein übel riechendes Zeug verkaufte, das angeblich

Wunder bei Zeckenstichen vollbringen sollte. Rachel besorgte sich einen Topf voll Milch und entdeckte zu ihrer Enttäuschung, daß sie dünn war und nach Zwiebel und wildem Knoblauch schmeckte. Die Butter, erfuhr sie später, wäre nichts anderes als mit Talg zusammengerührtes Schmalz.

Homer ließ eine Kuh schlachten. Den Rest des Nachmittags und den frühen Abend briet das Fleisch über dem Feuer, während die Reisenden kleine Schäden an ihren Wagen reparierten, ihre paar Haustiere versorgten und ihre Wasserfässer im Fluß auffüllten. Das Abendessen war ein Fest mit Rindfleisch, im Fluß gefangenen Katzenwelsen, Maiskornkuchen und in der Asche gerösteten Kartoffeln. Dann spielte Jeromie wieder auf seiner Fiedel, und Homer öffnete nach langem Hin und Her seine Whiskykiste. Schließlich begaben sich die meisten Männer und ein paar Frauen, Audra inbegriffen, in den Saloon der Stadt. Das rauhe Gelächter übertönte gelegentlich die blechernen Töne des Pianos, das immer wieder die gleiche Melodie spielte.

Rachel wünschte sich im stillen, daß sie sich den Leuten angeschlossen hätte; aber Martin hatte beschlossen, sie für diesen Abend unter seinen Schutz zu stellen, und ihr bedeutet, daß eine Lady wie sie niemals einen Saloon betreten würde.

Martin ging ihr allmählich auf die Nerven.

»Da ist etwas, was ich gern mit Ihnen besprochen hätte, Rachel«, sagte er, nachdem er sie zu ihrem Wagen begleitet hatte.

Sie war in diesem Moment nicht bereit, sich mit ihm zu befassen. Wieder hatte er beim Tanzen ihre Zehen grausam malträtiert, und es war bereits später Abend. Doch sie blieb aus Höflichkeit stehen.

»Wie Sie sich vermutlich denken können, habe ich Sie in den letzten Tagen sehr schätzengelernt«, fuhr er fort und starrte dabei auf einen Punkt über ihrem Kopf.

Rachel runzelte die Stirn. Diese Eröffnung versprach nichts Gutes.

Die Hände auf dem Rücken verschränkt, wippte er langsam auf den Füßen und sagte: »Ich denke, es wäre geziemend für uns zu heiraten.«

Sie fiel aus allen Wolken. »Wie — wie bitte?«

»Ich habe Sie gebeten, mich zu heiraten.«

Rachel lachte. »Das kann doch nicht Ihr Ernst sein, Martin! Wir kennen uns doch kaum. Und wir sind gewiß nicht ...«

»Sie lieben einen anderen?« Er tat diese Möglichkeit mit einer Handbewegung ab. »Liebe ist eine profane Empfindung, meine Teure. Sie hat die gleiche Wirkung wie eine Magenverstimmung. Zuneigung ist ein weitaus realistischeres Gefühl, und ich habe eine große Zuneigung zu Ihnen gefaßt. Ich habe den ganzen Tag darüber nachgedacht, meine Teure. Ich besitze Geld und ein Stück Land außerhalb von San Diego, wo ich mein Heim zu errichten gedenke. Natürlich wäre es nicht unpassend, wenn ich es mit einer Ehefrau beziehen würde. Sie wiederum sind mit Ihrer Stiefmutter nicht gerade glücklich und besitzen, dank eines verlorenen Krieges, kaum noch Geld, und sie haben keine Aussicht auf eine passende Partie. Sie können sich nur einen ungebildeten Lümmel, der wie eine Kuh riecht, als Ehepartner versprechen. Das wäre eine schreckliche Vergeudung Ihrer Schönheit und Ihrer Herkunft, wenn Sie sich mit so einem Mann abfinden würden. Nun, was sagen Sie zu meinem Vorschlag?«

Sie starrte ihn eine volle Minute an, ohne zu merken, daß sie dabei den Mund aufsperrte. Dann stotterte sie: »Ich ... ich ... oh ...«

»Sie sind sprachlos.«

Sie nickte.

»Ich erwarte natürlich nicht sofort eine Antwort. Es genügt, wenn Sie Ihre Entscheidung bis zu unserer Ankunft in Brackettville aufschieben. Aber Sie sollen wissen, daß ich vorhabe, Ihnen meine freie Zeit zu widmen, bis Sie meinen Antrag beantworten, in der Hoffnung, daß Sie die Situation auch aus meinem Blickwinkel sehen. Nun werde ich Ihnen jedoch Gute Nacht sagen.«

Er trat an sie heran, schlang den Arm um ihre Taille und hob ihr Gesicht zu seinem empor. Sie stand da wie eine Lumpenpuppe, als er seinen trockenen Mund auf ihre Lippen preßte. Und obwohl sie die Augen schloß und auf das gleiche Schmetterlingsflügel-Gefühl wartete, das Davis in ihrem Magen ausgelöst hatte, kam es nicht.

Er verließ sie, ohne noch ein Wort zu sagen, aber er lächelte siegesgewiß. Rachel lehnte sich an den Wagen in der schrecklichen Erkenntnis, daß er vermutlich recht gehabt hatte, wenn er sagte, daß sie nicht viel zu erwarten hatte.

»Also — werden Sie ihn nun heiraten oder nicht?«

Rachel wirbelte herum, sah die kohlschwarze Silhouette von Davis im Schatten des Wagens stehen und rief schrill: »Wie können Sie es wagen, sich so an mich heranzupirschen?«

»Ich pirsche nicht. Wenn Sie und Stillwell nicht so sehr miteinander beschäftigt gewesen wären, hätten Sie meine Schritte hören müssen.«

»Das ist empörend, Davis.« Sein Lächeln erzürnte sie noch mehr. Sie war erstaunt, wie leicht es ihm gelang, sie in Rage zu bringen — er mußte nicht einmal ein Wort sagen. Sie stemmte ihre Hände in die Hüften und sagte: »Sie könnten ein paar Manieren von Martin lernen, wissen Sie das?«

Sie ahnte, daß er wieder lächelte, aber sie war nicht sicher. Er hatte sich noch tiefer in den Schatten zurückgezogen.

»Also gut. Das nächste Mal strecke ich beim Kaffeetrinken meinen kleinen Finger aus«, erwiderte er.

»Was wollen Sie von mir?« forschte sie.

»*Das*, Miss Gregory, ist eine gute Frage.«

Rachel spürte, wie ihre Wangen heiß wurden. Er faßte sie am Arm und zog sie an sich heran.

»Sie haben getrunken, Mr. Davis. Ich rieche es an Ihrem Atem!« Ihre Blicke trafen sich, und dieses seltsame Flattergefühl breitete sich in ihrem Magen aus, während sie sich aus seinem Griff zu befreien versuchte. Ihre Augen wurden größer, als sie seine Hände sah. »Keine Ketten! Sam hat Sie wieder losgebunden, Mr. Davis, und ich verlange zu wissen, weshalb!«

»Sie sind ein neugieriges kleines Ding, meine Süße. Ihre Neugier wird Sie eines Tages in arge Schwierigkeiten bringen.«

»Dann werde ich ihn eben selbst fragen!« Sie wand sich wie wild in seinem Griff.

»Schon gut, schon gut«, meinte er näselnd. »Wenn Sie es unbedingt wissen müssen, Miss Gregory — ich bin ein guter Junge, der die bösen Jungen betrunken macht und . . .«

»Ha!« Sie schleuderte den Kopf in den Nacken und sagte: »Wo haben Sie nur so gut lügen gelernt, Mr. Davis? Sind Sie dafür eigens in die Schule gegangen?«

»Nein, es ist mir angeboren, Liebes.« Er richtete den Blick in die Ferne und fragte unvermittelt: »Wo ist Audra?«

»Audra! Sind Sie ihretwegen hergekommen, Mr. Davis? Oh, das hätte ich wissen müssen.«

»Eifersüchtig, Schätzchen?« Er lächelte wieder.

»Eifersüchtig!« Sie erstickte fast an diesem Wort. »Wie kommt es, daß Männer sich zu solchen Frauen wie Audra hingezogen fühlen? Dieser Witwer vorn im Zug stellt die verrücktesten Sachen an, damit sie auf ihn aufmerksam wird.«

»Die Reise ist lang, und manche Männer sind einsam. Sie brauchen zuweilen eine warme, willige Frau, die ihnen die Last des Lebens erleichtert.«

»Nun, willig ist sie ganz bestimmt. Geben Sie ihr sechs Monate Zeit, und sie wird jedem Mann in West-Texas die Last des Lebens erleichtert haben.« Rachel wand sich wieder in seinem Griff, während seine Hand sich nur noch fester um ihren Arm schloß.

»Ist nichts Verkehrtes daran. Und falls Ihnen diese Tatsache noch nicht aufgefallen sein sollte, Miss Gregory: Auch Frauen haben Bedürfnisse. Das trifft offenbar auch auf Sie zu, sonst hätten Sie nicht mit Stillwell im Dunklen geknutscht.« Er sah sie wieder an und fragte: »Küßt er besser als ich?«

Sie hörte auf, sich gegen seinen Griff zu wehren. Ihr Blick ging unwillkürlich zu seinem Mund, und das Herz schlug ihr bis zum Hals.

»Nun?« fragte er.

Sie schluckte. »Sie sind . . . zu roh.«

»Das nennt man Leidenschaft. Die meisten Frauen lieben ein bißchen Leidenschaft.«

»Ich kann mir nicht vorstellen, warum.«

»Es wird auch Verlangen genannt. Es könnte auch Ihnen gefallen, wenn Sie der Leidenschaft eine Chance geben würden.«

Sie lachte schrill. Dann räusperte sie sich und sagte: »Lassen Sie mich los.« Er gehorchte so abrupt, daß sie über seine Füße stolperte. »Und wenn Sie mich jetzt entschuldigen wollen — ich möchte zu Bett gehen.«

Er sah, wie sie sich den Arm rieb und zum hinteren Ende des Wagens ging. Er war noch nicht willens, sie gehen zu lassen, und lehnte sich an die Wagenwand. »Werden Sie sich mit Ihrer Bibel ins Bett zurückziehen und Gott um Verzeihung bitten, daß Sie sich und mich angelogen haben, Miss Gregory?«

Das veranlaßte sie, stehenzubleiben und sich mit einer steilen Falte zwischen den Augen zu ihm umzudrehen: »Woher wissen Sie, daß ich abends in der Bibel lese?«

»Weil ich manchmal hier stehe und höre, wie Sie laut darin lesen. Sie lesen wirklich gut. Tatsächlich ist das der Grund, weshalb ich herkam ... um Sie lesen zu hören.« Er *war* ein verdammt guter Lügner, wenn er es recht bedachte.

Sie schien ihren Ärger zu vergessen. »Sie mögen Bücher, Mr. Davis?« fragte sie mit der Miene einer Schulmeisterin, die eben einen Schüler dabei ertappt hatte, wie er an der Tür des Lehrerzimmers lauschte.

Er starrte auf ihren roten Mund und hatte plötzlich eine Idee: »Natürlich liebe ich Bücher. Als Kind habe ich fast nichts anderes getan als gelesen.«

»Aber das ist ja großartig! Welche Werke hatten Sie am liebsten?«

»Die Bibel. Nur die Bibel. Meine Ma duldete nichts anderes im Haus.«

»Die Bibel.« Rachel verschränkte die Arme vor der Brust. »Wie lobenswert von ihr. Ich kann mir gut vorstellen, wie die ganze Familie vor dem Herd versammelt war, während Ihr Vater die Bergpredigt vorlas.«

Er schüttelte den Kopf und meinte stirnrunzelnd: »Nein, er las nur die Verse.«

Sie lächelte ein bißchen breiter. »Möchten Sie heute abend die Bibel mit mir zusammen lesen? Wir könnten uns auf den Wagen setzen und die Verse lesen.«

»Auf den Wagen?«

Sie nickte, und ihr Haar schimmerte wie Mondlicht auf dem Wasser. »Also gut«, stimmte er zu.

Ihr Rock wogte um ihre Beine, als sich Rachel umdrehte. Die Heckklappe war heruntergelassen und wurde von zwei Ketten in horizontaler Lage festgehalten. Davis hob sie ohne große Mühe auf und hörte, wie sie im Dunklen nach einer Kerze suchte. Nachdem sie diese angezündet hatte, holte sie ihre zerfledderte Bibel aus ihrem Koffer. Dann kam sie zurück, setzte sich auf die Klappe und ließ die Beine herabbaumeln. Davis starrte einen Moment auf ihre entblößten Fesseln, trat dann an die Klappe und stemmte sich mit beiden Armen hoch.

Er grinste, während er auf ihren Scheitel hinuntersah. Sie blätterte eine Weile im Buch, ohne von ihm wegzurücken, obwohl sein Arm sich gegen ihren preßte. Er bemerkte auch, daß ihr weißer Hals sich mit Röte überzog und das Blut ihr in die Wangen stieg. Und ihr Mund begann zu zucken. Er neigte sich etwas zur Seite, um die Umgebung zu beobachten. Niemand war in der Nähe. Er richtete sich wieder auf und schaute auf das Buch, das sie nun auf seine Schenkel schob.

»Was soll das bedeuten?« fragte er sie.

»Daß Sie lesen sollen.«

»Aber ich dachte, *Sie* würden lesen!«

»Später. Ich möchte, daß Sie zuerst lesen. Sie haben eine wundervoll melodische Stimme. Ich würde Sie gern hören. Nur zu, Mr. Davis. Seien Sie nicht so schüchtern. Ich werde Ihnen mit gespannter Aufmerksamkeit zuhören.«

Er sah wieder auf das Buch, dann auf ihr Gesicht. »Also gut.« Er nahm langsam die Bibel hoch, drehte sie hierhin und dorthin, öffnete den Deckel und blätterte darin, bevor er zur ersten Seite zurückkehrte. Er räusperte sich.

Sie lehnte sich leicht an ihn, schielte über seine Hände hinweg auf den schwarzen Druck auf dünnem weißen Papier und lächelte. »Was werden Sie mir vorlesen, Davis?«

»Die Genesis.«

»Genesis. Welches Kapitel?«

»Das erste. Es ist mein Lieblingskapitel.«

»Dann fangen Sie mit dem ersten Kapitel an. Ich bin ganz Ohr.«

Er löste mit einiger Mühe den Blick von ihrem Gesicht, hob das Buch fast bis zu seiner Nasenspitze, blinzelte im schwachen Licht der Kerze und begann etwas holprig: »Am Anfang ... ah ... schuf Gott Himmel ... und Erde.«

»Sehr gut, Mr. Davis.« Ihr Haar strich über seine Schenkel, als sie versuchte, ihm über die Schulter zu sehen. »Weiter.«

»Und die Erde war wüst und leer, und es war finster auf der Tiefe ... Und der Geist Gottes schwebte auf dem Wasser ...«

»Weiter, weiter!«

»Und Gott sprach: Es werde Licht. Und es ward Licht.«

»Faszinierend.«

»Und Gott nannte das Licht Tag und die Finsternis Nacht. Da ward aus Abend und Morgen der erste Tag.« Davis klappte das Buch zu und schob es Rachel in die Hände. »Nun sind Sie an der Reihe. Ich habe noch nie gern laut gelesen.«

»Aber Sie machen das so gut.«

Er starrte auf seine staubigen Stiefelkappen. Ihr eindringlicher Blick bereitete ihm Unbehagen. Er hatte noch nie eine Frau gekannt, die ihn so befangen machte.

»Tatsächlich«, fuhr sie fort, »möchte ich diesen Vortrag fast als Wunder bezeichnen, Davis, wenn ich sehe, daß Kapitel eins der Genesis irgendwo am Ende des Buches zwischen den Seiten eingeklemmt ist.« Sie schlug den Deckel der Bibel wieder auf und betrachtete den Text, den er angeblich vorgelesen hatte. »Das ist eine sehr alte Bibel, müssen Sie wissen, und vor ein paar Jahren wurden die ersten Seiten herausgerissen. Um sie nicht zu verlieren, habe ich sie am Ende ...«

»Ich gebe es zu, verdammt noch mal.« Er riß ihr das Buch aus den Händen und funkelte sie an. »Ich kann nicht lesen. Na und? Ist das ein Verbrechen?«

»Nein.« Etwas versöhnlicher fuhr sie fort: »Kein Verbrechen, Mr. Davis, und kein Grund zu lügen. Tatsächlich haben Sie diese Passage wunderbar vorgetragen. Wo haben Sie das gelernt?«

Er schaute in die Dunkelheit. »In Fort Bliss. Barney Davis hat mir jeden Abend vor dem Zubettgehen aus der Bibel vorgelesen.«

»War Barney Davis Ihr Vater?« Sie beobachtete sein Profil, und das Herz pochte heftig gegen ihre Rippen, als sie auf seine Antwort wartete.

Aber er schwieg und warf das Buch in den Wagen, bevor er seine Finger um Rachels Arm legte. Sie erschrak und sagte stirnrunzelnd: »Was machen Sie da?«

»Wir wissen beide, weshalb ich hier bin, Rachel. Jedenfalls nicht, um in der Bibel zu lesen. Und auch nicht, um mich mit Audra zu treffen. Gehen Sie in den Wagen.«

Sie versuchte ihren Arm zu befreien. »Das ist absurd.«

»Gehen Sie in den Wagen. Bitte.« Er zog sacht an ihrem Arm. »Ich wollte nur eine Weile Ihre Gesellschaft genießen, und ich schwöre bei meiner Ehre, daß ich nichts tun werde, was Sie nicht wollen.«

»Sie *haben* keine Ehre, Mr. Davis.«

»Sie würden sich wundern.«

»Nein!«

Er fluchte leise und umfaßte ihr Kinn. Und ehe sie sich von ihrem Schock erholen konnte, preßte er seinen Mund mit einer so wilden Leidenschaft auf ihren, daß sie sich nur noch mit schwachen Bewegungen gegen ihn zu wehren vermochte. Er löste seine Lippen von den ihren und flüsterte: »Du sträubst dich aber nicht so heftig bei Stillwell, Süße.«

»Bei ihm spüre ich auch nichts.« Sie versuchte, das Gesicht von ihm wegzudrehen, aber er nahm es wieder zwischen die Hände und schaute ihr in die Augen.

»Und was spürst du bei mir, Rachel?«

»Wut. Und ... und ... Verwirrung ... und. O bitte, Davis, laß mich los und hör auf, mich so durcheinander zu bringen. Ich mag das nicht.« Sein Atem schlug schnell und warm an ihr Gesicht, als er seinen Mund langsam über ihre Wange und zurück zu ihren Lippen wandern ließ. Zu ihrer Schande merkte sie nun, daß sie ihm sogar das Gesicht entgegenhob. Im Gegensatz zu Martins halbherzigem Versuch war Davis' Kuß feucht und warm, und sie spürte, wie ihr Widerstand unter der Woge von aufregenden Empfindungen, die in ihr hochschlug, allmählich zusammenbrach.

»Das ist es, mein Liebling. Du mußt dich nur entspannen. Es ist nicht so schlecht, wenn du aufhörst, dich dagegen zu wehren. Komm, Rachel, blas die Kerze aus und setz dich zu mir.«

Seine Worte waren verlockend, hypnotisierend. Sie folgte ihm gehorsam in den Wagen und fragte sich, welcher Wahnsinn plötzlich von ihr Besitz ergriffen hatte, daß sie jede Vorsicht und alle guten Vorsätze außer acht ließ. Sie beobachtete ihn wie durch einen langen schwarzen Tunnel, als er die Kerze mit dem Handballen löschte.

12

Ich bin verrückt, dachte sie, als sie sich neben ihn legte.

Seine Hände berührten ihr Gesicht und zwangen es näher an seines heran, bis sie halb über seinem Körper lag und ihre Lippen dicht über seinem Mund schwebten.

»Jemand könnte kommen, Davis. Ich ...«

Sein Mund brachte sie zum Verstummen. Er war warm

und süß wie der Whisky, den er getrunken hatte. Und sie spürte wieder dieses Flattern in ihrem Magen, das immer heftiger wurde, bis sie sich ängstlich fragte, ob sie vielleicht daran sterben könne. Sie hörte ihn stöhnen und überlegte, ob er vielleicht dasselbe empfand wie sie — eine verzehrende, pulsierende Hitze, die sich in ihrem Körper bis in die entferntesten Blutgefäße ausbreitete. Dann berührte seine Zungenspitze ihren Mund, und sie zuckte zusammen.

»Das tut weh«, flüsterte sie. Davis hob den Kopf. Ihr Gesicht und ihr Haar sahen geisterhaft blaß aus im schwachen Mondlicht. »Was tut dir weh, mein Liebes? Der Kuß?«

Sie schüttelte den Kopf. »Nein. Hier.« Sie rollte ein wenig zur Seite und legte die flache Hand auf ihren Bauch.

»Du wirst es mögen, wenn du dich daran gewöhnt hast.« Seine Finger bewegten sich federleicht über ihren Handrücken. Er lächelte, als er sie fragte: »Hat Luke dir dort denn nie weh getan?«

Sie schüttelte den Kopf.

»Und Stillwell?«

»Nein«, erwiderte sie fest, und ihre Schüchternheit, ihr Zögern, das Beben ihrer Hände überzeugten ihn. »Ich verstehe nicht, warum mir das nur bei dir passiert, Davis.«

Er berührte ihre Wange mit den Fingern, staunte über die Zartheit ihrer Haut. Wenn er ehrlich zu sich selbst gewesen wäre, hätte er zugeben müssen, daß auch ein paar seltsame Verwandlungen in ihm vorgingen. Er hatte sich in ein Mädchen mit dem Gesicht eines Engels verliebt: in ein Mädchen, das weder Leidenschaft noch Begierde gekannt hatte und das sich ihm freiwillig ergab, obwohl es seine Vergangenheit — einen Teil davon — kannte.

Ein Mädchen, wie er es sich schon immer erträumt hatte — aber schon vor Jahren hatte er die Hoffnung aufgegeben, ein solches Mädchen zu finden.

Er vergrub die Hände in ihren Haaren. Die silbernen, seidigen Strähnen ergossen sich über seine Hände, und er küßte sie — diesmal mit einer neuen heißen Flamme im Herzen, die er nicht länger verleugnen konnte.

In diesem Moment spürte er, wie die festen Mauern ihres Widerstandes ins Wanken gerieten. Hier und dort drangen Fragmente eines blendend weißen Lichts durch die Ritzen, Hoffnungsstrahlen, die seine Dunkelheit erhellten. Zum erstenmal seit langer Zeit war etwas echt und warm in seinem Leben: Gefühle drangen an die Oberfläche, die ihn genauso verwirrten, ja, ängstigten, wie Rachel. Sie gehörte zu jenen Frauen, die den Männern den Verstand rauben konnten; zu jener Sorte, für die ein Mann zu sterben bereit war.

Er dachte: *Ich würde ja gern sterben, wenn nur ...*

Davis drückte sie an seinen harten, hungrigen Körper. Als er sie diesmal küßte, sog er ihre Lippen in seinen Mund, öffnete sie mit seiner Zunge sacht zuerst, dann mit größerem Verlangen, bis er ihren Mund in seiner ganzen Tiefe erforschen konnte. Rachels Herz setzte einen Schlag aus und hämmerte dann um so schneller. Sie zitterte und klammerte sich an ihn. Das Gefühl, als würde sie in einen bodenlosen, aber unglaublich verlockenden Abgrund gleiten, übermannte sie.

Er löste seinen Mund von ihren Lippen und flüsterte: »Rachel. Rachel, was soll ich nur mit dir machen?« Dann lachte er heiser und sagte: »Ich weiß, was ich gern mit dir täte, aber ich würde mich am Morgen dafür hassen.«

Sie blinzelte und wünschte, er würde aufhören, zu grinsen und zu reden, und sie abermals küssen. Als er den Kopf auf die Ladefläche zurücklegte und den Wagenhimmel anstarrte, dachte sie, sie würde sterben, wenn er sie nicht küßte.

Sie streckte die Hand aus und berührte seine Lippen. Als er den Kopf hob, sagte sie: »Noch einmal, bitte.«

»Noch einmal was?«

»Küß mich. Wie du es eben getan hast.« Sie lächelte ein bißchen und gestand: »Ich mag es.«

»Du gibst es zu, ja?«

Rachel spürte, wie sie errötete. Vielleicht gestanden junge Damen so etwas nicht ein, nicht einmal in Texas. In New Orleans taten sie das gewiß nicht.

Mit einem leisen Stöhnen schlang er die Arme um sie und rollte sich herum, daß er mit seiner ganzen Länge auf ihr lag. Ein Sturm ganz anderer Gefühle erhob sich in ihr. »O mein Gott«, hauchte sie, als sie nun in sein dunkles Gesicht mit den tiefblauen Augen und dem Lächeln sah, das nicht ganz glücklich und nicht ganz traurig war. Sie schloß die Augen und dachte: *Gütiger Gott.*

Er küßte sie wieder: ihre Wangen, ihre Augenlider, die Spitze ihrer Nase. Er fuhr zärtlich mit den Lippen über die Unterseite ihres Kinns, und ihr Atem wurde schneller, ein fiebriges, fast hechelndes Geräusch, das ihr so fremd war wie das in ihr wachsende Verlangen.

Sie schlang die Arme um ihn. Wie breit und hart sein Rücken war! Und wie heiß. Auch sein Hemd war heiß und feucht unter ihren Händen. Sein Mund wurde kühner, glitt nun an ihrem Hals auf und ab, während sie noch etwas furchtsam über sein Haar strich.

Warum, warum, warum erschien ihr das alles so richtig, so ... unsündig?

Sie lud ihn jetzt zum Küssen ein, öffnete sogar den Mund für ihn und begegnete seiner suchenden Zunge mit der ihren, bis er die Kontrolle zu verlieren schien über das, was er tat. Seine Hände waren überall zugleich — in ihrem Haar, ihrem Gesicht, an ihrem Hals. Sie suchten und fanden die sanften Schwellungen ihrer Brüste. Die Knöpfe an ihrer Bluse gaben dem Druck seiner Finger mit Leichtigkeit nach, und seine Hand glitt unter ihr Hemd, legte sich über die hohen, harten Spitzen, die so empfindlich auf seine Berührung reagierten.

Ihr Kopf rollte hin und her. Ihre Hände vollzogen Bewegungen, die nichts bedeuteten. Sie schloß die Augen und konzentrierte sich auf die warmen, feuchten und weichen Lippen, die über ihren Hals nach unten glitten ... noch tiefer. Sie keuchte und zuckte in die Höhe, als seine Lippen über ihre reife, süß angeschwollene Brustspitze glitten. Ihre Hände flogen zu seinem Kopf, vergruben sich in seinem Haar ... und taten nichts.

»Nein«, seufzte sie, »o nein.«

»Schön«, hörte sie ihn murmeln. »Gütiger Gott, du schmeckst so gut.«

Ohne sich von ihrer Brust zu wenden, hob er ihren Rock an. Sie bemerkte es kaum, bis seine Finger plötzlich an dem Band ihrer Unterwäsche zupften, und mit einer Geschicklichkeit, die sie niemals für möglich gehalten hätte, zog er ihre Unterhose halb über ihre Hüften hinunter. Ihre Schultern hoben sich, und ihre Hände griffen nach den seinen. »Nein! O nein, Davis, du hast es versprochen! Das darfst du nicht! Wir können das nicht! Es ist nicht ...«

Sein Finger glitt in ihre geheimste Stelle.

Er hob den Kopf, und ihre Blicke trafen sich. Rachel öffnete den Mund, und hatte ein Gefühl, als würden ihr Körper und ihre Sinne in zwei Teile zerrissen. Nein, dachte sie, die Leute tun so etwas nicht, sich so zu berühren und das zu genießen. Sie erschauerte unwillkürlich von dem Rhythmus seiner Hand, die unglaubliche Dinge tat. Sie wurde dort auf eine beunruhigende Weise warm. Und peinlich naß. Sie wollte die Beine zusammenpressen, damit er aufhörte; aber sie vermochte es nicht. Und zu ihrem Entsetzen ertappte sie sich dabei, wie sie die Beine noch weiter öffnete, ihren Körper seiner Hand entgegenhob und seinem Rhythmus mit ihrem eigenen begegnete, bis ihre Hüften kreisten und die süße, schreckliche Pein so unerträglich wurde, daß sie sich gegen ihn warf und wimmerte. Sie flehte um Erlösung, die es geben mußte, wenn sie auch nicht recht wußte, wie.

Er preßte seinen mächtigen Körper gegen ihren, küßte sie, bewegte seine Hüften an ihren Beinen im gleichen Rhythmus wie seine Hand. Doch seltsamerweise konnte sie seinen Kuß nicht erwidern. Ihr Körper war erstarrt, jede vibrierende, summende Empfindung war zwischen ihren Beinen konzentriert. Das Gefühl schwoll an und pochte und wuchs, bis ...

»Wehre dich nicht dagegen«, flüsterte er ihr ins Ohr. »Liebling, laß es einfach geschehen!«

Und es geschah. Die Befreiung kam wie eine Explosion, die sie in die Luft schleuderte und ihre äußere Hülle sprengte. Ein Schrei formte sich in ihrer Kehle, aber sie schluckte nur. Noch immer bewegte sich seine Hand, holte aus ihrem ihr so fremden Körper die letzte Glut heraus, die sie verbrannte, bis sie matt und wie betäubt dalag — von einer Befriedigung erfüllt wie nie zuvor in ihrem Leben.

Sie öffnete die Augen und sah, daß er sie betrachtete. Er lächelte in dem blassen, durch Zeltplanen gefilterten Mondlicht. Rachel rührte sich nicht, starrte nur verwirrt in seine Augen. Sie konnte kaum leugnen, daß sie diese Art von Liebe genossen hatte, und seinem Lächeln nach zu urteilen, war er sich dieser Tatsache bewußt. Das hatte eine ernüchternde Wirkung auf sie.

Sie drehte ihr brennendes Gesicht von ihm weg und sagte: »Du hattest es versprochen, Davis.«

Er lachte. »Ich sagte, ich würde nichts tun, was du nicht willst.« Er zog seine Hand zurück und zog ihren Rock über ihre Beine. »Ich hätte noch mehr tun können, mein Liebling.«

»Ich hätte es nicht zugelassen.«

»Nein?«

Sie runzelte die Stirn über das Lachen in seiner Stimme und sagte: »Du bist schamlos, weißt du das?«

»Du bist nicht die erste, die so etwas sagt.« Er stützte sich auf einen Ellenbogen und musterte sie eindringlich, während sie ihre Bluse zuknöpfte. »Rachel?«

Das Drängen in seiner Stimme ließ sie innehalten.

»Heirate Stillwell nicht.«

Ein Herzschlag lang starrte sie ihm ins Gesicht. Sein Mund wirkte eigensinnig, seine Augen waren hart. »Eine Heirat mit Martin würde sicherlich meine Probleme lösen. Warum sollte ich ihn nicht heiraten?«

»Ich mag ihn nicht.«

»Du magst ihn nicht? Nun, *du* müßtest ja nicht mit ihm leben.«

»Aber du, und das ist das Problem. Mir würde es nicht gefallen.«

Das war ein Davis, wie sie ihn schon früher erlebt hatte. Sein Verhalten zerrte an ihren Nerven, obwohl sie oft, als er auf dem Kutschbock neben ihr gesessen hatte, davon geträumt hatte, wie er sie mit Worten und Liebkosungen verzauberte. Dann erinnerte sie sich daran, daß er getrunken hatte.

»Bist du betrunken?«

»Muß ich wohl. Ich würde so etwas bestimmt nicht sagen, wenn ich nüchtern wäre.«

»Was *wolltest* du mir damit wirklich sagen, Davis?«

Verdammt, das wußte er selbst nicht. Aber der Gedanke, daß Stillwell mit Rachel machen könnte, was er soeben mit ihr getan hatte, machte ihn wütend, obwohl es nichts gab, was er dagegen unternehmen konnte. Und *wollte* sie überhaupt, daß er etwas dagegen unternehmen sollte? Sie war eine Jungfrau, die soeben zum erstenmal einen Geschmack von der Leidenschaft bekommen hatte. Vielleicht hätte sie das gleiche unter Martins Händen empfunden.

Verdiente sie nicht so einen Mann wie Stillwell? Jemanden mit reinen Händen und einer makellosen Vergangenheit? Jemand, der sie in seinen Armen halten und friedlich mit ihr schlafen konnte, ohne daß ihn Alpträume plagten und er sich ruhelos von einer Seite auf die andere wälzen mußte?

Sie verdiente etwas Besseres als ihn. Sams Whisky hatte seinen Verstand getrübt. Und sie hatte sich ja nicht wirklich seinen Zudringlichkeiten ergeben. Er hatte sie in den Wagen gelockt und sie dort verführt. Martin hätte so etwas nicht getan ... nicht mit einer Lady wie sie ...

»Davis?« Rachel berührte seinen Arm.

Er zog sich auf die Knie, wankte zum Heck des Wagens und sprang auf den Boden. Er raufte sich die Haare und ging davon, um irgendwo nachdenken zu können, wo ihr Geruch ihn nicht berauschte.

Rachel sah ihm schweigend nach.

Rachel erwachte langsam, legte das Handgelenk über die Augen und dachte über Davis' Zukunft nach. Er hatte einen Fehler gemacht — einen großen Fehler —, aber es lag in der Natur des Menschen, Fehler zu machen. Sie war sicher, daß er ihn bereute, was auch immer er verbrochen hatte. Er konnte sich ändern. Er war ja schon dabei. Sie mußte ihn nur dazu bringen, seine wahre Identität zuzugeben und dann die Geschworenen zu überzeugen, daß er einen geraden Weg gehen würde. Sie würden vielleicht, in Anbetracht der traurigen Umstände seiner Vergangenheit, auf die Todesstrafe verzichten. Aber wenn er dann jahrelang im Gefängnis saß?

Sie blickte zu Audras Lager hinüber. Es war leer.

Sie rutschte auf den Knien zur vorderen Zeltbahnklappe, schlug sie zurück — und starrte auf Deputy Hales Rücken.

Er tippte an seinen Hut, sah in ihr verdutztes Gesicht und begrüßte sie mit den Worten: »Guten Morgen, Miss Gregory. Oder sollte ich lieber ›angenehmen Nachmittag‹ sagen?«

»Wo ist Audra? Und wo ist Davis?«

»Mrs. Gregory ist vorn im Zug bei dem Witwer Taylor, und Davis ist hinten bei den anderen.«

»Warum?«

»Ma'am?«

Sie fuhr sich mit der Zungenspitze über die trockenen Lippen. »Warum kutschiert Davis nicht meinen Wagen?«

Hale zuckte mit den Achseln. »Weiß ich auch nicht so genau. Captain Wells ist heute morgen zu mir gekommen und hat mich gebeten, Davis' Platz einzunehmen. Er sagte, Davis würde Sie nicht mehr fahren.«

Rachel zog sich in den Wagen zurück, schloß den Spalt in der Zeltplane und sank auf die Matratze. Sie saß so lange regungslos auf ihrem Lager, bis sie Homer rufen hörte: »Anhalten, Jungs!« Sie beeilte sich, in das einzige Musselinkleid zu schlüpfen, das sie besaß, bevor sie die Heckklappe herunterließ und auf den Boden sprang.

Eine bleierne Schwere lag in der Luft, die ihr das Atmen schwermachte. Sie sah, wie Davis und Sam in einiger Entfernung aus dem Sattel stiegen, und die beklemmende Hitze schien ihr den Hals zuzuschnüren, bis ihre Lungen schmerzten, von ihrem Herzen ganz zu schweigen.

Ignorierte Davis sie jetzt? Er hatte sie zweifellos bemerkt — warum benahm er sich so, als wäre sie nur eine von diesen unnützen, unheiligen Kakteen? Sie beobachtete stumm und beklommen, wie er dem alten Ranger zu den anderen folgte — zu Clyde, Pedro und Pete. Bevor er sich im Schatten eines Baumes niederkauerte, drehte er ihr den Rücken zu.

Jeromie ritt auf sie zu und setzte sie davon in Kenntnis, daß Homer alle Reisenden bat, sich vorn beim ersten Wagen zu versammeln. Zusammen mit Manuela und deren Mann beeilte sie sich, diese Anweisung zu befolgen.

Homer deutete auf die drohend schwarzen Wolken am nördlichen Horizont, als Rachel und die Alverez bei ihm ankamen. »Das sieht schlimm aus, Leute«, sagte er, »und es kommt auf uns zu. Ein Unwetter, wie es schlimmer nicht sein kann, fürchte ich. Und deswegen muß ich euch warnen, Leute — wenn wir uns jetzt dazu entschließen, den Sabinal zu überqueren, besteht die Möglichkeit, daß wir es nicht alle schaffen, bevor der Sturm losbricht. Es könnte sein, daß er uns mittendrin überrascht, und das wäre keine angenehme Überraschung. Die Flüsse im Norden sind durch Regenfälle angeschwollen, und ihr dürft sicher sein, daß dieser Creek keine Ausnahme macht.«

»Dann wäre es doch am einfachsten, erst den Sturm abzuwarten«, rief jemand.

Ein Chor beifälliger Stimmen erhob sich.

Homer nahm seinen Hut ab, kratzte sich den kahlen Schädel und starrte auf seine Füße, ehe er antwortete: »In den meisten Fällen wäre das richtig; aber dieser Fluß ist gefährlich, wenn er anschwillt.« Er deutete auf die vom Wasser ausgewaschenen Felsen, die in einiger Entfernung vom Fluß aufragten. »Wie ihr selbst sehen könnt, kann er verdammt tückisch werden, und damit meine ich tief und reißend. Wenn wir ihn bei Hochwasser überqueren wollen, bedeutet das, daß wir umkehren und viele Meilen nach Süden fahren müssen, bis wir eine Stelle finden, die schmal genug für eine Überquerung ist. Ich schätze, das wäre ein Umweg von etwa sieben Tagen hin und sieben Tagen zurück.«

»Das wäre ein Verlust von zwei Wochen!« rief ein Mann. »Ich sage, wir müssen jetzt übersetzen, solange wir es noch können. Wir sollen unsere Chance nützen!«

»Richtig! Wir überqueren den Fluß sofort, solange wir noch können!« pflichteten ihm die meisten bei.

Andere waren gegenteiliger Ansicht. Manuela und ihr Mann gehörten zu diesen. »Ihr habt gut reden«, sagte er, »weil ihr mit euren Wagen die Spitze des Zuges bildet. Aber was ist mit uns dort hinten? Was passiert mit uns, wenn die Flut kommt, bevor wir übergesetzt haben? Dann sind wir nur noch eine Handvoll Wagen und müssen den Umweg allein machen. Ich sage nein!«

Homer meinte: »Wir stimmen ab, und jeder Wagen hat nur ein Votum. Wer ist dafür, daß wir übersetzen? Wer ist dafür, daß wir warten und dann nach Süden fahren? Die Mehrheit ist fürs Weiterfahren. Also los, Leute, zurrt eure Sachen im Wagen fest, so gut es geht. Ihr kennt ja die Regeln. Und nicht zu dicht auffahren beim Übersetzen, weil dann der Boden zu stark aufgewirbelt wird und keinen sicheren Halt mehr bietet. Wir werden alle zusammenarbeiten wie ein Team und zu Gott beten, daß wir es schaffen, bevor der große Regen kommt.«

Es donnerte in der Ferne, und ein heißer Windstoß schlug den Frauen die Röcke um die Beine, als sie zu ihren Wagen zurückeilten. Rachel, die auf der Suche nach Audra war, lief an den Wagen entlang, bis sie ihre Stiefmutter im Prärieschoner von Taylor entdeckte.

»Was machst du hier, Rachel? Warum bereitest du unsere Habseligkeiten nicht für die Flußüberquerung vor?«

»Du erwartest doch sicherlich nicht von mir, daß ich das alles allein mache. Wie kommst du dazu, mir die Verantwortung dafür zu überlassen? Und was ist, wenn du das andere Ufer erreichst und ich nicht?«

Mit einem selbstgefälligen Grinsen schnurrte Audra:

»Dann wünsche ich dir schon jetzt eine gute Reise, bis ich dich wiedersehe, teure Tochter.«

Rachel schluckte ihren Ärger hinunter und lief zum Ende des Wagenzuges. Sie hielt noch einmal bei Martins Wagen an. Er stand reglos da, während Jules in fieberhafter Eile die zahlreichen in Planen eingeschlagenen Kisten neu verteilte. Ein Regentropfen landete mitten auf Martins Stirn, als er sich zu Rachel umdrehte. Er tupfte ihn mit seinem Taschentuch ab und sagte: »Ah, meine Teure, da sind Sie ja. Haben Sie Ihren Wagen schon für die Überquerung vorbereitet?«

Sie schüttelte den Kopf.

»Stimmt etwas nicht?«

»Ich ... ich mache mir nur Sorgen. Wenn Audra es nun zum anderen Ufer schafft und ich nicht?«

»Wunderbar! Dann können Sie sich doch endlich von ihr erholen, nicht wahr?« Er beobachtete stirnrunzelnd seinen Diener und schnaubte: »Gütiger Himmel, Jules! Passen Sie auf, Mann, daß Ihnen die Kiste mit dem Porzellan nicht umkippt! Genügt es nicht, daß ich schon fünf Gedecke durch die Dummheit eines ungestümen Rindviehs verloren habe?«

Rachel sagte leise: »Aber ich bin noch nie auf mich allein gestellt gewesen. Was soll ich tun? Ich muß damit rechnen, daß sie mich verläßt. Was mache ich dann?«

»Jules, vielleicht sollte die Kiste mit dem Kristall und den Tischtüchern dort drüben hingestellt werden, falls das Wasser doch ansteigt ...«

Rachel ging zu ihrem Wagen. Überall hörte sie die Leute von dem Unwetter reden.

Es verging noch eine halbe Stunde, bevor der erste Wagen mit der Durchquerung des Sabinal begann. Das langsame Maultiergespann fing mitten im Fluß an zu bocken, so daß der Wagen im Schlamm steckenblieb. Das Wasser, das bereits eine größere Strömung hatte als bei ihrer Ankunft, strudelte um das untere Drittel der Räder und saugte an Homers und Jeromies Schienbeinen, als sie ins Wasser wateten, um zu helfen. Inzwischen waren die sturen Maultiere wieder so weit zur Vernunft gebracht worden, daß sie sich von der Stelle bewegten. Der Himmel hatte eine düstere graublaue Farbe angenommen, und es regnete ununterbrochen.

Die Gefangenen waren schon frühzeitig auf die andere Seite hinübergebracht worden, wo sie von den Deputys Rogers und Hale bewacht wurden. Doch wie gewöhnlich war Davis nie weit von Sam entfernt, und der Ranger nahm ihm schließlich die Handschellen ab, damit er den Reisenden helfen konnte. Mit Manuelas Hilfe verteilte Rachel ihre und Audras Habseligkeiten neu im Wagen, wobei sie sich sagte, daß die ganze Aufregung umsonst sei. Dies war doch nur ein Sommergewitter, das sich mächtig aufplusterte, aber in wenigen Minuten nachließ. Sie würden alle heil über den Fluß kommen und hinterher darüber lachen wie damals am Morgen über die Indianer. Aber als ein Donner den Boden unter ihr erzittern ließ, und der Himmel schwarz wurde wie die Nacht, bekam sie doch Angst.

Das Wasser stieg ununterbrochen. Als der sechste Wagen in den Fluß rollte, reichte es bereits bis zu den Achsen. Rachel saß tapfer in ihrem Wagen, starrte in den Regen und hoffte, daß Deputy Hale noch rechtzeitig zu ihr zurückkam, um den Wagen durch den Fluß zu lenken. Sie lauschte dem Regen, der durch die Nähte der Leinwand in die Zinnschüssel tropfte, die sie als Nachtgeschirr verwendete. Nachdem sie das Gefäß zweimal in zehn Minuten entleert hatte, kümmerte sie sich nicht mehr darum.

Die Blitze machten die Pferde unruhig, und Rachel blieb gar nichts anderes übrig, als auf den Bock zu klettern und die Zügel zu halten. Sie hörte das Blöken der Rinder in der Ferne und die Rufe der Zugbegleiter, die ihr Bestes gaben, um Tiere und Wagen über den anschwellenden Fluß zu bringen.

Sie glaubte, Jeromie wenige Wagen vor sich zu entdecken. Dann zerschnitt ein gleißender Blitzstrahl die Luft, und der Mann auf dem Pferd wurde zu . . . nichts. Sie wischte sich den Regen aus den Augen und starrte dorthin, wo sie ihn zuletzt gesehen hatte . . . bis sie Jeromies Leiche unter einem Baum in der Nähe liegen sah und sein Pferd ein Stück daneben.

Rachel beugte sich weit vor, schlug die Hände vors Gesicht und ließ den Regen auf ihren Rücken trommeln. Er wurde immer heftiger und immer eisiger. Die Tiere — zu entsetzt, um noch aufbegehren zu können — schoben die Köpfe zwischen die Vorderbeine und schienen sich auf das Schlimmste vorzubereiten.

Die schwarzen Wolken brodelten nun direkt über ihnen. Der Boden zitterte unter dem unaufhörlichen Donner, und die Blitze machten den Himmel taghell. Und mit dem allen kam der Wind, riß an den Planen und schaukelte den Wagen hin und her, bis Rachel überzeugt war, er würde jede Sekunde umstürzen und sie unter sich begraben.

Und dann, wie an dem Tag, als ihre Pferde durchgegangen waren, schwang Davis sich plötzlich im strömenden Regen neben ihr auf den Sitz, schloß die Hände um ihre Arme, um sie vom Bock zu heben und sie unter die Planen der Ladefläche zu schieben. Sie schrie erleichtert auf.

Davis nahm ihr die Zügel aus den Händen und rief: »Geh nach hinten! Ich bring' dich rüber!«

Da waren noch mehrere Gespanne vor ihr. Die Alverez hatten sich ebenfalls noch nicht von der Stelle bewegt. »Aber das kannst du nicht tun! Es wäre nicht gerecht, Manuela und . . .«

Er schob sie durch den Spalt in den Planen in den Wagen zurück. »Wir werden die verdammten anderen schon nachholen! Erst bringe ich dich hinüber!«

Sie hörte trotz der krachenden Donnerschläge Sam brüllen, als er die Pferde antrieb. Sie fiel auf die Hände und die Knie und in das Wasser, das durch den löchrigen Wagenhimmel auf den Boden getropft war. Sie preßte ihre nasse Bettdecke gegen die Brust, schloß die Augen und betete zu Gott, daß er ihr ihren Egoismus verzeihen möge und daß Sam und Davis nicht von einem Blitz getroffen würden wie der arme Jeromie.

Der Wagen erschauerte und kroch so langsam dahin wie eine Schnecke. Rachel schlug die hintere Plane zurück und starrte ins Wasser, das nur wenige Zoll unter der Ladefläche strudelte. Baumäste schossen an ihr vorbei. Etwas prallte so heftig gegen den Wagen, daß das Fahrgestell ächzte und stöhnte, als würde es jeden Moment entzweibrechen.

Entsetzt darüber, daß das gebrechliche Fuhrwerk in Stücke bersten und stromabwärts treiben könnte, wankte Rachel nach vorn, griff durch die Öffnung in den Planen und schlang schutzsuchend die Arme um Davis' Taille. Er rief ihr etwas über die Schulter zu; aber im Brüllen des Windes und im Tosen der Fluten gingen seine Worte unter. Dann, früher, als sie es für möglich gehalten hätte, spürte sie, wie der Wagen in die Höhe ruckte. Sie wußte, daß sie das andere Ufer erreicht hatten.

Sie war schon vom Wagen gesprungen, bevor Davis vom Bock klettern konnte. Sie schirmte die Augen gegen den Regen ab und beobachtete die anderen Reisenden, die den Fluß zu überqueren versuchten. Inzwischen waren mehrere Fuhrwerke im Schlamm steckengeblieben. Ihre Besitzer hatten die Hoffnung aufgegeben, ihre kostbare Fracht noch retten zu können, und versuchten, ihre Zugtiere abzuschirren, bevor die armen Maultiere und Ochsen in der steigenden Flut ertranken. Dann bemerkte Rachel die Alverez, die soeben ihre Mulis in das strudelnde Wasser trieben.

Manuela hatte ihren sicheren Platz auf dem Kutschbock verlassen und kämpfte sich durch die hüfthohe Strömung zu den Tieren vor, um sie am Zaumzeug durch den Fluß zu führen. Die Frau glitt im Schlamm aus. Nur weil sie sich rasch an einer Zugleine festklammerte, wurde sie nicht von der Strömung mitgerissen. Die Tiere drängten nach vorn; aber das Fuhrwerk wollte sich nicht von der Stelle bewegen. José Alverez verließ den Wagensitz, und sie beide, Manuela und ihr Mann, versuchten nun, das Wagenrad aus einer Furche im Schlamm herauszuschieben. Einen Zoll ... dann zwei ... drei ...

Mit wild pochendem Herzen beobachtete Rachel, wie das Ehepaar, das ihr auf dieser Reise lieb und teuer geworden war, sich abmühte, die einzige Habe zu retten, die sie auf Erden besaßen. »Helft ihnen doch!« schrie sie, aber niemand kam. Sie bewegte sich langsam auf das Wasser zu, und die Angst erstickte die Worte in ihrer Kehle, als sie nochmals um Hilfe rufen wollte.

Manuela rutschte erneut im Schlamm aus. Nur ein verzweifelter Griff ihres Mannes an ihre Schulter rettete ihr das Leben.

Ohne an die Gefahr für sich selbst zu denken, schüttelte Rachel nun ihre Schuhe ab und watete in den Fluß.

»Rachel! Rachel! Nicht!« hörte sie hinter sich Davis brüllen. Aber sie ging unbeirrt weiter, kämpfte mit dem Schlamm, der an ihren Füßen saugte, und gegen das reißende Wasser. Sie mußte ihre ganze Kraft aufbieten, um sich bis zum Wagen der Alverez vorzuarbeiten. Sie fiel gegen das Wagenrad und ergriff es mit beiden Händen, während sie nach Luft schnappte.

Dann stemmte sie sich gegen das Rad und begann zu schieben.

Das Brüllen war zunächst kaum zu hören im trommelnden Regen und den Donnerschlägen, die dicht aufeinanderfolgten. Dann begann die Erde plötzlich unter ihren Füßen zu wanken. Das Wasser reichte ihr mit einemmal bis zu den Achseln.

Davis kam durch die silbernen Regenschnüre auf sie zu. Er hatte ein Seil um die Hüften geschlungen, das verhindern sollte, daß er von der Strömung fortgerissen wurde. Das Wasser strudelte um seine Brust und drohte, ihn auf den Grund des Flusses hinunterzuziehen. Sie streckte ihm ihre Arme entgegen und spürte, wie das Wasser gegen ihre Schultern und ihren Hals drückte — o Gott, sie würde ertrinken! Aber er schlang den Arm um sie und hob sie an seine Brust. Und dann blickte sie über seine Schulter und sah es kommen.

Eine Wand aus Wasser — schwarz und braun und brodelndes Gelb — rollte auf sie zu, preßte Davis gegen sie, und ihren Rücken gegen das Fuhrwerk. Dann war ihre Welt nur noch eine einzige kalte, wütend gegen sie anrennende Dunkelheit, als das Wasser über ihren Köpfen zusammenschlug, sie von den Beinen riß und gegen den Wagen drückte, der unter dem Anprall des Wassers erbebte.

Ihre Lunge drohte zu platzen. Dann, als sie glaubte, sie könne es nicht länger ohne einen Atemzug aushalten, spürte sie, wie Davis sie hochhob. Sie wehrte sich gegen seinen Griff, versuchte von ihm freizukommen, um an die Oberfläche zu steigen. Die Oberfläche. Gott, wo war die Oberfläche? Sie streckte sich nach dem winzigen stecknadelgroßen Lichtpunkt über ihrem Kopf, stieß den strudelnden Schlamm zur Seite und schlug mit den Fäusten gegen seine Arme. Seine Hände gruben sich in ihren Rücken und brachten ihr die kalte Wirklichkeit ihrer Umgebung wieder zu Bewußtsein. Sie klammerte sich an ihn, als sie an die Oberfläche gelangten.

Dann trieben sie in der Strömung, bis das Seil um Davis' Taille sich mit einem Ruck straffte. Jemand zog sie ans Ufer. Rachel schloß die Augen und hörte seine tiefe, angenehme Stimme. Als sie merkte, daß er sie verfluchte, drehte sie ihr Gesicht in den inzwischen leichten Regen und lachte.

Sam, Homer und Deputy Hale waren da, als Davis sie auf seine Arme hob und mit ihr ans Ufer stolperte. Sie fielen in den Schlamm, er auf sie, so daß seine Schulter ihr Gesicht bedeckte und es vor dem Regen schützte. Sie hörte seinen Herzschlag so laut wie eine Trommel, auf die jemand schnell und heftig einschlug, und sie drückte ihren Mund auf die krause Matte seiner Brusthaare, wo sein Hemd, von dem alle Knöpfe abgerissen waren, auseinanderklaffte, und küßte ihn. Es war ihr gleichgültig, wer sie dabei beobachtete.

Die Angst, die ihm erst vor wenigen Sekunden übermenschliche Kräfte verliehen hatte, löste sich nun in Erleichterung auf, als er mit dem Gesicht nach unten im Schlamm lag. Aber mit dieser Erleichterung kam die schreckliche Erkenntnis, daß der Gedanke, ohne dieses halsstarrige Mädchen weiterleben zu müssen, ihn mehr erschreckt hatte als alle Überschwemmungen und Indianer von Texas zusammengenommen.

Ärgerlich rollte er sich von ihr weg und zog an der Leine an seinen Hüften. Ihre Hände griffen nach ihm; aber er schlug sie zur Seite. »Geh weg!« rief er, »geh weg, zum Teufel noch einmal!«

»Bitte, bitte, verlaß mich nicht! Du darfst mich nie mehr verlassen!« Ihr mit schlammbedecktes Gesicht war totenblaß geworden und sie weinte.

Er versuchte, ihr den Mund zuzuhalten. Der Schlamm

tropfte von seinen Fingerspitzen auf ihre Lippen. Inzwischen hatte sich ein Ring von Neugierigen um die beiden gebildet, und obwohl ihre Stimme nur ein heiseres Krächzen war, wollte er doch nicht das Risiko eingehen, daß einer der Umstehenden etwas von dem verstand, was Rachel von sich gab.

»Aufhören!« Er schüttelte sie, bis ihr Kopf schlaff gegen seine Brust sank. Dann raunte er ihr leise zu: »Bitte, hör auf damit. Es wäre eine große Dummheit, wenn wir diesen Dingen jetzt nicht ein Ende machen würden. Du würdest dir nur damit schaden. Ich bin und bleibe ein Bösewicht, und nichts, was du unternehmen oder sagen würdest, kann daran etwas ändern. Laß es dabei bewenden, Rachel. Mach dich nicht unglücklich.«

Er kam stolpernd auf die Beine und kletterte die Böschung hinauf. Dort entdeckte er Martin Stillwell, der offenbar mehr um seine Porzellankisten besorgt war als um Rachel, und plötzlich konnte Davis nicht mehr an sich halten.

Mit drei Schritten war er bei dem Engländer, ergriff mit seinen schmutzigen Händen Martins strahlendweiße Hemdenbrust und schleuderte ihn gegen den Wagen. »Du Hundesohn! Warum hast du ihr nicht geholfen? Ich bringe dich um, Stillwell, wenn du ihr weh tust. Ich schwöre bei Gott, daß ich dich dafür zur Rechenschaft ziehen werde, und wenn ich aus meinem Grab aufstehen müßte!« Er merkte, daß seine Hände den Hals des Mannes umklammerten, aber er konnte sich nicht mehr beherrschen. »Warum hast du ihr nicht geholfen, als sie zu ertrinken drohte, du Feigling? Du erbärmlicher, schniefender Feigling!«

Rufe ertönten hinter ihm. »Trennt die beiden!« Und er nahm auch Sams Stimme wahr, die das Rauschen des Blutes in seinen Ohren übertönte: »Du bringst ihn noch um, Junge! Laß ihn los, Davis!« Dann prallte die harte Kolbenplatte von Sams Gewehr gegen seinen Hinterkopf, und der Schmerz explodierte so grell und heftig in seinem Gehirn wie der Blitz, der über ihm den Himmel zerriß. Der Stoß schleuderte ihn nach vorn gegen den Engländer, der keuchend nach Luft rang, und plötzlich schien sich der Wagen vor Davis zu drehen. Die ganze Welt torkelte plötzlich und neigte sich einem dunklen Abgrund zu. Davis spürte, wie er fiel, während ihn aus dem schwarzen Himmel über ihm noch einmal Rachels Stimme erreichte: »O Gott, tun Sie ihm nicht weh. Bitte, bitte, tun Sie ihm nicht weh!«

13

Jeromie war tot, Deputy Rogers hatte bei dem Versuch, ein Kind zu retten, das in die Strömung gefallen war, sein Leben verloren. Erst an diesem Morgen hatte man die Leichen der beiden Alverez vier Meilen stromabwärts gefunden. Und es regnete immer noch, als die Toten bestattet wurden. Unter den Reisenden war die Lust, die Fahrt fortzusetzen, auf den Nullpunkt gesunken, aber sie hatten ja gar keine andere Wahl. Zwei Tage würde man hier Rast machen und dann im Morgengrauen weiterziehen.

Davis, der unter einem primitiven Zeltdach saß, beobachtete mißmutig, wie die Trauergäste vom Grab der Alverez durch den Schlamm zu ihren Wagen stapften. Deputy Hale hatte seinen Filzhut tief über die Stirn gezogen und döste vor sich hin. Davis sah, daß die Mündung seines Gewehrs sich dem Boden zuneigte.

Clyde rutschte näher an ihn heran und wisperte: »Wir könnten es jetzt schaffen, weißt du das? Den Deputy hat die Nachtwache geschafft. Beim Morgengrauen könnten wir schon jenseits der Grenze sein.«

Davis schloß die Augen. Das Bild von Rachels schlammbedecktem Gesicht, als sie im Regen lag und weinte, plagte ihn Tag und Nacht. Er hatte nicht mehr mit ihr gesprochen, seit er sie aus dem Fluß gefischt hatte. Er würde ihr niemals mehr so nahe kommen. Sie hatte ihm ja schon Flausen in den Kopf gesetzt, wie sein Leben verlaufen würde, wenn es zu einer Verbindung zwischen ihnen käme: Er sollte einfach vergessen, weshalb er hier war, allem den Rücken zukehren und aussteigen. Das konnte er nicht. Er hatte die verdammten Verpflichtungen übernommen, die nun genauso schwarz und düster über ihm hingen wie die bedrohlichen Regenwolken.

Die Eisenmanschetten an seinen Armen rieben seine Handgelenke wund. Sein Kopf schmerzte, was er Sams Gewehrkolben zu verdanken hatte. Und daß er noch zusehen mußte, wie Stillwell Rachel zu ihrem Wagen begleitete, verbesserte auch nicht gerade seine seelische Verfassung. Vielleicht hatte Clyde recht. Vielleicht war der Zeitpunkt gekommen, wo er weiterziehen mußte ... bevor es ihm Rachel unmöglich machte.

Bei Einbruch der Abenddämmerung hörte es auf zu regnen. Im Gegensatz zu den anderen Reisenden bemühte sich Rachel nicht, die Umgebung nach trockenem Feuerholz abzusuchen. Sie saß in ihrem Wagen, die Knie nur wenige Zentimeter von der Kerzenflamme entfernt, und las immer wieder leise die Genesis, Kapitel eins, Vers eins bis fünf. Ein paarmal schloß sie die Augen und versuchte die Verse auswendig zu lernen, aber sie konnte sich die Worte nicht merken, jedenfalls nicht in der richtigen Reihenfolge. Sie vermengten sich mit Bildern von Davis, wie er mit dem Gesicht nach unten im Schlamm lag und Sam über ihm stand. In diesem Augenblick hatte Sam gesagt: »Verzeih mir, Alex.«

Also glaubte auch Sam, daß Davis Tomas de Bastitas war. Vielleicht hatte er deshalb so sehr Anteil genommen an Davis' Wohlergehen. Davis' dreister Angriff auf Martin hatte Sam und ihr bewiesen, daß er zu allem fähig war. Nun war Davis an einen Baum gekettet wie ein wildes Tier.

Sie mußte eine Entscheidung treffen. Martin hatte sie wieder gefragt, ob sie ihn heiraten wolle. Er hatte mit dem Wagenmeister gesprochen und erfahren, daß er die Trauung vollziehen könnte, wenn sie es wollten. Aber wollte sie?

Warum nicht? Sie hatte keine anderen menschlichen Bindungen außer an ihre Stiefmutter. Und Audras Enttäuschung, daß Rachel nicht im Fluß ertrunken war, war selbst für andere augenfällig gewesen. Rachel hatte schon vor Jahren erkannt, daß ihre Stiefmutter sie haßte; aber sie hätte nie gedacht, daß sie ihr den Tod wünschte.

Rachel zog ihren Schal fester um die Schultern und starrte in die Kerzenflamme. Sie hatte einmal eine Zigeunerin besucht, die ihre Zukunft aus einer Kerzenflamme herausgelesen hatte. Nun versuchte sie selbst in der Flamme eine Vision ihrer Zukunft zu erkennen. Aber sie sah nur immer wieder Davis, der sie verspottete, auslachte, verfluchte. Sie schloß die Augen.

Sollte sie Martin heiraten?

Ja. Nein. Ja. Keine Audra mehr. *Kein Davis mehr!*

Gegen Mitternacht, als Rachel endlich eingeschlafen war, kam Audra in den Wagen. Sie roch nach Whisky und billigem Rasierwasser und trat Rachel auf die Füße, als sie zu ihrem Bett wankte. Sie verfluchte Rachel, wie sie es auch in New Orleans getan hatte, wenn sie zuviel Wein zum Dinner oder zuviel Champagner getrunken hatte. Rachel suchte im Dunklen nach ihrem Kleid, streifte es über und verließ den Wagen.

Sie begab sich auf direktem Weg zu Martins Zelt.

Sie holte tief Luft und rief mit unterdrückter Stimme: »Martin!«

Sie hörte ihn grunzen und schniefen, als er zu sich kam. »Martin, ich bin es — Rachel! Ich muß mit Ihnen sprechen.«

Sie sah zur Seite, als er durch die Zeltöffnung kam. Sein weißes Nachthemd ließ seine dünnen Beine frei, so daß er aussah wie ein Gockelhahn. Sie rief sich Davis' Geständnis ins Gedächtnis, daß er nackt zu schlafen pflegte, und empfand eine seltsame Enttäuschung über Martins Aufzug. »Ich würde gern etwas Vertrauliches mit Ihnen besprechen. Könnten wir einen kurzen Spaziergang machen?«

»Muß schon nach Mitternacht sein.« Er hielt sich die Hand vor den Mund, als er gähnte, und fragte: »Kann das nicht bis morgen früh warten?«

Sie schüttelte den Kopf. »Jetzt oder nie, denke ich. Wenn ich nicht sofort mit Ihnen darüber rede, werde ich bestimmt meine Meinung wieder ändern, fürchte ich.«

Brummelnd kehrte er in sein Zelt zurück und kam kurz darauf wieder, angetan mit einer Hose, in die er sein Nachthemd gestopft hatte und die mit Hosenträgern festgehalten wurde. Auf einem Bein hüpfend, zog er sich erst den einen, dann den anderen Stiefel an, ehe er hinter ihr herstapfte wie ein gehorsamer Hund.

Rachel verließ den Ring der Wagenburg und lenkte die Schritte zu einer Stelle, wo es ganz dunkel war. Doch als sie dort auf Martin wartete, lenkten wütende Stimmen ihren Blick zu einer Felsengruppe in der Nähe des Flußbetts, wo Sam und Deputy Hale mit ihren Gefangenen kampierten.

Martin, der Mühe hatte, mit ihr Schritt zu halten, rannte herbei: »Was soll das alles bedeuten, Rachel? Wo gehen Sie hin?«

»Pst!« Sie warf ihm einen vielsagenden Blick zu, schüttelte den Kopf und ging auf Zehenspitzen weiter.

In dem schwachen Licht, das die Glut des Lagerfeuers spendete, konnte sie gesattelte Pferde erkennen: Sams, Hales, die der Gefangenen und Homers Schecken. Jemand kauerte im Blattwerk eines Busches. Ihm waren die Hände und Füße gefesselt. Und noch jemand — Sam, wie Rachel erkannte — lag flach, mit dem Gesicht nach oben, auf dem Boden. Der Mann, der mit dem Lauf eines Revolvers auf seine Stirn zielte, war . . . Davis.

Und dann, ohne jede Vorwarnung, schoß eine Hand aus dem Nirgendwo hervor, legte sich um Rachels Mund, hob sie vom Boden und gegen eine schwitzende Brust. Sie spürte, wie sich ein Revolver in ihren Rücken bohrte, und dann hörte sie Clydes hämische Stimme an ihrem Ohr: »Ein Pieps von dir, Darling, und du kannst die Schädelknochen von deinem Süßen dort unten am Fluß zusammensuchen.«

Rachel starrte aus riesengroßen Augen auf den Revolver, den Pedro an Martins Schläfe drückte. Dann zerrte Clyde sie in das Lager der Gefangenen und rief mit halblauter Stimme: »Davis, wir haben Besuch bekommen.«

Davis erstarrte, als er Rachel sich in Clydes Griff winden sah, und fauchte: »Verdammt!«

»Ich schätze, das kompliziert die Sache ein wenig. Vielleicht überlegst du es dir doch noch anders . . .« meinte Sam.

»Zu spät, alter Mann. Es passiert jetzt oder nie, und das wissen wir beide.«

»Aber das Mädchen . . .«

». . . kommt mit uns«, fiel ihm Clyde ins Wort.

Rachel starrte Davis an, als wären ihm plötzlich zwei Hörner aus der Stirn gewachsen. Sie war nicht mehr überrascht oder erschrocken, sondern wütend. Er konnte fast ihre Gedanken lesen — sie kam sich vor wie eine Närrin, weil sie ihm vertraut hatte; weil sie sich sogar zu der Überzeugung verstiegen hatte, da wäre etwas in seinem Herzen, was sich zu retten lohnte. Dennoch wich sie vor ihm zurück, als er sich ihr zudrehte, und diese Verwundbarkeit, die er in ihrem Gesicht las — und die ihn schon im ersten Moment fasziniert hatte —, belastete sein Gewissen so sehr, daß er kaum mehr atmen konnte.

Er kam langsam auf sie zu, den Revolver an der Seite, und fragte: »Was, zum Henker, treibst du mit ihm hier draußen?« Er deutete kurz mit der Waffe auf Stillwell.

Sie antwortete nicht und starrte ihn nur aus ihren violetten Augen an, in denen sich Abscheu und Bedauern zugleich spiegelten.

Davis wandte sich Stillwell zu und spürte das Blut in seinen Schläfen pochen. »Was, zum Teufel, soll ich nur mit dir machen, Martin.«

»Wir sollten ihn ebenfalls mitnehmen«, sagte Clyde. »Zwei Geiseln sind besser als eine.«

»Nein!« heulte Martin. Sein Gesicht war so weiß wie sein Nachthemd. »Um Gottes willen, Davis, tun Sie das nicht. Ich bin ein junger Mann! Ich werde Ihnen Geld geben, wenn Sie mich laufenlassen. Sie brauchen mich nicht, Sie haben ja Rachel!«

Das Schweigen, das nun einsetzte, war fast mit Händen zu greifen. Rachel, der Clyde noch immer den Mund zuhielt, stieß ein wütendes Keuchen hervor.

Davis fragte Martin: »Wieviel ist dir deine Freiheit wert?«

»Ich habe zweitausend in meinem Wagen.«

»*Wo* in deinem Wagen?«

Martin schloß die Augen. »Unter dem Porzellan hat die Kiste einen doppelten Boden. Dort ist das Geld versteckt.«

Pete, der neben dem gefesselten und geknebelten Homer hockte, erhob sich und schlich zum Lager.

Davis hob den langen Lauf seiner Waffe und schob ihn

gegen eines von Martins Nasenlöchern. Er sagte: »Weißt du, was mir an dir so gefällt, Stillwell? Nichts. Absolut nichts. Ich möchte, daß du auf deinen Knien dort zu den Büschen hinüberrutschst, wo der brave Deputy sich ausruht. Dann wirst du dich mit gespreizten Beinen und mit dem Gesicht nach unten auf den Boden legen und beten, daß ich dich erwürge, weil du Miss Gregory verkauft hast. Los!«

Als Stillwell bei den Büschen mit dem Gesicht nach unten auf dem Boden lag, drehte Davis sich wieder Clyde zu. »Laß sie laufen.«

»Einen Teufel werde ich tun, Davis! Sie gehört mir. Ich hatte von Anfang an ein Auge auf sie geworfen. Außerdem wird sich's der alte Mann zweimal überlegen, uns unter Feuer zu nehmen, wenn wir sie bei uns haben.«

»Aber wir kommen langsamer voran mit ihr.«

»Ich werde schon dafür sorgen, daß sie schnell genug ist.«

Davis sah wieder Rachel an. Ihr blasser Hals war vorgewölbt, und ihr Kopf mit den dicken weißblonden Flechten war in den Nacken geworfen, als sie ihn unverwandt anblickte. Das Verlangen, das ihr aus den Augen geleuchtet hatte, hatte sich in flammenden Zorn verwandelt. Verdammte kleine Närrin. Hatte er sie nicht gewarnt, daß ihre Neugierde sie eines Tages in Schwierigkeiten bringen würde?

Pete tauchte wieder am Lichtkreis des Feuers auf und schwenkte eine Tasche voller Geld über dem Kopf.

Sam, der sich auf einen Ellenbogen aufstützte, blickte an Davis vorbei auf Clyde. »Daß du das Mädchen mitnimmst, wird dir nichts nützen. Wenn ich dich erschießen will, werde ich es tun, ob sie in der Nähe ist oder nicht.«

»Und du, Graubart, wirst sie zuerst erschießen müssen, wenn du mich vor deine Flinte bekommen willst«, schnarrte Clyde. »Sie wird uns nämlich nicht von der Seite gehen, bis wir in Mexiko sind. Und dann, wenn ich mit ihr fertig bin, kannst du sie vielleicht zurückbekommen.«

»Du gießt nur Öl ins Feuer, Lindsey. Wenn du eine Frau entführst und vergewaltigst, werden dir die Geschworenen in Brackettville gar nicht erst den Prozeß machen. Sie hängen dich an einem Straßenbaum auf und verwenden deine Leiche als Zielscheibe beim Übungsschießen.«

»Sie kommt mit mir!« Clyde riß Rachels Kopf an sich, um seine Absicht zu unterstreichen. »Ich weiß nicht, was ihr anderen jetzt vorhabt; aber ich bin dafür, zu verschwinden, ehe noch jemand hier aufkreuzt.«

Pete und Pedro bewegten sich auf ihre Pferde zu. Davis blieb, wo er war, den Revolver an der Hüfte, während sein Blick zwischen Lindsey und Rachel hin und her wanderte. Rachels Atem ging schnell, ihre Brust wogte auf und ab, bis Clyde grinsend mit dem Lauf seines Revolvers darüberstrich.

Davis drehte sich auf dem Absatz um und sagte zu Sam: »Also schön, alter Mann, ich schulde dir noch etwas. Dreh das Gesicht zum Boden, und ich versuche es so schmerzlos wie möglich zu erledigen.«

»Ich werde dir ständig auf den Fersen bleiben ... Davis. Darauf kannst du dich verlassen.« Sam rollte sich auf den Bauch.

Davis ließ sich auf ein Knie nieder, hob den Griff seines Revolvers und schlug ihn Sam auf den Hinterkopf.

Nach acht Stunden war Rachel so erschöpft, daß sie nicht einmal merkte, daß Clyde sein Pferd anhielt. Sie konnte kaum noch den Kopf heben, um über die endlose Weite des Badlands zu sehen. Sie hatte in den ersten grausamen Stunden ihrer Reise ihre ganze Kraft aufwenden müssen, um die Zudringlichkeiten dieses Banditen abzuwehren.

Nun lehnte sie schlaff an seinem schwitzenden, stinkenden Körper und versuchte, seine Annäherungsversuche zu ignorieren. Aber das gelang ihr auch in ihrem ermatteten Zustand nur schwer. Als er wieder unter ihre Bluse faßte und ihre Brust berührte, schloß sie die Augen und schüttelte sich vor Ekel.

»Möchtest du trinken oder nicht?« hörte sie Davis' Stimme.

Rachels Kopf rollte an Clydes Schulter, und sie starrte in Davis' kalte Augen. »Ich würde lieber sterben als nach dir aus der Flasche trinken«, flüsterte sie. »Wahrscheinlich wäre ein Schluck tödlich. Du bist das reinste Gift.« Sie erstarrte, als Clyde hinter ihr laut lachte.

»Sie scheint ihre Meinung über dich geändert zu haben, Davis.«

»So scheint es.« Davis wandte den Blick von Rachel ab, hob die Feldflasche an die Lippen, nahm einen tüchtigen Schluck, und dabei rann ihm das klare, kühle Wasser aus den Mundwinkeln.

Dann wischte er sich Lippen und Kinn mit dem Handrücken ab und starrte über die flachen Badlands nach Mexiko. Er konzentrierte sich auf das Gelände, damit er nicht zusehen mußte, wie Clyde mit der Hand unter Rachels Bluse griff. Er hätte ihn sonst vom Pferd geschossen, und das hätte sein Konzept durcheinandergebracht.

»Wir können bis zum Einbruch der Dämmerung in Fort Clark sein«, sagte er. »Wir werden ein paar Stunden rasten.«

»Du bist verrückt!« Clyde funkelte Davis wütend an. »In Brackettville wartet der Galgen auf uns, Kid.«

»Ich habe dich nicht gebeten, in Brackettville durch die Straßen zu flanieren. Aber das alte Fort außerhalb der Stadt wird uns davor beschützen.« Davis deutete auf die dunklen Wolken, die sich im Norden zusammenzogen.

»Wenn wir Glück haben, verwischt der Regen unsere Spuren. Zudem kommt der alte Mann bestimmt nicht auf die Idee, daß wir uns in der Nähe der Stadt, in der wir gehängt werden sollen, ein Quartier zum Schlafen suchen.«

»Nicht schlecht«, räumte Clyde widerwillig ein. »Und dort habe ich dann auch Zeit für das, wonach es mich schon seit San Antonio gelüstet.«

Rachel, die nur zu gut verstand, was er meinte, warf Davis einen verzweifelten Blick zu. Gütiger Gott, war er so unmenschlich, sie dieser Bestie zu überlassen? Vermutlich, dachte sie niedergeschlagen. Er hatte bisher nichts unternommen, um Clydes Frechheiten zu unterbinden.

Ihre Brüste schmerzten, und die Haut im Nacken und auf ihren Wangen war von Clydes Bartstoppeln zerkratzt. Aber das war gar nichts im Vergleich zu dem Entsetzen, das sie erfaßte, wenn er sie mit den Schilderungen quälte, was sie alles von ihm zu erwarten hatte. Aber auch wenn ihr Herz noch so raste und ihr übel wurde bei dem Gedanken, was ihr bevorstand, wollte sie ihre Angst auf keinen Fall zeigen. Diese Genugtuung würde sie Davis nicht verschaffen!

Rachel versuchte, ihre trockenen Lippen mit der Zunge anzufeuchten. Es gelang ihr nicht. Sie dachte daran, wie sehr Davis sich nun über sie amüsieren mußte, weil sie so verdammt leichtgläubig gewesen war — so naiv, zu glauben, er könnte etwas anderes sein, als er darstellte. Und dennoch verging keine Sekunde, in der sie sich seiner Gegenwart nicht genauso bewußt war wie in den Tagen, als sie noch zum Wagenzug gehört hatten. Sie registrierte jedes Detail: Wie er zu Pferde saß, wie er seinen Hut trug oder wie er lächelte. Nur daß er jetzt nicht mehr lächelte. Eine grimmige Kälte hatte sein Gesicht zu Stein verwandelt, und der Humor, der seine unergründlichen blauen Augen zuweilen hatte aufleuchten lassen, war ihm abhanden gekommen.

Und dennoch spürte sie zu ihrem Entsetzen, daß er nun eine neue Faszination auf sie ausübte. Seine Männlichkeit hatte sie schon immer beeindruckt, aber jetzt war da noch etwas hinzugekommen — eine Wildheit und zugleich eine eiserne Beherrschung, die sie schwach machte und hilflos seiner Anziehungskraft auslieferte.

Er ertappte sie einmal dabei, wie sie ihn beobachtete. Er drehte sich plötzlich im Sattel um, wandte ihr sein dunkles Gesicht zu, und ihre Blicke kreuzten sich. Zornige violette Augen trafen auf spöttische blaue. Und dann bewegten sich seine von der Sonne ausgetrockneten Lippen, und ihr war so, als hätte er ihren Namen geflüstert. In diesem Augenblick knetete Clyde wieder ihre Brust, und ihr Herzschlag setzte einen Moment aus, als sie sah, daß Davis' Hand zu dem Revolver zuckte, den er in einem Halfter am Schenkel trug.

Es war fast Mittag, als sie endlich anhielten und Rachel erschöpft vom Pferd glitt und zu Boden stürzte. Ein sengender Schmerz schoß durch ihre Beine, aber noch bevor sie sich benommen vom Boden erheben konnte, war Clyde schon bei ihr, legte seine knochigen Finger um ihren Arm und riß sie in die Höhe.

»Ich schätze, diese Gelegenheit ist so gut wie jede andere, um mir zu nehmen, was ich von dir haben möchte, Darling.«

Sie war so erschöpft, daß sie seine Worte kaum verstand. Aber dieses raubtierartige Glitzern in seinen Augen, als er ihren Kopf an den Haaren nach hinten zog, schreckte sie aus ihrem halb bewußtlosen Zustand. Sie warf sich nach hinten, befreite sich aus seinem Griff und fiel dann auf ihre Hände und Knie, während Pedro, Pete und Clyde hinter ihr in Gelächter ausbrachen.

»Sie hat Mumm, die Kleine«, krähte Clyde. »Nun komm schon, Süße, zeig uns, wie gut du kämpfen kannst!«

Er drückte den Fuß gegen ihr Gesäß und versetzte ihr einen Tritt. Sie landete auf ihrem von der Sonne verbrannten Gesicht und rutschte ein Stück über den knochentrockenen Lehm. »Sieht mir nicht mehr so recht nach einer Lady aus, wie, Jungs?«

Rachel schloß die Augen. Ihr geschundener Körper war eine einzige Wunde. Sie knirschte mit den Zähnen und wünschte sich in diesem Moment, daß er sie erschießen möge. Sie wollte lieber sterben als noch länger Clydes Mißhandlungen ertragen. Und die anderen? Gütiger Himmel, würden die sie ebenfalls vergewaltigen? Der Gedanke erfüllte sie mit neuem Schrecken, und fast hätte sie laut losgeheult.

»Ich frage mich, ob dieser englische Fatzke dich jetzt noch haben möchte, Süße. Ich und die Jungs werden alles für deine Erziehung tun, damit du ihm ein paar Sachen beibringen kannst. Er hat nicht so ausgesehen, als hätte er viel Ahnung von dem, was man mit Weibern alles anstellen kann.«

»Wahrscheinlich überläßt er das seinem Butler«, rief Pete und brüllte vor Lachen.

»Nun, dann laßt uns mal mit dem Unterricht anfangen, Jungs!« Clyde wollte nach Rachels Rock greifen und achtete dabei nicht auf ihre Reaktion. Mit letzter Kraft schnellte Rachel in die Höhe, prallte mit der Schulter gegen seinen Bauch und riß ihn von den Beinen. Er fiel auf den Rücken, sprang jedoch so schnell wieder auf die Füße, daß Rachel nicht aus seiner Reichweite flüchten konnte. Er packte sie bei den Haaren und riß sie um. Aber sie wehrte sich noch immer wie eine wütende Katze, zog ihm die Fingernägel durchs Gesicht und trat ihm mit dem Fuß zwischen die Beine. Erst als er sie auf den Rücken gedreht hatte und die Faust hob, um sie ins Gesicht zu schlagen, zwang ihn eine kalte Stimme, innezuhalten.

»Das genügt, Lindsey. Laß das Mädchen los!«

Mit erhobener Faust blickte Clyde über die Schulter auf Davis.

»Das soll wohl ein Witz sein, Kid? Sie verdient eine Tracht Prügel für das, was sie mir angetan hat.«

Davis verlagerte sein Gewicht von einem Bein auf das andere. Seine rechte Hand befand sich in der Nähe des Revolvers. »Laß sie los«, befahl er.

»Blödsinn . . .«

»Du hast genug Spaß mit ihr gehabt, und jetzt läßt du sie in Ruhe.«

»Vielleicht möchte ich das aber nicht.«

»Vielleicht möchtest du dann lieber sterben.«

Clyde kicherte. Er ließ Rachel los, richtete sich auf und drehte sich zu Davis um. »Du magst ja gut sein, Kid; aber mir bist du nicht gewachsen. Ich bin der beste Revolvermann von Texas; oder solltest du davon noch nichts gehört haben?«

»*Habe ich nicht*«, gab Davis höhnisch zurück. »Weißt du nicht, was man in unseren Kreisen sagt? Es gibt immer einen, der noch besser ist.«

»Und du meinst, das bist du, wie?«

»Wenn du dich noch einmal an Miss Gregory vergreifst, wirst du es erfahren.«

Rachel schaute zwischen Clyde und Davis hin und her. Davis rührte sich nicht. Seine Hand hing entspannt neben dem Perlmuttgriff seines Revolvers. Eine eigenartige Stille umgab sie. Selbst die Insekten hatten aufgehört zu summen. Die ganze Welt schien den Atem anzuhalten.

»Ist sie es wert, daß du ihretwegen ins Gras beißt?« fragte Davis.

Pete und Pedro wichen zurück und versuchten unauffällig ihre Pferde zu erreichen.

»Das gleiche möchte ich dich fragen, Kid«, lautete

Clydes Antwort. Und dann, rascher als Rachel blinzeln konnte, zuckte Clydes Hand zu seinem Revolver, doch bevor er ihn ziehen konnte, hatte Davis bereits seine Waffe auf ihn gerichtet, die Knie leicht gebeugt, den Finger am Abzug.

»*Dios*«, hauchte Pedro entgeistert.

»Ich frage dich noch einmal, Lindsey.« Der kalte Zorn in Davis' Stimme und das gefährliche Glitzern in seinen Augen schnitten wie ein zweischneidiges Messer durch die Luft. »Lohnt es sich, ihretwegen zu sterben?«

Clydes Adamsapfel hüpfte auf und nieder, als er die Hände sinken ließ und dann verlegen von einem Bein auf das andere trat. »Nein, Kid . . . du hast doch nicht etwa geglaubt, daß ich . . . Himmel, wer will denn so eine Puppe überhaupt haben? Los. Nimm sie dir, wenn du sie haben möchtest. Sie ist nicht meine Kragenweite.«

Rachel, die sich fragte, ob das Ganze wirklich passierte oder nur ein Alptraum war, registrierte nur am Rande, daß Davis mit katzengleicher Gewandtheit auf sie zukam. Seine strammsitzende schwarze Hose und seine kniehohen Stiefel waren mit Staub bedeckt. Der Ledergurt und das Halfter an seinem rechten Schenkel betonten seine schmalen Hüften. Auf seinem karierten Baumwollhemd zeichneten sich dunkle Schweißflecken ab, und seine unrasierten Wangen waren so schwarz wie sein Haar, das ihm in die Stirn hing.

»Steh auf, Rachel.«

Seine Stimme war Warnung und Befehl zugleich. Plötzlich fror sie innerlich. Dieser Mann war so ganz anders als jener, der ihr seit ihrer Abreise aus San Antonio im Kopf herumspukte. Wie hatte sie sich nur einbilden können, daß etwas Gutes in ihm steckte?

Verzweifelt begegnete sie seinem kalten Blick und fragte: »Was haben Sie mit mir vor?«

Er antwortete nicht, lächelte nur unverschämt und wiederholte: »Steh auf.«

Sie kam seinem Befehl mit so viel Würde nach, wie ihr das unter den gegebenen Umständen möglich war. Sie versuchte, ihr zerzaustes Haar über der Schulter zu glätten, während sie ihm widerstrebend zu seinem Pferd folgte.

Dort nahm er die Feldflasche vom Sattelhorn und drehte sich so rasch zu ihr um, daß sie erschrocken zusammenzuckte. Seine linke Hand schoß auf sie zu, und ehe sie ihm ausweichen konnte, hielt er ihr Gesicht fest und drückte es nach hinten, daß sie ihm in die Augen sehen mußte. »Damit es kein Mißverständnis zwischen uns gibt, Süße — du bist vor mir nicht sicherer als vor den anderen.«

Und dann küßte er sie. Ihre aufgeplatzten Lippen brannten so sehr, daß Rachel fürchtete, jeden Moment das Bewußtsein zu verlieren. Sein Mund war hungrig, seine Zunge heiß, hart und fordernd. Die Knie wurden ihr weich. Ihr Herz schlug so laut, daß sie ihr Wimmern nicht mehr hörte. Sie hätte ihm zu gern das Gesicht zerkratzt. Aber im nächsten Augenblick stieß er sie so unvermittelt von sich, daß sie das Gleichgewicht verlor und vor seinen Füßen landete.

Clydes und Pedros schallendes Gelächter steigerte ihre Wut auf Davis ins Unermeßliche. Sie warf trotzig den Kopf in den Nacken und fauchte: »Bastard! Du schmutziger, stinkender . . .«

Das gefährliche Glimmen in seinen Augen brachte sie zum Verstummen. Sein Mund verzog sich, als wollte er sie herausfordern, den Satz zu beenden.

»Was wolltest du gerade sagen?« fragte er gedehnt.

Sie hütete sich, noch etwas von sich zu geben. Davis trat näher zu ihr, und obwohl sie erwartete, daß er Vergeltung üben wollte für die Bemerkung, nahm er diesmal ihr Kinn nicht ganz so brutal zwischen die Finger und hob die Feldflasche an ihren Mund.

»Trink«, befahl er leise.

Sie weigerte sich und preßte die Lippen zusammen, daß ihr das Wasser übers Kinn lief. Aber dann ergriff sie die Flasche mit beiden Händen und trank so gierig, bis sie keine Luft mehr bekam. Davis riß ihr die Flasche aus der Hand.

»Vorsicht! Du bringst dich damit um, wenn du nicht aufpaßt.«

»Na und?« fragte sie verächtlich. »Damit erspare ich Ihnen die Mühe, mich zu töten.«

Sein Gesicht wurde starr. Ein leichtes Zucken war in seinem Mundwinkel, als er ihr Kinn losließ und die Feldflasche zuschraubte. Ohne ein Wort zu sagen, drehte er sich um und schwang sich in den Sattel. Dann reichte er ihr eine Hand und bot ihr einen Steigbügel an. Erleichtert kletterte sie hinter ihm aufs Pferd. Wenigstens war sie jetzt nicht mehr Clydes ekelhaften Zudringlichkeiten ausgesetzt. Aber als Davis sie zwang, ihre Arme um seine Taille zu legen, kamen ihr wieder Bedenken. Davis' Nähe war genauso beunruhigend wie Clydes Schamlosigkeiten, wenn auch aus gänzlich anderen Gründen.

Die Gruppe ritt schweigend auf eine Hügelkette zu, die in der Ferne dunstverhangen aufragte. Sie kamen nur langsam voran, da das Gelände dicht bewachsen war mit Kakteen, Mesquite und Ceniza-Sträuchern und sie kreuz und quer durch das Buschwerk reiten mußten, um keine deutlich erkennbare Spur für Sam Wells zu hinterlassen. Als Rachel äußerte, sie könne unmöglich glauben, daß man auf so einem Terrain überhaupt eine Spur erkennen könne, erklärte Davis: »Dieser alte Mann kann mit verbundenen Augen eine Fährte finden.«

Der Regen setzte lange vor Einbruch der Dämmerung ein. Aber diesmal war es ein sanfter Dauerregen, der den Schmutz aus Rachels Haar und von ihrem Gesicht spülte.

»Warum hast du mit Stillwell das Lager verlassen?« hörte sie Davis' mit leiser Stimme fragen.

Sie dachte zuerst daran, ihn zu belügen; überlegte es sich dann aber anders: »Ich hatte vor, seinen Heiratsantrag anzunehmen.«

Es dauerte lange, bis er erwiderte: »Scheint so, als hättest du ein schlechtes Urteilsvermögen, was Männer betrifft.«

»Offensichtlich«, gab sie zurück, und sie merkte, daß sich seine Schultern strafften: Er hatte ihre Anspielung verstanden.

Der Ritt schien kein Ende nehmen zu wollen. Die anderen blieben immer auf gleicher Höhe, weil Davis nicht zuließ, daß einer in seinem Rücken ritt. Es dämmerte schon, als sie schließlich in Fort Clark ankamen. Die schwarzen Umrisse der verlassenen Offiziers- und Mannschaftsquartiere zeichneten sich vor dem Abendhimmel ab. Die vergitterten Fenster der Marketenderei starrten sie im Zwielicht düster und feindselig an. Die verrostete Winde über dem Balken der Doppeltür und der mit Schlamm bedeckten Laderampe knarrte. Der kühle Nordwind raschelte in den Blättern der Espen, die in einiger Entfernung wuchsen, daß man meinte, Regentropfen fielen auf ein Blechdach.

Clyde, Pete und Pedro ritten durch das offene hintere Tor direkt in die Marketenderei. Clyde zögerte erst und warf einen Blick auf Davis. Dann grinste er teuflisch, und Rachel schauderte. »Viel Vergnügen, Davis«, spottete er, als Davis mit Rachel den Hügel hinaufritt, wo sich die Quartiere der verheirateten Soldaten befunden haben mußten, wie Rachel vermutete.

Sie starrte auf das primitive *hackal:* in den Boden getriebene Pfähle trugen ein Satteldach von fragwürdiger Festigkeit. Die Fenster waren mit Brettern vernagelt, die Veranda sackte bis zum Boden durch. In der vom Regen reingewaschenen Luft konnte man in der Entfernung die Lichter der Stadt Brackettville erkennen. Es hätte eine friedliche Szenerie sein können; doch der Aufruhr, der in Rachel tobte, machte sie ängstlich und schwach.

Davis schob die Ranken beiseite, die vom Verandadach bis zum Boden fielen, und schob Rachel durch die offene Vordertür. Sie stand im Innenraum, der nach Moder und feuchter Erde roch, und dachte dabei an ihr Heim. Noch nie hatte sie ihr Zuhause so vermißt wie in diesem Augenblick.

Davis drängte sich an ihr vorbei und überließ Rachel sich selbst. Sie drehte sich wieder zur Tür und starrte auf die vor ihren Augen verschwimmenden Bilder hüfthoher Kräuter, Sträucher und Kakteen. Unter den dunklen, niedrig hängenden Wolken vor einem in Rot, Orange und Gold prangendem Abendhimmel zuckte ein Blitz zur Erde nieder, und einen Moment lang bildete sie sich ein, sie wäre eine Soldatenfrau, die auf die Heimkehr ihres geliebten Mannes wartete. Seltsam, daß ihre Gedanken immer wieder zu den gleichen Dingen zurückkehrten: Geborgenheit, Liebe und . . . Davis. Trotz allem. *Du Närrin. Du kleine, dumme Gans!*

Mit einem Streichholz setzte Davis hinter ihr einen Mesquite-Zweig im Herd in Brand. Rachel war sich bewußt, daß er sie keinen Moment aus den Augen ließ. Rachel sah sich um. Unter dem Fenster stand ein wackliger Tisch; in der dunkelsten Ecke an der entfernten Wand entdeckte sie die Überreste eines Bettes und darüber hing eine winzige, mit Spinnweben bedeckte Hängematte, die wohl als Kinderkrippe gedient hatte.

In dem kleinen Raum herrschte eisiges Schweigen. Rachel hatte schon vor Stunden beschlossen, alles tapfer über sich ergehen zu lassen, was Davis auch immer mit ihr tun würde. Bis jetzt hatte sie alle Unbilden — den Tod ihres

Vaters, den Verlust ihres Heimes und die zehn Jahre mit Audra — ohne Gegenwehr überstanden. Und in diesem Augenblick tröstete sie der Gedanke, daß sie Audras Bosheiten nun nicht länger ertragen mußte, ein wenig.

Rachel vermied es, Davis anzusehen, als er den Raum bis zur Tür durchquerte, doch als das Schweigen immer bedrückender wurde, riskierte sie einen kurzen Blick. Er stand im Türrahmen, während die Herdflammen seinen breiten Schultern rote und goldene Lichter aufsetzten. Er stützte den Arm gegen den Türpfosten, öffnete die Faust und schloß sie wieder. Es schien, als hätte er vollkommen vergessen, daß sich Rachel im selben Raum befand.

Er drehte sich um, trat ins Haus zurück und warf die Tür hinter sich zu.

Rachel wich bis zum Herd zurück.

Davis löste die Schleife des Lederriemens, die das Halfter an seinem Schenkel festhielt. Er öffnete die Schnalle seines Waffengurts und nahm ihn dann in die Hand.

Rachel hob das Kinn und hielt seinem eisigen Blick stand. Er versuchte nur, sie einzuschüchtern — sie dafür zu bestrafen, daß sie in diese idiotische Lage geraten war. Er würde ihr nicht weh tun. Sie konnte sich unmöglich so sehr in ihm getäuscht haben.

Er warf den Waffengurt auf den Tisch und ging auf sie zu. »Kannst du schreien?« fragte er leise. Als sie ihn wie ein scheues Reh aus großen, angstgeweiteten Augen ansah, hätte er beinahe sein Vorhaben vergessen.

»Ich habe dich etwas gefragt, Lady. Kannst du laut schreien?«

»Ich ... werde nicht schreien«, erwiderte sie heiser. »Bring mich um, wenn du mußt; aber ich werde dir niemals die Genugtuung verschaffen, daß ich ...«

»Ich mag Frauen, die schreien«, schnaubte er. Sie stand so dicht vor einem Zusammenbruch ...

Ohne den Blick von ihrem aschfahlen Gesicht zu wenden, trat er mit dem Fuß gegen den Tisch und schleuderte ihn gegen die Wand.

»Frauen schreien immer, wenn ich sie vergewaltige.«

Rachel wich zurück. Etwas huschte über ihre Füße, und sie sank gegen die Wand.

»Möchtest du gern wissen, wie viele Frauen ich bisher vergewaltigt habe, meine Süße?«

»Ich — ich glaube nicht, daß du eine Frau zwingst . . .«

Er lächelte. »Du hättest in ein Kloster gehen sollen, Schätzchen. Du bist so naiv und unerfahren wie eine verdammte Nonne.«

Sie wandte sich ab und flüsterte: »Ich glaube einfach nicht, daß du Gewalt anwendest.«

Er hätte am liebsten die Finger um diesen schönen Hals gelegt und sie geschüttelt, um ihr klarzumachen, daß die Welt nicht so gut war, wie sie glaubte. Er ging auf sie zu, als sie langsam an der Wand zu Boden rutschte.

Er haßte sich. Er haßte, was er war, was er tat und warum er es tat. Er ließ sich auf die Knie nieder und streckte die Hände nach ihrem Gesicht aus . . . und plötzlich verlor sie die Nerven.

Sie warf sich gegen ihn und heulte mit tränenerstickter Stimme: »Du Bastard! Ich habe dir vertraut! Ich habe an dich geglaubt, du schmutzige, verlogene, mörderische Bestie! Ich kann nur hoffen, daß Sam dich findet und in El Paso hängen läßt! Du heimtückische Schlange — ich hasse dich!«

Er fiel auf den Rücken, faßte nach ihren Händen, die wie Krallen sein Gesicht zerkratzten, und versuchte, sie festzuhalten. Sie lag über ihm, ihr Haar bedeckte sein Gesicht, seine Schultern und seine Brust. Sie warf den Kopf zurück, funkelte ihn zornig an und zischte: »Ich hatte dich wirklich gern, obwohl du ein stinkender Hund bist!«

Sie rang mit ihm, bis es ihm gelang, sie auf den Rücken zu zwingen. Von seinem Gewicht auf dem Boden festgehalten, gab sie den flammenden Blick seiner Augen zurück und höhnte: »Du wirst mich vergewaltigen müssen, Davis, denn ich würde lieber sterben, als mich dir freiwillig hinzugeben.«

»Vor vier Tagen wärst du aber dazu bereit gewesen«, erwiderte er. »Da hätte ich dich nehmen können, wenn ich gewollt hätte.«

»Damals glaubte ich auch noch, daß du ein Herz hättest und eine Seele. Du hast keines von beidem. Du bist ein wildes Tier!«

Seine Finger schlossen sich noch fester um ihre Handgelenke. »Nenne mich nie wieder so. Hörst du? Nie wieder!«

Sie versuchte, sich von seinem Gewicht zu befreien.

»Sträube dich nicht mehr, Rachel. Ich werde dir nicht weh tun, wenn du aufhörst, dich zu wehren, und mir zuhörst.«

»Lügner! Ich werde nicht schreien! Diesen Gefallen tue ich dir nicht, du ... du Bestie!«

In diesem Moment spürte er, wie der Zorn ihm in die Kehle hinaufstieg wie heiße Galle. Er sah in ihr nur noch eine von den vielen Frauen, die ihn verhöhnt und als wildes Tier bezeichnet hatten, obwohl es doch gerade seine Wildheit gewesen war, die sie an ihm gereizt und ihre Wollust angestachelt hatte. Er umfaßte ihr Kinn mit einer Hand und fauchte: »Ich hatte geglaubt, du wärst nicht so wie die anderen. Aber ich habe mich getäuscht. Du bist auch nur eines von diesen Flittchen, die meinen, mit einem Mann wie mir flirten zu können, weil ihnen das einen Nervenkitzel verschafft. Du spielst mit Gefühlen, und wenn es ernst wird, bist du empört und stößt den Mann, den du bis aufs Blut gereizt hast, zurück. Macht dir das Spaß? Hast du hinter meinem Rücken gelacht, wenn du abends mit deiner Bibel ins Bett gegangen bist?« Er schüttelte sie. »Ja? Hattest du deinen Spaß daran, während ich draußen auf der gottverdammten Erde lag, in den Himmel starrte und dachte, daß du vielleicht anders sein könntest als die anderen. Als ich mir Hoffnungen gemacht ... und mich so sehr nach dir gesehnt habe, daß mir ganz übel wurde?«

Er hob die Faust und ließ sie auf dem Boden neben ihrem Gesicht niedersausen. Sie zitterte am ganzen Körper. Ihr von der Sonne verbrannter Mund öffnete sich leicht, als sie die Bedeutung seiner Worte begriff. Und wie ein gefangenes Tier beobachtete sie ihn furchtsam aus den Augenwinkeln.

Sein Gesicht war nur noch ein paar Zentimeter von ihrem entfernt. Sein warmer Atem strich aufreizend über ihre Wange, als er im leiseren Ton fortfuhr: »Ich bin kein Tier. Ich habe nur getan, was ich tun mußte, um zu überleben. Hast du eine Ahnung, wie es ist, wenn man vor anderen Menschen auf dem Bauch kriechen muß, bis man sich selbst nicht mehr ertragen kann? Hast du überhaupt eine Ahnung, was es bedeutet, nachts nicht schlafen zu können, weil einen das schlechte Gewissen plagt?« Als sie schwieg, brüllte er: »Antworte mir, verdammt noch mal!«

»N-nein!«

»Nein, du kennst nicht diese Angst, die ein Kind dazu zwingt, auf dem Bauch zu kriechen und um Erbarmen zu flehen. Du hast nachts ja in einem bequemen Bett schlafen können und warst geborgen in einem sicheren Haus.«

In seinen Augen flackerte nun das Feuer qualvoller Erinnerungen. Und in diesem Moment wußte Rachel mit einer über jeden Zweifel erhabenen Gewißheit, daß dieser Mann, der ihr sein Herz und seine Seele offenbarte, Tomas de Bastitas war. Und diese Gewißheit trieb ihr die Tränen in die Augen.

»Bist du jemals so hungrig gewesen, daß du Würmer

und Käfer gegessen hast, nur um das quälende Gefühl loszuwerden?«

Sie schüttelte den Kopf, obwohl sie ihn mit einemmal verstand. Er lag noch immer mit seinem ganzen Gewicht auf ihr und hielt ihre über dem Kopf ausgestreckten Arme am Boden fest. Sie sehnte sich danach, ihm über das Haar zu streichen und ihm die Last dieser qualvollen Erinnerungen zu erleichtern.

Sein Atem ging noch rascher, als er sie nun mit heiserer Stimme fragte: »Hast du dich schon einmal so sehr nach einem freundlichen Wort gesehnt, daß du gar nicht begreifst, wenn es dir zum erstenmal ins Ohr geflüstert wird? Du glaubst jedem — sogar einer Prostituierten —, wenn sie zu dir sagt, daß sie dich liebt — so sehr hast du dich nach diesem Wort gesehnt.«

Jetzt konnte Rachel die Tränen nicht mehr zurückhalten.

»Nein«, sagte er, ohne auf sie zu achten. »Du hattest ja deine Stillwells und Lukes und womöglich noch hundert andere Narren, die dir Liebesworte ins Ohr flüsterten. Wie viele Männer, die ihre Hoffnung auf dich gesetzt oder von dir geträumt haben, hast du enttäuscht in New Orleans zurückgelassen, Rachel? Wie viele?«

Plötzlich ließ er sie los und setzte sich auf. Er schaute zur Tür, und Rachel merkte am Zucken seiner Schultern, daß er Mühe hatte, gegen seine Gefühle anzukämpfen.

Rachel richtete sich langsam auf. Sie verstand jetzt, warum es diesem Mann so schwerfiel, zärtlich zu einer Frau zu sein und Liebe zu schenken. Wie konnte er etwas geben, was er nie empfangen hatte?

Vorsichtig hob sie die Hand und legte sie ihm sanft auf den Rücken. Er zuckte zusammen, als hätte sie ihm einen Dolch zwischen die Rippen gestoßen. Dann rückte sie dichter an ihn heran, legte ihre Wange an seinen Rücken und sagte leise: »Ich mag dich.«

Er rührte sich nicht.

»Ich mag dich«, wiederholte sie ein wenig lauter.

Er drehte sich langsam zu ihr um und sah sie aus brennenden Augen an. Sie wußte nicht, was dieser Blick zu bedeuten hatte, rückte ein wenig von ihm ab und hielt den Atem an.

»Du magst mich«, äffte er sie nach. »Das hat die Hure mir damals auch ins Ohr geflüstert, und es hörte sich aus ihrem Mund glaubhafter an als aus deinem.«

Rachel schluckte und wiederholte: »Ich mag dich.«

Er grinste böse, und bevor Rachel sich ihm entziehen konnte, umfaßte er ihr Gesicht. »Also gut, Süße, vielleicht möchtest du mir zeigen, wie sehr du mich magst. Los, zeig es mir, wieviel eine Frau wie du für einen Mann wie mich übrighaben kann.«

Sie hob langsam beide Arme und legte die Hände an seine Wangen. Seine Wangenmuskeln zuckten unter ihren Fingern. Und langsam, ganz langsam, beugte sie sich nach vorn und küßte ihn auf den Mund.

Die Hand, die eben noch mit brutaler Gewalt ihr Kinn umklammert hatte, zitterte. Rachel küßte ihn, obwohl seine Lippen sich gegen ihren Mund sperrten. Sie strich ihm durchs Haar, über Wangen und Hals, dann über die Schultern und den Nacken. Sie meinte, zu spüren, wie sich seine Muskeln etwas entspannten, legte ihren Mund an sein Ohr und flüsterte: »Ich mag dich.«

»Ach, verdammt«, sagte er rauh und zog sie an sich. Er küßte sie so leidenschaftlich, bis sie kaum noch Luft bekam. Er drückte ihren Oberkörper nach hinten, so daß sie auf dem kühlen Lehmboden lag. Er streckte sich neben ihr aus, bedeckte ihr Gesicht mit Küssen und murmelte: »Du wirst es bereuen . . .«

Sie hob ihm ihr Gesicht im schweigenden Einverständnis entgegen.

Sie spürte, wie sein Herzschlag sich beschleunigte, als er sie wieder küßte. In diesem Augenblick überraschte sie wieder diese verbotene Glut tief in ihrem Inneren, die sich rasch zu einer verzehrenden Flamme steigerte, die Körper und Seele verzehrte. Sie wollte ihn — gütiger Gott, wie sehr sie ihn begehrte! Wie konnte sie ihn jemals davon überzeugen, daß sie ihn ebenso nötig brauchte wie er sie?

Rachel schloß die Augen, als seine Hände langsam unter ihrem Rock an der Innenseite ihrer Schenkel nach oben glitten. Sie erschauerte, als sie die Schwielen seiner Hände auf ihrer empfindlichen Haut spürte. Seine Finger nestelten am Band ihrer Unterhose und zogen sie dann über ihre Knie und ihre Fußknöchel hinunter. Als er sich nun auf die Fersen setzte und die Knöpfe seiner Hose öffnete, begegnete sie seinem noch mißtrauischen Blick und öffnete langsam die Beine. Wortlos hob sie ihm dann einladend die Arme entgegen.

Sein Gesicht, seine Hände und seine strotzende Männlichkeit waren vom Licht der Herdflammen in ein brennendes Rot getaucht, als er in ihre Arme sank. Sein hartes Glied pochte an ihren weichen Schamlippen, und die Welt schien den Atem anzuhalten, während ihr Blut in den Adern rauschte.

Er schob ihre Schenkel ein bißchen weiter auseinander und preßte dann sein hartes Glied zwischen ihre Schamlippen.

Der Schmerz war heftig und traf sie unvorbereitet. Sie schrie laut: »Nein! O Gott, bitte . . .« Und dann wand sie sich unter ihm.

»Zu spät«, zischte er ihr ins Ohr, und in diesem Moment erkannte Rachel zu ihrem Schrecken, daß er den Grund ihres Schreis mißverstanden hatte.

Er grub seine Finger zu beiden Seiten ihres Kopfes in die feuchte Erde und begann sich nun mit ungezügelter Leidenschaft in ihr zu bewegen. Mit jedem Stoß drang er tiefer in sie ein und nahm sie mit einer solchen Leidenschaft in Besitz, daß sie verzweifelt die Augen schloß und betete, daß diese Pein ein Ende haben möge, ehe sie schreien mußte.

Ihr Gebet wurde erhört.

Nachdem der anfängliche Schock und Schmerz abgeklungen war, breitete sich ein ganz neues Gefühl in ihr aus — ein so intensives Gefühl, daß ihr Tränen über die Wangen liefen. Diesmal nicht vor Schmerz, sondern aus Freude, weil sie eins wurde mit diesem wunderbaren Mann. Gleichgültig, was der Rest der Welt in ihm sah, sie *kannte* ihn. Sie wußte, wonach er sich sehnte — nach Verständnis und Liebe. Oh, sie konnte ihm so viel Liebe geben, wenn er sie nur ließe.

Rachel schloß die Augen. Im Zentrum ihres Seins dehnte sich etwas Warmes, Beseligendes aus, bis es Geist und Körper gänzlich ausfüllte und sie dazu bewegte, sich ihm mit Wonne hinzugeben.

Sie hörte an seinem Atem, wie überrascht er über ihre Reaktion war. Ein Seufzer drang aus seiner Kehle, der sie nur noch mehr erregte. Sie wölbte sich ihm entgegen und spürte, wie ihr Körper sich ausdehnte, um ihn besser in sich aufnehmen zu können. Sie wurde von einem so wunderbaren Wohlgefühl erfaßt, daß sie ihn mit einem leisen Stöhnen an sich drückte und sich plötzlich bewußt wurde, daß die körperliche Vereinigung für sie noch nicht die große Erfüllung war. Sie wollte auch mit seiner Seele eins werden.

»Mehr«, flüsterte sie — ein rauher, heiserer Laut, der ihr seltsam in den Ohren klang. Sie krallte die Finger in sein Hemd, schloß die Augen und sagte. »Bitte.«

Sein Atem strich über ihre Wange. Sein Körper gab ihrem Verlangen nach, bewegte sich noch heftiger und machtvoller. Sie hielt sich an seinen Schultern fest und bewegte ihre Hüften im gleichen Rhythmus wie er.

Aber sie konnte auch den Widerstand spüren, der sich nun mit jedem seiner Atemzüge in ihm aufbaute. Sie begriff, daß es nicht leicht für ihn war, die Liebe, die sie ihm anbot, anzunehmen. Er konnte einer solchen Liebe nicht trauen, weil er meinte, ihrer nicht würdig zu sein. So tat sie das einzige, was ihrer Empfindung nach diese Zweifel in ihm auflösen konnte. Sie hob die Arme und drückte ihn an sich.

Er erstarrte, vergrub das Gesicht in ihrem Haar und stöhnte. Und dann wurde sein Körper so nachgiebig, als hätte er all seine Stärke, seinen Zorn und seine Widerstandskraft aufgebraucht.

Sie hielt ihn noch immer fest, schlang ihre Beine um seine Hüften und streichelte sein nasses Haar im Nacken. Ihre Hände glitten über seinen Rücken, unter sein Hemd und erforschten diesen vollendeten Körper. Sie spürte seinen Herzschlag, der nun langsamer wurde und sich ihrem Puls anglich. Schließlich sagte er mit einer Stimme, die so tonlos war, daß sie seine Worte kaum verstand: »Verzeih mir.«

Sie zog ihn noch fester an sich, schluckte und wartete, bis der Aufruhr ihrer Gefühle sich etwas gelegt hatte, und sagte dann mit fester Stimme: »Da gibt es nichts zu verzeihen. Es war grausam und gemein, daß ich dich so beschimpft habe nach allem, was du für mich getan hast.« Lächelnd strich sie mit den Lippen über seinen Nacken, fuhr mit den Fingern die harten Konturen seines Rückens nach und strich sanft über die Narbe an seinen Rippen. »Du hast mir zweimal das Leben gerettet . . . dreimal. Du hättest mich Clyde überlassen können.«

»Er hätte dich vielleicht besser behandelt als ich«, murmelte er traurig.

»Das glaube ich nicht.« Sie lächelte abermals. »Schau mich an.«

Er tat es nicht.

Sie holte tief Luft und gestand ihm erneut: »Ich hab' dich gern.«

Er rührte sich eine Sekunde lang nicht. Dann hob er langsam den Kopf. Sie sah ihm ins Gesicht. Eine heiße Röte lag auf seinen Wangen, und seine Augen leuchteten. Sie fuhr mit dem Finger die Linien seines Mundes nach und bewies mit ihrem Lächeln und ihren Händen, daß sie die Wahrheit gesagt hatte.

Er schloß die Augen und genoß ihre Zärtlichkeiten. Dann setzte er sich auf, drehte ihr den Rücken zu und nestelte an seinen Hosenknöpfen herum. Dann stand er auf, verließ die Hütte und schloß leise die Tür hinter sich.

Rachel starrte an die Decke und lauschte dem fernen Rollen des Donners und dem leisen Rauschen des Regens, der inzwischen wieder eingesetzt hatte. Steif erhob sie sich, ging ans Fenster und schaute auf die dunklen Umrisse des Forts.

Ein Blitz erhellte den Himmel und Davis' Gestalt. Er stand im Regen, das Gesicht zum Himmel gehoben.

Rachel drehte sich vom Fenster weg, ging zum Herd zurück und streckte sich dort auf dem Boden aus, wo sie mit Davis gelegen hatte. Der Schmerz zwischen ihren Beinen war noch immer da, und sie würde morgen wund sein. Aber in ihrem Innern tobte ein weit größerer Schmerz, wenn sie daran dachte, wie wunderbar sich sein Körper angefühlt hatte. Ein verbotenes Feuer trieb ihr die Röte ins Gesicht und wärmte ihren Körper viel besser als diese armselige Glut im Herd.

Es schien Stunden zu dauern, bis Davis zurückkam. Sie blinzelte schlaftrunken und wartete.

Er schwieg, kam zu ihr und wickelte ihren vor Kälte zitternden Körper behutsam in seine Satteldecke ein, bevor er sich neben sie legte. Zögernd streckte er die Arme nach ihr aus, um sie festzuhalten, und sie wehrte sich nicht.

14

Er träumte von einer rothaarigen Frau — der schönsten Frau der Welt —, die ihn umarmte, sein Gesicht an ihre Brust drückte und ihn auf den Scheitel küßte. Sie duftete nach Veilchen, sauber und süß. Und sie lächelte immer. Lachte immer. Sie liebte ihn. O Gott, sie liebte ihn.

Er wurde langsam wach. Er bewegte sich in dem Stuhl, in den er sich im Verlauf der Nacht zurückgezogen hatte, und blinzelte auf das Fensterbrett an seiner Schulter. Ein paar Skorpione, ihre hellbraunen Körper mit Schuppen bedeckt und die nadelscharfen Schwänze über den Rücken gewölbt, tanzten darauf vor und zurück — ein Paarungstanz.

»Guten Morgen.«

Davis richtete sich erschrocken auf. Dort im blassen Licht der Morgendämmerung saß Rachel auf dem Boden. Sie hatte sich an die Wand gelehnt und seinen Revolver in den Händen. Er sah den vernickelten Lauf der Waffe an und sagte leise »Guten Morgen«.

»Ich frage mich, Davis . . .« Er sah, wie sie den Kopf auf die Seite legte. Das weißblonde, gelockte Haar ringelte sich wild über ihre Schultern. »Wie viele Frauen *hast* du wirklich vergewaltigt?«

»Ich wollte dir nur Angst machen.«

»Damit ich schreie?«

Er betrachtete wieder die Skorpione. Die Scheren waren nun in einem stillen Ringen miteinander verschränkt.

»Du *magst* Frauen, die schreien?«

Er schüttelte den Kopf. Dann schloß er die Augen. »Die anderen sollten glauben, daß ich dich vergewaltige.« Er stieß langsam die Luft aus den Lungen. »Wie geht es dir?«

»Ist es normal, daß man beim ersten Mal blutet?«

Er fröstelte innerlich, beugte sich vor, um ihr Gesicht besser sehen zu können, und fragte: »Ist es schlimm?«

»Es hat ein wenig geblutet. Inzwischen hat es aufgehört; aber ich bin wund.«

»Das war zu erwarten.«

Er hörte, daß sie leise lachte. »Du scheinst nicht nur ein Experte in Waffen zu sein. Hast du viele Jungfrauen gehabt, Mr. Davis?« Der Revolverlauf zuckte ein wenig in die Höhe. »Die Wahrheit, bitte.«

»Einige.«

»Willige oder unwillige?«

»Um Himmels willen, Rachel ...«

»Die Wahrheit.«

»Beides.«

»Und wann hast du zum letzten Mal eine Frau, die nicht wollte, genommen, Mr. Davis?«

Er fuhr sich mit der Hand durchs Haar und erwiderte scharf: »Ich kann mich nicht erinnern. Vor vierzehn oder fünfzehn Jahren, glaube ich.«

»Soso. Du mußt als junger Mann ja ein schlimmer Bengel gewesen sein. Würde es dir etwas ausmachen, mir von deiner Kindheit zu erzählen?«

»Ja!«

»Vielleicht kann ich helfen. Es ist immer gut, wenn man über etwas spricht, was einen bedrückt.«

Er sah wieder auf die Waffe hinunter und dann zurück auf ihr Gesicht. Worauf, zum Teufel, wollte sie hinaus? »Niemand kann mir helfen«, sagte er und stand auf.

Sie studierte ihn ein paar lange, schweigende Minuten. Dann sagte sie leise und behutsam: »Ich denke, du könntest endlich zugeben, wer du wirklich bist.«

Er wich ans Fenster zurück. »Ich weiß nicht, wovon du sprichst.«

Die Waffe zitterte in ihren Händen, als Rachel mit atemloser Stimme sagte: »Du — du bist in Wahrheit Tomas de Bastitas, nicht wahr? Du wurdest deinen Eltern weggenommen — vor vielen Jahren bei diesem Indianerüberfall in San Antonio.«

»Nein.«

»Lügner.«

Ein leises Brennen, das in seinem Magen begann, kroch ihm die Brust hinauf und erreichte sein Gesicht. »Nein«, wiederholte er.

»Es waren die Indianer, nicht wahr? Sie zwangen dich, Dinge gegen deinen Willen zu tun? Du mußtest tun, was sie dir befahlen, oder du hättest dein Leben verloren. Du wolltest überleben. Das ist nur natürlich.«

Er drehte sich von ihr weg und wanderte im Raum auf und ab. Rachel schluckte ihre Angst hinunter und sagte sich, daß sie das Richtige tat. Da war so vieles, was er in sich aufgestaut hatte und was er endlich einmal aussprechen mußte, um sich wieder als ein akzeptables menschliches Wesen betrachten zu können. Sie konnte ihm helfen. Aber sie mußte zuerst alles wissen ...

»Du bist Tomas de Bastitas«, wiederholte sie etwas energischer. Davis hob eine Holzlatte vom Boden auf, schwang sie gegen das Fensterbrett und erschlug die beiden Skorpione. »Sei still«, befahl er. »Du weißt nicht, wovon du redest.«

»Angélique und dein Bruder haben mir erzählt, was die

Gefangenen der Indianer erwartet, wenn sie jemals nach Hause zurückkehren. Fürchtest du das so sehr? Hast du Angst, daß deine Familie dich nicht akzeptieren kann? Daß du dich nicht mehr in die Gesellschaft einfügen kannst?«

»Ich sagte, du sollst still sein!« Er drehte sich zu ihr um und schrie sie an: »Für wen hältst du dich eigentlich? Du kannst nicht einfach in der Gedankenwelt eines Mannes Unruhe stiften. Was weißt du schon davon, wie eine zivilisierte Gesellschaft über Tomas de Bastitas spricht?« Und mit einer vor Erregung heiseren Stimme fuhr er fort: »Kannst du dir vorstellen, was es für eine aristokratische Familie wie diese Bastitas bedeutet, wenn sie plötzlich einen Wilden im Haus haben? Er könnte sie in arge Verlegenheit bringen, wenn ihm beim Essen die Soße über das Hemd läuft oder wenn er unbeholfen antwortet. Und Gott verhüte, daß er in San Antonio jemandem begegnet, dem er in der Vergangenheit ein Leid zugefügt hat! Die guten Leute in der Stadt würden die ganze hochherrschaftliche Familie der Bastitas aus Texas vertreiben.«

Er ging wieder im Raum auf und ab und schwang dabei wütend die Holzlatte. »Ich habe das alles erlebt, Rachel. Als ich in Fort Bliss wohnte, habe ich die Gefangenen gesehen, die von den Soldaten aus den Händen der Indianer befreit worden waren. Ich habe von den Briefen gehört, die ihre Familie von ihrer Befreiung benachrichtigten. Und ich weiß auch von den Antwortbriefen. Die meisten wollten die vermißte Person nicht in die Familie zurückholen, weil sie sich in den Verhältnissen nicht wohl fühlen könnten, die sie ihr oder ihm zu bieten hätten. Das würde ihrem Charakter nur schaden.«

»Die Familie Bastitas ist nicht so. Sie liebt Tomas sehr.«

Er wirbelte zu ihr herum und keuchte: »Tomas de Bastitas ist tot! Hast du gehört? Er ist tot!«

»Woher weißt du das?«

»Wenn er nicht tot ist, sollten sie ihn in Ruhe lassen, weil er sich vermutlich wünscht, daß er tot wäre. Sie würden die Sache nur verschlimmern, wenn sie sich in sein Leben einmischten.«

»Tomas wird — das weiß ich ganz genau — feststellen, daß Angélique und Alejandro Bastitas hinter ihm stehen, was auch immer gewesen sein mag. Er müßte sich nur entschließen, nach Hause zu kommen. Sie würden ihn auch weiterhin lieben und stolz auf ihn sein.«

Himmel! Warum konnte sie nicht schweigen? Er starrte ihr im ersten Licht der Morgensonne, das durch die Ritzen des mit Brettern vernagelten Fensters drang, ins Gesicht.

Sie lächelte ein wenig geistesabwesend und sagte: »Ich glaube, ich beneide Tomas fast um so eine großartige Familie, die ihn liebt. Ich hatte nur meinen Vater, weil meine Mutter starb, als ich noch ein kleines Kind war. Und mein Vater war immer so sehr mit der Plantage beschäftigt, daß ich ihn kaum zu Gesicht bekam. Ich war ständig mit meiner Amme zusammen, bis er Audra geheiratet hat. Und dann war es aus mit dem bißchen Familienglück, das uns bis dahin noch beschert gewesen war.« Sie runzelte die Stirn und schaute ihm direkt in die Augen. »Wir sind uns in gewisser Beziehung ähnlich, Mr. Davis. Wir sind beide Waisenkinder, nicht wahr? Aber ich träume von der Zukunft, lebe in der Hoffnung, daß ich jemand finden möge, der mich liebt und mit dem ich eine Familie gründen kann, aber du lebst nur in der Vergangenheit, so schauderhaft sie war. Du läßt es zu, daß dich deine Vergangenheit zerstört. Du hast so viele Anlagen und Möglichkeiten!« Sie blickte ihn mit einem strahlenden Lächeln an.

Der Zorn, der sich in ihm regte, verflog sofort, als er ihr engelgleiches Gesicht sah — hager, aber schön —, das ihn anlächelte. Sie hatte schon immer diesen Einfluß auf ihn gehabt. Sie brachte ihn dazu, daß er alles vergaß bis auf die neuartigen Gefühle, die sie in ihm weckte. Sie brachte ihn dazu, daß er sich irgendwie gereinigt fühlte von seinem Groll und seinen schmerzhaften Erinnerungen.

Rachel ließ den Revolver sinken und sagte mit ernster Stimme: »Ich denke, du solltest dich mehr bemühen, dich selbst zu mögen, Davis.«

»Ich werde es versuchen«, erwiderte er. Er lächelte und deutete auf die Waffe in ihren Händen. »Willst du mich mit meinem eigenen Revolver erschießen?« fragte er amüsiert.

Sie schien eine Weile über seine Frage nachzudenken und legte dann die Waffe in ihren Schoß. »Ich glaube nicht«, sagte sie. »Sie haben Sam diese Waffe abgenommen, aber es kommt mir so vor, als würde sie gar nicht zu ihm passen. Er ist zwar ein Ranger, aber ziemlich klein und drahtig. Dieser Revolver scheint mir besser für einen Mann deiner Größe geeignet zu sein. Und noch etwas ... er hat mir gegenüber einmal erwähnt, daß er kaum aus Texas herausgekommen ist, seit er bei den Rangern dient. Doch auf dieser Waffe ist etwas eingraviert — hier steht es: In Anerkennung für besondere Tapferkeit dankbar gewidmet von A. Lincoln, Präsident der Union. *Was* er wohl getan haben mag, um so eine Widmung zu verdienen?«

Davis stand vor ihr und hörte nur mit halbem Ohr dem Geplauder über die Waffe zu. Er war mit seinen Gedanken beim gestrigen Abend. Er hatte sich gesagt, als sie in seinen Armen schlief, daß er nur ihre Sympathie ausgenützt hatte und daß sie heute morgen ganz anders denken und empfinden würde. Er war überzeugt gewesen, daß sie alles bereuen und ihm Vorwürfe machen würde. Er war nicht gerade der ideale Liebhaber gewesen. Sie verdiente etwas Besonderes, und zu seinem Kummer wurde ihm nicht zum erstenmal bewußt, daß er keine Ahnung von Zärtlichkeit hatte. Früher hatte ihn das nie gestört. Seit er mit dreizehn sein erstes Mädchen gehabt hatte, war »Liebe« für ihn nur eine körperliche Entspannung gewesen — oder eine Gewalttat.

Aber in der vergangenen Nacht . . . er hatte sich gegen diese Gefühle gewehrt. Zuerst hatte er ihr tatsächlich wehtun wollen, weil sie ihn in ein verwundbares, menschlich empfindendes Wesen verwandelt hatte. Nun wünschte er sich, er könnte diese Stunden noch einmal erleben, um ihr das zu geben, was sie verdiente.

Vielleicht sollte er ihr die Wahrheit beichten und zugeben, *was* er war — und *warum* er das tat, was er tat. Vielleicht würde sie ihn dann haben wollen. Vielleicht aber auch nicht. Egal, welchen Titel er hatte — er blieb der gleiche Mann, der sie gestern nacht so schäbig behandelt hatte. Er *war* dieser Mann. Sie konnte niemals so einen Mann lieben.

Clyde stieß die Tür mit dem Fuß auf.

Mit einer fließenden Bewegung hatte Davis Rachel den Revolver aus der Hand gerissen und ihn nun mit gespanntem Hahn auf Clyde gerichtet. »Das nächste Mal klopfst du an, Lindsey.«

»Sollte ich wohl besser.« Clyde schlenderte in den Raum. »Du hast dein Vergnügen gehabt, wie? Ich und die Jungs haben uns überlegt, daß wir jetzt vielleicht an der Reihe wären.«

»Vergiß es.«

»Du willst sie für dich allein haben? Aber, Kid, das ist keine kameradschaftliche Haltung.«

»Nein.«

Clyde schaute zwischen Rachel und dem Revolver hin und her, der auf ihn zielte, spuckte dann einen Schwall Tabaksaft auf den Boden und trollte sich wieder.

Davis trat unter die Tür und starrte ihm nach. Clydes unerwartetes Eindringen in dieses Haus hatte ihn auf ernüchternde Weise daran erinnert, welche Rolle er ihr und den anderen gegenüber spielen mußte.

»Laß uns gehen«, befahl er schroff. Er blickte in ihr schmales Gesicht und bemerkte, wie sich in ihren Augen erst Betroffenheit und dann Enttäuschung spiegelten. Er folgte Clyde aus dem Haus.

Im Licht der aufgehenden Sonne war die Landschaft fast hübsch. Die frische Morgenluft linderte die Schmerzen in ihrem sonnenverbrannten Gesicht, tat aber nichts gegen die Wundheit zwischen ihren Beinen. Der Gedanke, auf Davis' Pferd sitzen zu müssen, war nicht gerade verlockend.

Rachel war ein paar Minuten allein. Sie entfernte sich ein Stück von den anderen und entdeckte eine kleine Grabstelle knapp hinter der Marketenderei. Sie trat an den mit Gras überwucherten Grabhügel und blickte auf das Holzkreuz, auf dem mit ungelenken Buchstaben stand:

28. April 1856
J. J. HAMMER

Sie fragte sich, was ihn getötet hatte. Indianer? Banditen? Eine Krankheit? Die Einsamkeit? Wenn sie sich umschaute, konnte sie verstehen, daß hier ein Mensch an Einsamkeit sterben konnte.

Sie kam wieder zu den Männern zurück und wusch sich Gesicht und Arme an der Quelle, während Davis seine Feldflasche mit dem eiskalten klaren Wasser füllte. Um das Wasser herum wuchsen Maulbeer- und Pekanbäume und Eichen. In einem flachen Teich, der sich auf felsigem Untergrund gebildet hatte, sah sie Wasserlilien, und das feine Gras am Ufer hätte ein weiches Bett zum Schlafen abgegeben. Rachel betrachtete es sehnsüchtig, bis eine Klapperschlange aus einem Felsspalt kroch und im kniehohen Gras untertauchte. Eine Schlange im Paradies.

Sie blickte Davis an.

»Ich habe Hunger«, sagte sie zu ihm. Zum erstenmal, seit sie den Wagenzug verlassen hatte, spürte sie das Verlangen nach Nahrung.

»Essen werden wir später.«

Sie erinnerte sich daran, daß Sam zu ihr gesagt hatte, Davis würde selten essen oder schlafen. Und sie dachte daran, wie er an jenem Abend, als sie im Wagen zusammengewesen waren, nach Whisky gerochen hatte. Sam hatte ihn als schießwütig beschrieben. Davis war alles, was er zu sein schien. Und schlimmer. Warum hatte sie das in den letzten Tagen immer weniger gestört? Was war nur aus ihrem Gefühl für Anstand geworden?

Sie dachte in der nächsten Stunde darüber nach. Sie klammerte sich an Davis' Rücken und zuckte jedesmal zusammen, wenn er das Pferd antraben ließ. Sie verstand endlich, warum er immer wieder über die Schulter zurücksah. — Sam. Er war irgendwo dort hinter ihnen. Und er würde Davis töten, wenn er ihn fand. Das hatte er geschworen.

Die Mittagssonne brannte erbarmungslos auf das Land, als sie endlich eine Rast einlegten. Pedro hatte ein paar Kaninchen in den Büschen gefangen, häutete sie nun, weidete sie aus und briet sie über dem offenen Feuer. Fett tropfte aus dem Fleisch in die Flammen und schickte einen schwarzen, beißenden Rauch gen Himmel, von dem Rachel übel wurde. Sie schwitzte, war müde und schrecklich schmutzig. Sie sehnte sich nach einem Bad. Der Tümpel zwischen den Felsen, wo die Pferde getränkt wurden, würde sich gut dafür eignen.

Pete, Clyde und Davis steckten die Köpfe zusammen und stritten sich, wo sie hinreiten und wen sie besuchen sollten. Ein paarmal versuchte Rachel die drei zu belauschen; aber sie wurden jedesmal so stumm wie Austern, wenn sie in ihre Nähe kam. Also blieb sie im Schatten eines Felsens sitzen und betrachtete den Tümpel mit wachsender Verzweiflung. Wenn sie sich wenigstens das Gesicht und die Beine mit Wasser benetzen konnte, wäre das schon eine große Erleichterung gewesen.

Davis, die Hände in die Hüften gestemmt, schaute Clyde an und sagte barsch: »Ich reite nicht weiter als bis San Carlos. Kannst du mir versichern, daß Cortinas bereit ist, mit uns zusammenzuarbeiten? Und ich will auch diesen A. J. Duncan vorher sehen. Ich möchte immer gern wissen, für wen ich arbeite, bevor ich meine Entscheidungen treffe. Und ich möchte Geld im voraus haben. Wenn ich Rinder über die Grenze treiben soll, will ich auch wissen, für wen ich das Vieh stehle, verdammt noch mal!«

Clyde schlug mit dem Hut gegen seinen Schenkel, während sich Pete abwandte, um sich zu Pedro zu gesellen. »Ich kann dir so was nicht versprechen, Davis. Und A. J. kommt nur selten über die Grenze. Wir erledigen alles für ihn.«

Davis packte Clyde beim Hemdkragen und sah den hageren Mann mit einem warnenden Lächeln an. »Wenn du versuchst, mich hereinzulegen, Lindsey . . .«

»Das tu' ich nicht, Kid. A. J. ist ein fairer Mann. Ich schwöre dir, daß er dir ein gutes Angebot machen wird. Wir müßten ihn eben nur in *seinem* Haus besuchen. Das ist alles.«

»Und wo ist das genau?«

»Er hat eine Ranch in der Nähe von San Felipe Springs. Er besitzt ungefähr fünfzig- oder sechzigtausend Morgen Weideland am Fluß. Er züchtet Schafe.«

»Schafe! Ich dachte, er interessiert sich für Rinder.«

Clyde schüttelte den Kopf. »Nein — er stiehlt nur Rinder.«

»Und wo, zum Teufel, hat er das viele Geld her, daß er sich so viel Land und Schafe kaufen konnte?«

Clyde zuckte mit den Achseln.

Davis' Augen wurden schmal, und er fragte: »Woher soll ich wissen, daß er das Geld hat, um mir das zu bezahlen, was ich verdiene? Ich verlange eine Menge für das Stehlen von Rindern und das Töten von Leuten.«

»Er hat das Geld, das versichere ich dir. Ich habe es selbst in seinem Safe gesehen. Dicke Bündel Geld.« Clydes Blick richtete sich nervös auf einen Punkt hinter Davis' Schulter. Davis wirbelte herum.

Wo war Rachel?

Wo war Pete!

Er spurtete los, sprang über Kakteen und Büsche hinweg, die ihm im Weg standen. Dann hörte er es — einen erstickten Schrei hinter den Felsen. Und als er um den Rand der Kalksteine herumkam, blieb er abrupt stehen. Einen Moment lang sah er die Welt in eine feuerrote Glut getaucht. Er war wie gelähmt — konnte sich nicht bewegen, nicht sprechen oder gar seinen Revolver ziehen.

»Jenkins!« Seine Stimme, rauh vor Wut, klang wie ein Peitschenhieb.

Petes Kopf hob sich von Rachels Brust. Die eine Hand nahm das Messer von ihrer Kehle, während die andere ihren Mund freigab. Er rollte langsam von ihrem Körper, der halb im, halb außerhalb des Wassers lag. Pete hob die Hände in die Luft, lachte nervös und rief: »Ist doch nichts Schlimmes, wenn ein Mann einen kleinen Spaß haben möchte, oder, Davis?«

»Geh weg von ihr, Jenkins«, schnarrte Davis. »Ich werde dich töten.«

Das Grinsen auf Petes Gesicht erlosch, als Davis sich mit dem Rücken zur Felswand stellte. Pete watete ins Wasser zurück, hob seine Hände etwas höher und ließ das Messer fallen. »Schau, ich habe keine Hose an. Ich habe nichts getan . . .«

»Und du wirst nie wieder etwas tun.« Davis bewegte sich langsam auf den Tümpel zu.

Pete schluckte. »Ich rühre sie nie mehr an, Davis.«

»Ich habe dich gewarnt. Ich habe euch alle gewarnt. Wenn einer eine Hand an sie legt . . .«

»Ich habe doch nur einen Spaß machen wollen, um Himmels willen! Sie war im Tümpel und hat gebadet wie die Königin von Sheba. Teufel, Kid, was hättest *du* denn getan, wenn du eine Frau mit nackten Beinen und halboffenem Kleid gesehen hättest . . .«

»Halt den Mund und zieh!«

Langsam und unbeholfen machte Pete einen verzweifelten Versuch, seine Waffe aus dem Halfter zu ziehen.

Davis riß seine Waffe aus dem Leder, und der Schuß aus seiner Waffe wurde von den fernen Hügeln wie Donner zurückgeworfen. Pete drehte sich im Kreis. Die Kugel schlug in seinen Arm ein, und die Wucht des Geschosses schleuderte ihn ins Wasser.

Davis watete bis zu den Hüften in den Tümpel, packte den nach Luft japsenden, stöhnenden Mann und schob ihn auf das schlammige Ufer. »Steig auf dein Pferd und reite«, befahl er ihm. »Wenn ich dich noch einmal vor die Augen bekomme, werde ich dich töten.«

Pete hustete und preßte seinen blutenden Arm gegen die Brust. Er sprang auf die Beine, rannte zu seinem Pferd und zog sich in den Sattel, bevor er Davis spöttisch anfunkelte. »Ich habe mir nur von ihr holen wollen, was du dir bereits genommen hast. Du bist nicht so viel anders als wir, auch wenn du dir das einbildest, du selbstgefälliger Bastard.«

Rachel, die mit gekreuzten Armen ihre Brüste verdeckte, starrte entsetzt auf das vom Blut rot gefärbte Wasser, das gegen ihre Beine schwappte. Davis stand über ihr, den Revolver noch in der Hand, mit durchgeschwitzten Kleidern und einem drei Tage alten Stoppelbart. Seine

Wangenmuskeln zuckten. Offenbar kämpfte er noch mit sich, ob er nicht auch sie mit einer Kugel dafür bestrafen sollte, daß sie sich unerlaubt aus seinem Blickfeld entfernt hatte.

Rachel sagte kleinlaut: »Ich wollte nur ein Bad nehmen.«

»Ein Bad«, wiederholte er, »ein Bad! Die Lady wollte ein Bad nehmen! Sie ist mit drei gesuchten, flüchtigen Verbrechern unterwegs, aber sie kann unmöglich auf ihr Bad verzichten!«

Sie hob ein wenig das Kinn und spähte vorsichtig zu ihm hinauf. »Du brauchst nicht zu schreien.«

»Ich schreie nicht!«

»Und es sind *vier* gesuchte Verbrecher. Nun, wo Pete fort ist, bleiben noch drei.« Sie biß sich auf die Unterlippe und starrte wieder auf das Wasser. Davis drehte sich um und ging ins Lager zurück.

Der alte Davis war wieder ans Tageslicht gekommen: Er war mürrisch, gereizt und sarkastisch. Fast wünschte Rachel, daß Sam Wells jetzt mit allen verfügbaren Rangern auf dem Hügel hinter ihnen auftauchen würde. Dann hoffte sie wieder, daß er sie nie finden würde. Davis wollte sie doch nur für ihre Naivität bestrafen. Aber was war denn so schlimm daran, wenn man sich Hals, Arme und Beine waschen wollte? Und überhaupt war das alles seine Schuld. Er hätte eben besser auf Pete acht geben sollen!

Rachel war zuversichtlich, daß Davis sie nicht diesen beiden Halsabschneidern, Pedro und Clyde, überlassen wollte. Das glaubte sie jedenfalls bis zum nächsten Nachtlager. Clyde begann sie auf seine für ihn typische Art zu beleidigen und herauszufordern. Davis schwieg dazu, auch als Clyde auf die Jagd ging und mit zwei toten Klapperschlangen für ihre Abendmahlzeit zurückkam, blieb Davis stumm. Clyde warf Rachel die Biester vor die Füße und befahl ihr, sie zu braten.

Sie stieß einen Schrei aus, weil sie glaubte, die Schlangen lebten noch. Sie schrie abermals, als Clyde sie vor ihren Füßen mit dem Stiefel hin und her schleuderte und ihr mit hämischer Stimme erklärte: »Wenn du ihr Gift auf die Haut bekommst, Süße, stirbst du so rasch wie nach einem Biß.« Das war eine Lüge, aber Davis sagte noch immer nichts. Clyde und Pedro machten sich lustig über Rachels Manieren, ihre Herkunft, ihre Familie. Sie verhöhnten sie ihrer Haarfarbe wegen, nannten sie Baumwollpuppe und Schneeköpfchen.

Als sie sich über ihre weibliche Anatomie ausließen, hatte Rachel genug von diesen Männern. Sie war erhitzt und erschöpft und wünschte sich, daß sie nie geboren worden wäre. Und plötzlich konnte sie nicht mehr an sich halten und ließ ihren Zorn an jenem aus, bei dem sie glaubte, das gefahrlos tun zu können. An Davis. Als er sich bequem gegen eine Felswand lehnte und ihr befahl, ihm noch etwas Fleisch zu bringen, gehorchte sie. Sie brachte ihm ein Stück von der gebratenen Klapperschlange, das sie ihm gegen die Wangen klatschte.

Clyde und Pedro krähten vor Vergnügen, als Davis auf die Beine sprang und nach dem noch heißen Fleisch griff, das ihm an den Wangen hinunterrutschte. »Du verdammtes kleines . . .«

Sie warf ihm noch ein Stück Fleisch ins Gesicht, diesmal zwischen die Augen. »Ihr ekelt mich an!« schrie sie. »Ihr macht mich krank mit euren dreckigen Witzen und widerlichen Manieren, und ich habe nicht vor, mir das auch nur eine Sekunde länger gefallen zu lassen! Wenn du noch mehr Fleisch haben willst, du Bastard, hol's dir gefälligst selbst! Ich habe genug von euch, ihr Banditen!«

Sie wirbelte herum und sah blinzelnd auf das furchtgebietende Terrain, das sie an diesem Tag durchritten hatten. Dann raffte sie ihren zerrissenen Rock, warf den Kopf in den Nacken und lief den Weg, den sie gekommen waren, zurück. Es waren nur Sekunden, die ihr aber wie eine Ewigkeit erschienen, weil sie überzeugt war, die Kerle würden auf sie schießen, und auf das Klicken des Revolvers wartete, als sie Davis' Stimme hinter sich hörte: »Rachel!«

Sie lief noch schneller.

»Komm zurück!«

»Ha!« erwiderte sie nur.

»Komm sofort zurück!«

»Du mußt mich schon erschießen, Davis! Ich habe nicht vor, mir eure Brutalität noch länger gefallen zu lassen! Ich gehe jetzt nach Hause!«

Clyde und Pedro brachen in ein wieherndes Gelächter aus, das als Echo von den Hügeln widerhallte.

»Rachel, verdammt noch mal — komm zurück!«

»Nein!« Sie lief weiter.

»Rachel . . . dort draußen lauern Indianer!«

Sie hatte schon den halben Hügel erklommen.

»Nicht nur einer, sondern ganze Stämme! Es wimmelt hier nur so von Indianern!«

Ich werde mich vor ihnen *verstecken*, dachte Rachel.

»Du kannst dich vor denen nicht verstecken, Rachel!«

Sie preßte die Lippen zusammen und umrundete eine Gruppe von Kakteen mit birnenförmigen scharlachroten Knollen, die ihr die Stacheln entgegenstreckten.

»Rachel! Dort tummeln sich Klapperschlangen, die so lang sind wie ich groß! Und so dick wie deine Taille!«

Ihre Schritte wurden langsamer.

»Rachel!« Diesmal war die Drohung in seiner Stimme nicht mehr zu überhören. »Rachel! Ich werde dich erschießen, wenn du nicht sofort umkehrst!«

Das Blut rauschte in ihren Ohren. Ihr Körper schien zu

schrumpfen, während sie ihren Weg, wenn auch langsamer, fortsetzte.

Davis sah auf seinen Revolverlauf, dann auf Rachels blonden Kopf und knirschte mit den Zähnen. Er hob den Lauf ein wenig höher, ließ den Hammer nach vorn gleiten, während Pedro und Clyde hinter ihm kicherten. »Rachel!« brüllte er. »Ich werde dich erschießen! Das schwöre ich bei Gott! Ich gebe dir eine letzte Chance, um zu ...«

»Fahr zur Hölle, Davis!« antwortete ihre Stimme aus der Ferne.

Clyde stieß Pedro mit dem Ellenbogen in die Rippen und sagte: »Sie hört sich neuerdings aber gar nicht mehr wie eine Lady an, nicht wahr? Was ist nur los mir dir, Davis? Du scheinst mit Frauen nicht annähernd so gut umgehen zu können wie mit deiner Kanone. Wenn ich du wäre, würde ich ihr eine Lektion erteilen, Kid.«

Davis setzte sich in Bewegung, langsam erst, dann im Laufschritt. Sie hatte schon fast die Anhöhe erreicht. Und im nächsten Moment war sie über den Hügelkamm hinweg — aus seinem Blickfeld verschwunden.

Er rannte jetzt, setzte über Kakteen und Steine, schreckte eine Schar Vögel auf, die auf Distelsträuchern Nahrung suchten. Er war auf dem Gipfel, bevor sie in der Talsohle untertauchen konnte, holte sie ein, packte sie am Arm und riß sie herum. Ihre violetten Augen funkelten ihn aus ihrem geschundenen sonnenverbrannten Gesicht an wie die eines trotzigen Kindes.

»Was, zum Teufel, versuchst du damit zu beweisen?« herrschte er sie an. »Ist es dir so verdammt egal, daß ich dir in den Rücken hätte schießen können? Ist es dir gleichgültig, wenn du den Apachen oder Komantschen in die Arme läufst oder von einer Klapperschlange gebissen wirst? Nun? Antworte, verdammt noch mal!« Er schüttelte sie.

Mit einemmal kamen ihr die Tränen. Ein silberner Tropfen hing in ihren Wimpern, in dem sich der goldene und scharlachrote Abendhimmel spiegelte. Er löste sich, lief an ihrer Wange hinunter, blieb einen Moment in ihrem Mundwinkel hängen und bewegte sich dann weiter zur Kinnspitze. »Ich . . . will nach Hause«, schluchzte sie.

Diese im rührenden Ton vorgetragene Bitte erstickte seinen Zorn. Mehr noch — er hatte das Gefühl, als würde sich seine Seele in Stein verwandeln. Er stand so steif vor ihr wie ein Fels und fragte: »Zu deinem Onkel?«

»O nein.« Sie schüttelte den Kopf, und eine Träne stob seitlich davon.

»New Orleans?«

Sie schniefte. »Dort habe ich nichts mehr verloren.«

»Wohin dann?«

Ihre Lippen zitterten. »Bringst du mich dorthin, wenn ich es dir verrate?«

O, verdammt, dachte er. *Verdammt, verdammt.* »Rachel, du hast nichts begriffen. Gar nichts.«

»Doch! Ich habe begriffen, daß du nicht bist wie diese beiden schrecklichen Männer hinter dem Hügel. Aber was *ich* nicht begreife, ist, daß du immer noch mit ihnen zusammen bist.«

Er trat von einem Bein aufs andere und schüttelte den Kopf. »Wie kannst du behaupten, ich hätte keinerlei Ähnlichkeit mit diesen Männern, nachdem ich dich gestern so — rücksichtslos behandelt habe?«

»Wir waren beide wütend. Keiner hat den anderen geschont.« Sie legte ihm die Hand auf die Brust. »Wenn du dir Mühe gibst, deine schreckliche Vergangenheit zu vergessen, könntest du feststellen, daß es gar nicht so übel ist, mit jemandem zu schlafen, der dich mag.« Mit einem kleinen Lächeln setzte sie hinzu: »Es könnte dir sogar gefallen.«

Er starrte auf ihre langen weißen Finger, an denen Fett und Ruß klebte.

»Habe ich dir gestern sehr weh getan?« fragte er.

»Nur einen Moment lang. Aber — tut es immer weh?«

Er spürte, wie ihm etwas Heißes in die Kehle stieg, schüttelte den Kopf und versuchte, sich auf den Kaktus zu konzentrieren, der zu seinen Füßen wuchs und dessen Knospen sich gerade zu kleinen roten Blüten öffneten.

»Davis?« Sie rückte dichter zu ihm, und er wich so rasch vor ihr zurück, daß er fast gestolpert wäre. Dann deutete er mit dem Revolver in die Richtung, wo das Lager lag und sagte heiser: »Laß uns gehen.«

Tut es immer weh? Um Himmels willen. Er hatte nicht eine Sekunde daran gedacht, was für schreckliche Schmerzen er ihr in der Nacht zuvor zugefügt hatte. Er verfluchte sich dafür.

Er gestattete sich keine Sekunde der Entspannung und wollte sich keinen Schritt vom Feuer wegbewegen, bis er sicher war, daß Clyde und Pedro, vom Whisky betäubt, auf dem Rücken lagen und schnarchten. Davis hatte, bevor er den Wagenzug verlassen hatte, zwei Flaschen Whisky in Homers Satteltaschen entdeckt und mitgenommen.

Davis lief ruhelos im Lager umher und versuchte vergeblich, sich eine Zigarette zu drehen. Schließlich warf er Papier und Tabak auf den Boden und starrte zu den Felsen, wo Rachel schlief.

Er stand im Schatten und heftete den Blick auf die Satteldecke, als ihm plötzlich bewußt wurde, daß sie gar nicht darin eingerollt war. Panik ergriff ihn; doch dann sah er ihre schlanke Silhouette einen Steinwurf vom Lager entfernt. Was zum Teufel . . .!

Rachel hatte die Arme gehoben, stellte sich auf die Zehenspitzen und drehte sich dann im Kreis, den Kopf in den

Nacken gelegt, so daß ihre Haare wie silberhelle Wolken um ihre Schultern schwebten. Sie verneigte sich vor dem Mond und hob ihm dann das Gesicht entgegen, als sollte sie sich in seinem sanften Licht baden. Vorsichtig kam er näher und beobachtete diesen mystischen Tanz, der offenbar einer Musik folgte, die gar nicht existierte.

»Hast du das gehört?« fragte sie ihn, als sie ihn entdeckte. Sie war weder ärgerlich noch überrascht, daß er sie heimlich beobachtet hatte.

Mit gerunzelten Brauen blickte er über das sanft gewellte Gelände. Sie nahm seinen Arm und hob ihm lächelnd das Gesicht entgegen.

Er legte die Hand auf ihre Stirn und fragte: »Hast du Fieber?«

»O, natürlich nicht, du Dummer.«

Dummer? Er nahm die Hand von ihrem Kopf und betrachtete sie stirnrunzelnd. Sie roch angenehm, hatte gebadet und sich das Haar gewaschen. Er hatte dafür gesorgt, daß Clyde und Pedro in seiner Nähe geblieben waren, als Rachel sich nach Einbruch der Dunkelheit zu einem Teich hinter den Felsen zurückgezogen hatte.

Rachel entdeckte eine gewisse Ratlosigkeit in seinem Gesicht, als er so feierlich neben ihr stand. »Du glaubst, ich hätte den Verstand verloren, nicht wahr?« sagte sie.

Er senkte den Kopf, bis der Mond ihm nicht mehr ins Gesicht schien.

Sie tanzte ein paar Schritte von ihm weg und befahl: »Schließ die Augen.«

Er tat es nicht.

»Nun mach schon. Ich werde es nicht eher erklären, bis du die Augen zugemacht hast. So ist's recht. Jetzt lausch mit geschlossenen Augen. Was hörst du?«

»Einen Kojoten.«

»Hast du ihn schon vorher gehört?«

Er öffnete wieder die Augen und starrte auf seine Füße. »Nein.«

»Mach die Augen wieder zu ... vergiß den Kojoten. Was hörst du jetzt?«

Er stand regungslos im Mondlicht. Sein Haar glänzte wie nasse schwarze Tinte. Seine Schultern hoben und senkten sich mit jedem Atemzug. Er schluckte, sah sie wieder an und sagte: »Musik.«

Sie lauschten nun beide. Der Wind, der über das nördliche Plateau wehte, summte leise, während er über das wellige Terrain strich. Das hörte sich an, als sänge ein Chor von Sopranstimmen hinter den Hügeln.

»Es ist ein Spiel, verstehst du?« drang ihre Stimme zu ihm. »Als ich noch ein Kind war und mich im Dunklen fürchtete, habe ich mir eingebildet, daß alle nächtlichen Geräusche nur Gutes für mich bedeuten und mich glücklich machen. Das Zirpen der Heimchen waren Violinklänge usw ... verstehst du?«

Er hob den Kopf und sah ihr ins Gesicht. »Du hast dich heute abend gefürchtet?« wollte er wissen.

»Ja.« Sie senkte die Lider und kam sich nun sehr dumm vor. »Ja. Ich hatte Angst, weil ihr so viel getrunken habt. Und weil du vorher so wütend gewesen bist. Ich hatte Angst vor der Dunkelheit und den Geräuschen.«

Er hob die Hand, berührte vorsichtig mit einem Finger ihre Wange und flüsterte. »Komm her.«

Sie gehorchte.

Seine Hand glitt unter ihr Haar und legte sich um ihren Nacken. Sie war gezwungen, sich an ihn zu lehnen, weil ihre Knie plötzlich nachgaben. Sie drückte das Ohr gegen seine Brust, lauschte dem Schlag seines Herzens und dachte, daß das eine viel schönere Musik war als alle Wüstengesänge der Welt zusammengenommen.

Fast hätte sie geseufzt.

»Ich werde . . . ich werde dir nie mehr weh tun, Rachel«, flüsterte er. »Ich wollte es nie.«

»Ich weiß.«

»Ich werde dafür sorgen, daß du nach Hause kommst.«

»Du wirst mich begleiten.«

»Nein. Ich muß etwas zu Ende bringen.«

»Mit Clyde?« Als er nickte, hob sie das Kinn und erklärte mit entschiedener Stimme: »Ich werde nicht ohne dich nach Hause gehen.«

»Du möchtest mich wohl unbedingt hängen sehen, wie?«

»Du wirst nicht an den Galgen kommen. Ich . . . ich gehe mit dir nach El Paso und sage für dich aus. Sam ebenfalls. Wir werden das Gericht davon überzeugen, daß man dir eine zweite Chance geben muß.«

»Das würdest du für mich tun?« fragte er ungläubig.

Ich würde alles für dich tun, dachte sie.

Er stieß geräuschvoll den Atem aus. »Himmel«, stöhnte er und starrte zu den Sternen.

Ohne zu überlegen schob sie die Hände unter sein aufgeknöpftes Hemd und streifte es ihm von den Schultern. Sie hörte, wie er den Atem anhielt und dann ein langgezogenes Stöhnen in seiner Kehle laut wurde.

Sie legte ihr Gesicht auf seine nackte Brust und küßte ihn. Sie spürte, wie sich seine schwarzen Brusthaare um ihre Zungenspitze ringelten, legte ihn die Arme um den Hals und schmiegte sich an ihn.

»Rachel.« Er schien ihren Namen zwischen den Zähnen zu zerbeißen, als sie seine Brust mit ihren Lippen und ihrer Zunge liebkoste. Langsam, fast widerstrebend, legte er die Hände auf ihre Schultern, ließ sie an ihrem Rücken hinuntergleiten und bewegte sie dann nach vorn zu ihren Brüsten. Als sie von ihm abrückte, glaubte er, daß sie ihn strafend ansehen oder sogar flüchten würde. Doch das tat sie nicht — im Gegenteil, sie zog sich im Mondlicht aus. Erst fiel ihr Rock zu Boden, dann ihre Bluse. Sie hatte nichts darunter an.

Er hob sie auf seine Arme, trug sie zu ihrer Decke, fiel auf die Knie, bettete sie behutsam auf den Boden und legte sich dann auf sie. Ihr Mund öffnete sich unter seinen Lippen. Furchtsam erst, dann kühner, begegnete sie seiner forschenden Zunge mit der eigenen, bis sich ihre Lippen wieder voneinander lösten und sie keuchend Luft holten.

Er flüsterte: »Ich will dir nicht weh tun.«

»Dann tu mir nicht weh«, erwiderte sie leise.

»Ich bin zu ungestüm.«

»Dann sei zärtlich.«

Sie hörte ihn lachen. »Aber, gütiger Gott, mein Verlangen nach dir ist so groß, daß es schmerzt!«

»Wo hast du Schmerzen?«

Er rollte sich zur Seite, nahm ihre Hand und preßte sie gegen seine Hose. »Da. Es tut so weh, daß . . .« Und dann ging seine Hand zu seinem Herzen. »Und dort«, schloß er, »dort tut es auch weh.«

Er starrte zum Himmel hinauf.

»Ach, zum Teufel damit«, sagte er schließlich. Dann wandte er sich wieder zu ihr, küßte ihre Lider, ihre Nase und ihre Wangen mit einer leidenschaftlichen Zärtlichkeit, die ihr den Atem nahm. Seine Hände streichelten ihre Brüste, und seine Daumen kreisten um ihre Brustwarzen, bis sie steif wurden und pulsierten vor Verlangen. Er liebkoste ihre empfindlichen Brustspitzen mit seiner Zunge, bis sie wimmernd vor süßer Qual, ihre Hände in seinem Haar begrub und die dunklen Strähnen um ihre Finger wickelte.

Das war die Leidenschaft. Das wußte sie. Verlangen pulsierte in ihrem Körper. Es roch nach Moschus, Schweiß und Leder. Es roch nach ihm. Es schmeckte nach Salz, Tabak und Whisky. Es schmeckte nach ihm. Es war ein unerbittliches, schmerzhaft forderndes Verlangen. Es war Davis. Schon in dem Moment, in dem sie ihm zum erstenmal begegnet war, hatte ihr Verlangen seinen Namen getragen. Er hatte ihre Tagträume, ihre Phantasievorstellungen und auch ihre Alpträume beherrscht. Mit seinen eisig blauen und feurigen Augen; mit seinen schwieligen Händen und seinem spöttischen Lächeln. Stets Davis ... Immer nur er.

»Bitte«, hauchte sie, »o bitte!«

Er drang behutsam in sie, und sie gab ihrem Verlangen nach, schlang die Beine um seine Hüften und preßte ihn noch fester an sich, bis ihre Körper vollkommen miteinander verschmolzen.

Sie bewegte sich im gleichen Rhythmus mit ihm, klammerte sich an seine Schultern und beantwortete seine Bewegungen mit einer Hingabe, daß sie meinte, ihr wüchsen Flügel und sie würde sich in die Lüfte erheben. Sie ließ sich von diesem neuartigen Gefühl wie von einem reißenden Wasser dahintragen, während ihr Mund sich leidenschaftlich, ja, fast wild auf seinen preßte. Ihre Haut brannte, und der Atem rasselte in ihrer Kehle, als er seinen Rücken wölbte und sein Gesicht zwischen ihren Brüsten begrub.

Sie kam so plötzlich über sie, diese wundersame Ekstase, die sie damals im Wagen so sehr erschüttert hatte: ein Taumel ihrer Sinne, ein so unglaublich starker Segen, daß man ihn schon fast als Schmerz bezeichnen konnte. Sie schrie auf, als sie die höchste Wonne spürte, die einen Moment lang an Verzweiflung zu grenzen schien, während er sich immer weiter bewegte bis diese Folge von Ergüssen sie schwach machten. Und als auch er zum Höhepunkt gekommen war und still wurde, öffnete sie die Augen.

Er lächelte, und sie war ergriffen von seiner Schönheit. Sie sah, wie seine von einem Schweißfilm bedeckten Schultern golden im Mondlicht schimmerten. Unwillkürlich streckte sie die Hand aus, um ihn zu berühren, zeichnete mit den Fingern sacht die Konturen seines Gesichtes nach und strich über sein Haar, das ihm in einer leichten Welle in die Stirn fiel. Er küßte ihre Fingerspitzen, als sie über seine Lippen fuhr.

Plötzlich erwachte etwas in ihm — in seinem Körper und in seinem Geist. Er lächelte scheu, fast furchtsam, über dieses Gefühl von Zärtlichkeit. Die Tiefe des Verlangens, das er für diese Frau empfand, war erstaunlich. Er hätte nie geglaubt, daß er eine Frau lieben könnte — wahrhaftig lieben. Gott mochte ihm helfen, er liebte sie.

Er stellte sich vor, wie er zu ihr sagte: *Rachel, ich liebe dich.* Und er stellte sich vor, wie ihre Antwort ausfallen würde. Daß sie sich zu ihm hingezogen fühlte, war nicht zu übersehen. Doch das war ein rein körperliches Verlangen. Und wenn sie sagte, saß sie ihn mochte, waren das die gleichen Empfindungen, die sie Luke entgegengebracht hatte. Mitgefühl für andere war ein wesentlicher Zug ihres Charakters, gehörte zu den vielen Tugenden, die ihn vom ersten Moment an fasziniert hatten. Wenn er ihr jetzt seine Gefühle gestand, würde sie sich dann von ihm zurückziehen? Natürlich würde er so etwas *niemals* zugeben: Er war ein Narr, daß er überhaupt mit diesem Gedanken spielte. Das könnte — würde — ihn am Ende zerstören.

Er schloß die Augen, als ihre Finger seine Schläfen berührten und kurz darauf so sanft und zärtlich über seine Schultern wanderten, daß ihm leise Schauer über den Rücken rieselten und etwas in seinem Körper zu summen und vibrieren begann. Er konnte das Singen seines Blutes hören, als sich ihr Körper einladend an ihn schmiegte. Dieses heiße konzentrierte Begehren in ihm, dieses dunkle, allumfassende Verlangen, seine Seele in ihr zu verströmen, wurde zu einem unwiderstehlichen Drang, als er sich wieder in ihr bewegte.

Das Blut rauschte laut in seinen Ohren, und im Augenblick höchster Ekstase glaubte er, die Engel im Himmel singen zu hören, so daß er mit einem lauten Schluchzen zu den Sternen hinaufrief: »Gott, ja! Ah, Gott, Gott!« Und damit ergoß er sich in einem mächtigen Strom in sie, bis er erschöpft in sich zusammensank.

Lange hielten sie sich umschlungen. Sein Kopf ruhte auf ihre Schulter. Ihrem Herzschlag lauschend wunderte er sich über seinen eigenen unregelmäßigen Puls, als er sie an sich drückte und auf die Seite rollte.

»Wie du siehst«, hörte er ihre träge, süße Stimme, »war es doch gar nicht so übel.«

15

Morgendämmerung. Rachel streckte sich behaglich unter der schweren Satteldecke aus. Sie hatte noch den Geruch von Davis in der Nase, der sich in den Poren ihrer Haut festgesetzt zu haben schien. Vielleicht war es so. Sie hoffte es. Sie wünschte es sich. Sie sehnte sich danach, ein Teil von ihm zu werden und sein Leben auszufüllen, wie er ihr Leben ausfüllte.

Er hatte sie angefaßt wie ein Kind, das eine Porzellanpuppe geschenkt bekommen hatte und sich bemüht, das Geschenk nicht zu zerbrechen. Bald, dachte sie, würden Zärtlichkeiten für ihn ebenso zur zweiten Natur werden wie das Reiten oder der Umgang mit seinem Revolver. Aber sie wußte auch, daß da noch eine *andere* Seite seines Wesens war — eine primitivere Seite, die im Unterbewußtsein wurzelte und die sie in ihrer ersten Nacht im verlassenen Fort kennengelernt hatte.

Schlaftrunken öffnete sie die Augen und blinzelte in die

Wirklichkeit ihrer Umgebung. Ringsum war die Welt von einem dichten Nebel verhangen. Die Sonne war nur eine blasse orangefarbene Scheibe am östlichen Horizont.

Rachel stützte sich auf einen Ellenbogen und schob eine Haarsträhne aus der Stirn. Sie beobachtete eine Antilope, die sich dem Rand des Teiches näherte. Das Tier spitzte die Ohren, machte dann einen Luftsprung und verschwand im Nebel. Lachend rollte Rachel zur Seite, um Davis zu wecken.

Aber er war nicht mehr da. Rachel setzte sich auf.

Er stand etwas abseits, die Beine leicht gespreizt, die Schultern gestrafft, und starrte in die Ferne. Sie wollte schon seinen Namen rufen, als seine rechte Hand zum Revolver zuckte. »Verdammt!« fluchte er leise. Er schob die Waffe in das Halfter zurück und versuchte es ein zweites Mal. »Nicht gut genug«, murmelte er. Immer wieder übte er das Ziehen seiner Waffe, wurde immer schneller, bis das Auge den Bewegungen im Nebel nicht mehr zu folgen vermochte.

Als er endlich mit dem Ergebnis seiner Übungen zufrieden war, drehte er sich plötzlich um und bemerkte, daß Rachel ihn beobachtete. Ohne ein Wort zu sagen, ging er zum Lager.

Dort betrachtete er Clyde und Pedro, die noch neben der Asche des Lagerfeuers schliefen. Er sollte die beiden jetzt zurücklassen, sein Pferd satteln und mit Rachel nach Mexiko reiten. Nur sie beide. Aber er konnte und würde das nicht tun. Rachel konnte nicht das Leben eines Flüchtlings führen. Sie verdiente etwas Besseres, als in einem Stall zu hausen, schmutzige Böden aufzuwischen und monatelang darauf zu warten, daß er nach Hause kam von einem Auftrag, den man ihm aufzwang. Dieser Gedanke trieb ihn schon seit dem frühen Morgen um. Er war ein Narr, weil er einen Moment daran gedacht hatte, daß für sie eine Ehe mit ihr in Betracht kommen könnte.

Da sah er, wie sich eine langbeinige Wolfsspinne Clydes Beinen näherte, daran hinaufkrabbelte, über sein Knie und seinen Waffengurt wanderte und auf seiner Brust Rast machte. Davis lächelte und rief leise: »Clyde!«

Der rührte sich nicht. Davis trat gegen Clydes Stiefelsohle. »Lindsey, wach auf! Es ist Zeit, daß wir weiterreiten!«

Ein leises Keuchen in seinem Rücken brachte ihn dazu, sich rasch umzudrehen. Rachel stand am Rand einer Felsspalte und starrte die haarige Tarantel auf Clydes Brust an.

Davis drehte sich wieder Clyde zu: »He, Clyde, du sollst aufstehen, habe ich gesagt!«

Clyde öffnete mit einem leisen Grunzen die Augen, blinzelte erst schlaftrunken zum Himmel, hob dann den Kopf und stieß einen Schrei aus, der Pedro aus seinem Tiefschlaf riß. Die Pferde, die in der Nähe angebunden waren, wieherten, während Clyde in die Höhe schoß und einen grotesken Tanz aufführte.

Er starrte der Tarantel nach, die sich inzwischen gemächlich entfernte. »Das hast du mit Absicht getan, Davis!« schrie er. »Du wolltest, daß ich vor Schreck einen Herzschlag bekomme!«

Davis ging lachend der Wolfsspinne nach, bückte sich, nahm sie hoch und setzte sie zu jedermanns Entsetzen auf seinen bloßen Arm. »Sie sieht schlimm aus, nicht wahr, Miss Gregory?« sagte er.

Rachel nickte benommen und schluckte.

Die Spinne krabbelte zu seiner Schulter, aber Davis grinste.

Rachel befeuchtete sich die Lippen. »Warum tust du das?«

Davis nahm die Spinne, setzte sie auf seinen Handrücken, streichelte ihr den Rücken und antwortete nach einer Weile: »Um zu beweisen, daß man die Dinge nicht nach ihrem Aussehen beurteilen darf. Rachel, du hättest die Spinne aus Ignoranz vielleicht getötet, weil du nicht weißt, daß sie im Grunde harmlos ist.«

Sie sah ihm in die Augen. »Ich hätte sie nicht getötet«, erwiderte sie.

Er lächelte. »Nein. Ich schätze, das hättest du nicht getan.«

Eine halbe Stunde später waren sie wieder unterwegs. Gegen Mittag überquerten sie den Rio Grande. Davis ließ sich nicht anmerken, was sich in der Nacht zwischen Rachel und ihm abgespielt hatte. Weder durch seinen Ton noch durch sein Verhalten deutete er an, daß sie etwas anderes sein könnte, als sie von Anfang an gewesen war — eine Geisel dreier Banditen.

Als sie den Rio Grande überquert hatten, waren auch die letzten Spuren des Nebels von der Sonne aufgesogen worden. Vor ihnen lag eine Landschaft, die sich dem Aussehen nach nicht von der in Texas unterschied. Eine Ebene erstreckte sich bis zu den dunstverhangenen blauen Hügeln am Horizont und war, so weit Rachel sehen konnte, von diesen Trockengewächsen bedeckt, die die Mexikaner ›Juahia-Bäume‹ nannten. In der Nähe des Flusses war der Wildbestand größer. Davis machte Rachel auf eine Herde von acht Wildschweinen aufmerksam, die mit ihren Hauern und Schnauzen den Boden im Gebüsch aufwühlten, um eßbare Wurzeln zu finden. Wilde Truthähne gab es in Massen, daneben auch Pumas und Antilopen. Und Klapperschlangen selbstverständlich, die sich auf den Felsen sonnten.

Sie waren einige Zeit nach Südosten geritten, bevor sie in San Carlos eintrafen. Die würfelförmigen Adobe-Häuser schienen leerzustehen, doch dann bemerkte Rachel, die ihren Kopf an Davis' Rücken lehnte, daß sich neugierige Gesichter in den Fenstern zeigten, als sie durch die leere Hauptstraße ritten.

Sie hielten direkt auf die Cantina zu. Clyde sprang vom Pferd und verschwand durch die Tür im Gebäude, noch ehe die anderen aus dem Sattel steigen konnten. Pedro suchte ebenso eifrig das Innere des Hauses auf. Davis stieg als letzter vom Pferd und hob Rachel beide Arme entgegen. Als er sie auf die Erde stellte, richtete er seine blauen Augen auf ihr Gesicht und grinste zum erstenmal, seit sie am Morgen das Lager abgebrochen hatten. »Würde es dir Spaß machen, heute abend in einem richtigen Bett zu schlafen?«

Rachel rieb sich die wunde Kehrseite und betrachtete das einstöckige Gebäude mit einiger Skepsis.

Er nahm sie bei der Hand. Gemeinsam betraten sie die Cantina, stiegen über einen schnarchenden Gast hinweg, der vor der Tür zusammengebrochen war und dort seinen Rausch ausschlief. Clyde und Pedro hatten sich bereits an die Theke gesetzt und eine Flasche Whisky bestellt. Sie musterten die dunkelhäutige junge Frau in dem Seidenkleid, die soeben ins Gastzimmer gekommen war und lächelnd am Ende der Theke stand.

»Setz dich hierher und warte«, befahl Davis, drückte Rachel im dunkelsten Winkel des Raums auf einen Stuhl und ging an die Theke. Sie bemerkte, daß er kaum ein Wort mit Clyde und Pedro wechselte, die ihm mißtrauisch nachsahen, als er mit einer Flasche Whisky und zwei Gläsern an den Tisch zurückging, wo Rachel auf ihn wartete.

Rachels Augen weiteten sich, als er ein Glas vor ihr auf den Tisch stellte und bis zum Rand füllte. »Ich mache mir nichts aus Whisky«, sagte sie.

»Du sollst dir ja auch nichts aus ihm machen«, erwiderte er. »Du sollst ihn nur trinken.«

Rachel unterdrückte ein Lächeln und lehnte sich zurück. »Nun gut; in diesem Fall . . .« Sie nippte an ihrem Glas. Das Zeug brannte in ihrer Kehle und in ihrem Magen.

Davis schenkte sich ebenfalls ein Glas ein. »Ich trinke nicht gern allein«, sagte er laut. »Es ist schlimm für mich, allein trinken zu müssen. Nur allein zu schlafen ist noch schlimmer.« Er starrte in sein Glas.

Etwas stimmte nicht. Das konnte Rachel an der verkrampften Haltung seiner Schultern erkennen und an der Art, wie er seinen Whisky trank. Er leerte ein Glas ums andere, redete kein Wort, wich ihrem Blick aus und schien sie vollkommen zu ignorieren. Als sie besorgt den Arm ausstreckte und seine Hand berührte, zuckte er zusammen, als hätte sie ihn geschlagen.

Sie beugte sich näher zu ihm und flüsterte: »Du müßtest doch erleichtert sein, Davis. Wir haben die Grenze überschritten. Sam kann dir nicht mehr . . .«

»Er wird hierherkommen«, unterbrach er sie, und erst jetzt sah er ihr ins Gesicht. »Dieser alte Mann hat sich noch nie von der mexikanischen Grenze aufhalten lassen.« Er trank den Rest seines Whiskys und erklärte dann: »Hier müssen wir uns Lebewohl sagen, Süße.«

»Lebewohl?« Sie schluckte ihre Panik hinunter. »Ich glaube nicht, daß ich das verstehe.«

»Bis hierher und nicht weiter«, erwiderte er, füllte abermals sein Glas und führte es an den Mund.

Sie beobachtete, wie er es auf einen Zug leerte und dann wieder zur Flasche griff. Sie hielt sich am Tischrand fest und fragte: »Und was wird aus mir?«

Sein Mund verzog sich zu einem Lächeln.

»Ich dachte . . .«

»*Was* dachtest du, Rachel?« Er klopfte mit seinem Glas ungeduldig auf den Tisch und sah dann auf ihre Finger, die so weiß und zerbrechlich auf der schmutzigen Tischplatte aussahen. »Du erzählst ihnen einfach, ich hätte dich vergewaltigt. Sie werden dir verzeihen. Martin Stillwell wird zwar anfangs die Nase hochhalten, aber ...«

»Aber du hast mich ja gar nicht vergewaltigt.« Sie bemühte sich krampfhaft, ruhig zu sprechen. »Und außerdem irrt sich Martin, was meine Gefühle für ihn betrifft. Ich liebe nicht *ihn*.« Sie biß sich auf die Lippen. »Ich dachte, daß nach der letzten Nacht ...«

»Was dachtest du?« Davis beugte sich vor und lachte. »Glaubst du etwa, ich wüßte nicht, warum du auf meine Wünsche eingegangen bist, Süße? Es war nur ein Mittel, meine Seele vor der Verdammnis zu retten. Nun, du hättest dir dieses Geschenk für einen anderen aufsparen sollen. Ich bin sicher, daß meine Seele viel zu schwarz ist, als daß sie von jemandem wie dir noch gerettet werden könnte.«

Ihr Gesicht brannte, als hätte er ihr eine Ohrfeige versetzt.

»Was hast du mit mir vor?« fragte sie tonlos. Sie glaubte, das alles nur zu träumen.

»Was ich mit dir vorhabe?« Er streckte seine langen, mit Staub bedeckten Beine aus. »Ich miete dir hier ein Zimmer. Du wirst hier ein paar Tage lang relativ sicher sein, und ich bin überzeugt, daß der gute Captain bald hier eintreffen wird. Er sorgt dann dafür, daß du in das Haus deines Onkels kommst.«

»Aber ich will ja gar nicht zu meinem Onkel.«

»Wohin dann?«

»Zur Rancho de Bejar.«

Sie sah, wie seine Schultern sich strafften. Es dauerte eine Weile, bis er aus einer momentanen Erstarrung erwachte.

»So.« Davis neigte langsam die Flasche und ließ sein Glas wieder vollaufen.

»Angélique hat zu mir gesagt, ihr Haus stünde mir jederzeit offen.«

»Und Ramon?«

Rachel runzelte verwirrt die Stirn. »Ramon?«

»Hat Ramon etwas mit deinem Entschluß zu tun, nach San Antonio zurückzukehren?«

»Selbstverständlich nicht. Ich habe dir schon einmal erzählt...«

»Ich weiß, was du mir *erzählt* hast.« Er leerte sein Glas in einem Zug. »Also dann geh, in drei Teufels Namen, nach Rancho de Bejar.«

Rachel schob das Kinn vor und wartete stumm. Er sah sich in der Bar um und schwieg hartnäckig. Schließlich verkündete sie mit einigem Nachdruck: »Ich werde nicht ohne dich dorthin gehen.«

Ihre Worte hallten durch den stillen Raum; Clyde und Pedro spähten über die Schulter zu ihrem Tisch.

Sie heftete den Blick auf Davis' steinernes Gesicht und fuhr im gedämpfteren Ton fort: »Wir müssen ja nicht nach San Antonio zurückkehren, wenn du es nicht willst. Für mich ist das nicht wichtig. Wir könnten überall hingehen — nach Südamerika, England, Frankreich. Sam würde dir dahin niemals folgen, und du bräuchtest dir wegen deiner Vergangenheit keine Sorgen zu machen. Niemand weiß dort davon. Du könntest ein neues Leben beginnen...«

Er sah sie ungläubig an. »Wovon, zum Teufel, redest du überhaupt?«

Sie vergrub ihre Hände in den Falten ihres Rocks und gestand: »Ich möchte nirgendwo hingehen ohne dich.«

Er sah wieder zur Seite, ernüchtert und verwirrt zugleich. »Ich verstehe«, murmelte er und füllte sein Glas erneut. Er trank es leer und stellte es dann mit bebender Hand auf den Tisch. »Ich verstehe«, wiederholte er ein wenig heiser. »Ich habe dir die Unschuld genommen, und nun fürchtest du, daß dich kein anderer mehr haben möchte. Das tut mir sehr leid; aber ich wüßte nicht, wie ich diesen Schaden wiedergut...«

»Du könntest mich heiraten.«

Davis setzte sich abrupt auf und verschluckte sich. Pedro und Clyde drehten sich neugierig zu ihnen um. Das Animiermädchen im roten Seidenkleid schaute ebenfalls zum Tisch herüber.

Davis wurde rot, dann blau im Gesicht, während er nach Luft rang. Auch Rachel war feuerrot geworden. Sie beugte sich vor und sagte ein wenig schmollend: »Ich hätte nicht geglaubt, daß dir der Gedanke, mich zu heiraten, so widerwärtig ist, Davis.«

Er warf ihr einen amüsierten Blick zu und hustete. »Lady«, sagte er kopfschüttelnd, »Sie sind verrückt.«

Das tat weh. Sie senkte die Lider und zupfte an ihrer Haut, die sich von ihrem Handrücken schälte.

»Zudem«, fuhr er nach einer Weile mit unsicherer Stimme fort, »wärst du vermutlich schon eine Witwe, bevor die Tinte auf deiner Heiratsurkunde trocken ist. Ach, ist das die Absicht, die dahintersteckt? Als Witwe wäre dein Ruf gerettet. Ist es das, Süße?« Er beugte sich über den Tisch und hob ihr Kinn mit dem Daumen an, so daß sie ihm ins Gesicht sehen mußte.

»Nein«, erwiderte sie leise.

Stirnrunzelnd sank er zurück, nahm die Flasche und schüttete den Rest Whisky in sein Glas. »Schau mich nicht so an«, sagte er nach einer Weile und drehte das Glas zwischen den Fingern. »Wenn du meinst, ich würde auch nur eine Sekunde lang glauben, daß du mich aus einem anderen Grund heiraten möchtest, dann . . .«

»Wovor hast du Angst?« unterbrach sie ihn kühn.

»Angst?« Er stützte sich mit beiden Ellenbogen auf den Tisch und fuhr sich mit den Fingern durchs Haar. »Teufel, ich habe vor nichts Angst.«

»O doch. Du hast Angst vor mir, obwohl ich mir nicht vorstellen kann, weshalb.«

»Einen Teufel habe ich ...« Er grinste ein bißchen reumütig und sagte mit leicht verschwommener Stimme: »Wenn ich heirate, dann nur eine Frau, die mich liebt. Und du liebst mich nicht. Du bemitleidest mich.«

»Das stimmt nicht, Davis. Das tust du schon reichlich genug für uns beide.«

Er schlug mit der Faust auf den Tisch.

Rachel zuckte erschrocken zusammen.

Er stand auf, beugte sich über den Tisch und lallte: »Sie bluffen, Miss Gregory. Ich glaube nicht eine Sekunde, daß Sie mich heiraten würden!«

»Fragen Sie mich doch, Mr. Davis. Dann wissen Sie es.«

»Also gut ... also gut ... also dann ...«

Rachel zog eine blonde Braue in die Höhe, als ihr sein heißer Whiskyatem ins Gesicht schlug. Sie feuchtete sich die Lippen an. Die Nervosität machte ihre Stimme ein wenig schrill, als sie sagte: »Nun?« Sie wartete mit angespannter Geduld.

Er zog die Augen zusammen und sagte: »Nun denn, Miss Gregory. Nun denn, verdammt noch mal ... heiraten Sie mich!« Da. Er hatte es gesagt.

»*Wollen* Sie mich heiraten?«

Die Kiefer zusammenpressend, wiederholte er: »*Wollen* Sie mich heiraten?«

»Sehen Sie? Das war doch gar nicht so schlecht.«

Sein Gesicht wurde noch dunkler, und Panik stieg in ihr auf.

»Ein Gentlemen würde jetzt vor mir auf die Knie sinken«, sagte sie atemlos.

»Ich bin kein Gentlemen.«

»Nun ...« Sie zupfte ein Stäubchen von ihrem Rock. »Ich denke, diese Prozedur wäre sicherlich nicht so nervenaufreibend, wenn wir sie in der ihr angemessenen Form erledigten. Eine Frau bekommt ja so selten in ihrem

Leben einen Heiratsantrag. Wenn Sie sich vielleicht vorher rasieren würden . . .«

Seine Brauen gingen in die Höhe.

»Und baden . . .« Ihr Gesicht leuchtete, als sie ausrief: »Vielleicht könnte ich mich vorher auch ein wenig frisch machen. O, Mr. Davis, das wäre doch wunderbar romantisch, finden Sie nicht auch?«

Er sah sie sprachlos vor Entgeisterung an.

»Wir können uns hier in einer Stunde wieder treffen. Vielleicht ist es möglich, vorher einen Happen in der Küche zu bestellen, und Sie könnten mir dann beim Essen einen Antrag machen.« Sie sprang auf und küßte ihn auf den Mund.

Das brachte ihn nun vollends aus der Fassung. Sie hatte das geahnt. Der Kuß, kombiniert mit der Wirkung des Whiskys und ihrer Politik hatte nun zur Folge, daß Davis einen Dollar auf den Tisch legte für ein Zimmer im Oberstock. Zugleich gab er Anweisung, ein Bad vorzubereiten und in einer Stunde ein Essen auf den Tisch zu bringen. Dies alles wurde aus Martin Stillwells Schatulle bezahlt. Dann begleitete er sie zu ihrem Quartier — Zimmer 13.

Er hielt sich mit beiden Händen am Türpfosten fest und befahl: »Du schließt die Tür und riegelst sie ab, verstanden?«

»Jawohl«, sagte sie. Wieder schienen Legionen von Schmetterlingen in ihrem Magen die Flügel zu bewegen. Sie stand knapp hinter der Türschwelle und fühlte sich so klein und zerbrechlich wie Glas. Er stand im Flur wie ein sich zusammenbrauendes Sommergewitter — dunkel, brodelnd und mächtig. Und unentschlossen.

Davis blickte sie eine Weile stumm an, ehe er mit einem Finger ihre Wange berührte. »Sie sind verdammt hübsch, Miss Gregory.« Und dann setzte er leise hinzu: »Ich mag dein Haar.«

»Obwohl ich nicht brünett bin?« Sie schaute ihm forschend in die Augen. »Du hast doch zu Audra gesagt, daß du eine Vorliebe für brünette Frauen hättest!«

Seine Lippen zogen sich langsam auseinander. Es war ein trunkenes, sarkastisches Lächeln, und Rachel sehnte sich danach, ihm wieder einen Kuß auf den Mund zu geben. Aber sie tat es nicht. Sie stand nur da und beobachtete, wie das Licht, das durch das Fenster kam, ein Feuer in seinen Augen entzündete, während er sie abschätzend betrachtete.

»Ich wußte, daß du uns belauschen würdest«, sagte er. »So neugierig, wie du von Natur aus bist.«

Das Blut schoß ihr in die Wangen. »Du hast ja auch unverschämt mit Audra geflirtet. Du hast zu ihr gesagt, sie hätte wunderschöne Hände.«

Er berührte abermals ihr Gesicht. Seine Finger glitten an ihrer Wange zum Hals hinunter und verweilten dort einen Moment. »Sie sind nicht annähernd so schön wie deine, mein Herz.«

Rachel schloß die Augen und gab sich der Liebkosung seiner Hand hin, die so kräftig war, so gebräunt von der Sonne und so perfekt geformt. Er wußte doch immer das Richtige zu sagen, überlegte sie. »Deine Hände sind auch nicht übel, Davis.«

»Wir sind schon ein komisches Paar, wie?« Ein Grinsen breitete sich in seinem Mundwinkel aus. »Die Lady und der Verbrecher . . .«

Sie standen sich einen Moment in einträchtigem Schweigen gegenüber.

Er spielte wieder mit dem Gedanken, ihr seine Liebe zu gestehen, und sie dachte darüber nach, ob sie ihn mit einer Liebeserklärung überraschen sollte.

Sie sahen sich in die Augen und dachten: *Ich liebe dich*, aber beide brachten nicht den Mut auf, es zu sagen.

Rachel, die sich plötzlich ein wenig schämte, war froh, als ein Junge den Flur herunterkam, der einen Zuber auf Rädern hinter sich herzog. Wasser schwappte über den Rand der Zinnwanne, als er sie durch die Tür ins Zimmer schob. Dann sagte er: »Ihr Bad, *Señor.*«

Davis kramte in seiner Tasche, und der Junge streckte ihm die Hand für seine Belohnung hin. Dann schloß er die Finger über die Münze, die Davis ihm gegeben hatte, sah lächelnd zu Rachel empor und verkündete: »Concepción wird Ihnen frische Laken bringen.« Er drehte sich auf seinen nackten Fersen um und huschte über den Korridor davon.

Sie standen sich wieder schweigend gegenüber, während der Dampf aus der Wanne sich wie Nebel zwischen sie schob.

Mit einem nur angedeuteten Lächeln fragte Davis: »Brauchst du Hilfe bei diesen Knöpfen?«

Sie schüttelte den Kopf.

»Dann werde ich wohl wieder gehen, schätze ich.« Er schwankte ein wenig. »Ich habe am Ende der Straße eine Kirche gesehen. Vielleicht gibt es dort einen Priester, der weiß, wie man Leute traut.«

Ihr Herz schlug einen Purzelbaum. Sie versteckte ihr Lächeln hinter ihren Fingerspitzen und sagte: »Vermutlich.«

Er zog die Tür hinter sich zu. Rachel blieb wie angewurzelt im Zimmer stehen und starrte auf den Türknauf.

Dann setzte sie sich schließlich auf den Bettrand, streifte die Schuhe von den Füßen und gab sich ihren Tagträumen von der Heirat mit Davis — Tomas — hin.

Sie mußte ihn dazu bringen, daß er auf die Rancho de Bejar zurückkehrte. Und sie versuchte sich die Gesichter von Angélique und Alejandro vorzustellen, wenn sie ihren Sohn nach Hause brachte. Nach so vielen Jahren — das muß ein grandioses Ereignis werden! Alle würden sich weinend und lachend in die Arme fallen, und dann würde Sam auftauchen, sein Abzeichen in der einen Hand und einen Revolver in der anderen, und verkünden, daß er gekommen sei, um Davis nach El Paso zu bringen, wo er an den Galgen kommen soll.

Rachel sprang auf, rannte zum Fenster und versuchte es zu öffnen. Vergeblich. Sie sah Davis auf der anderen Straßenseite ein Haus betreten, und sie erstickte fast an dem Drang, ihm etwas zuzurufen. Sobald er wieder in ihr Zimmer kam, mußte sie ihn dazu überreden, seine Pläne mit Clyde — was auch immer er mit diesem Halunken unternehmen wollte — aufzugeben und mit ihr die Stadt zu verlassen, bevor Sam ihn hier aufstöbern und töten konnte.

Davis hatte keine große Mühe, einen Barbier zu finden. Er ließ sich in den Frieseurstuhl fallen und forderte: »Rasieren.«

»Si, Señor.« Der Barbier zog sein Rasiermesser über den Lederriemen und verteilte Seifenschaum über Davis' Wangen und Kinn. Davis grinste und verkündete: »Ich heirate heute.«

Der Barbier lächelte, und sein Kopf hüpfte auf und nieder.

Die Worte hallten in Davis' Kopf wieder: *Ich heirate heute. Himmel*, dachte er, *ich bin betrunken.*

Er schloß die Augen, und in diesem Moment begann sich alles in seinem Kopf zu drehen. Er versuchte, klar zu denken. Wie konnte er so etwas geschehen lassen? *Wann* hatte er sich ergeben? Er war schon beim Aufstehen sehr unruhig gewesen. Als er neben Rachel erwacht war, die ihre Arme um ihn geschlungen hatte, war er fast entschlossen gewesen, sein Vorhaben aufzugeben. Aber er hatte sich schon zu weit mit Clyde eingelassen. Und er durfte sein wichtigstes Ziel nicht aus dem Auge verlieren. Alles hing davon ab, daß er an diesen A. J. Duncan herankam.

Das Rasiermesser schabte geräuschvoll übe seine Wange.

»*Por favor, Señor.*« Der Barbier lächelte abermals und zuckte entschuldigend mit den Achseln, als Davis sich unruhig im Sessel bewegte.

Das ernüchternde Bild von Rachel trat ihm vor Augen, als sie ihm mit diesen großen violetten Augen angesehen und gesagt hatte: »Du könntest mich doch heiraten.«

Wie, zum Teufel, hatte sie das nur geschafft? Es war ihr irgendwie gelungen, *ihre* Anregung, daß er sie heiraten könne, ins Gegenteil zu verkehren. Nun sah es so aus, als wäre *er* es gewesen, der den Wunsch geäußert hatte. Einen Moment lang hatte er sogar geglaubt, sie würde ... Würde sie nun einwilligen, seine Frau zu werden oder nicht?

Was, zum Teufel, konnte ihn das scheren?

Gütiger Himmel, er *könnte* jetzt ja gar nicht heiraten!

Der Barbier schabte noch einmal über sein Kinn. Davis sah in den Spiegel und fand, daß der Mann eine passable Arbeit geleistet hatte. Er warf dem Barbier eine Münze zu und verließ den Laden.

Die heiße Sonne verursachte ihm Übelkeit. Davis ergriff mit beiden Händen die Zügelstange vor der Tür des Barbierladens und wartete darauf, daß sich dieses Gefühl wieder legte. Er schloß die Augen.

Was, zum Teufel, war nur mit ihm los? Er hatte sich zum erstenmal seit Jahren mit Whisky betrunken und sich zum erstenmal einer Frau ergeben. Er hatte dieses eine Mal sein Herz sprechen lassen, und *das* war nun das Ergebnis!

Er hätte doch wissen müssen, daß es dazu kommen würde, verdammt noch mal. Aber er hatte mit dem Vorsatz zu trinken begonnen, sie hier zurückzulassen und sie vermutlich nie mehr wiederzusehen ... Himmel, wie oft hatte er Männer ausgelacht, die sich von ihren Gefühlen für eine Frau das Geschäft verderben ließen? Er verfluchte sich und schlug mit dem Handballen gegen die Zügelstange.

Er warf noch einen Blick in die Richtung, wo die kleine weißgekalkte Kirche mit dem Glockenturm am Ende der Straße stand, zögerte einen Moment und machte sich dann auf den Weg zurück ins Hotel.

Das Halbdunkel, das in der Cantina herrschte, besserte ein wenig seinen Zustand. Er lehnte sich an den Türrahmen und sog die kühlere Luft in sich hinein, bis der Raum aufhörte, sich um ihn zu drehen. Dann betrachtete er den Tisch — seinen und Rachels Tisch —, die leere Whiskyflasche und die beiden Gläser; ihres war noch halb voll. Sein Hut lag auf dem Nachbartisch, wo er ihn hingeworfen hatte, und er ging unsicheren Schrittes darauf zu.

Was wäre so verkehrt, wenn er Rachel heiratete? Das könnte ihre Probleme lösen und ihr die Rückkehr zu ihrer Familie und ihren Freunden leichter machen. Und wenn er getötet wurde, war ja noch das Geld da, das er während der Jahre gespart hatte. Und da bestand ja auch noch die Möglichkeit, daß sie schwanger von ihm war. Um so mehr ein Grund, daß er sie heiraten sollte. Keiner seiner Söhne oder Töchter sollte jemals als Bastard auf die Welt kommen. Und wenn er mit dem Leben davonkam ...

Wie schlimm konnte es werden?

Er würde mit der Frau verheiratet sein, die er liebte. Er konnte ein neues Leben mit ihr beginnen, und sie konnte lernen, ihn zu lieben. Sie mochte ihn ja bereits. Das war immerhin ein Anfang ...

»Señor?«

Davis blickte geistesabwesend in das Gesicht einer jungen Frau. Wie lange hatte sie schon neben ihm gestanden und ihn am Ärmel gezupft?

Sie deutete zur Theke.

Sekunden verstrichen, als er den Raum mit den Augen absuchte. Außer dem Barmann, der gerade Gläser polierte, war niemand im Schankraum. Und da ergriff ihn die Panik. Es war dieselbe blendende Angst, die ihn damals gelähmt hatte, als er entdeckt hatte, daß Pete sich Rachels Gunst mit Gewalt holen wollte. Er schob die Frau beiseite und stürmte die Treppe hinauf.

Das Treppenhaus war leer und roch muffig; Schmutz bedeckte die ausgetretenen, rissigen Dielen. Er hatte den Schmutz übersehen, als er Rachel zu ihrem Zimmer begleitet hatte. Das war kein Ort für eine Lady wie Rachel. Sie war bestimmt etwas anderes als diese säuerlich riechende Absteige gewohnt. Er würde sie von hier wegbringen. Weit weg. Er würde ihr die Wahrheit beichten und seine Verpflichtungen vergessen. Er hatte die Nase voll, und falls es seinen mächtigen Auftraggebern nicht paßte, konnten sie ihn ...

Um Gottes willen — welches Zimmer hatte sie eigentlich? Denk nach, verdammt noch mal, denk nach!

Die mit Grünspanflecken überzogene, aus Kupfer gestanzte Zahl 13 schimmerte trübe in dem dünnen Sonnenstrahl, der durch das offene Fenster am anderen Ende des Korridors drang — die einzige Lichtquelle in diesem erstickend heißen Tunnel. Er ging rasch den Korridor hinunter, den Blick auf die Türen gerichtet und angespannt horchend, ob es dahinter alarmierende Geräusche gab. Dann sah er es — das Wasser, das unter einer Tür hervorsprudelte und sich über den Flur ergoß. Was zum Teufel ...

»Rasch, *amigo*, bevor Davis zurückkommt.«

Pedro?

Davis' Herz hämmerte in der Brust.

»Ha — die ist ja schlüpfriger als ein Fisch!«

Clyde!

Rachel schrie: »Du schmutziges, gemeines Tier — Davis wird dich dafür töten!«

»Zapple nicht so, Süße! Bei ihm hast du doch auch stillgehalten.«

Davis warf sich mit der Schulter gegen die Tür. Sie war verschlossen! Er zog den Revolver, zielte auf das Schloß und drückte ab. Die Explosion erschütterte die Wände im Flur. Davis wich einen Schritt zurück, rammte die Tür und stürzte ins Zimmer.

Seit er sich mit der Schulter gegen die Tür geworfen hatte, waren höchstens zwei Sekunden vergangen. Aber die Welt wurde plötzlich langsamer, Sekundenbruchteile dehnten sich zu einer Ewigkeit, als er die notwendigen Bewegungen vollführte. Vielleicht war das blonde Haar daran schuld, das über dem Bett ausgebreitet war, diese schattenhaften Konturen von Clyde, der mit heruntergelassener Hose über Rachel kniete, daß seine Instinkte so kläglich versagten.

Pedro wirbelte herum — er hielt einen Revolver in der Hand.

Davis fiel auf die Knie, fluchte leise und bemühte sich nach Kräften, sich seitlich gegen das Bett zu zwängen, während er zusah, wie Pedros Revolver in seine Richtung schwenkte. Irgendwie gelang es ihm, seine eigene Waffe zu heben und den Abzug zu bedienen. Eine Explosion erschütterte den Raum, dann eine zweite. Glas zerbarst in tausend Scherben. Rachel schrie ununterbrochen. Gestalten bewegten sich schattenhaft am Rande seines Gesichtsfeldes entlang.

Clyde. Clyde. Du dreckiger Hundesohn . . .

Er versuchte, seinen Fall aufzuhalten. Sein Knie berührte die Dielen. Tausend Gedanken stürmten auf einmal auf ihn ein. Wann hatte er zuletzt seine Waffe nachgeladen? Keine Zeit mehr dafür. Keine Zeit. Seine Schulter prallte auf die Dielen, er rollte sich ab und versuchte wieder auf die Knie zu kommen, während er seine Waffe auf eine Gestalt richtete, die vom Bett herunterglitt. *Die Kanone, die Kanone!* schrie es in seinem Kopf. Wie war er nur so rasch an seinen Revolver gekommen ...

»Du Bastard!« brüllte er.

Ein Knall wie ein Donner zerriß die Luft.

Er bediente den Abzug. Zu spät. Zu spät, dachte er, als die Kugel in seinen Körper einschlug, ihn vom Boden hob und gegen die Wand warf. Er bediente noch einmal den Abzug oder glaubte es zu tun und hörte dann den Knall immer wieder, während dieser lange, spiralförmige freie Fall zum Boden begann. Er kam diesmal hart auf. So hart, schien es ihm, daß sein Körper sich in seine Einzelteile auflöste. Sein Blut floß in das warme Seifenwasser der umgekippten Badewanne. Er versuchte, sein Gesicht aus dem Wasser — aus seinem Blut zu heben. Aber die Dunkelheit zog ihn nach unten ... und diese Taubheit in seinen Gliedern. Sein noch wacher Verstand sagte ihm, daß er nun starb. »Himmel«, rief er laut, ehe ihn die Dunkelheit einhüllte, »sie haben mich umgebracht.«

16

»Hilfe! Hilft mir denn niemand!«

Rachel stolperte aus ihrer Zimmertür und fiel auf die Knie. Der Mann und die Frau, die sie vorhin hinter der Theke hatte hantieren sehen, erschienen am Ende des Korridors. »Er stirbt!« Sie streckte ihnen weinend ihre blutigen Hände entgegen. »O Gott, er stirbt! Helfen Sie ihm!«

Der Mann rannte zur Tür.

Die Frau beugte sich über Rachel, legte die Arme um ihre zuckenden Schultern und versuchte, ihr auf die Beine zu helfen. Doch Rachel schob sie zur Seite und kroch auf Händen und Knien ins Zimmer zurück.

»Bitte, helfen Sie ihm! Er verblutet! Tun Sie etwas! Um Gottes willen — tun Sie doch etwas!«

Rachel hob Davis Kopf und Schultern auf ihren Schoß und sah dann auf das Paar zurück, das mit offenem Mund das Zimmer betrachtete, in dem Möbel, Wände und Boden in Blut zu schwimmen schienen.

»Holen Sie einen Arzt!« schrie Rachel. »Verdammt — können Sie nicht hören? Einen Arzt!«

Die Frau schlug ein Kreuz, bevor sie antwortete: »*Señorita*, in San Carlos gibt es keinen Arzt.«

Die Panik drohte Rachel vollends zu übermannen. Sie preßte die Finger auf die Wunde in Davis' Oberkörper, drückte dann sein Gesicht gegen ihre Brust, sah auf die Frau zurück und klagte: »Sie können doch nicht dort stehenbleiben und ihn sterben lassen. Es muß jemand geben, der ihm helfen kann!«

Ohne sich der Frau an seiner Seite zuzudrehen, sagte der Mann: »Javier, Concepción, *pronto!*«

Concepción drehte sich um und lief den Korridor hinunter.

Dann kam der Mann mit einem freundlichen Lächeln und ausgestreckten Händen auf Rachel zu. »*Venga, Señorita! Venga de aqui! Venga usted de sa esa lugar tan terrible!*«

Rachel schüttelte den Kopf. Sie verstand nicht, was er meinte. Aber als sich seine Hände über ihren Schultern schlossen und versuchten, sie behutsam von diesem gräßlichen Schauplatz zu entfernen, schob sie ihn von sich.

»Nein! Wie können Sie nur glauben, daß ich ihn allein lasse?«

Er schüttelte betrübt den Kopf und zog an ihrem Arm.

»Er ist nicht tot! Lassen Sie mich in Ruhe!« Sie wiegte den bewußtlosen Davis wie ein Kind in ihren Armen.

Dann setzte die Betäubung ein, der Schock. Er stumpfte ihre Sinne gegen das blutige Schlachtfeld ab, das sie umgab. Sie sah nicht mehr Clydes gekrümmte Gestalt, die mit dem Gesicht nach oben quer auf ihrem Bett lag. Sie nahm nicht mehr von Pedro Notiz, der halb im Zimmer, halb aus dem zerborstenen Fenster hing. Da war nur noch Davis, sein lebloser Körper auf ihrem Schoß und sein blutleeres und kaltes Gesicht. Ach, wie kalt es doch war!

Er sah aus wie ein Kind, das in einem tiefen, friedlichen Schlummer lag. Sein dunkles Haar hing ihm in die Stirn. Sie schob es mit den Fingerspitzen beiseite.

Sie berührte sein Gesicht, und ein schwaches Lächeln trat auf ihren Mund. »O«, flüsterte sie. »Du hast dich ja rasiert.« Sie legte ihm sacht die Hand auf die glatte Wange. »Habe keine Angst«, sagte sie. »Du brauchst keine Angst zu haben.«

»Señorita? Señorita!«

Rachel blickte auf. Die Frau war zurückgekommen. Hinter ihr trat ein kleiner Mann mit Schnurrbart über die Schwelle.

Concepción stieg vorsichtig über Davis' Beine hinweg, nahm Rachels Hand und lächelte ermunternd. »Javier wird Ihnen helfen«, sagte sie. »Kommen Sie, *Señorita*, lassen Sie uns Ihren Mann in ein anderes Zimmer bringen.«

Rachel schüttelte den Kopf. »Nein. Nein, wir können ihn nicht von der Stelle bewegen, sonst würde er sterben. Gehen Sie weg. Lassen Sie ihn in Ruhe. Er hat lange genug leiden müssen ...«

»Javier wird Ihnen helfen.«

»Nein!« Rachel drückte Davis' Kopf an ihre Brust.

Concepción packte Rachel energisch bei den Schultern. »*Señorita,* bitte! Wenn Sie Javier jetzt nicht erlauben, Ihren Mann von der Stelle zu bewegen, wird er sterben! Er wird sterben!«

Die Männer traten in Aktion, als es Concepción gelang, Rachel von Davis wegzuziehen. Vorsichtig faßte der Barmann Davis unter den Achseln, während Javier seine Beine nahm. Sie trugen ihn rasch in den Flur und ins Nebenzimmer, wo sie ihn behutsam aufs Bett legten. Die Bewegung holte Davis aus seiner Bewußtlosigkeit heraus. Er begann zu stöhnen.

Hoffnung regte sich in Rachels Brust, als sie das Stöhnen vernahm. »Kannst du mich hören?« fragte sie. »Javier wird dir helfen, Liebling. Und ich bin auch bei dir. Ich werde dich nicht verlassen ... *niemals!* Du mußt nur kämpfen. Du hast noch genug Kampfgeist in dir, um die Verwundung zu überstehen. Ich weiß es!«

Seine Lider flatterten. Seine Brust hob und senkte sich unter kurzen, rasselnden Atemzügen.

Javier schob sie zur Seite. Mit einem Rasiermesser begann er das Hemd von Davis' Brust zu zerschneiden. Als die Wunde bloßgelegt war, schloß Rachel die Augen. Angst und Übelkeit prallten in ihrem Magen so heftig aufeinander, daß sie sich an einem Stuhl festhalten mußte. *Gütiger Gott, gütiger Gott!*

Concepción berührte sie an der Schulter, und Rachel öffnete die Augen. Davis beobachtete sie. Oder so kam es ihr jedenfalls vor. Wie trüb seine Augen waren! Wenn nicht dieser hechelnde Atem gewesen wäre, hätte man ihn für tot halten können.

Concepción trat neben sie und flüsterte: »Javier wird Hilfe brauchen. Es wäre besser gewesen, wenn Ihr Mann ohnmächtig geblieben wäre. Aber da er nun bei Bewußtsein ist, werden wir ihn auf dem Bett festhalten müssen, während Javier die Kugel entfernt. Können Sie dabei helfen?«

Rachel nickte, unfähig, zu sprechen — unfähig, auch nur einen Moment den Blick von Davis' Gesicht zu wenden. Er war noch blasser geworden, wenn das überhaupt möglich war. Seine Lippen waren blau und er schwitzte.

»Sie müssen seinen linken Arm festhalten, *Señorita*. Miguel wird seine Beine niederdrücken.« Concepción sprach mit ruhiger Stimme, während sie Davis' rechtes Handgelenk mit Stoffstreifen umwickelte und dann seinen Arm seitlich am Bettgestell festband. »Sie müssen darauf gefaßt sein, *Señorita*, daß er große Schmerzen hat.« Sie drehte sich zum Tisch um, auf dem etliche Tücher bereitlagen, und gab eines davon Javier. Der kleine Mann, dem Schweißperlen auf der Stirn standen, bedankte sich mit einem Kopfnicken.

Rachel lehnte sich über Davis' linke Schulter. »Vergib uns«, flüsterte sie ihm ins Ohr.

Javier berührte vorsichtig die Schußwunde mit einem nassen Handtuch, um so viel Blut wie möglich zu entfernen. Davis' Körper zuckte bei dieser Berührung in die Höhe. Er warf den Kopf hin und her und verdrehte die Augen.

»Gibt es denn nichts, was wir ihm gegen die Schmerzen geben könnten?« fragte Rachel die junge Frau.

»Nein. Wenn Gott gnädig ist, verliert er wieder das Bewußtsein. Vielleicht wollen Sie lieber unten im Erdgeschoß warten?«

»Nein! Ich werde ihn nicht verlassen!« Sie betrachtete wieder sein Gesicht und sagte: »Er weiß, daß ich hier bin. Ich werde ihn nicht verlassen, egal was kommt.«

Sein Körper zuckte erneut in die Höhe, als Javier die Wunde reinigte, und zum erstenmal sprach er wieder: »O Gott! Rachel!«

»Ich bin hier.«

Ihre Worte schienen ihn zu beruhigen, und sein Körper entspannte sich. Er suchte mit den Augen ihr Gesicht oder bemühte sich jedenfalls, den Blick in ihre Richtung zu lenken, während er den Mundwinkel leicht in die Höhe zog.

Ihr Herz krampfte sich zusammen. »Hallo«, sagte sie, »ich dachte ...« Er wurde ohnmächtig, und Rachel nahm seine großen braunen Hände in ihre und drückte seine Knöchel an die Lippen. »Bitte stirb nicht«, flehte sie. »Bitte stirb nicht.«

Sie riskierte einen schnellen Blick auf seine Brust und bemerkte, daß die nun gesäuberte Wunde nicht so schlimm aussah, wie sie zunächst geglaubt hatte. Knapp unterhalb und rechts vom Schlüsselbein blutete die Wunde zwar noch; aber nicht so heftig wie anfangs.

Javier hatte ein Messer in der Hand. Er deutete auf Davis und sagte zu Rachel: *»Señorita, por favor.«*

Rachel wandte das Gesicht ab und preßte ihren Körper gegen seinen. Davis zuckte wieder, als der Mann mit dem Messer in der Wunde nach der Kugel zu suchen begann. Dann wölbte sich sein Körper in die Höhe, sein Kopf bog sich nach hinten und sein Gesicht verzerrte sich vor Schmerz. Er schrie immer wieder ihren Namen, bis seine Stimme heiser wurde. Er kämpfte mit fast übermenschlicher Stärke gegen ihre Hände an, die ihn festhielten, und in der nächsten Sekunde wurde sein Körper plötzlich schlaff, Rachel setzte sich auf und sah ihm ins Gesicht. Sie war erschrocken über die tödliche Blässe. Javier ließ die blutige Kugel auf den Boden fallen.

»Wird er am Leben bleiben?« fragte Rachel bang.

Der Mexikaner warf Concepción einen Blick zu. Das Mädchen übersetzte. Javier zuckte mit den Achseln, säuberte die Wunde und nähte sie. Concepción sagte: »Er ist kein Arzt ... nur ein Barbier; und daher kann er Ihre Frage nicht beantworten. Javier hat getan, was er kann. Nur Gott kann Ihrem Mann jetzt helfen.« Und etwas leiser fuhr Concepción fort: »Es gibt einen Priester in San Carlos. Sollten Sie ihn benötigen ...«

»Er wird nicht sterben, das werde ich nicht zulassen.«

Er wird nicht sterben, sagte sie sich immer wieder. Doch am späten Abend begann ihre Hoffnung zu sinken. Zum erstenmal seit sie am Nachmittag den Platz an seinem Bett eingenommen hatte, verließ sie den Stuhl, ging zum Waschständer an der gegenüberliegenden Wand und betrachtete ungläubig ihr Spiegelbild. Das Haar hing ihr in feuchten Strähnen ums Gesicht, das mit Schmutz und geronnenem Blut bedeckt war. Blutflecken waren überall — an ihren Armen, ihrer Bluse, ihrem Rock.

Sie berührte vorsichtig die Stelle an ihrem Mund, wo Clyde sie geschlagen hatte. Zum Glück war ihm nicht mehr gelungen, bevor Davis ins Zimmer kam. Als sie den Bluterguß am Kinn betrachtete, wurde ihr bewußt, daß das alles allein ihre Schuld war. Von Anfang an hatte es ihretwegen Ärger zwischen den Männern gegeben. Davis hatte sein möglichstes getan, um sie vor Pedro, Clyde und Pete zu beschützen. Er hatte ihr befohlen, die Zimmertür abzuriegeln, und sie hatte versäumt zu fragen, wer draußen war, als jemand an ihre Zimmertür geklopft hatte. Sie hatte geglaubt, Concepción käme mit der frischen Bettwäsche, und hatte Clyde die Tür geöffnet.

Concepción oder Miguel, der Barmann, kamen in regelmäßigen Abständen ins Zimmer, um nach Davis zu se hen. Zweimal wechselten sie den Verband, während Rachel Davis' Gesicht, Schultern und Brust mit einem feuchten Tuch abtupfte. Er kam nicht einmal zu sich. Kurz vor Anbruch der Morgendämmerung legte Rachel ihren Kopf neben seinen auf das Kissen und döste ein.

Concepción weckte sie: »*Señorita* Rachel! Rachel!«

Rachel öffnete erschrocken die Augen und blinzelte in das helle Licht, das durch das Fenster flutete. Wie lange hatte sie geschlafen? fragte sie sich bestürzt. Und in ihrer momentanen Orientierungslosigkeit griff sie nach Davis' Arm. Seine Haut brannte wie Feuer.

Das nasse Haar klebte ihm auf der Stirn. Gesicht und Brust waren blutrot und ebenfalls mit Schweiß bedeckt.

Rachel warf die Decke zurück, die sie in der Nacht über Davis' Beine gebreitet hatte, und begann ihm die Hose auszuziehen. »Er hat hohes Fieber. Besorgen Sie mir kaltes Wasser, Concepción. Schnell!«

Als die junge Frau mit dem Wasser zurückgekommen war, begannen die beiden, Davis' Körper mit kalten Tüchern und einem Schwamm abzureiben. Doch es gelang ihnen nicht, das Fieber herunterzudrücken, und Rachels Panik nahm zu. Sie hatte das alles schon einmal erlebt, als sie als freiwillige Helferin im Holy Mary Hospital während der Belagerung von New Orleans gearbeitet hatte. Sie hatte Dutzende von Männern gesehen, die, manche von Kugeln durchlöchert, ins Krankenhaus gebracht wurden. Und die meisten waren nicht an ihren Schußverletzungen gestorben, sondern am Wundfieber oder an Infektionen.

Mit dem Fieber nahm Davis' Delirium zu. Er schlug, wenn er aus seiner Bewußtlosigkeit erwachte, um sich, so daß Rachel gezwungen war, seine Arme und Beine am Bett festzubinden. Dann versuchte er, sich gegen seine Fesseln aufzubäumen, und schrie: »Geh weg! Faß mich nicht an! Ich will zu meiner Mutter! Du hast meine Mutter getötet, du Bastard! Ich werde dich umbringen! Nein, nein, tu mir nicht schon wieder weh. Ich habe Hunger. So großen Hunger. Ich werde brav sein, wenn du mir nichts mehr tust.« Sein Gesicht verzerrte sich. »Ich bin nicht einer von denen. Schau mich doch an. Ich bin keiner von ihnen. Ich bin kein Tier.«

Rachel hielt ein nasses Tuch an seinen Mund und ließ Wasser auf seine Lippen tropfen. Er öffnete die Augen und starrte sie an. Dann versuchte er wieder seine Fesseln zu sprengen und brüllte: »Gütiger Gott, er hat ein Messer! Haltet ihn auf!«

Rachel bemühte sich nach Kräften, ihn zu beruhigen. »Sei still, Liebling. Hier hat niemand ein Messer. Ich bin es nur, mein Herz. Ich werde dir bestimmt nichts tun.«

Da keimte so etwas wie Erinnerung in seinen Augen auf. »Rachel.« Sein Kopf fiel auf das Kissen zurück, und er fluchte mit schwacher Stimme: »Dieser Bastard Clyde.«

»Clyde ist tot. Erinnerst du dich? Du hast ihn erschossen.«

»Sie haben mich erschossen.«

»Nein!« Rachel tupfte ihm wieder den Schweiß vom Gesicht und bemühte sich, ihm Mut zumachen. »Du wirst wieder gesund.«

»Einen Priester. Ich — ich will einen Priester.«

»Warum?«

»Besorgt mir einen Priester, verdammt noch mal! Ich muß beichten. Ich will nicht in die Hölle kommen . . .«

»Du wirst nicht sterben!« Ihre Stimme schwoll hysterisch an, als sie sein brennendes Gesicht zwischen ihre Hände nahm. »Du darfst nicht aufgeben! Du kannst jetzt nicht aufgeben! Kämpfe, verdammt noch mal! Ich flehe dich an — gib nicht auf!«

Er verdrehte die Augen und schloß sie dann wieder. Sein Atem kam jetzt noch rascher und flacher. »Rachel«, hörte sie ihn flüstern. »Rachel, würdest du mich lieben, wenn ich ein Bastitas wäre?«

Rachel begrub ihr Gesicht an seinem Nacken und verlor zum erstenmal, seit diese schreckliche Heimsuchung begonnen hatte, die Nerven. »Ich würde dich auch dann lieben, wenn du es nicht wärest.« Sie begann zu weinen.

Sein Zustand wurde am Ende des zweiten Tages noch schlimmer. Rachel schickte nach dem Priester. Die schwarze Soutane streifte über den Boden, als sich der Priester über Davis beugte und leise sagte: »Ich bin hier, mein Sohn.«

Davis wurde ruhiger, und der Priester wiederholte: »Ich bin hier, mein Sohn.«

»Vater . . . hilf mir. Ich sterbe.«

Der Priester ließ sich auf dem Bett nieder, löste die Fessel von Davis' rechter Hand und nahm sie in seine Hände. »Wie kann ich dir helfen, mein Sohn?«

»Ich muß beichten.«

Rachel, die mit dem Rücken an der Wand stand, bedeckte den Mund mit beiden Händen, als der Priester sie ansah. »Ich muß mit ihm allein sein«, sagte er.

»Und ich werde das Zimmer nicht verlassen.«

Der Priester beugte sich zu Davis' Ohr und sagte: »Beginne, mein Sohn.«

Er beichtete mit schwacher, vor Schmerzen brüchiger Stimme, was nur für das Ohr des Priesters bestimmt war. Rachel verstand kaum etwas davon und hörte nur hin und wieder einen Wortfetzen, wenn Davis' Stimme ein wenig anschwoll. Sie beobachtete, wie der schmächtige dunkelhäutige Mann in der schwarzen Soutane sich im Verlauf dieser qualvollen Prozedur ein paarmal bekreuzigte und dann etwas in Davis' Ohr murmelte. Rachel bewegte sich an der Wand entlang und versuchte, Davis' Gesicht zu sehen; aber die Schulter des Priesters versperrte ihr die Sicht. Davis weinte leise in seinem fiebernden, halb bewußtlosen Zustand. Sie sah, wie er die Hand hob und damit die Augen bedeckte.

Viel zu rasch entfernte sich der Priester wieder. Rachel hielt den Atem an. Sie hatte Angst, zum Bett zu sehen — Angst, daß Davis bereits verschieden sein könnte.

»Im Namen des Vaters, des Sohnes und des Heiligen . . .«

Rachel schloß die Augen und sank zu Boden.

Sie kam langsam wieder zu sich, ein ihr unvertrautes Licht

in den Augen. Sie starrte auf die gelbe Kerzenflamme. Dann setzte dieser Schmerz tief in ihrer Brust ein und arbeitete sich langsam in ihrem Körper vor — in ihren Magen, in ihre Kehle.

Concepción betrat das Zimmer. Sie berührte Rachels tränenüberströmtes Gesicht und sagte: »*Señorita*, er hat nach ihnen verlangt.«

Verwirrt versuchte Rachel sich aufzusetzen.

»Ihr Mann.« Das Mädchen lächelte. »Er hat nach Ihnen gefragt. Kommen Sie rasch, solange er noch wach ist.«

Rachel ließ sich aus dem Zimmer führen und bewegte sich wie in Trance den Flur hinunter. Die Tür seines Zimmers stand offen. Sie blieb auf der Schwelle stehen und starrte auf Davis' regungslose Gestalt, Concepción beugte sich über ihn und sagte laut: »*Señor*, sie ist hier.« Dann drehte sie das Gesicht der Tür zu und gab Rachel mit der Hand ein Zeichen, näher zu treten.

Das mußte ein grausamer Traum sein. Sie würde jeden Moment aufwachen und erfahren, daß er tot war. Aber nein. Das Geräusch seines schweren Atems war zu deutlich, der bittere Geruch von Schweiß zu stechend, um nicht wahr zu sein. Sie trat rasch an sein Bett. Ihr Herz setzte einen Schlag aus, als er die Augen öffnete.

Sie berührte sein Gesicht.

»Kannst du mich hören?«

Er antwortete mit einem Flattern der Augenlider.

»Du hast eine schlimme Zeit durchgemacht. Möchtest du etwas trinken?«

Seine Lippen öffneten sich.

Sie träufelte ihm mit Hilfe eines Schwammes Wasser in den Mund. Dabei drehte sie sich zu Concepción um und sagte: »Ich wußte, daß er es schafft. Er wird nicht sterben, Concepción. Er ist zu sturköpfig, um zu sterben.«

Das Mädchen lachte als Antwort.

Rachel strich sich ein paar weißblonde Strähnen aus den Augen und fragte: »Haben Sie eine Bibel, Concepción?«

»Ich kann eine aus der Kirche besorgen.« Die junge Frau eilte aus dem Zimmer.

Binnen weniger Minuten kam sie mit dem Heiligen Buch zurück und reichte es Rachel. Rachel lächelte ihr dankbar zu, setzte sich auf den Stuhl neben dem Bett, öffnete die Bibel und begann zu lesen: »Kapitel eins. Genesis. Am Anfang schuf Gott Himmel und Erde . . .«

Er hörte ihre Worte, als sie in seinen Traum hineinfielen wie klirrende Tropfen: *Am Anfang . . . Am Anfang . . .*

Am Anfang!

Er sah wieder diese Frau, seine Großmutter Carlota, die lachend den Kopf zurückwarf, daß ihr die schimmernde schwarze Haarflut über die Schultern floß, und ihm die Arme entgegenstreckte. Sie sah so groß und so schön aus. »Komm zu mir!« rief sie.

Er versuchte, ihr entgegenzulaufen. Aber er konnte sich nicht bewegen. Warum nicht? Er blickte benommen um sich, als die Bilder vor seinen Augen verschwammen. Seine Mutter rannte durch einen langen grauen Tunnel auf ihn zu, ihr rotes Haar leuchtete wie eine Flamme. »Lauf!« schrie sie.

Gütiger Gott, warum konnte er sich denn nicht bewegen?

Er bemühte sich, die Augen zu öffnen. »Nein. Nein, nicht schon wieder«, wimmerte er.

Seine Mutter stolperte, fiel, lag mit dem Rücken auf der Erde. Ihr Gesicht, ihr wunderschönes Gesicht . . . voller Blut. So viel Blut. »Pa! Pa, hilf mir!«

»Still«, kam die Stimme. »Es ist ja gut. Alles ist gut, du wirst wieder gesund. Sag mir deinen Namen.«

»Tomas. Mein Name ist Tomas de Bastitas. Kannst du mir helfen?«

»Ich werde dir helfen. Ich werde dich lieben. Tomas . . .«

Rachel lächelte, als sie ihren Patienten aufrichtete und die Kissen hinter ihm aufklopfte. Zwölf Tage waren seit diesem schrecklichen Vorfall vergangen, und er kam langsam wieder zu Kräften. Seine Gesichtsfarbe war zurückgekehrt, und obwohl er noch furchtbar schwach war und Schmerzen hatte, hatte sich doch sein seelisches Befinden erheblich gebessert.

Rachel wich nur selten von seiner Seite und erzählte ihm von ihrer Kindheit und der Baumwollplantage ihres Vaters.

Sie rasierte und badete ihn, versorgte seine Wunde mit der Geschicklichkeit und Umsicht eines Arztes, fütterte ihn mit Brühe und bettete seinen dunklen Kopf in ihre Armbeuge, während sie ihm vorsichtig den Löffel an die Lippen führte. Doch die ganze Zeit nagte eine geheime Sorge an ihr: Irgendwo zwischen San Carlos und San Antonio verfolgte Sam Wells Davis' Spur.

Sie verbrachte immer mehr Zeit damit, die Arme auf das Fensterbrett zu legen und beide Enden der Hauptstraße zu beobachten. Sobald dort ein Reiter auftauchte, hielt sie den Atem an und beobachtete ihn scharf. Sie fuhr jedesmal zusammen, wenn Schritte im Korridor aufklangen, und hielt die Tür stets verriegelt. Sie schlief selten. Sie hätte Davis um ein Haar verloren . . . wie konnte sie es zulassen, ihn zum zweitenmal zu verlieren?

Davis erwachte eines Morgens und entdeckte Rachel am Fenster, wo sie, die blasse Stirn gegen die Scheibe gepreßt, eingeschlafen war. Zum erstenmal seit Tagen war er schmerzfrei, und sein Verstand war nicht mehr vom Fieber getrübt. Er erkannte zum erstenmal, was sein Mißgeschick sie gekostet hatte. Sein Herz krampfte sich bei ihrem Anblick zusammen. »Rachel.«

Die weizengoldenen Wimpern flatterten, als sie langsam erwachte. Er bemerkte die purpurroten Ringe unter ihren Augen, als sie ihn ansah. »Hast du Schmerzen?« fragte sie.

»Komm her.«

Sie stolperte vom Fenster weg, rieb sich die Augen und setzte sich neben ihn aufs Bett. »Himmel«, sagte er, »schau dich nur mal an.« Er fuhr mit dem Daumen über ihre Augenringe und zog dann mit der Fingerspitze die Fältchen auf ihrer Stirn und in ihren Mundwinkeln nach. »Du hast viel zuviel Gewicht verloren«, sagte er. »Was bekümmert dich denn so?«

»Sam.« Ihre dünnen Schultern hoben und senkten sich, als sie Luft holte. »Wie ich es sehe, haben wir zwei Möglichkeiten. Entweder reiten wir tiefer nach Mexiko, oder wir kehren nach San Antonio zurück ... zu deinen Eltern.« Langsam hob sie den Blick und sah ihn an. »Du hast im Fieber deine wahre Identität enthüllt. Du bist Tomas de Bastitas.«

Seine Augen wurden schmal.

»Und selbst wenn du es nicht zugegeben hättest«, fuhr Rachel fort, »befinden sich die Beweise dafür dort.« Sie deutete auf seine Satteltaschen, die in einer Ecke des Zimmers auf dem Boden lagen. »Der Skalp deiner Großmutter befindet sich darin. Du trägst ihn noch immer bei dir. Angélique hat mir erzählt, daß ihre Mutter von dem gleichen Indianer skalpiert wurde, der dich aus ihren Armen riß. Sie hat mir auch erzählt, daß die Komantschen ihre Gefangenen dazu zwingen, den Skalp einer von ihnen geliebten Person am Körper zu tragen. Wenn du einfach umkehren und zu ihnen ...«

»Nein.«

Sie ballte die Hände zu kleinen Fäusten auf ihrem Schoß. »Dann werden wir eben weiterfliehen. So weit und so schnell, wie wir können.«

»Wir.« Es war keine Frage.

»Natürlich.« Sie begegnete dem scharfen Blick aus seinen blauen Augen und hielt ihn fest. »Ich gehe mit dir.«

Er lachte. »Rachel. Du bist nicht mehr meine Gefangene. Ich werde dafür sorgen, daß du zurück nach . . .«

»Nein.« Sie schüttelte den Kopf. »Ich gehe nicht zurück. Nicht ohne dich.« Sie drehte sich zum Spiegel um, sah Davis dann wieder an und fragte: »Bist du stark genug, um sitzen zu können? Sollen wir es versuchen?« Lächelnd griff sie nach seiner Schulter, schob den Arm unter seine Achseln und richtete ihn auf, während er unbeholfen die Beine aus dem Bett schwang.

Er wickelte sich eine Decke um die nackten Lenden und blickte dann in den Spiegel. Er erschrak über den fremden Mann, der ihn ansah.

»Gefällt dir das?« fragte sie mit erwartungsvoller Stimme. »Es verändert dein Aussehen, denke ich. Es könnte dir helfen . . . nun . . . Gefällt es dir?«

Er berührte mit den Fingerspitzen den dicken schwarzen Schnurrbart, der seine Oberlippe verdeckte und sich um seine Mundwinkel bog. Er sah Rachel an. »Gefällt er dir?«

»Ich weiß es noch nicht. Vielleicht . . .«

Er faßte nach ihrem Gesicht und erstickte ihr nervöses Geplapper mit einem Kuß. Er teilte sacht ihre Lippen mit der Zungenspitze und spürte, wie sie unter seinen Händen zu zittern begann und ihre heiße, süße, samtartige Zunge an seiner pulsierte. Dann sank sie gegen ihn. Ihre Brustwarzen wurden hart an seinen Rippen, und ihr Atem ging schneller.

Er zog sich ein wenig von ihr zurück und neckte sie grinsend: »Du hast mich vermißt.« Doch da fiel ihm wieder die häßliche Szene mit Clyde ein, und er berührte sacht ihr Gesicht und sah ihr dabei forschend in die Augen: »Clyde? Hat er ...«

»Nein.«

»Lüg mich nicht an, Rachel.«

»Ich schwöre es.«

Erleichterung und Schwäche überwältigten ihn. Mit ihrer Hilfe legte er sich zurück ins Bett. So behutsam wie möglich schmiegte sie sich an ihn und fuhr mit den Fingern sacht über die schwarzen Haare auf seiner Brust und seinem Bauch.

»Wir müssen miteinander reden«, sagte er zu ihr.

Ihre Hand glitt tiefer.

Davis zog eine Braue in die Höhe und lachte schwach: »Rachel, Liebling, wir müssen miteinander reden.«

»Also rede.«

»Da gibt es einiges ... was ich dir beichten muß.«

»Du hast dem Priester gebeichtet. Erinnerst du dich? Als du dachtest, du müßtest sterben.«

Sein Kopf zuckte hoch, und er fragte stirnrunzelnd: »Was, zum Teufel, habe ich zu ihm gesagt?«

Sie schob ein Bein über seinen Schenkel und hauchte Küsse auf seine Brust, ehe sie antwortete: »Ich weiß es nicht. Ich konnte es nicht hören. Aber das spielt keine Rolle. Nichts spielt jetzt noch eine Rolle. Es liegt alles hinter dir. Gott hat dir verziehen, und du kannst mit einem reinen Gewissen beginnen. Ich werde dir bei deinem Neubeginn helfen. Sobald wir verheiratet sind ...«

»Verheiratet!«

»Ja, verheiratet.« Sie strich mit den Lippen über seine Wange und flüsterte: »Du warst gerade dabei, mich zu heiraten.« Ihre Hand glitt tiefer.

Davis' Augen zogen sich noch eine Winzigkeit mehr zusammen. »Ich ... ich werde es mir überlegen.«

»Überlege es dir.« Ihre Finger schlossen sich um seinen Penis und er wurde hart in ihrer Hand. »Das ist schön«, flüsterte sie.

Davis lachte. »Du bist doch die raffinierteste Frau, die ich ...«

»So?« hörte er ihre erstickte Stimme.

»Vor ein paar Wochen noch warst du ein naives, unbedarftes Ding, und jetzt! Madam, haben Sie Erbarmen mit mir. Wie kann ich Sie beglücken? Ich bin noch halbtot.«

»Du brauchst gar nichts zu tun.« Sie hob langsam den Rock über ihre Schenkel und glitt auf ihn. Sie achtete sorgsam darauf, daß sie ihn nicht mit ihrem Gewicht belastete.

Er schloß die Augen, verdrängte den stechenden Schmerz, den ihre Bewegungen in seiner Wunde wachrief, und konzentrierte sich auf ihre samtartige, feuchte Scheide, die sich um sein Glied schloß. Er stöhnte.

»Wenn ich dir weh tue ...« Sie ließ ihre Hüften kreisen.

»Nein. Hör nicht auf.«

»Ich weiß, daß du schwach bist.« Rachel warf den Kopf in den Nacken, und ihre Stimme war ein wenig atemlos, als sie fortfuhr: »Davon habe ich geträumt. Und ich habe mir geschworen, wenn du überlebst, werde ich dir auf jede nur erdenkliche Weise zeigen, wie sehr ich dich liebe.«

Seine Augen öffneten sich langsam.

Mit einem Heben einer blonden Braue fragte sie: »Wird es so gemacht?«

Er stöhnte wieder, hob seinen gesunden Arm und nahm eine ihrer Brüste in die Hand. »Zieh das aus«, befahl er und deutete auf ihre Bluse.

Minuten später ging sie im Entzücken einer totalen Vereinigung auf. Und dann kehrten sie beide allmählich wieder in die Wirklichkeit, die ihnen mit ihrer Hitze zusetzte, zurück. Der Schweiß tropfte von Rachels Stirn zwischen ihre Brüste und die feuchte glatte Haut seines Brustkorbs, der sich auf eine Art hob und senkte, die ihr sagte, daß er wieder Schmerzen hatte. Sie warf ihr Haar über die Schultern zurück und sagte: »Ich habe dir weh getan!«

Er zeigte ihr ein schwaches, aber frohes Lächeln. »Nein.«

Sie strich mit beiden Händen über seine muskulöse Brust und dann, weitaus behutsamer, über seine bandagierte Schulter. Dann löste sie sich vorsichtig von ihm und schmiegte sich an seine Seite. Sie sah in sein Gesicht und lächelte, als er eine Braue hob.

»Warum?« fragte er unvermittelt.

Rachel runzelte die Stirn.

»Warum liebst du mich?«

»Muß es dafür einen Grund geben?«

»Wenn eine Frau wie du sich in einen Mann wie mich verliebt, muß es einen Grund geben.«

Rachel zuckte mit den Achseln. Sie hatte sich in den zurückliegenden Tagen diese Frage selbst immer wieder gestellt. Warum, wenn die halbe Männerwelt von New Orleans ihr vor der Besetzung der Stadt den Hof gemacht hatte? Warum, wenn ein Mann wie Martin Stillwell ihr die Chance eines eigenen Heims bot, von dem sie immer geträumt hatte? Warum hatte sie ihr Herz immer für sich behalten, bis Davis gekommen war?

»Weil du mich brauchst«, gestand sie, »genauso sehr, wie ich dich brauche.«

»Tu' ich das?« fragte er leise, fast schläfrig.

Sie hob den Kopf und spürte, wie sich seine Mundwinkel zu einem wissenden Lächeln hoben. »Sagen wir doch einfach, daß ich eine gute Menschenkenntnis besitze, Mr. Davis. Soll ich dich auch weiterhin mit Davis anreden? Ich würde Tomas bei weitem vorziehen.« Als er nicht antwortete, fuhr sie fort: »Ich habe den Mann in dir gesehen, der du wirklich bist oder sein könntest, wenn du nur wolltest.«

Ein Stimmengewirr unter ihrem Fenster veranlaßte Rachel, die Schulter zu heben. Auf einen ausgestreckten Arm gestützt, lauschte sie den Geräuschen in der Gaststube. Die Stille summte in ihren Ohren.

»Meinst du, daß du bald reisefähig bist? Wir müssen die Stadt so rasch wie möglich verlassen. Ich dachte, wenn wir das nötige Geld dafür hätten, könnten wir vielleicht zum Golf reiten und dort ein Schiff nehmen — vielleicht nach Südamerika?«

Er schüttelte den Kopf. Nein. Der Schmerz pochte in seiner Brust und seiner Schulter. »Es besteht keine Notwendigkeit zur Flucht, Rachel. Ich hätte dir das schon früher erklären sollen ...«

Ein Klopfen an der Tür unterbrach ihn. Concepción rief: »*Señorita!* Kommen Sie rasch!«

Rachel zog ihre Kleider an und ging zu der Mexikanerin, die im Flur auf sie wartete.

Concepción sah nervös den Korridor hinunter und sagte mit besorgter, leiser Stimme: »Da waren mehrere Männer hier, die nach Ihnen und Mr. Davis fragten.«

Rachels Herz setzte einen Schlag aus. »War ein Texas Ranger dabei?«

»*Si, Señorita.* Ein untersetzter Mann mit grauem Haar. Er trug ein Abzeichen — hier.« Sie deutete mit dem Daumen auf ihre Brust. »Der andere war groß und dunkelhaarig ...«

»Wo sind die Männer jetzt?«

»Ich habe ihnen gesagt, daß wir keine Leute gesehen haben, auf die ihre Beschreibung paßt. Als sie sich ein Zimmer mieten wollten, sagte ich, sie wären alle besetzt.«

Rachel lächelte dankbar und kehrte ins Zimmer zurück. Davis öffnete die Augen, als sie in die entfernte Ecke eilte und hastig die Satteltaschen vom Boden aufsammelte. »Wir müssen weg«, verkündete sie. Sie preßte die schweren

Taschen an sich, sah ihn mit angsterfüllten Augen an und sagte: »Sam ist in der Stadt.«

»Er hat sich verdammt viel Zeit gelassen«, brummte Davis.

Sie starrte ihn ungläubig an, schockiert über seine offenkundige Unbekümmertheit. »Vielleicht hast du mich nicht richtig verstanden. Sam ist hier. Er ist gekommen, um dich nach El Paso zu bringen!«

Er sah sie mit seinen blauen Augen an, in denen sie etwas Warmes und ganz eindeutig Humorvolles zu entdecken glaubte. »Rachel, Liebling, wenn du mich nur erklären ließest, was . . .«

»Ich habe nachgedacht.« Die Angst trieb sie zur Eile an. Sie sammelte seine Kleider ein und warf seine Hose aufs Bett. »Ich habe über alles nachgedacht«, wiederholte sie, da sie spürte, daß er ihr widersprechen wollte. »Wenn du dich Sam stellen und mit ihm nach El Paso reiten würdest, könnten sie dir vielleicht den Galgen ersparen, aber sicherlich nicht das Gefängnis. Sie könnten dich für viele Jahre einsperren.«

»Rachel.«

»Ich habe mir einen Plan ausgedacht. Ich hatte viel Zeit, als du bewußtlos gewesen bist. Ohne *Geld* können wir überhaupt nichts machen. O, da ist natürlich das Geld, das du Martin gestohlen hast, aber ich bin sicher, daß du es ihm zurückgeben willst. Natürlich willst du das. Einen Diebstahl möchtest du nicht auf dein Gewissen laden, nachdem du deinen Frieden mit dem Herrgott gemacht hast. Und ich könnte nicht einen Dollar davon ausgeben, wenn ich weiß . . . nun . . . Jedenfalls ist mir Audra eingefallen. Und mein Onkel. Er ist sehr reich, verstehst du? Und vielleicht würde Audra uns Geld leihen. Sie könnte das tun, weil sie doch so sehr darauf versessen ist, mich unter die Haube zu bringen. Dann ist sie mich für immer los . . .«

»Du fängst wieder an zu phantasieren, Rachel«, unterbrach Davis sie lachend.

Wie konnte er nur dort liegen und sie so ansehen, als wäre die Welt für ihn in Ordnung? Sie feuchtete sich die Lippen mit der Zungenspitze an und fuhr fort: »Mein Onkel ist sehr reich. Ich bin sicher, Audra kann ihn dazu überreden, uns Geld zu leihen. Er hat die größte Ranch außerhalb von San Antonio. Vielleicht hast du schon von ihr gehört? Von der Las Moras Ranch in der Nähe von San Felipe Springs? Aber du kennst bestimmt den Namen ihres Besitzers — A. J. Duncan ...«

Davis zuckte nicht mit einer Wimper. »Duncan.«

»A. J. Duncan. Du hast schon von ihm gehört?«

Davis schloß die Augen, bedeckte das Gesicht mit beiden Händen und dachte: *Mein Gott. O mein Gott.*

17

A. J. Duncan. Das war sein verfluchtes, sprichwörtliches Pech!

Er lehnte sich gegen die Mauer, damit er nicht umfiel vor Schwäche, und blickte durch die dunkle Gasse auf die hell erleuchtete Cantina zurück. Er konnte Sam erkennen, der an der Theke lehnte und mit einem Mann sprach, von dem Davis nur den Rücken sah.

Davis stieß sich wieder von der Wand ab. Der Schmerz schoß ihm wie eine Flamme durch Brust und Schulter, und zum drittenmal, seit Rachel mit ihm heimlich über die Hintertreppe das Hotel verlassen hatte, stolperte er und fiel auf ein Knie.

Er starrte auf den Boden und verfluchte das Schicksal, das ihn dazu gezwungen hatte, zwischen seiner Liebe für

Rachel und seinen Verpflichtungen zu wählen. Er hätte sich niemals dazu bereitfinden dürfen, nach Texas zurückzukehren. Und nun wurde das Ganze noch schlimmer, weil Rachel in diese Sache verwickelt war. Er hatte einer braven, wohlerzogenen jungen Dame die Unschuld genommen und sie in einen kleinen Satansbraten verwandelt — einen Wirbelwind von einer Frau, die bereit war, alles für einen Mann aufzugeben, in dem der Rest der Welt nur einen Wilden und einen Kriminellen sah. Er hatte sie erniedrigt, gekränkt und sie auf höchst verdammenswerte Weise verletzt. Und weil ihr Onkel A. J. Duncan war, mußte er ihr abermals weh tun. Vermutlich konnte sie ihm diesmal nicht mehr verzeihen.

Rachel ließ die Zügel der Pferde los und lief zu ihm. Sie kniete sich auf den Boden und legte ihm behutsam die Arme um den Hals. »Du bist noch zu schwach. Bitte, vergiß, was ich gesagt habe. Vergiß, daß wir Audra besuchen wollten. Es war eine absurde Idee von mir. Ich bin überzeugt, du bekommst einen fairen Prozeß . . .«

»Nein.« Er schob sie von sich und richtete sich ächzend wieder auf. Sie stützte ihn trotzdem und half ihm, den Fuß in den Steigbügel zu setzen. Er beugte sich über das Sattelhorn, weil er nicht gerade sitzen konnte, und barg sein Gesicht in der Mähne des Tieres, während Rachel aufsaß und ihr Pferd an seine Seite lenkte.

»Was machen wir jetzt?« hörte er ihre kleine Stimme neben sich. Sie vermochte ihre Angst und Verwirrung nicht zu verbergen.

»Immer in östlicher Richtung«, war alles, was er darauf antworten konnte.

Sie ritten die ganze Nacht hindurch.

Kurz vor Tagesanbruch lenkte Rachel ihr Pferd in ein Mesquite-Wäldchen. Die Bäume spendeten genügend

Schatten, daß sie ein paar Stunden schlafen konnten. Sie beobachtete schweigend, wie Davis mit einem erleichterten Stöhnen auf die Erde glitt. Er schlief sofort ein.

Etwas stimmte ganz und gar nicht. Sein Verhalten hatte sich in dem Moment verändert, in dem sie Duncans Namen erwähnt hatte. Von dieser Sekunde an war Davis wie ausgewechselt. Der Mann, der sie eben noch mit seinen Augen anzubeten schien, hatte sich in den Verbrecher zurückverwandelt, der ihr mit einem Wort das Herz brechen konnte — in diesen kalten, verbitterten Revolverhelden, der er gewesen war, bevor ihn Clydes Kugel auf die Schwelle des Todes geworfen und die Beichte ihn von seiner inneren Zerrissenheit erlöst hatte.

Sie legte sich neben ihn, starrte zu den knorrigen, bizarr geformten Ästen hinauf und lauschte dem Rascheln der Blätter in der kühlen Morgenbrise. Was war nur aus Rachel Gregory geworden? Was war mit dem Mädchen geschehen, das schon rot wurde, wenn man nur ein anzügliches Wort erwähnte? Sie sah Davis an und berührte sacht seinen Arm. Sie hatte sich in dem Moment rettungslos in ihn verliebt, als er ihr erklärte, daß Afrika östlich von Atlanta liege. Und er liebte sie ebenfalls. Sie war sich dessen sicher. Irgendwie würde alles zu einem guten Ende führen. Es mußte einfach so sein ...

Sie erreichten die Las Moras Ranch kurz nach zwölf Uhr am darauffolgenden Tag. Sie wurden von bewaffneten Wächtern begrüßt, die sie gründlich ausfragten, bevor sie sich von Duncan die Erlaubnis holten, die beiden auf die Ranch zu lassen. Als sie sich der Hazienda näherten, bemerkte Rachel, daß an jeder Ecke des Hauses Bewaffnete standen, die nach allen Richtungen Ausschau hielten. Sie dachte an die Rancho de Bejar — dort waren die Sicherheitsmaßnahmen nicht so auffällig gewesen wie hier.

Sie wurden in das Wohnhaus und in die Bibliothek geführt. Dort ließ man sie dann allein. Sie mußten eine Stunde lang warten. Rachel versuchte erst gar nicht, ein Gespräch mit Davis anzufangen. Er saß mit steinernem Gesicht auf seinem Stuhl. Rachel sagte sich, daß ihn die Schmerzen in seiner Brust und Schulter quälten und er deshalb so abweisend und gefährlich wirkte. Vielleicht war auch sein Stolz verletzt, weil er gezwungen war, von ihrem Onkel finanzielle Unterstützung zu erbitten.

Als Audra und ihr Bruder den Raum betraten, beschloß Rachel, von bitterer Reue geplagt, daß sie lieber verhungern wollte, als ihre Stiefmutter um Hilfe zu bitten. Aber nun hatte sie einen so weiten Weg zurückgelegt und ...

Audra Gregory saß, die von kostbaren Spitzen umhüllten Beine übereinandergeschlagen, neben ihrem Bruder auf der Sessellehne und sah sich erst einmal im Zimmer um, bevor sie den Blick auf Rachel und Davis heftete und mit einem anzüglichen Lächeln sagte: »Also bist du doch noch hier eingetroffen, Rachel. Ich hatte schon zum zweitenmal geglaubt, daß du tot wärest.«

Rachel nahm ihren schmutzigen Rock in beide Fäuste und schluckte. Sie warf einen Blick auf Duncan und antwortete: »Ich bin nicht tot, wie du sehen kannst. Bist du darüber sehr enttäuscht, Audra?«

»Unsinn. Ich bin erleichtert. Wir beide. Nicht wahr, A. J.?«

Rachels Blick wanderte zu Duncan zurück. Sein gewelltes braunes Haar hatte er straff nach hinten gekämmt. Sein Gesicht war auffallend blaß, seine Züge wirkten fast zart. Die braunen, von langen Wimpern gerahmten Augen musterten sie vom Scheitel bis zu den Füßen. Er sah sie genauso an, wie Davis das ein paarmal getan hatte. Aber bei Davis' Betrachtung hatte sie nicht so ein unangenehmes Frösteln auf der Haut gespürt.

»Unglaublich erleichtert«, pflichtete er nun endlich seiner Schwester bei. Dann sah er Davis lächelnd an und sagte: »Wenn die Ladies uns jetzt entschuldigen wollen? Ich hätte gern mit Mr. Davis unter vier Augen gesprochen.«

Rachel warf Davis, der leicht nach vorn gebeugt auf seinem Stuhl saß und mit ausdrucksloser Miene Duncans Musterung über sich ergehen ließ, einen Blick zu. Sie war besorgt. Er wirkte so entrückt, so abwesend. Aber sie konnte sich jetzt nicht mit diesem Problem beschäftigen. Sie drehte sich um und verließ die Bibliothek.

»Mir scheint, daß Mr. Davis dich endgültig von deinem hohen Roß heruntergeholt hat«, hörte sie Audras Stimme hinter sich. »Du siehst aus wie eine schmutzige kleine Straßendirne, Rachel.«

Rachel wirbelte herum und gab den amüsierten Blick ihrer Stiefmutter mit funkelnden Augen zurück. »Ich bin nicht hierhergekommen, um mir deine süffisanten Bemerkungen anzuhören, Audra. Ich wollte dich um Hilfe bitten.«

»Mich um Hilfe? Na, so was! Ich hätte nie geglaubt, daß ich einmal erleben würde, daß du dich so weit erniedrigst und mich um etwas bittest. Was willst du denn von mir haben?«

»Geld.«

Audras dünne Brauen schossen in die Höhe, und sie lachte: »Geld? Von *mir?*« Sie warf den Kopf in den Nacken und lachte abermals auf eine so unverschämte Weise, daß Rachel ihr am liebsten eine Ohrfeige gegeben hätte. »So«, fuhr Audra dann in hämischem Ton fort, »die Schönheitskönigin von New Orleans schämt sich nicht, um Geld zu bitten. Ausgerechnet *mich.* Die schöne und reiche Tochter von James Gregory muß mich um Geld anbetteln. Gott, wie mich das freut!«

Rachel blickte ihrer Stiefmutter ins Gesicht, wie sie das schon so oft getan hatte, um herauszufinden, warum diese Frau sie so sehr haßte. »Warum, Audra? Warum hast du mich von der ersten Stunde an, als mein Vater dich als seine Frau ins Haus gebracht hat, wie einen Feind behandelt?«

»Du kleines verzogenes, reiches Gör«, zischte Audra. Ihre roten Lippen verzogen sich zu einem häßlichen Lächeln. »Du hast mich krank gemacht mit deinen Rüschenhäubchen und deinen gestärkten weißen Handschuhen. Nichts war zu gut und zu teuer für Rachel Gregory. Nun kommst du auf dem Bauch dahergekrochen und bettelst um Almosen. Aber wenn nun der umgekehrte Fall eintreten würde — dann würdest du mir ins Gesicht spucken und mich in einer Hintergasse von New Orleans glatt verhungern lassen.«

»Aber das ist nicht wahr. Ich ... Ich wollte dich immer liebhaben. Ich habe nur nicht verstanden, warum — warum du das nie zulassen wolltest.«

Jetzt kamen Rachel die Tränen. Himmel, wo war nur ihr Stolz hingekommen? Wie hatte sie nur annehmen können, daß Audra ihr helfen würde? Nein, sie wollte nicht den letzten Rest ihres Stolzes verlieren und sich Audras Beleidigungen anhören. Sie konnten es auch ohne ihre Hilfe schaffen — ohne das Geld ihres Bruders. Sie waren schon ziemlich weit gekommen und ...

Rachel lief zur Bibliothek, wo sie Davis zurückgelassen hatte, um ihn zu überreden, sofort mit ihr die Hazienda zu verlassen.

Sie blieb abrupt unter der Tür stehen. Davis rollte eine Zigarre zwischen den Lippen, während A. J. Duncan, dessen mit Rubinen besetzte Manschettenknöpfe im Sonnenlicht glitzerten, den Safe schloß, mit einem Bündel Geldscheinen zum Schreibtisch ging und die Banknoten vor Davis hinzählte.

»Eintausend Dollar, Mr. Davis. Ich denke, das ist eine angemessene Belohnung dafür, daß Sie meine Stiefnichte unversehrt hierher gebracht haben.«

Belohnung! Rachel starrte ungläubig auf die Geldscheine, die auf die Schreibtischplatte flatterten. Die jähe Erkenntnis schnitt ihr wie ein Dolch ins Herz. Sie wankte unter der Wucht dieser Offenbarung, konnte weder schlucken noch atmen. Sie starrte den Mann an, dem sie in ihrer grenzenlosen Naivität ihre Liebe geschenkt hatte — trotz allem, was er ihr angetan hatte —, und zum erstenmal in ihrem Leben spürte sie den Wunsch, jemanden zu ermorden.

Davis, der steif auf seinem Stuhl saß, richtete in diesem Moment den Blick auf sie, blies eine Rauchwolke in die Luft und sagte: »Das ist durchaus angemessen, Mr. Duncan. Wirklich nett von Ihnen.«

Davis erhob sich, als Rachel auf ihn zuschoß. Er ergriff ihre Handgelenke, als sie ihm ins Gesicht schrie: »Davis, du Bastard! Wie kannst du es wagen! Wie konntest du nur! Geld ist alles, was du von mir haben wolltest, wie? Du verlogenes, diebisches, mörderisches ... Tier!« Genugtuung erfüllte ihr Herz, als sie den heißen Zorn in seinen Augen aufflammen sah. »Ich hoffe nur, Sam Wells wird dich finden und dich am nächstbesten Baum aufhängen!«

»Aber, aber, Miss Gregory — redet so eine *Lady?*«

Sie hätte ihm ins Gesicht geschlagen, wenn er ihre Hände nicht festgehalten hätte. Und dann beugte er seinen dunklen Kopf über ihr Gesicht und sagte sehr leise, fast beiläufig: »Du bist jeden Penny von diesem Geld wert gewesen, Süße.«

Sie riß sich von ihm los und wich zurück. »Das — das werde ich dir niemals verzeihen.« Da war ein kurzes Flackern in seinen azurblauen Augen. War es ein Bedauern? Sicherlich nicht. Ganz gewiß nicht Liebe. *Du dumme kleine Gans, Rachel, Liebe war das ganz bestimmt nicht.*

Sie wirbelte herum, wich Duncan aus, der sie mit beiden Armen festhalten wollte, und rannte davon. Hinter ihr brüllte Duncan ein paar Befehle auf Spanisch, und Männer tauchten plötzlich am Ende des Korridors und auf der Treppe auf. Rachel hatte bereits das Foyer erreicht, riß die Haustür auf und lief zu ihrem Pferd.

In diesem Moment wurde ihr zu ihrem Entsetzen bewußt, daß sie niemals von dieser Ranch fliehen konnte. Doch ehe Duncans Wächter sie überwältigen konnten, gab sie ihrem Pferd die Sporen und beugte sich über seinen Hals. Während sie davonsprengte, ging ihr immer wieder ein einziger Gedanke durch den Kopf: Er hatte das von Anfang an geplant. Er hatte zugelassen, daß Clyde sie als Geisel nahm, weil er wußte, daß jemand bereit sein würde, Lösegeld für sie zu bezahlen. Zufällig war ihr Onkel einer der reichsten Männer in Texas, und Davis hatte diese günstige Gelegenheit, so viel Geld in die Hände zu bekommen, sofort genützt. Gütiger Himmel, wie hatte sie vergessen können, was für eine Sorte Mensch Kid Davis war?

Sie galoppierte in einer verzweifelten, blinden Wut den Weg zurück, den sie mit Davis gekommen war. Sie merkte erst, als sich ein stahlharter Arm um ihre Taille legte, daß ein Mann schon seit einiger Zeit neben ihr her ritt. Er hob sie einfach aus dem Sattel und legte sie vor sich auf sein Pferd, so daß sich das Sattelhorn schmerzhaft in ihre Rippen bohrte und sie kaum atmen konnte.

Rachel schrie: »Lassen Sie mich los! Sie haben kein Recht, mich so zu behandeln! Ihr könnt mich hier nicht gegen meinen Willen festhalten!«

Der Mann lachte nur und lenkte sein Pferd zur Ranch zurück.

Davis stand am Fenster und betrachtete die Landschaft, die sich hinter den Gärten der Hazienda ausbreitete. Schafe zogen in großen Herden über das Gelände. Manche stellten sich auf die Hinterbeine, um die kleinen Blätter an den Zweigen der Mesquite-Bäume besser erreichen zu können. Er hörte, wie die Haustür aufflog und Duncan Anweisungen gab:

»Bring sie auf ihr Zimmer, Richard, und sorg dafür, daß sie dort bleibt, bis ich dir neue Befehle gebe.« Dann betrat Duncan das Zimmer. »Audra hatte recht. Die junge Dame *ist* ein bißchen schwierig. Ich bin jedoch sicher, wenn sie erst mal zur Vernunft gekommen ist, wird sie erkennen, daß die Las Moras Ranch für sie ein idealer Aufenthaltsort ist. Bitte, setzen Sie sich doch, Mr. Davis. Machen Sie es sich hier gemütlich. Ihre Verwundung muß Ihnen noch zu schaffen machen. Möchten Sie etwas trinken?«

»Vielen Dank.« Davis drehte sich um und ließ sich langsam auf einem Stuhl nieder. Die Wunde in seiner Schulter bedrückte ihn in diesem Moment nicht so sehr.

Er hörte, wie Rachel aufschrie, und sah zur Tür.

»Mein Gehilfe wird ihr etwas geben, was sie beruhigt. Frauen können zuweilen sehr hysterisch werden.« Duncan goß zwei Gläser Whisky ein, lehnte sich dann in seinem Sessel zurück und lächelte. »Wie ich von Pete hörte, sind Sie ein ungewöhnlich guter Revolverschütze, Mr. Davis.«

»Das hat er Ihnen erzählt?« Davis starrte auf die Asche seiner Zigarre. »Ich bin überrascht zu hören, daß es ihm gelungen ist, nach Hause zu kriechen.«

»Er wird seinen Arm nie mehr gebrauchen können. Jedenfalls nicht für ein Revolverduell.«

Davis' Lider senkten sich. »Was für eine Schande.«

Duncan beugte sich ein wenig vor. »Was ist aus Clyde und Pedro geworden?«

»Tot.«

»Beide?«

Davis starrte dem blaugrauen Zigarrenrauch nach, der sich an der Zimmerdecke verteilte.

»Beide.«

»Wie?«

»Ich habe sie erschossen. Eine Kugel zwischen Clydes Augen und eine durch Pedros Hals. Wenn Sie weitere Beweise für meine . . .«

»Nicht nötig.« A. J. stützte die Ellenbogen auf die Sessellehnen und sagte mit einigem Nachdruck: »Sie haben einen der Besten erschossen, Davis. Clyde war ein verdammt guter Revolverschütze.«

»Nicht gut genug, Mr. Duncan.« Davis streckte seine langen Beine aus und legte sie übereinander.

»Ich könnte einen Mann wie Sie gebrauchen, Davis. Was hat Clyde Ihnen von meinem Unternehmen erzählt?«

»Nicht viel. Er erwähnte etwas davon, daß Sie Rinder für Juan Cortinas stehlen und über die Grenze treiben lassen.« Davis nahm einen Schluck aus seinem Whiskyglas. »Ich bin nicht sonderlich daran interessiert, mich mit dem Schmuggeln von Kühen zu befassen. Mr. Duncan.«

»Nein. Sie sehen auch nicht aus wie ein Mann, der so etwas gern tut, Mr. Davis. Es gibt andere Positionen in meinem Unternehmen. Sie scheinen einen wachen Verstand zu haben; ein Mann wie Sie könnte hier Karriere machen — mit der Zeit. Wenn ich Sie besser kennengelernt habe und Ihrem Urteil *vertrauen* kann.«

Duncan stand auf. In dem gestärkten weißen Rüschenhemd machte er den Eindruck eines französischen Nachtklubunternehmers. Er blieb neben dem Klavier stehen und strich mit den juwelengeschmückten Fingern über dessen Deckel aus Rosenholz.

»Gefällt Ihnen mein Haus, Mr. Davis?« Ein schwaches

Lächeln zeigte sich auf Duncans vollen Lippen. Er strich sich eine verirrte Haarlocke aus der Stirn, während er auf Davis' Antwort wartete.

Davis merkte, daß seine Wunde wieder zu bluten begonnen hatte. Er fühlte sich plötzlich müde, und die Zigarre erregte in ihm eine leichte Übelkeit. Die Schmerzen in seiner Brust wurden von Sekunde zu Sekunde unerträglicher. Er mußte unbedingt den Verband wechseln. Er zerdrückte die Zigarre in einem roten Porzellanaschenbecher und meinte: »Es ist anders.«

»Anders? Wie soll ich das verstehen?«

Duncans Stimme hatte sich um eine Oktave gehoben. Davis sah sich im Zimmer um und grinste. »Tut mir leid, wenn ich Sie beleidigt habe. Ich bin nur nicht gewöhnt an so viel . . .« Er suchte nach einem passenden Wort.

»Objets d'art?«

»Ist das der Ausdruck für Krimskrams?«

Duncan schob sein kantiges Kinn vor und wies mit beiden Armen eine Bewegung auf das Zimmer. »Mr. Davis, hier gibt es nicht einen Gegenstand im Haus, den man als ›Krimskrams‹ bezeichnen könnte. Das alles wurde in den besten Läden von New York, London und Paris gekauft. Zum Beispiel dieses Aquarell dort.« Er deutete auf ein langes schmales Bild, das die Wand zwischen zwei Fenstern schmückte. »Das ist ein Original von dem japanischen Meister Hokusai Katsushika.«

Davis betrachtete das Gemälde, das zwei Asiaten darstellte, der eine auf einem Pferd und der andere in etwas gehüllt, was wie Ziegenhaar aussah. Ihre spitz zulaufenden runden Hüte waren mit Schnee bedeckt. »Ich bin beeindruckt«, sagte Davis leichthin.

»Seine Werke sind viele Tausende wert, da Katsushika inzwischen verstorben ist.«

»Hm.«

»Mein Agent entdeckte es in einem sehr elitären kleinen Laden in Paris.«

»Ein Glück für Sie, würde ich meinen.«

Es klopfte an der Tür. Ein schlaksiger Typ mit unstetem Blick betrat den Raum. Davis bemerkte den Revolver an seiner Hüfte, den er fast so tief am Schenkel trug wie er selbst.

»Richard, haben Sie die junge Dame im Oberstock untergebracht?« fragte Duncan.

»Habe ich, Boß. Sie ist eine Wildkatze. Hätte mir fast den Daumen abgebissen.« Der Mann verschränkte die muskulösen Arme vor der Brust und ließ Davis nicht eine Sekunde aus den Augen. »Sie hat sich gewaltig verändert, seit ich sie zuletzt in New Orleans gesehen habe. Dort wäre sie glatt in Ohnmacht gefallen bei dem bloßen Gedanken, im Herrensattel zu reiten.«

Davis nahm sein Glas in die Hand und fragte: »Sie kennen die Lady schon aus New Orleans?«

Duncan trat vor, bevor Richard ihm antworten konnte. »Mr. Davis, das ist Richard Delaney, mein persönlicher Leibwächter.«

Davis hob sein Glas an die Lippen. Er stand nicht auf.

Delaneys Augen wurden schmal. »Haben wir uns nicht schon mal irgendwo gesehen, Davis?«

Davis schüttelte den Kopf. »Bin nie in New Orleans gewesen.«

»Ich habe nicht an New Orleans gedacht. Irgendwo anders vielleicht?«

A. J. schlug seinem Leibwächter lachend auf die Schulter. »Richard ist immer sehr vorsichtig, wenn es um meine Sicherheit geht. Aber schließlich bezahle ich ihn ja auch gut für seine Loyalität. Ich pflege meine Mitarbeiter immer gut zu bezahlen, Mr. Davis, das werden Sie feststellen, wenn Sie sich dazu entschließen sollten, in mein Unternehmen einzutreten. Und meine Leute danken mir das für Treue. Ich habe hier Tagelöhner am Fluß, die mich wegen meiner Großzügigkeit sogar verehren.«

Davis sah sich wieder in dem überladenen Zimmer um und sagte: »Mir scheint, der Schmuggel mit gestohlenen Rindern hat sich mächtig für Sie bezahlt gemacht, Mr. Duncan.«

»Der Rinderschmuggel ist nur ein Zeitvertreib, Davis. Mein Vermögen habe ich mir natürlich mit anderen Unternehmungen gemacht.«

»Zum Beispiel . . .?«

Duncan und Richard tauschten einen Blick, bevor A. J. antwortete: »Das ist ein Aspekt, den ich gern ausführlicher mit Ihnen besprechen würde. Aber später. Nun müssen Sie sich erst ausruhen. Ich habe einen Arzt auf der Ranch. Er wird sich um Ihre Verletzung kümmern. Wir können doch nicht zulassen, daß ein so kostbarer Arm steif wird, nicht wahr?« Dabei streifte sein Blick den Revolver an Davis' Hüfte.

Davis trank sein Glas aus und erhob sich.

»Richard begleitet Sie zu Ihrem Quartier. Ich bin sicher, es wird Ihnen gefallen.«

Davis warf noch einen schnellen Blick auf den Panzerschrank an der Innenwand der Bibliothek, ehe er sich mit Richard auf den Korridor begab. Er prägte sich jede Tür, jede Nische und Ecke ein, als sie durch den Flur gingen. An der Treppe blieb er kurz stehen, sah zum Oberstock hinauf und fragte: »Was wird nun aus dem Mädchen?«

Delaney ignorierte seine Frage. »Sind Sie sicher, daß wir uns nicht schon mal begegnet sind, Davis? Sie kommen mir verdammt bekannt vor.«

Davis folgte Richard ins Freie, wo er sich den Hut noch tiefer in die Stirn zog. Die Sonne brannte weißglühend auf seine Schultern, als sie sich einer Reihe von Baracken näherten.

Richard öffnete eine von vielen gleich aussehenden Türen in einer dieser Baracken und sagte: »Sie werden hier ihr eigenes Quartier haben. Duncan meint, daß jeder sein Privatleben braucht.« Und mit einem Grinsen setzte er hinzu: »Es gibt auch Frauen auf der Ranch, wenn Sie wissen, was ich meine. Aber vermutlich möchten Sie sich erst einmal ausruhen.«

Davis machte ihm die Tür vor der Nase zu und wartete, bis Delaneys Schritte verhallt waren. Dann nahm er den Hut ab und schleuderte ihn in eine Ecke. Er fühlte sich krank, und das hatte nichts mit der Zigarre, dem Whisky, der Hitze oder seiner Wunde zu tun.

Er sah ständig Rachels Augen vor sich — groß und grenzenlos traurig. Und ihre Worte hallten in seinen Ohren wider: »Ich werde dir das niemals verzeihen.«

Er verdiente das. Er hatte seine Wahl getroffen. Wiedergutmachung vor Liebe. Früher wäre ihm eine solche Entscheidung leichtgefallen. Aber er hatte bisher so etwas auch noch nie empfunden — die Liebe. Nun kannte er sie, und der Verlust dieser Liebe schmerzte viel mehr als diese pochende Wunde in seiner Schulter. Dieser Schmerz saß erheblich tiefer und würde ihn nie mehr verlassen.

Was, dachte er, sollte er ohne sie anfangen?

»Ich will nicht!« schrie Rachel. »Ich werde nicht in diesem Kleid zum Dinner erscheinen! Weder in diesem noch in einem anderen! Sie können meiner Stiefmutter und ihrem Bruder sagen, daß sie meinetwegen zur Hölle fahren können!« Sie schleuderte dem Mädchen das goldfarbene Kleid vor die Füße und schrie: »Hinaus!«

Das Mädchen flüchtete.

In diesem Moment erschien Audra mit einem Mann am Arm auf dem Flur. Es war der gleiche Mann, der tags zuvor Rachel von ihrem galoppierenden Pferd heruntergehoben hatte.

»Wirklich, Rachel, du solltest nicht dem ganzen Haushalt zeigen, was für ein kleines Biest du sein kannst. Wenigstens deine Stimme könntest du etwas mäßigen.«

»Ich bin nun seit vierundzwanzig Stunden in diesem Zimmer eingesperrt, Audra! Ich will hier heraus.«

»Natürlich willst du das; aber zuerst möchte ich dir meinen Freund vorstellen. Vielleicht erinnerst du dich noch an seinen Namen? Richard Delaney?«

Rachel wurde starr, als sie diesen Namen hörte.

Audra erklärte, während sie Delaney mit einem koketten Lächeln ansah: »Als dieser schreckliche Krieg in New Orleans ausbrach, schlug ich Richard vor, sich hierher zu begeben. Mein Bruder hatte sich damals gerade am San Felipe Springs niedergelassen und brauchte jede Hilfe, die er bekommen konnte. Ich wußte, daß wir nach einiger Zeit wieder zusammen sein würden.«

Rachel wich bis zum Fenster zurück. Da sah sie Davis auf das Haus zugehen.

»Du wirst heute abend mit uns dinieren, Rachel. A. J. möchte dich besser kennenlernen. Auch Mr. Davis ist eingeladen.«

In diesem Moment sah Davis zu ihrem Fenster. Ihre Blicke kreuzten sich. Als sie den fast grausamen Zug um seinen Mund entdeckte, der sich in diesem Moment zu einem Lächeln kräuselte, wurden ihre Augen schmal. »Ich werde dort sein«, murmelte sie. »Ich möchte dieses Dinner um keinen Preis der Welt versäumen, teure Stiefmama.«

Ihre Blicke prallten aufeinander, als Rachel sich das dritte Glas Wein einschenken ließ.

»Mr. Davis hat mein Angebot, für mich zu arbeiten, angenommen«, verkündete A. J.

Rachel sah Duncan aus schmalen Augen an, hob ihr Glas und meinte mit seidenweicher Stimme: »Ich bin keineswegs überrascht, würde aber, wenn ich Sie wäre, niemals mit dem Rücken zum Fenster sitzen, Mr. Duncan.«

Duncans volle Lippen verzogen sich zu einem Lächeln. »Es würde euch beiden gut anstehen, wenn ihr eure Differenzen beilegen würdet. Schließlich wohnt ihr hier in nächster Nachbarschaft. Ich verkenne durchaus nicht, daß das, was zwischen euch vorgefallen ist, gelinde gesagt eine unglückliche Geschichte gewesen ist. Aber das solltet ihr nun am besten vergessen. *Vollkommen* vergessen.«

Rachel stellte ihr Weinglas ab und sagte: »Sie haben absolut recht. Wir sind schließlich auf der Welt, um aus unseren Fehlern zu lernen. Und ich habe begriffen, daß ich ein sehr schlechter Menschenkenner bin.«

Sie betrachtete Duncans Hand, die sich jetzt auf ihre legte. Sie war so kalt und feucht wie ein Fisch.

Als sie unter gesenkten Wimpern zu Davis schielte, bemerkte sie, daß er ebenfalls Duncans Hand beobachtete und seine Wangenmuskeln zuckten.

Diese Beobachtung verwirrte sie. Sie haßte ihn für das, was er ihr angetan hatte. Warum war sie so elektrisiert von diesem leisen Hinweis, daß er auf Duncan eifersüchtig war? Sie stählte sich gegen ihre eigenen Gefühle, bedachte Duncan mit einem koketten Lächeln und tat so, als merkte sie nicht, wie Davis' Gesicht sich verdüsterte.

Richard, der neben Audra saß, richtete das Wort nun an Davis: »Ich werde das Gefühl nicht los, daß wir uns schon irgendwo begegnet sind, Kid.«

»Sie täuschen sich«, gab Davis zurück, ohne den Blick von Duncans Hand zu wenden. Rachel bemerkte, daß er seinen rechten Arm immer eng am Körper hielt und sich so gut wie nicht an der Konversation beteiligte. Er nahm kaum einen Bissen zu sich und stand zwischen dem zweiten und dritten Gang auf, entschuldigte sich und verließ das Haus.

Sie sehnte sich danach, ihm zu folgen und ihn für den Verrat ihrer Liebe zu verdammen. Aber noch mehr sehnte sie sich danach, ihn ...

»Ich bin mir nicht sicher, ob wir ihm trauen können, Boß.« Richard schaute seinen Arbeitgeber stirnrunzelnd an. »Ich schwöre Ihnen — ich habe diesen Mann schon einmal gesehen. Ich glaube, das war in Pennsylvania — im Jahre einundsechzig.«

Rachel musterte Delaney über den Rand ihres Weinglases hinweg. In Pennsylvania?

»Darling, du hast mir nie erzählt, daß du schon einmal in Pennsylvania gewesen bist«, warf Audra lächelnd ein und hob das Glas mit dem blutroten Wein an die Lippen.

»Das war nach Lincolns Wahl zum Präsidenten. Ich kam damals zufällig im Februar nach Harrisburg, als er mit dem Zug zu seiner Vereidigung nach Washington fuhr. Er hatte unterwegs öfter anhalten lassen, um zu den Menschen, die an der Strecke standen, zu sprechen, aber in Harrisburg gab es ein Problem. Dort hatte man ein Mordkomplott aufgedeckt. Sicherheitskräfte schwärmten auf dem Bahnhof aus und umringten Mr. Lincoln, um ihn mit ihren Körpern zu schützen. Der Zug rollte aus dem Bahnhof und hielt nicht mehr an, bis er Washington erreicht hatte.«

Rachel stellte ihr Glas behutsam auf dem Tisch ab. »Wollen Sie damit sagen, daß damals ein Mordanschlag auf Mr. Lincoln verübt wurde?«

»Kein Anschlag. Das Komplott wurde vereitelt, bevor etwas passieren konnte. Wie ich hörte, sollen damals ein paar Männer wegen ihres heldenmütigen Einsatzes belobigt worden sein.« Richard schob ein Stück Hammelfleisch in den Mund, starrte dann nachdenklich auf seinen

Teller und murmelte: »Ich glaube, ich habe noch einen alten Zeitungsausschnitt von damals irgendwo in meinen Koffern. Der ganze Norden war in heller Aufregung. Verdammt, ich werde das Gefühl nicht los, daß ich Davis dort zum erstenmal gesehen habe.«

Duncan blickte nun ebenfalls nachdenklich auf seinen Teller. »Vielleicht schicke ich Quint nach Brackettville, damit er sich dort ein bißchen im Büro des Sheriffs umsieht. Ich würde gern erfahren, weswegen nach Davis gefahndet wird. Es muß Steckbriefe von ihm geben. Und der Sheriff müßte auch etwas darüber wissen. Wann kommt Pete zurück?«

Rachels Kopf schnellte herum.

»Wenn ihm danach zumute ist. Sie haben ihm doch erlaubt, sich Zeit zu lassen und zu warten, bis sein Arm wieder heil ist.«

Duncan heftete seinen Blick auf Rachel und spitzte die Lippen. »Sie haben mich eine Menge guter Leute gekostet, meine Liebe. Clyde und Pedro sind tot, und Pete ist nicht viel wert, wenn er seinen rechten Arm nicht mehr gebrauchen kann. Ich fürchte, ich bin gezwungen, Mr. Davis' Dienste früher in Anspruch zu nehmen, als mir lieb ist.«

Rachel erhob sich schwankend, blickte Audra an und sagte: »Muß ich mir erst wie ein Kind deine Erlaubnis einholen, wenn ich die Tafel verlassen möchte, oder kann ich mich hier im Haus frei bewegen?«

A. J. antwortete: »Sie können sich selbstverständlich frei bewegen, wenn Sie möchten, meine Liebe. Aber verlassen Sie nie meine Ranch ohne Begleitung. Sonst könnte es ... *gefährlich* für Sie werden.«

So gelassen wie möglich verließ Rachel den Speiseraum. Dann raffte sie ihre Röcke und floh auf ihr Zimmer.

Sie lag auf dem Bett, bis die Lichter in den Baracken erloschen, und ging in Gedanken noch einmal die Ereignisse der letzten Tage durch, Clyde und Pete mußten in irgendeiner Verbindung zu A. J. Duncan gestanden haben. Was konnte das bedeuten? Darauf gab es nur eine Antwort, schloß sie.

Sie stand auf und griff nach ihrem Schal.

Im Haus war es dunkel, kühl und still. Rachel bewegte sich lautlos durch den Flur, schlich die Treppe hinunter und lauschte angestrengt. Selbst im Dunklen wirkte das Haus protzig und überladen. Es erinnerte Rachel an ein Geschäft für Importwaren, das sie mehrmals in der Decatur Street in New Orleans aufgesucht hatte.

Das leise Murmeln von Stimmen am Fuß der Treppe hielt Rachel zurück. Sie sah sich vorsichtig um. Am Ende des Korridors, in dem Zimmer, in dem Davis das Geld für ihre Rückgabe kassiert hatte, zeigte sich ein Lichtstreifen unter der Tür. Auf Zehenspitzen schlich Rachel den Flur hinunter.

Audra ließ sich in einen Sessel fallen, hob ein Glas Champagner in die Höhe und rief: »Reichtum und Macht — mögen sie uns immer erhalten bleiben, Albert.«

»Halt den Mund«, schnaubte ihr Bruder. »Ich habe dir schon ein paarmal gesagt, daß du mich nicht Albert nennen darfst. Ich heiße A. J., vergiß das nicht.«

»Du magst zwar A. J. Duncan für diese Tagelöhner sein, mein Lieber, doch für mich bist du Albert Durham. Albert Benjamin Durham der Dritte, Sohn von Frances und Albert Durham aus Brooklyn, New York. Unser Vater wäre begeistert, wenn er uns jetzt sehen könnte. Wir müssen uns wirklich überlegen, ob wir ihn nicht bitten, hierher zu ziehen.«

»Er wird nicht kommen.« Duncan ließ sich auf den Klavierschemel nieder, drückte auf eine Taste und seufzte. »Ich habe ihm schon ein paarmal geschrieben. Aber — er beantwortet meine Briefe nicht.«

»Wie der Vater, so der Sohn.« Audra begab sich zum Schreibtisch, wo die Champagnerflasche stand. »Ich bin dir immer noch böse, Albert . . .«

»A. J., verdammt noch mal!« Er schlug mit der Faust auf die Klaviertasten.

Sie tat mit einer Handbewegung seinen Wutausbruch ab. »Es hat mir gar nicht gefallen, daß ich in Galveston und anschließend in San Antonio vergeblich auf dich gewartet habe und daß ich gezwungen war, mich diesem Wagenzug anzuschließen. Es war ein Alptraum für mich.«

»Das geschah dir recht. Was sollte ich wohl von deinem Brief halten? Du hast mir mitgeteilt, daß du von mir verlangst, ein Kind zu heiraten, damit du die Hände auf ihr Erbe legen kannst. Hast du von mir erwartet, daß ich postwendend antworte: ›Aber natürlich. Ich habe mit meinem Leben nichts Besseres anzufangen!‹, wie? Schließlich hast du die junge Dame nicht gerade in rosigen Farben geschildert. Du hast sie mir als eine kleine zimperliche Maus dargestellt — mit dem Charme einer Tarantel.«

Rachel wich einen halben Schritt von der Tür zurück.

Audra führte ihr Glas an die Lippen, lachte und fragte dann: »Und was hältst du jetzt von ihr?«

»Sie ist schön. Ein bißchen giftig, ja, aber mit der Zeit und der nötigen Ermunterung wird sich das sicherlich legen.«

»Dann bist du also damit einverstanden? Du wirst sie heiraten?« Audra schwebte über den Teppich, beugte sich über die Schulter ihres Bruders und sagte: »Stell dir das mal vor! Du hast eine hübsche kleine Puppe als Frau und kannst mit ihr machen, was du willst. Und wenn sie einundzwanzig wird, fällt ihr das gesamte Erbe zu, das heißt, ihrem Mann. Aber du brauchst es nicht und kannst es an mich weitergeben. Ich brauche das Geld.« Audra warf den

Kopf in den Nacken, lachte und rief: »Ich hoffe, du schmorst in der Hölle, James Gregory, und bereust jetzt den Tag, an dem du mich aus deinem Testament gestrichen hast!«

Rachel wirbelte herum ... und stand direkt vor Richard. Er legte seine Hände wie Schraubstöcke um ihre Arme und hielt sie fest.

»Sieh mal an — wer spioniert denn hier im Dunklen?« sagte er so laut, daß die beiden in der Bibliothek es hören konnten.

Rachel wehrte sich gegen seinen Griff. »Lassen Sie mich los!«

Audra kam als erste aus der Bibliothek. Ihre Augen glänzten von dem vielen Champagner. Sie packte Rachel bei den Haaren und kreischte: »Du kleine Schlange! Wie lange hast du uns belauscht?«

»Lange genug.«

Audra drehte sich zur Tür um. »Bring sie hinein, Richard. Vielleicht ist es an der Zeit, daß wir Rachel in unsere Pläne einweihen.«

Rachel wurde gewaltsam in die Bibliothek geschoben und sie funkelte Audras Bruder wütend an, während sie sich gegen Richards Griff wehrte. A. J. drehte sich auf seinem Pianoschemel in ihre Richtung. Seine weiße haarlose Brust war unter seinem halb offenen seidenen Morgenmantel zu sehen. Er verschlang sie mit den Augen, und sie spürte, wie sich ihr Magen zusammenkrampfte.

Richard stieß sie in einen Sessel und schloß die Tür.

Rachel beobachtete ihre Stiefmutter mit einem feindseligen Blick und zischte: »Ich bin nicht an deinen Plänen interessiert. Ich habe nicht die Absicht, ihn zu heiraten!« Sie deutete mit dem Kopf auf Duncan, der nur grinste. »Und du kannst mich unmöglich dazu bewegen, meine Meinung zu ändern.«

»Aber gewiß doch. Ich bin dein gesetzlicher Vormund, wenn ich dich daran erinnern darf.«

»Ich werde mich zur Wehr setzen.«

»Aber es wäre weitaus weniger schmerzhaft für dich, wenn du das nicht tätest.«

Die Drohung hing wie ein Schwert über Rachel.

Als Rachel zurücksank, beugte sich Audra über sie: »Glaubst du, es hätte mir Spaß gemacht, die Frau deines Vaters zu sein? Meinst du etwa, ich hätte ihn aus Liebe geheiratet? Als ich nach New Orleans kam, besaß ich nichts als die Kleider, die ich auf dem Leib trug. Und ich kannte nur eine Art, mir mein Geld zu verdienen. Aber ich hatte es satt, mich von sabbernden alten Männern begrapschen zu lassen. Also schwor ich mir, etwas zu ändern.«

»Also hast du meinen Vater belogen. Du hast ihm erzählt, du wärst Witwe, und dabei bist du die ganze Zeit nichts anderes gewesen als eine billige Hure ...«

Audra versetzte ihr eine so heftige Ohrfeige, daß sich vor Rachels Augen das Zimmer zu drehen begann.

»Ich hätte den Rest meines Lebens mit deinem Vater verbracht, und wenn du nicht gewesen wärst, hätte unsere Ehe sogar erträglich sein können. Bei Gott, wie ich dich und deine feinen Manieren gehaßt ...«

»Ich bin überrascht, zu hören, daß du von meiner Existenz überhaupt gewußt hast. Du warst doch viel zu sehr damit beschäftigt, durch die Stadt zu fahren, um ihn zu besuchen.« Rachel deutete auf Richard.

Ein leises Klopfen war an der Tür zu vernehmbar. Delaney öffnete sie einen Spalt, und Rachel erstarrte, als sie Davis' Stimme hörte.

»Ich wurde hierher gebeten, weil Mr. Duncan mit mir sprechen wollte«, sagte er.

»Lassen Sie ihn rein, Richard«, rief Duncan.

Richard trat einen Schritt zurück und gab die Tür frei.

Davis stand im Türrahmen, füllte ihn fast gänzlich aus. Er war ganz in Schwarz gekleidet — eine dämonische Kraft, die im Körper eines Menschen steckte.

Er musterte Rachel mit seinem durchbohrenden Blick. Was würde geschehen, wenn sie ihn um Hilfe bat? Der Magen drehte sich ihr bei diesem Gedanken um, und sie sah zur Seite, da sie seinen Anblick nicht ertragen konnte. Nach den vielen arglistigen Täuschungen, die sie von ihm erfahren hatte, mußte es schon in der Hölle frieren, bevor sie auch nur jemals wieder *ein* Wort mit Kid Davis reden würde. Und noch weniger war sie bereit, ihn darüber aufzuklären, in was für eine Lage er sie manövriert hatte. Diese Genugtuung wollte sie ihm nicht verschaffen. Dennoch . . .

»Wie geht es Ihrer Schulter?« fragte Duncan.

»Sie schmerzt.« Davis ging langsam ins Zimmer. Er schaute sich aufmerksam um und stellte sich mit dem Rücken zur Wand. Ein ihr vertrautes schwaches Lächeln spielte um seine Mundwinkel, als er trocken bemerkte: »Ich wäre in großer Verlegenheit, wenn ich jetzt dazu gezwungen wäre, rasch zu ziehen. Ich hoffe, Sie geben mir keinen Anlaß dazu.«

Rachels Kopf schnellte in die Höhe.

»Ich habe einen Job für Sie, Davis.« A. J. schlenderte gemächlich durchs Zimmer und baute sich hinter Rachels Sessel auf. Er nahm eine ihrer silberblonden Haarsträhnen in die Hand und spielte damit. »Cortinas erwartet in vier Tagen eine neue Lieferung Rinder. Eine Reihe meiner Leute sind seit zwei Nächten mit dieser Arbeit beschäftigt. Ich hätte gern, daß Sie zu diesen Männern stoßen, wenn Sie sich stark genug fühlen.«

»Wann?«

»Am Wochenende.« Duncan setzte sich auf Rachels Sessellehne, legte seine Hand in ihren Nacken und zwang ihren Kopf nach hinten. »Unter normalen Umständen hätte ich Sie zu Ihrer Arbeitsstelle begleitet; aber ich muß mich auf meine bevorstehende Hochzeit vorbereiten.« Er sah Davis an und lächelte. »Rachel und ich werden heiraten.«

Davis rührte sich nicht, und er schwieg. Rachel heftete den Blick auf seine staubigen Stiefelkappen und wunderte sich, daß er immer noch so unbeweglich dastand wie eine von Duncans Jadefiguren. Er sollte jetzt eigentlich lachen, spotten oder sich auf seine sarkastische Weise äußern, um sie zu verletzen und die Demütigung noch zu unterstreichen, die er ihr zugefügt hatte. Aber er tat nichts dergleichen. Er sah sie nur mit diesen verdammten blauen Augen an und zuckte nicht einmal mit der Wimper.

Duncan stand auf und zwang Rachel dazu, sich ebenfalls zu erheben. »Wenn Sie uns jetzt entschuldigen wollen? Meine Verlobte und ich gehen nach oben. Da sind noch einige Dinge, die . . . besprochen werden müssen.«

Rachel bewegte sich hölzern an Duncans Seite. Sie hätte sich nur zu gern aus Duncans schmerzhaftem Griff befreit, aber ihr Stolz verbot ihr das. Nicht vor Davis. Sie schloß die Augen.

Niemals vor Davis!

18

Rachel floh in die entfernteste Ecke des Zimmers, als Duncan die Schlafzimmertür hinter sich schloß. Sie suchte nach einer Waffe, die sie gegen ihn verwenden konnte. Sie riß einen Kerzenhalter aus Messing vom Tisch und hob ihn über ihren Kopf.

»Leg das weg«, befahl er.

Sie tat es nicht und die Angst legte sich wie ein Strick um

ihren Hals. Wenn er sie haben wollte, würden ihn hundert Kerzenständer nicht daran hindern können.

»Leg das weg«, wiederholte er scharf.

Sie öffnete langsam die Finger, bis das Gerät aus Messing polternd auf die Dielen fiel.

»Entspann dich. Ich habe nicht die Absicht, mich dir aufzuzwingen, meine Liebe. Zumindest jetzt noch nicht. Ich bin mir bewußt, daß das alles ein großer Schock für dich gewesen ist. Du brauchst Zeit, dich in deiner neuen Lage zurecht zu finden.«

Mit einem raschen Kopfschütteln konterte sie: »Ich werde niemals mit *Ihnen* . . .«

»Mir scheint, du hast dich bei Davis weniger geziert.« Er beobachtete ihre Reaktion. Als sie nichts sagte, fuhr er fort: »Er hat sich dessen sogar gerühmt, wie er dich in diesem *hackal* in Fort Clark vernascht hat.«

Sie drehte das Gesicht zur Seite, als er vor ihr stehenblieb und mit einem blassen Finger über ihre Wange strich und den Abdruck von Audras Hand auf ihrem Gesicht nachzeichnete. »Was für eine Schande, etwas so atemberaubend Schönes zu mißhandeln«, sagte er. »Solltest du mir freiwillig die Zustimmung zu unserer Eheschließung geben, werde ich dafür sorgen, daß Audra dich nie mehr verletzen kann.«

»Ich werde niemals zustimmen.« Sie schüttelte den Kopf.

»Audra hat mich vor deiner Sturheit gewarnt, aber mir gefällt das. Eine widerspenstige Frau macht das Leben doch nur interessanter.« Er schloß die Finger um ihr Kinn und zwang sie, ihm das Gesicht zuzudrehen. »Aber ich muß dich warnen, meine Liebe. Ich bin ein Mann, der sich am Ende immer nimmt, wonach es ihn verlangt. Ich bin nicht so wie dieser Davis. Alles, was ich besitze, gehört mir, weil ich es mir genommen habe. Betrachte es einmal von dieser Seite. Alles, was ich besitze, all diese Schätze, die ich aus der ganzen Welt zusammengetragen habe, werden zum Teil auch dir gehören.«

»Das ist alles schrecklich vulgär. So wie Sie. Sie würden ein echtes Kunstwerk nicht erkennen können, wenn man es Ihnen auf den Kopf schlägt.«

Sie keuchte, als seine Hand zu ihrer Kehle wanderte. Sie schloß die Augen und machte sich darauf gefaßt, daß er ihr in der nächsten Sekunde die Luftröhre zerquetschen würde. Rachel versuchte zu schlucken. Es war ihr nicht möglich. Einen Moment lang begann die Welt unter ihren Füßen bedrohlich zu schwanken.

»Ich werde dich töten, wenn du noch einmal so etwas zu mir sagst. Vergiß nicht, daß ich das bißchen Kleingeld nicht brauche, das dein Vater dir vermacht hat. Ich habe mehr Geld, als dein Vater sich mit zehn dieser stinkenden, von Moskitos verseuchten Plantagen in dreihundert Jahren verdient hätte. Und ich muß nicht einmal den Rücken krumm machen, um es zu verdienen.«

Rachel holte keuchend Luft, als er seinen Griff lockerte. Sie drückte sich an die Wand, schob die Hand unter ihren Schal und legte die Finger über ihre Brust.

»Ich brauche dein Geld nicht«, wiederholte er. »Ich tue nur meiner Schwester einen Gefallen. Aber sollte ich *nach* unserer Heirat deiner überdrüssig werden, bist du so gut wie tot. Daran solltest du immer denken.«

Er beugte sich über sie und hauchte ihr seinen nach Tabak stinkenden Atem ins Gesicht. »Gibst du jetzt deinem Verlobten einen Gute-Nacht-Kuß, Miss Gregory?«

Er grub seine Daumen in die empfindliche Unterseite ihres Kinns und drückte ihr Gesicht nach oben. Als er seinen Mund über ihren Lippen öffnete, schloß Rachel die Augen und zwang sich dazu, an andere Dinge zu denken. Dennoch wurde ihr Körper vom Ekel geschüttelt. Sie hatte das

Gefühl, als hätte sich plötzlich ein kalter Polarwind in dieses Zimmer verirrt.

Ihr gefror das Blut in den Adern, als er sich umdrehte und das Zimmer verließ. Sie hörte, wie sich der Schlüssel im Schloß drehte. Als seine schweren Schritte im Korridor verhallten, glitt sie an der Wand zu Boden. Sie zog die Beine an die Brust, legte die Stirn auf die Knie und dachte an ihren Vater. Er hatte ihr einmal anvertraut, daß er im Norden Geld investiert habe. Aber als die Yankees den Süden erobert und Belle Hélène den Todesstoß versetzt hatten, haben sie angenommen, daß sie ihr ganzes Vermögen verloren hätten.

Dennoch hätte ihr Vater Audras Reaktionen voraussehen müssen, als er sie enterbt hatte. Andererseits hätte sie unter normalen Umständen schon verheiratet und sicher vor Audras Machenschaften sein können. Sie hatte es diesem verdammten Krieg zu verdanken, daß sie den möglichen Gatten, den Vater und ihr Heim gleichzeitig verlor. Nun mußte sie sogar damit rechnen, daß ihr auch noch das Leben genommen wurde. Sie traute weder ihrer Stiefmutter noch deren Bruder. Sobald sie einundzwanzig war, würde er sie umbringen lassen. Die beiden würden nicht das Risiko eingehen, daß sie sich jemandem anvertraute.

Was, gütiger Himmel, sollte sie nun tun?

Sie mußte fliehen.

Aber wie?

Sie sprang auf die Beine und lief zum Fenster. Es war vernagelt. Verdammt! Sie konnte die Scheibe nicht einschlagen: das Geräusch würde sofort die Wächter im Haus und auf dem Grundstück alarmieren.

Irgendwie mußte sie Audra und A. J. dazu bringen, sie laufen zu lassen. Aber zunächst mußte sie auf deren Plan eingehen. Vielleicht konnte sie ihnen eine Lüge erzählen, die so überzeugend war, daß sie ...

Sie starrte auf die Baracken, die im Mondlicht gespenstisch weiß schimmerten, und schwor sich, einen Weg zu finden, um hier herauszukommen.

Davis griff nach seiner Waffe. Seine Hand glitt über den Kolben der Waffe und weigerte sich, den Anweisungen seines Geistes zu folgen. Sein Körper war naß von Schweiß, weil er seine ganze Kraft aufbieten mußte, um den bohrenden Schmerz in seiner Brust und Schulter zu ertragen. Immer wieder versuchte er, seine Waffe zu ziehen, bis der Schmerz so heftig wurde, daß er ihn nicht länger mißachten konnte.

Er sank gegen den Zaun, der neben ihm aufragte, griff sich an den wunden Arm und verfluchte seine Unbedachtheit, mit der er in das Hotelzimmer in San Carlos gestürmt war. Und er verfluchte den Vertrag, den er mit diesen Leuten geschlossen und der ihn nach Texas zurückgebracht hatte. Ohne ihn wäre er aber niemals dahintergekommen, daß seine Eltern bei jenem Indianerüberfall vor fünfundzwanzig Jahren *nicht* getötet worden waren. Er hätte niemals diese Freude erlebt, sie wiederzusehen, oder die quälende Einsicht gewonnen, daß ihr Leben ohne ihn weitergegangen war. Alejandro de Bastitas hatte noch *andere* Söhne, die in seine Fußstapfen getreten waren — alle waren gut erzogen und gebildet. Was sollte der große *Patron* mit einem Sohn anfangen, der nicht einmal seinen eigenen Namen lesen konnte?

Und da war Rachel. Morgen mittag würde sie Duncan heiraten. Was konnte er dagegen unternehmen?

Er rieb sich die Schulter, blinzelte ins helle Sonnenlicht und sah zum Haus zurück. Rachel stand an Duncans Seite, und die Sonne schien ihrem Kopf und ihre Schultern mit einem weißen Schleier zu überziehen. Sie sah ungewöhnlich blaß aus in diesem harschen Licht, und er fragte sich nicht zum erstenmal, ob sie Duncan freiwillig heiratete. Jedenfalls hatten sie es verdammt eilig mit der Hochzeit, und dafür mußte es einen Grund geben. Zuerst hatte er sich gesagt, daß ihre Sehnsucht nach einem eigenen Heim sie veranlaßt hatte, einen ihr vollkommen fremden Mann zu ehelichen; schließlich hatte sie ja auch Martin Stillwell ihr Ja-Wort geben wollen. Aber dann war ihm eingefallen, daß Stillwell für sie nur eine Notlösung gewesen wäre, um ihrer Stiefmutter zu entrinnen. Vielleicht war ihre Einwilligung, Duncan zu heiraten, auch ein Racheakt, weil er, Davis, sie offensichtlich kaltblütig und vorsätzlich verraten hatte. Egal welche Gründe sie haben mochte — für ihn wurde die Zeit knapp. Er sollte noch heute abend die Ranch verlassen, um sich mit Cortinas zu treffen. Aber er hatte noch nicht alle Informationen, die er benötigte. Dieser Bastard Duncan war noch nicht bereit, ihm sein volles Vertrauen zu schenken. Er mußte eine Möglichkeit finden, in das Haus einzudringen — in das Zimmer, in dem Duncan sein Geld aufbewahrte. Und dann war da noch Rachel ...

Er überlegte, ob er nicht zu ihr gehen, sie um Hilfe bitten und ihr endlich erklären sollte, was er hier machte und warum. Doch damit würde er wieder einmal ihr Leben gefährden. Wie schon so oft in diesen letzten grausamen Tagen dachte er: Je weniger sie weiß, um so besser für sie. Ihre Angst und ihr Mißtrauen ihm gegenüber mußten echt sein, wenn seine Taktik zum Erfolg führen sollte.

Als er zum Haus ging, sah er, wie sie ihm das Gesicht zudrehte. Ihre Augen weiteten sich, als ihre Blicke sich kreuzten. Und dann drehte sie sich um und zeigte ihm die kalte Schulter. Aber Davis bemerkte, wie ihre Hand zitterte, als sie Duncans Arm ergriff.

Davis' Schritt wurde langsamer, als Duncan den Arm um Rachels Taille legte und sich ihm zudrehte.

»Ah, Mr. Davis! Wie nett, daß ich Sie noch einmal sehe. Haben Sie Ihre Sachen schon gepackt für heute abend?«

»Ja, ich bin reisefertig.«

Erst jetzt wandte sich Rachel ihm zu.

»Ich habe gerade mit Rachel über unsere Hochzeit gesprochen. Wir wollen hier im Park feiern. Ich denke, er wird mit seinen vielen blühenden *Rosas* diesem Ereignis den gebührenden festlichen Rahmen verleihen. Zu schade, daß Sie der Hochzeit nicht beiwohnen können.«

Richard bog in diesem Moment um das Haus und kam auf sie zu. Duncan sah ihm entgegen und ließ einen Moment Rachels Arm los — lange genug, daß Davis rasch mit dem Finger über den Ärmel ihrer weißen Leinenbluse streichen konnte, in der sie so zerbrechlich wirkte.

Sie scheute seine Nähe. Ihr bleiches Gesicht wurde noch eine Idee blasser, und ihr kleiner rosiger Mund öffnete sich leicht und verriet ihm auf eine stumme, rührende Weise, wie verwirrt sie war. Noch nie war er von ihrer Schönheit so berührt gewesen wie in diesem Augenblick. Die Erkenntnis, daß er sie für immer verlor, erschütterte ihn zutiefst.

Tausend Worte gingen ihm durch den Kopf, die er ihr in diesem Moment sagen wollte. *Verzeih mir, alles wird gut werden, vertraue mir . . . Ich liebe dich.* Er sagte es ihr mit den Augen und flehte sie stumm an, Duncan nicht zu heiraten. Als ihre Augen feucht wurden und ihre Wangen brannten wie Fackeln, lächelte er.

Er blickte — wie sie — zur Seite, als Duncan sich ihnen wieder zudrehte. Er mußte Rachels Verwirrung bemerkt haben, denn er fragte: »Stimmt etwas nicht, meine Liebe?«

»Ich würde jetzt gern auf mein Zimmer gehen«, sagte sie mit einer so zaghaften Stimme, daß Davis sofort wußte, daß sie nicht Herrin ihrer Entscheidungen war.

»Unsinn, Liebes, wir müssen noch über die Vorbereitungen unserer Hochzeit sprechen.« Er schaute Davis an und gestand: »Rachel ist ein wenig nervös. Voreheliches Lampenfieber, würde ich sagen. Aber Audra und ich sind der Meinung, daß wir so rasch wie möglich heiraten sollten nach allem, was das arme Kind durchmachen mußte.«

Davis richtete den Blick auf eine Schafherde in der Ferne: »Nach allem, was sie durchmachen mußte?«

»Gewiß. Was Sie ihr angetan haben.«

Aus den Augenwinkeln bemerkte Davis, wie Rachel zusammenzuckte. Davis betrachtete den Boden zwischen seinen Stiefeln und sah dann wieder Duncan an, der eine selbstgefällige Miene aufgesetzt hatte. Und dann sagte er mit leiser Stimme: »Ich glaube nicht, daß ich Sie verstehe.«

»Rachel hat mich darauf hingewiesen, daß sie höchstwahrscheinlich schwanger ist.«

Davis wurde der Mund trocken. »Bist du schwanger, Rachel?«

Sie gab ihm keine Antwort.

Duncan legte wieder die Hand auf Rachels Arm und lächelte sie beide an. »Sie werden uns jetzt entschuldigen, Mr. Davis? O«, fügte er dann hinzu, »kommen Sie doch heute abend, bevor Sie auf die Reise gehen, noch einmal zu mir in die Bibliothek. Ich habe einen Empfehlungsbrief für Sie an Señor Cortinas geschrieben. Er wird dafür sorgen, daß Sie ein sicheres Versteck in Mexiko erhalten und dort Ihr Auskommen haben, bis die Ranger es aufgeben, nach Ihnen zu suchen.«

Damit drehte sich Duncan um und ging mit Rachel ins Haus.

Ihre Knie zitterten. Sie wußte nicht, wie sie den kurzen Weg zum Haus bewältigen sollte. Sie durfte sich nicht umdrehen und mußte immer wieder ein Bein vor das andere setzen — so hart sie das auch ankam. Sie sehnte sich danach, Davis zu berühren — gleichgültig, was er ihr angetan hatte. Sein Gesicht verfolgte sie bis in ihre Träume. Und die Andeutung, daß sie möglicherweise schwanger sei, hatte ihn offensichtlich nachdenklich gemacht. Vielleicht war es ihm egal, was aus ihr wurde; aber sein Baby ...

Diese Ausrede war ihr als erstes in den Sinn gekommen, als sie nach einem glaubhaften Grund suchte, der ihre Hochzeit mit Duncan unmöglich machte. Audra hatte ihr natürlich sofort geglaubt. Nun, eine Lady würde lieber sterben, als die Schande auf sich zu nehmen, ein uneheliches Kind zur Welt zu bringen.

Richard trat zu ihnen, als sie sich im Haus befanden. Rachel erschrak, als Richard heftig die Tür hinter ihnen zuwarf.

»Was ist nun wieder los?«

»Quint ist aus Brackettville zurück.«

Rachel schaute auf Duncans Finger, die sich in ihre Haut bohrten. Ihr Arm war wie abgestorben. Sie schloß die Augen und versuchte Davis' Gesicht aus ihrem Bewußtsein zu verdrängen.

»Er hat mit dem Sheriff gesprochen. Es gibt keine Steckbriefe von Davis. Der Sheriff hat noch nicht mal seinen Namen gehört. Und noch etwas. Der Sheriff ist ein guter Freund von Marshal Bettinger in El Paso. Der erinnert sich an die Schießerei in der Cantina, bei der eine Reihe von Leuten den Tod fanden. Aber die hat vor über einem Jahr stattgefunden.«

Audra kam in diesem Moment in die Vorhalle. Sie war in meterlange Bahnen roter chinesischer Seide gehüllt und schien eben erst aus dem Bett zu kommen.

»Vor über einem Jahr?« wiederholte Duncan.

»Ja.«

»Ist das sicher?«

Delaney nickte. »Der Sheriff hat einen Stoß alter Steckbriefe aus seinem Schreibtisch geholt und entdeckt, daß der Mann, der von Marshal Bettinger wegen dieser Schießerei gesucht wurde, Jim Hines heißt. Und der wurde schon zwei Monate später in der Nähe von Waco von einem Ranger gestellt und getötet.«

Langsam sickerten diese Worte in Rachels Bewußtsein. Sie hob das Kinn und schaute Duncan ins Gesicht. In seinen Augen war ein gefährliches, tückisches Glitzern. »Vielleicht sollten wir beide uns mal unterhalten«, sagte er.

»Wo-worüber?«

»Spiel nicht die Unschuldige, meine Liebe.«

Er schubste sie durch den Flur und schob sie in die Bibliothek. Er schloß die Tür hinter ihnen, während sich Rachel den schmerzenden Arm rieb.

»Rede«, befahl Duncan dann.

»Worüber?« Sie zuckte innerlich zusammen, als sie seine Fäuste betrachtete.

»Über Davis, du reizende kleine Närrin. Worüber sonst? Was weißt du von ihm?«

Sie betrachtete seine Hände, die vor ihrem Gesicht hin und her schwangen wie Pendel. »Er wurde nach El Paso transportiert, um dort vor Gericht gestellt zu werden.«

»Versuch es noch einmal.«

»Ich weiß nur, was er mir erzählt hat.«

Die Faust kam so schnell auf sie zu, daß sie nicht reagieren konnte. Sie war einmal von einem Pony gegen das Schienbein getreten worden, aber selbst das hatte nicht einen so gleißenden, brennenden Widerhall in ihrem Gehirn hervorgerufen. Sie schüttelte den Kopf, um die Blitze zu vertreiben, die vor ihren Augen tanzten. Der Schock verwandelte sich in Schmerz, als das Blut ihren Mund ausfüllte. Sie war gezwungen, es hinunterzuschlucken.

Sie zuckte zurück und bedeckte das Gesicht mit beiden Händen, als er wieder eine Faust hob. »Er muß es dir gesagt haben, meine Liebe. Du wolltest ihn ja schließlich heiraten.«

Sie schüttelte den Kopf.

Er ließ sich vor ihr auf ein Knie nieder, umfaßte mit beiden Händen die Sessellehne und zog die Brauen in die Höhe. »Ich habe noch andere Möglichkeiten, dich zum Reden zu zwingen.«

»Aber ich habe doch nichts zu sagen.« Sie preßte die Hand gegen den Mund und spürte, wie das Blut durch ihre Finger rann. Sie schloß die Augen, um den Brechreiz unter Kontrolle zu halten. Und dann spürte sie, wie seine Hand unter ihrem Rock langsam an ihrem Bein hinaufkroch.

»Ich habe Geduld mit dir gehabt«, sagte er drohend. Er starrte sie lange an, ehe er fortfuhr: »Gut. Wir machen es dann eben auf die übliche Weise. Wie ich zu sagen pflegte: ›Gib einem schuldigen Mann eine Rolle Strick, und er wird sich am Ende selbst daran aufhängen.‹ Richard!«

Die Tür schwang hinter ihnen auf.

Ohne sich umzudrehen oder den Blick von Rachel abzuwenden, sagte Duncan: »Mißtrauen Sie Davis noch immer?«

»Mehr denn je.«

»Dann sagen Sie Quint, daß er ihn keinen Moment aus den Augen lassen darf. Und wenn Sie die Grenze passiert haben . . . soll er ihn töten.«

Die Worte und die Bilder wirbelten durch ihren Traum. Er hatte das Verbrechen nicht begangen. Es war ein anderer gewesen — schon vor langer Zeit. Eine Personenverwechslung. Der wahre Schuldige war von einem Ranger in der Nähe von Waco erschossen worden. Sam. O Gott, Sam — hast du das gewußt?

Sie sah zur Uhr auf der Frisierkommode. Es war sechs Uhr. Sie hatten ihr ein Medikament gegeben.

Es klopfte an ihrer Tür. Die *doncella* rief mit ihrer kleinen, schüchternen Stimme: »*Señorita*, Señor Duncan wünscht, Sie unten in der Bibliothek zu sehen.«

Rachel eilte zur Tür und lauschte, bis die Schritte des Mädchens auf dem Flur verhallt waren.

Rachel hörte Klaviermusik, als sie die Treppe hinunterging. Sie mußte Davis warnen und ihm sagen, daß er nicht mit Quint zu Cortinas reiten durfte.

Gütiger Himmel, er war ihnen hilflos ausgeliefert. Er konnte seinen rechten Arm noch immer nicht gebrauchen. Sie hatte seine Versuche am Morgen beobachtet — und ohne seine Waffe . . . Sie brauchte Zeit, um sich einen Plan zurechtlegen zu können. Sie wußte, wo sich die Ställe befanden; sie hatte Duncan so lange in den Ohren gelegen, bis er ihr die Ranch gezeigt hatte. Sie hatte sich sogar mit einer Stute anfreunden können, indem sie sie mit Zuckerstückchen fütterte. Nein, es würde keine Probleme geben, was dieses Pferd betraf. Nach Einbruch der Dunkelheit konnte sie aus dem Haus schlüpfen und . . .

»Schaut mal, wen wir hier haben.«

Auf halbem Weg zu den Ställen hielt Rachel mitten im Schritt an und drehte sich langsam mit wild klopfendem Herzen um. Sie sah sich Richard Delaney gegenüber. Aus dem Haus erklang immer noch diese Klaviermusik.

»Wohin so eilig?« fragte er.

Tausend verschiedene Ausreden schossen ihr durch den Kopf. Sie schob die Hand in ihre Rocktasche und holte ein paar Zuckerstückchen hervor. Sie begegnete Richards Blick, ohne zu blinzeln, und log: »Ich wollte die Stute besuchen.«

»Die Stute, eh?« Er schob den Hut aus der Stirn und grinste. »Ich dachte, Sie wollten zu Davis, wie?«

»Davis!« Sie mimte die Entrüstete. »Mr. Davis kann meinetwegen zur Hölle fahren!«

Delaney warf den Kopf in den Nacken und lachte: »Pete

hat uns erzählt, daß Sie und Davis dicke Freunde waren. Pete sagt, damals in der Nacht hätten er und die Jungs in Fort Davis darauf gewartet, daß Sie ihm die Zähne zeigen. Aber anscheinend haben Sie es gern getan für ihn.«

»Das hat Pete gesagt? Ich dachte, Davis . . .«

»Davis ist stumm wie ein Fisch.«

»Nun.« Sie holte tief Luft, sah zu den Ställen und dann zu den Baracken. *Ich muß zu ihm*, dachte sie. *Ihn warnen und ihm eine letzte Chance geben, mir alles zu erklären.*

Der Gedanke brannte in ihrem Gehirn, auf ihrem Gesicht und auf ihrer Haut.

»Rachel?«

Sie wirbelte herum, wich stolpernd einen Schritt zurück, als sie die purpurrote Krawatte sah, die Duncan in sein pinkfarbenes Hemd schob.

»Was suchst du denn hier?« Sein Blick wanderte zu ihrer Hand.

»Ich — ich habe Zucker für die Stute.«

Duncan beobachtete sie und suchte nach irgendwelchen Anzeichen, daß sie ihn belog. Dann lächelte er und sagte: »Komm in die Bibliothek und höre mir beim Klavierspielen zu.«

»Aber der Zucker . . .«

»Vergiß ihn, meine Liebe. Davis ist schon fort.«

Davis saß mit dem Rücken zum Felsen und beobachtete die vom Lagerfeuer beleuchteten Gesichter der Männer. Quint Jones drehte seinen Kaffeebecher in der Hand und sagte: »Ich habe schon die ganze Zeit die Kanone an deiner Hüfte bewundert, Davis. Vernickelter Lauf und Perlmuttschalen. Muß dich etliche Dollar gekostet haben. Darf ich fragen, wo du die aufgetrieben hast?«

»Hab' nichts dagegen«, gab Davis gleichgültig zur Antwort.

Quint lachte und goß den kalten Bodensatz seines Kaffees in den Sand. »Du bist nicht gerade ein redseliger Mann, Davis.«

»Gewohnheit.«

Der Mann, der neben Quint am Feuer hockte, stand auf und ging zu seinem Pferd. »Wo bleibt denn Cortinas?« wollte Davis wissen.

»Vermutlich bei Anbruch der Dämmerung.« Quint streckte die Beine aus und schob dabei das Halfter höher die Hüfte hinauf.

Davis hob eine Braue. Er bemerkte, wie der Blick des Mannes zu seinem Revolver zuckte. Er sah Jones auf eine Weise an, als wollte er ihn fragen: *Erwartest du, daß ich jetzt ziehe?*

Quint zog den Kopf ein und gab seiner Satteldecke, die am Boden lag, einen kleinen Schubs. »Wie ich hörte, kannst du verdammt gut mit dieser Kanone umgehen. Du hast einen Freund von mir damit getötet ... Clyde Lindsey.«

»Über Geschmack läßt sich bekanntlich nicht streiten.«

Quints Kopf schnellte herum, aber er ließ sich von der spöttischen Bemerkung nicht provozieren, sondern sank auf seine Decke. »Ich schätze, wir sollten uns jetzt aufs Ohr legen. Cortinas erwartet, daß wir die Rinder ohne Rast bis nach Villadama treiben.«

Die Nacht brach dunkel und sternenlos herein.

Davis bewegte sich nicht und hielt den Blick auf die Wache gerichtet, die im Schatten der Felsen verharrte. Nur gelegentlich wanderten seine Blicke zu den Schläfern in ihren Decken. Die Longhorns bewegten sich unruhig zwischen den Wänden der Schlucht, in die sie die Herde getrieben hatten. Ein Kojote heulte, und irgendwo jaulte laut ein Puma, dem die Kühe blökend antworteten.

Davis zog die Decke bis zum Kinn, deckte den Hut über sein Gesicht und schloß die Augen.

Er erwartete nicht, daß der Angriff so rasch kommen würde. Der zur Nachtwache eingeteilte Mann schlich aus dem Schatten der Felsen, stieß Quint mit dem Stiefel an, und beide griffen nach ihrem Revolver. Bevor sie die Waffen aus dem Leder ziehen konnten, rollte Davis schon zur Seite und feuerte den Revolver ab, den er unter der Decke bereitgehalten hatte. Die beiden Schüsse kamen so rasch, als wäre es nur einer gewesen. Er traf Quint in die Schulter. Davis stieg über die Leiche des anderen Mannes, blickte in Quints schmerzverzerrtes Gesicht und grinste.

»Ich bin ein bißchen enttäuscht von dir, Quint«, sagte er. »Ich dachte, Duncan heuert keine Amateure an.«

Quint griff sich an die Schulter. »Fahr zur Hölle, Davis.«

»Also — ist das eine Art, mit einem Mann zu reden, der seine Kanone an deinen Kopf hält?« Davis zog den Hammer seiner Waffe zurück, drückte Quint den Lauf an die Schläfe und fragte: »Gefällt dir mein Revolver noch immer, Jones?«

Quint fragte mit schwacher Stimme: »Wer bist du?«

Davis richtete sich auf, ließ den Hammer wieder nach vorn gleiten und schob den Revolver ins Halfter zurück. »Das möchtest du wohl gerne wissen, wie?«

»Wirklich, meine Liebe, du könntest dich wenigstens bemühen, ein bißchen glücklicher auszusehen. Das ist schließlich dein Hochzeitstag.« Rachel starrte geradeaus, während Audra um sie herumwanderte. »Ich muß gestehen, daß das Kleid nicht gerade der Tradition entspricht, aber es gibt wenig, was an meinem Bruder traditionell wäre. Er hat nun einmal einen Hang zum Exotischen.« Audra hielt am Bett an und legte einen kalten Finger auf Rachels bleiche Wange. »Ich wette, du trauerst noch immer diesem Verbrecher nach. Wirklich, meine Liebe, du verschwendest nur deine Zeit, wenn du bedenkst, daß er dich an deinen Bruder verkauft hat. O — inzwischen ist er ja sowieso schon tot. Wirklich schade um so ein Prachtexemplar von Mann. Ich hatte da einige vielversprechende Möglichkeiten gesehen.«

»War *sehen* alles, was du mit Davis gemacht hast, Audra?«

»Du fragst mich, ob ich ihn verführt habe? Nun, meine kleine beschmutzte Taube, ich glaube fast, du wirst rot. Ehrlich gestanden, ist mir das nie ganz gelungen. Ja! Betrachte das als mein Hochzeitsgeschenk, daß ich mit deinem Freund nicht geschlafen habe. Fühlst du dich jetzt besser? Ja? Dann lächle — dein Bräutigam wartet auf dich!«

Damit drehte sich Audra um und rauschte aus dem Zimmer.

Rachel starrte auf die Falten roter Seide, die sich um ihre Füße bauschte, und sammelte all ihre Kräfte, um den Weg in das Erdgeschoß zurücklegen zu können. Die schwere orientalische Robe auf ihrer Schulter war eine Last, die ihr den Schweiß auf die Stirn trieb. Ihr Herz schmerzte.

Davis spähte vorsichtig durch das offene Fenster, bevor er sich auf das Fensterbrett schwang. Er schlich durch den Flur in die Bibliothek, schloß leise die Tür und ging rasch zum Panzerschrank. Er ließ sich auf ein Knie nieder und begann, das Rad des Kombinationsschlosses hierhin und dorthin zu drehen. Klick, klick, klick. Wie einfach. Wie verdammt einfach. Wenn sich alle Safes so leicht hätten öffnen lassen wie dieser, wäre er niemals in eine so schlimme Lage geraten.

Die Tür des Panzerschrankes schwang auf. Er starrte auf die Geldbündel und zog einen Zettel aus seiner Hemdentasche. Er faltete ihn rasch auseinander, sah zur Tür und lauschte auf die gedämpften Stimmen der Leute im Innenhof. Verdammt, die Zeit wurde knapp.

Er verglich die Zahlen auf dem Zettel mit denen auf den Banknoten. Nichts. Nichts! Dann ... Er grinste. Er schob das Geld in den Safe zurück und dachte: *Duncan, du verdammter Narr! Wie konntest du nur solche Beweise in deinem Haus herumliegen lassen!*

Er schloß die Safetür, drehte am Kombinationsschloß und schlich auf den Korridor.

Er stellte sich im Foyer in den Schatten und betrachtete die Gestalt, die, in meterlange Bahnen roter Seide gehüllt, auf einer Stufe kauerte. Sie hatte den Kopf auf die angewinkelten Knie gelegt und ihre Schultern zuckten. Eine Hand, so dünn und weiß wie kostbares Porzellan, lag mit der Handfläche nach oben auf der Stufe neben ihr.

Davis vergaß jede Vorsicht und war nur noch um Rachel besorgt. Er würde die Sache jetzt zu Ende bringen. Oder es wenigstens versuchen. Er wollte ihr alles erklären und ihre Entscheidung abwarten, ohne Druck auf sie auszuüben oder Ausflüchte zu benützen. Er hatte getan, was er tun mußte.

»Rachel.«

Ihr Kopf hob sich langsam. Sie starrte ihn ungläubig aus großen Augen, in denen Tränen glitzerten, an. Ihre Lippen formten einen Kreis. »O —«

Ehe er noch ein Wort sagen konnte, sprang sie auf und fiel ihm um den Hals. Er taumelte rückwärts, ehe er sich mit der Linken am Geländerpfosten festhalten konnte. Sie begrub ihr Gesicht an seinem Hals, und er spürte ihre heißen Tränen, als sie schluchzte: »Du bist nicht tot! Du bist ja gar nicht tot!« Ihr Kopf fiel nach hinten, als ein Lächeln über sein Gesicht huschte. »Sie haben mir gesagt ...«

»Vergiß, was sie dir erzählt haben, *querida*. Aber wenn wir auf der Treppe stehenbleiben, wird es für uns beide gefährlich.«

Rachel wich ein wenig zurück. Ihre Finger berührten

sein Gesicht und das schwarze Haar über seinem Ohr. Echt, alles echt. Er war am Leben und alles, was sie ihr erzählt hatten, waren nur Lügen gewesen, um ihren Geist zu verwirren, sie zu verletzen und sie gefügig zu machen.

»Du kommst jetzt mit mir«, sagte er. »Ich habe draußen zwei Pferde bereitstehen.« Er nahm ihr Gesicht zwischen seine Hände und zwang sie, ihn anzusehen. »Du wirst auf eines der Pferde steigen und reiten. Und du wirst auf keinen Fall, unter keinen Umständen, anhalten und umkehren ...«

»Nein!« Rachel schloß die Augen, schluckte ihre Angst hinunter und sagte heiser: »Ich werde diese Ranch nicht ohne dich verlassen ...«

Er schüttelte sie. »Verdammt, Mädchen, wir haben das doch alles schon einmal durchexerziert ...«

»Und werden es noch tausendmal durchexerzieren! Ich gehe ohne dich nirgendwo hin. Ich weiß, daß du mich liebst, sonst wärst du nicht zurückgekommen, um mich zu holen. Warum willst du das noch immer abstreiten?«

»Ich habe es niemals abgestritten.« Seine Finger schlossen sich um ihren Arm. »Ich habe nie geleugnet, daß ich dich liebe.«

»Dann sag es mir. Ich werde nicht eher gehen, bis du es mir gesagt hast.«

Er berührte ihr Gesicht, spreizte die Finger über ihrer Wange, während sein Mund über ihren Lippen schwebte. »Ich liebe dich«, flüsterte er.

»Na, na — ist das aber ein rührender Anblick!«

Davis erstarrte. Bevor Rachel sich bewegen konnte, hatte er sie bereits hinter sich geschoben. Er hob die Hände und drehte sich langsam zu Delaney um.

Delaney warf einen Blick auf den Mann neben ihm und sagte: »Geh und hol Mr. Duncan. Sag ihm, er soll in die Bibliothek kommen.« Dann deutete er mit dem Revolver auf den Flur und sagte: »Nach Ihnen, Mr. Davis.«

Davis faßte Rachel am Arm und schützte sie mit seinem Körper. Delaney beugte sich vor und nahm den Revolver aus Davis' Halfter. Dann richtete er beide Waffen auf Davis.

Sie hatten gerade die Bibliothek erreicht, als Duncan hinter ihnen auftauchte. Er blieb im Türrahmen stehen und richtete den Blick erst auf Davis, dann auf Rachel.

»Ich habe sie zusammen auf der Treppe erwischt«, erklärte Delaney. »War eine wirklich reizende Szene, die sie mir boten.«

Duncan schob die Schultern vor, während er dem Blick aus Davis' eisblauen Augen begegnete. »Was haben Sie diesmal mit meinen Männern gemacht, Mr. Davis?«

»Was denken Sie wohl?« gab Davis ätzend zurück. »Wenn Sie das nächstemal Leute damit beauftragen, jemanden umzubringen, sollten Sie sich vorher vergewissern, ob sie der Aufgabe gewachsen sind. Es war geradezu bedauernswert einfach, sie umzulegen — selbst mit einem verletzten Arm.«

»Was, zum Teufel, wollen Sie von mir, Davis? Und wer sind Sie?« Duncan knetete seine Hände und ballte sie dann zu Fäusten.

Delaney trat vor und zielte mit seiner Waffe auf Davis' Herz. »Ich kann Ihnen ganz genau sagen, wer er ist, Boß. Es fiel mir in dem Augenblick ein, als ich ihn auf der Treppe stehen sah.«

Schweigen erfüllte den Raum. Rachel starrte Delaney an und fragte sich, wie er denn dahinter gekommen sein konnte, daß Kid Davis in Wahrheit Tomas de Bastitas war. Warum erschreckte diese Tatsache Audras Bruder so, und weshalb war Delaney so wütend.

Ein Grinsen zeigte sich in Delaneys Mundwinkel, als er seinem Arbeitgeber einen verständnisinnigen Blick zuwarf und den Lauf des Revolvers auf Davis' Kopf richtete.

»Nein!« Rachel warf sich auf Delaney und versuchte nach seiner Waffe zu greifen. Delaney schleuderte Rachel mühelos zur Seite, traf sie mit dem Ellenbogen am Kinn, und sie landete in einer Wolke aus scharlachfarbener Seide auf dem Boden. Davis bewegte sich auf ihn zu, doch sofort zuckte Delaneys Waffe wieder in die Höhe. »Wage es nicht!« drohte Delaney. Dann betrachtete er Rachel und lachte. »Wenn ich Sie wäre, Süße, würde ich mich nicht so bereitwillig für einen Mann töten lassen, der Sie nur dazu benützt hat, an Mr. Duncan heranzukommen. Das ist alles, was er von Ihnen wollte, verstehen Sie? Er wollte in dieses Haus eindringen, um sich die Beweise zu verschaffen, die er brauchte, um meinen Boß an den Galgen zu bringen.«

»Ich soll hängen?« fragte A. J. verständnislos.

»Richtig.« Delaney wandte seine Aufmerksamkeit wieder A. J. zu. »Es fiel mir vorhin ein. Er stand am Geländer der hinteren Plattform eines Eisenbahnwagens in Pennsylvania — direkt neben dem Präsidenten der Vereinigten Staaten. Er ist ein Vertreter des Gesetzes, Mr. Duncan. Ein Pinkerton-Detektiv.«

Ein langes Schweigen folgte. Rachel starrte Davis mit leicht geöffneten Lippen an. Ihr Herz klopfte so heftig, daß sie kaum etwas anderes hören konnte als das Rauschen ihres Blutes. Davis stand nur da und musterte Duncan, und sie wußte in diesem Augenblick, daß Delaney die Wahrheit gesagt hatte. Davis versuchte erst gar nicht, etwas abzustreiten. Er lächelte auf jene sarkastische Weise, die ihr nur allzu vertraut war.

Mit bleichem Gesicht und bebenden Händen lehnte sich A. J. an seinen Schreibtisch. »Du liebe Güte — wie haben Sie mich gefunden?«

»Ich nicht.« Davis begegnete Duncans Blick, ohne mit der Wimper zu zucken. »John Hopper hat sie gefunden.

Wir haben schon seit einiger Zeit gewußt, wo Sie sich aufhalten, aber wir konnten nicht nahe genug an Sie herankommen wegen der vielen Wachhunde, die Sie auf Ihrer Ranch verteilt haben. Die einzige Möglichkeit, an Sie heranzukommen und die Beweise zu beschaffen, war, einen Mann in Ihre Organisation einzuschleusen.«

»Aber wie, verdammt noch mal?«

»Geduld, Mr. Duncan. John Hopper hat sich in Brackettville einquartiert und ein Jahr lang jede Ihrer Bewegungen beobachtet, um ein schwaches Glied in der Kette zu entdecken. Und wir fanden es in der Person von Clyde Lindsey. Als er und Pedro diesen Deputy erschossen, bot sich uns die Gelegenheit, auf die wir schon so lange gewartet haben. Wir hätten nie geglaubt, daß es so einfach ist.« Davis deutete auf den Safe. »Sie hätten wenigstens die großen Banknoten verstecken können. Das tun jedenfalls die meisten Leute, wenn sie ein paar Banken ausgeraubt haben.« Davis grinste und setzte hinzu: »Ich schätze, sie wollten sie behalten, um sie Ihrer Sammlung einverleiben zu können ... ihrem Krimskrams hier.«

Mit hochrotem Gesicht trat Duncan hinter seinen Schreibtisch und rief höhnisch: »Töten Sie ihn, Richard!«

Rachel warf sich nach vorn und traf Richard mit der Schulter in der Kniekehle. Die Luft wurde von der Explosion seiner Waffe erschüttert, als er nach hinten taumelte und mit seinem ganzen Gewicht auf ihr landete, so daß sie beide in einem wirren Haufen auf dem Boden lagen. Rachel konnte den Tumult nur spüren. Ihr ganzes Bemühen galt der Waffe in Richards Hand. Sie krallte ihre Finger in Delaneys rechten Arm, um Davis die Zeit zu verschaffen, die er brauchte, um Duncan auszuschalten.

»Rühren Sie sich nicht von der Stelle!« Das war Duncans schrille Stimme. »Ich bringe Sie um, wenn Sie auch nur eine Bewegung machen, Davis!«

Rachel spähte unter Richards Ellenbogen auf Davis. Er war zur Salzsäule erstarrt, und seine Hände befanden sich wenige Zentimeter von seiner Waffe auf dem Boden entfernt. Duncan zielte mit einer Derringer auf ihn. Sie wagte nicht zu atmen, aus Angst, daß A. J., dessen Hände wie Espenlaub zitterten, den Abzug bediente — absichtlich oder aus Versehen.

A. J. schaute sie an und schnarrte: »Dumme kleine Gans — du wirst deine hündische Treue zu diesem Mann noch bitter bereuen!« Dann richtete sich sein Zorn auf Richard. »Steh auf, du Idiot, bevor dich diese halbe Portion noch einmal zum Narren macht!«

Richard gehorchte, und bevor Rachel sich bewegen konnte, packte er sie bei den Haaren und zog sie in die Höhe. Der Schmerz in ihrer Kopfhaut trieb ihr die Tränen in die Augen. Sie sah Duncan an und beschwor ihn: »Töten Sie ihn nicht. Bitte, töten Sie ihn nicht. Ich werde Ihnen alles geben, was Sie verlangen. Alles! Ich gebe Ihnen mein Geld, wenn Sie es darauf abgesehen haben. Ich überschreibe Ihnen mein Erbe . . .«

»Halt den Mund!«

Davis wich langsam zurück, als Duncan hinter seinem Schreibtisch hervorkam. Er wollte Rachel helfen, mußte aber gleichzeitig Duncan im Auge behalten. Verstohlen sah er zur Tür und zum Fenster.

»Warten Sie auf Hilfe?« fragte Duncan. Er hielt die kleine Pistole mit beiden Händen fest und lachte. »Meine Leute kommen jeden Moment her; du hast nicht die geringste Chance, zu flüchten oder gar zu überleben. Aber bevor ich euch beide umbringe, wirst du noch deinen Entschluß bereuen, mich zu jagen.« Er nickte Richard zu.

Delaney bewegte sich mit einer überraschenden Behendigkeit zur Seite und versetzte Davis, der Duncan beobachtete, einen so wuchtigen Schlag gegen den Kiefer, daß Davis gegen die Wand geschleudert wurde. Ehe er sich von dem Schock und dem rasenden Schmerz erholen konnte, wurde er von einem zweiten gewaltigen Schlag getroffen, der ihm die Luft aus den Lungen trieb. Davis sackte zu Boden und krümmte sich dort in dem verzweifelten Bemühen, nur ein Quentchen Luft in seine brennenden Lungen zu bekommen, damit er wieder klar denken konnte. Und als es ihm dann endlich gelang, wieder etwas Atem zu schöpfen, krächzte er wie ein Ertrinkender, ehe er den Kopf Rachel zudrehte.

Duncan hatte sie am Arm gepackt. »Wenn ich mich recht entsinne, sollten heute unsere Flitterwochen beginnen, auf die ich mich genauso gefreut habe wie du. Was meinen Sie, Richard? Ich sehe keinen Grund, warum ich nicht genießen soll, was mir rechtmäßig gehört.«

Richard grinste. »Ich bin ganz Ihrer Meinung, Boß.«

Davis fauchte: »Du Bastard, ich werde dich umbringen, wenn du . . .«

»Wirst du das?« Duncan warf den Kopf zurück und lachte. Dann sah er in Rachels trotzige, haßerfüllte Augen und schüttelte den Kopf. »Ich verstehe jetzt, warum Pete sich deinetwegen so in die Nesseln gesetzt hat. Du hast einen sehr eifersüchtigen Freund, meine Liebe. Komm jetzt. Sicherlich hat er noch genug von diesen bezaubernden Reizen für mich übriggelassen.«

»Ich würde mich eher mit einer Wolfsspinne paaren!« fauchte Rachel und spuckte ihm ins Gesicht.

Er zerrte an ihren Haaren und bog ihren Kopf so heftig zurück, daß sie gegen ihn sank. Dann riß er ihr mit einem Ruck das Kleid vom Leib und warf es Davis vor die Füße. Mit einer raschen Armbewegung fegte er alle Gegenstände von seinem Schreibtisch und sagte: »Jetzt und hier.«

Er lächelte, schloß die Hand über einer ihrer weißen Brüste und fuhr dann mit einer höhnischen, aufreizenden Bedächtigkeit über ihre Taille hinunter zu ihrem Gesäß. »Ich bin nicht sicher, ob ich schon jemals so etwas Herrliches gesehen habe. Ich werde großen Spaß an dir haben, Rachel. Es wird ein Hochgenuß werden.«

Richard lachte, während er seinen Blick auf Rachel richtete. In diesem Moment schnellte Davis auf ihn zu. Der Anblick von Duncans Hand auf Rachels nackter Haut ließ ihn jede Vorsicht vergessen. Er traf Richard mit der Faust voll am Kinn, ergriff mit der anderen Hand den Revolver und drehte den Lauf zur Decke. Er schob Richard vor sich her wie einen lebenden Schutzschild, während A. J. seine Waffe aus der Rocktasche zog und versuchte, damit auf Davis zu zielen. Die ganze Zeit über wehrte sich Richard gegen Davis' Griff, stemmte sich mit beiden Beinen gegen den Boden und schlug mit dem Ellenbogen nach hinten. Er traf Davis an der verletzten Schulter.

Als würde ein Blitz in seiner Brust und seinem Gehirn einschlagen, knickte Davis plötzlich ein, taumelte und stürzte. Er fiel, fiel immer tiefer, durchlebte noch einmal jenen Augenblick, in dem sich Clydes Kugel in seine Schulter bohrte. Aber er kämpfte gegen diese Ohnmacht an.

»Lauf, Rachel, lauf!« rief er, und dann prallte er auf dem Boden auf.

Rachel reagierte in blinder Verzweiflung. Sie hob beide Hände und zog Duncan ihre Fingernägel durchs Gesicht, bis er, heulend vor Schmerz, zurückwich, das Gesicht in der Armbeuge vergrub und sich das Blut in die Augen schmierte. Sie sah Davis auf dem Boden liegen, während Delaney sich bemühte, sein Gleichgewicht wiederzufinden, und die Waffe hob, um zu schießen.

Ohne zu überlegen stürzte sie auf Davis zu und schützte ihn mit ihrem Körper, während die Welt um sie herum plötzlich explodierte. Sie spürte Davis' Hände in ihrem

Haar und hörte seinen Schrei, als er sie über den Boden rollte, bis sie unter ihm lag.

Stille erfüllte den Raum. Davis lag auf Rachel und preßte ihren kleinen Körper auf den Boden. Er wagte nicht, die Augen zu öffnen und lauschte. Er wunderte sich, warum Delaney ihn nicht endlich tötete.

Rachel bewegte sich unter ihm. Aber nur ein bißchen. Vorsichtig hob er den Kopf, blinzelte und starrte dann in ihr bleiches Gesicht. Ihre Augen waren geschlossen. Ihr Kopf ruhte auf einer Wolke aus weißblonden gelockten Haaren. Ihre Lider waren leicht bläulich und ihr Mund fast farblos. Langsam, ganz langsam öffnete sie die Augen und lächelte.

Er lächelte zurück.

Dann spähte er über die Schulter und bemerkte Duncans zusammengesunkene Gestalt am Schreibtisch. Seine leblosen Augen starrten auf den Boden. Delaney lag tot auf dem Rücken, den Revolver noch in der Hand. Davis richtete sich auf und schaute zur Tür.

Alejandro de Bastitas trat ins Zimmer, einen Revolver in der Hand. Die Blicke aus ihren blauen Augen begegneten sich.

Davis schluckte, grinste und fragte: »Wieso, zum Teufel, hast du so lange gebraucht, Vater?«

19

John Hopper hatte die Leiche von Albert Durham, alias A. J. Duncan, auf einem Brett vor dem Haus aufgebahrt und kroch nun unter das schwarze Tuch seiner Kamera, um ein Bild davon zu machen. »Mr. Pinkerton wird sehr erfreut sein«, ertönte seine gedämpfte Stimme unter dem Tuch. »Und ich bin glücklich, wieder nach New York zurückkehren zu können.« Nachdem die Platte belichtet war, kam Hopper wieder hinter seinem Fotoapparat zum Vorschein, schaute Davis an und sagte: »Wir reden gleich noch miteinander. Sie bleiben doch in der Nähe, ja?«

»Das kann ich Ihnen nicht garantieren«, meinte Davis grinsend und kehrte ins Haus zurück.

Sam stand in der Vorhalle, in der einen Hand seinen Hut, in der anderen eine Zigarre. Alejandro stand neben ihm. Der alte Ranger kratzte sich am Kinn, blickte zwischen Alex und Davis hin und her und sagte: »Ich denke, ich sollte jetzt mal meine Leute zusammentrommeln. Ich habe ihnen eine Flasche Whisky versprochen, wenn wir diese Sache erledigt haben, ohne daß der Junge eine Kugel einfängt.« Er stülpte sich den Hut über die grauen Haare und stapfte durch die Vordertür ins Freie.

»So«, sagte Alejandro.

Davis schob die Hände in die Hosentaschen.

Sein Vater kreuzte die Arme vor der Brust und fragte: »Warum bist du nicht nach Hause gekommen?«

»Ich dachte, ihr seid tot.«

»Und?«

Davis sah zur Treppe. »Wo ist Rachel?«

»Oben. Sie hat sich hingelegt. Ich habe jahrelang nach dir gesucht. Deine Mutter verzehrt sich vor Sehnsucht nach dir.«

»Sie weiß es schon?«

Alex nickte. »Als Sam zur Ranch kam, um sich mit Hopper zu treffen, hat er mir erzählt, daß er glaube, du seist unser Sohn. Er schilderte mir deine Reaktion, als er im Gefängnis zum erstenmal unseren Namen erwähnte. Das war für mich Beweis genug. Als ich dich an jenem Morgen aus der Arrestbaracke kommen sah, fühlte ich in meinem Herzen, daß du Tomas bist.« Lächelnd setzte er hinzu: »Eltern spüren so etwas.«

Hopper kam in diesem Moment mit den belichteten Fotoplatten ins Haus zurück. Sein grauer Anzug war wie immer makellos sauber — trotz der vielen Meilen, die er bei dieser Hitze bis zur Las Morach Ranch hatte zurücklegen müssen. »Ah, da sind Sie ja noch, Da . . . Ah — wie soll ich Sie denn jetzt eigentlich nennen?«

»Bastitas selbstverständlich«, gab Alex zur Antwort.

Hopper wartete.

»Ich — ich weiß nicht«, stammelte Davis verwirrt.

Sein Vater erwiderte hitzig: »Was, zum Teufel, soll das heißen? Du bist ein Bastitas. Du bist als Bastitas geboren . . .«

». . . aber nicht erzogen worden.«

»Was hat denn das damit zu tun? Du bist als Tomas de Bastitas auf die Welt gekommen und wirst, bei Gott, auch als ein Bastitas sterben. Du bist mein Fleisch und Blut, und ich werde zornig, wenn du das abstreitest, nur weil du zu feige bist, dich dazu zu bekennen!«

Hopper räusperte sich. »Ah, Davis, ich denke mir, daß das vielleicht hilfreich sein könnte.«

Davis starrte seinen Vater an.

Hopper hob ein Blatt Papier an die Augen. »Mr. Pinkerton meinte . . .« Er trat einen Schritt zurück, als Davis den Blick auf ihn richtete. »Mr. Pinkerton bedankt sich für Ihre Mitarbeit in den letzten acht Jahren. Und in Anerkennung dessen, daß Sie Ihren Verpflichtungen auf äußerst zufriedenstellende Weise nachgekommen sind, entbindet er Sie hiermit von allen weiteren Dienstleistungen für die Agentur.« Er drehte das Papier um. »Wie Sie sehen können, ist das Schreiben von Mr. Pinkerton persönlich unterzeichnet.«

Davis starrte auf das Papier und spürte, wie er rot anlief.

»Nun?« meinte Hopper lächelnd. »Sind Sie zufrieden?«

Davis nahm das Schreiben entgegen. Seine Hände zitterten. Er schaute auf das Papier und spürte, wie sich der Schweiß in allen Poren seiner Haut sammelte.

»Nun?« meinte Hopper.

Davis schloß die Augen und gestand: »Ich kann nicht lesen, Mr. Hopper.«

»Oh, nun, dann erlauben Sie mal.« Hopper nahm ihm wieder das Papier ab, während Davis auf den Boden starrte. Am liebsten wäre er darin versunken.

John Hopper hielt das Papier ins Licht und las:

Mr. Davis:
Ich, Allan Pinkerton, entbinde Sie hiermit von allen Verpflichtungen, die Sie dieser Agentur gegenüber eingegangen sind. Sie haben Ihre Aufgaben über meine Erwartungen hinaus hervorragend erfüllt. Ihre Hingabe an die Sache des Gesetzes und der Ordnung waren beispielhaft in diesen letzten acht Jahren, Ihr Einsatz war weitaus höher, als es Ihre Pflicht gewesen wäre. Ich spreche Ihnen meine Anerkennung aus, Sir, für Ihre Bemühungen, auf dem schmalen und geraden Pfad der Gerechtigkeit zu wandeln. Sie haben einen weiten Weg zurückgelegt seit dem Tag, als ich Sie als jungen, unserer Gesellschaft feindselig gegenüberstehenden Verbrecher festnahm. Sie haben mich in dem Glauben bestärkt, daß man irregeleitete Menschen auf den richtigen Pfad zurückbringen kann, wenn man ihnen nur die Gelegenheit und den Anreiz dazu gibt. Viel Glück, Mr. Davis, in all ihren zukünftigen Unternehmungen.

In Dankbarkeit,
Ihr Allan Pinkerton

»Nun, Davis, was haben Sie dazu zu sagen?«

Er konnte nichts sagen, wie es schien. Er fühlte sich plötzlich so, als wäre ihm eine schwere Last von den Schultern genommen und als hätte er endlich seine Freiheit wiedererlangt.

»Ich verstehe nicht«, drang die Stimme seines Vaters zu ihm.

Davis sah Alex mit seinen blauen Augen an und zuckte mit den Achseln. »Es ist ganz einfach. Vor acht Jahren versuchte ich, die Bank von Chicago zu berauben. Es war meine erste kriminelle Tat und ich verpatzte sie gründlich. Ich wurde von Allan Pinkerton verhaftet. Ich weiß nicht, was er in mir sah, aber er glaubte wohl, es könnte ein anderer Mensch aus mir werden. Er stellte mich vor die Wahl, entweder ins Gefängnis zu wandern oder für ihn zu arbeiten. Er versicherte mir, daß er mich finden und begraben würde, wenn ich noch einmal die Fronten wechseln oder unseren Vertrag brechen würde.«

Zwei Männer trugen jetzt Delaneys Leiche durch die Vordertür. Hopper entschuldigte sich, weil ihn wieder die Pflicht rief.

»Mir scheint, du hast die richtige Entscheidung getroffen«, sagte Alex.

»Habe ich?« Davis lachte. »Manchmal war mir das nicht klar. Ich war oft gezwungen, mich mit der Waffe zu verteidigen.«

Alex ging auf ihn zu. »Das ist jetzt alles vorbei. Er hat dich von allen Pflichten entbunden. Du kannst nach Hause kommen ...«

»Nicht!« Davis wich einen Schritt zur Seite. »Ich bin mein ganzes Leben hindurch gezwungen worden, Dinge zu tun, die ich nicht tun wollte.«

»Was für eine Wahl mußt du jetzt noch treffen? Wir sind deine Familie, sind deinetwegen durch die Hölle gegangen ...«

»Meinst du etwa, ich nicht? Ich habe Dinge gesehen, bei denen sich dir der Magen umdrehen würde. Ich habe Sachen mit diesen zwei Händen vollbracht, die dir Grund geben würden, mich zu verdammen.«

»Das spielt keine Rolle.«

»Aber für mich spielt es eine Rolle!« Davis klopfte sich an die Brust. »Und wozu brauchst du mich denn überhaupt? Du hast zwei Harvard-Anwälte großgezogen . . .«

»Sie sind nicht du.«

Davis lachte. »Danke für die Blumen. Was macht *mich* denn zu etwas Besonderem?«

Alex trat zu ihm und nahm sein Gesicht zwischen beide Hände. »Wenn du noch nicht in einen Spiegel geschaut haben solltest, dann laß es dir von mir sagen, du sturer Hundesohn. Du bist ein Bastitas — das Ebenbild von mir und meinem Bruder und meinem Vater und dessen Vater. Ein Bastitas! Der Name Bastitas bedeutet etwas in dieser Gegend, oder hat wenigstens etwas bedeutet; denn es gibt verdammt wenige unter meiner Nachkommenschaft, die sich daran erinnern wollen.«

Alex knirschte mit den Zähnen. »Ich — ich brauche dich. Deine Mutter braucht dich. Sie hat lange genug unter deinem Verlust gelitten. Vergiß deinen verdammten Stolz wenigstens für einen Moment, um an sie zu denken . . . und Rachel.«

Rachel. Davis wußte in diesem Moment, daß seine Liebe zu Rachel ihn besiegen würde.

Er drehte sich von seinem Vater weg und versuchte nachzudenken. »Ich muß sie sehen. Ich muß es ihr erklären. Himmel, wie werde ich ihr das alles jemals begreiflich machen können?«

»Wenn du inzwischen immer noch nicht gelernt hast, wie man mit einer Frau umgehen muß, bist du wirklich nicht mein Sohn«, gab sein Vater amüsiert zur Antwort.

Davis holte tief Luft und wandte sich der Treppe zu.

Rachel stand unter der Tür. Audra hatte ihr den Rücken zugedreht, und ihre Schultern zuckten heftig. »Es — es tut mir schrecklich leid für dich«, sagte Rachel. »Wenn ich dir irgendwie helfen kann . . .«

Audra nahm die Hände vom Gesicht und schrie: »Verschwinde! Ich möchte dich nie mehr in meinem Leben sehen, niemals!«

Rachel rannte aus Audras Zimmer und preßte die Hände zusammen, damit sie aufhörten zu zittern.

»Rachel.«

Sie wirbelte herum.

Davis stand im Schatten des Korridors, faßte nach ihren Schultern und sagte: »Beruhige dich, Liebste.«

Sie schüttelte den Kopf. »Du sollst mich nicht beruhigen, Bastitas, sondern mich lieben.« Sie riß sich los und stürmte in ihr Zimmer.

Er lief ihr nach und faßte nach ihren Händen. »Ich möchte dir alles erklären.«

»Oh, diese Mühe kannst du dir sparen. Sam hat mir schon alles erklärt. Ich rede auch nicht mehr mit ihm!«

»Rachel, es tut mir leid, Bitte verzeih mir.«

»Verzeihen. Wie viele Lügen willst du mir noch erzählen!«

Er zog sie zum Bett, setzte sich neben sie und blickte ihr fest in die Augen. »Mein Name ist Tomas de Bastitas. Ich wurde vor fünfundzwanzig Jahren von den Komantschen entführt. Zehn Jahre lebte ich wie ein Komantsche. Ich stahl alles, was mir unter die Hände kam, und nahm an ihren Raubzügen und Überfällen teil. Bei einem dieser Raubzüge wurde ich schwer verwundet. Ich bekam einen Messerstich in den Rücken. Man ließ mich als tot zurück. Damals fand mich Barney Davis und brachte mich nach Fort Bliss, wo ich mich ein Jahr lang von meiner Verletzung erholen und wieder an die Zivilisation gewöhnen konnte.

Als er drei Jahre später getötet wurde, verließ ich das Fort und reiste im Land umher. Ich lebte damals von meinen guten Reflexen und meinem Talent, mit einem Revolver umzugehen. Bis ich dann in Chicago von Allan Pinkerton verhaftet wurde.«

Sie beugte sich vor und berührte seinen Mund mit ihren Lippen, um diese schmerzliche Beichte zu beenden. Sie legte ihre Hand auf seine Wange, sah ihm lächelnd in die Augen und forderte: »Küß mich.«

Sie lehnte sich an ihn und wartete einen Herzschlag lang mit geschlossenen Augen, bevor er den Kopf zu ihr hinunterneigte.

Und dann sank sie langsam, ganz langsam auf das Bett zurück . . .

Es war die Stille, von der sie am nächsten Morgen erwachte. Graues Dämmerlicht siekerte durch das Fenster. Auf dem Tisch darunter stand eine Laterne mit niedergebranntem Docht.

Sie brauchte nicht neben sich zu schauen, um zu wissen, daß er fort war.

Sie nahm ihren Morgenmantel, wickelte sich darin ein und lief die Treppe hinunter. Alejandro de Bastitas stand in der offenen Haustür und klammerte sich an den Türpfosten.

»Er ist fort«, sagte sie.

Alex drehte sich zu ihr um. »Ich weiß nicht, was ich jetzt seiner Mutter sagen soll.«

Er breitete die Arme aus, und sie lief zu ihm und barg schluchzend das Gesicht an seiner Brust.

Epilog

San Antonio, Texas

Oktober 1866

Sie saß oben auf dem Hügel wie jeden Tag um die Mittagsstunde und blickte über das Tal bis zum Fluß in der Ferne. Er schlängelte sich von Nordwesten heran wie ein großes silbernes Band, in dem sich der blaue Himmel spiegelte. Seufzend hob sie das Gesicht in die Sonne, badete sich in ihrem Licht und ihrer Wärme, in der Hoffnung, daß sie bis in ihr Herz vordrang und diesen dumpfen Schmerz daraus vertrieb.

Der Wind kam, brauste den Hang hinauf und drückte das letzte Sommergras auf die Erde nieder. Ein erster Frosthauch hatte den Bäumen am Fluß herbstliche Farben verliehen. Einen Moment lang schienen die orangefarbenen und roten Blätter wie Feuerzungen zum Himmel zu lodern. Dieser Anblick rief in Rachel ein Schwindelgefühl wach. Das passierte ihr in letzter Zeit häufig.

Sie berührte ihren Bauch mit den Fingerspitzen, schloß die Augen und wartete, daß der Schwindel vorüberging.

Sie hörte das leise Wiehern eines Pferdes hinter sich und drehte sich ganz langsam um. Irgendwie wußte sie, daß er es sein würde. Sie hatte in den letzten vier Wochen schon tausendmal davon geträumt, aber jedesmal hatte sich das Bild in Nebel aufgelöst. Sie blinzelte und erwartete, daß dieses Bild ebenso zerrinnen würde wie alle anderen zuvor.

Das tat es aber nicht.

»Hallo«, sagte er.

Sie versuchte zu antworten, vermochte es aber nicht. Sie konnte weder blinzeln noch sich bewegen.

Er zupfte am steifen Kragen seines weißen Hemdes. Er trug keinen Revolver. Seine Hüften sahen viel schmaler aus ohne Halfter. Seine Hose war sauber, und seine Stiefel waren neu und blank gewienert. Er hatte eine schmale schwarze Schleife um den Hals gebunden.

»Ich habe dich vermißt«, sagte er.

Ihre Hände gingen in die Höhe, verschränkten sich über ihrer Brust, und sie dachte: *Gott, o Gott, er ist es wirklich.*

Sie lächelte. »Du siehst so anders aus.«

»Gefällt es dir nicht?«

»O doch. Es gefällt mir sehr. Aber ...«

»Aber?« Er zupfte wieder an seinem Kragen.

Vorsichtig näherte sie sich diesem blauäugigen adretten Fremden, der im Sinne hatte, sie um ihre Hand zu bitten. Tränen brannten ihr in den Augen, als sie sagte: »Aber das bist nicht du.« Sie hob ihre bebenden Finger, zog ihm die Schleife vom Hals und ließ sie vom Wind forttragen, bis sie sich in den Zweigen eines Ceniza-Busches verfing.

»Hast du schon deine Mutter gesehen?« fragte sie und öffnete seinen Hemdkragen.

Er holte tief Luft und nickte.

»Ich nehme an, es war alles sehr rührend ...«

Er sah auf den Fluß. »Du hast mir gefehlt«, sagte er noch einmal. Und als er sie diesmal ansah, glomm in seinen Augen ein blaues Feuer, das seine Liebe und sein Verlangen und all die Worte, die er ihr sagen wollte, ausdrückte.

»Ich mußte mich entscheiden, und das habe ich getan. Ich habe mich bemüht — Gott weiß, wie sehr ich mich bemüht habe —; aber ich konnte ohne dich nicht weiterleben.« Plötzlich zog er sie an sich, sein Gesicht wie verzerrt unter dem Ansturm seiner Gefühle, als er seinen dunklen Kopf senkte. »O Jesus«, murmelte er leise. »Ich liebe dich so sehr. Ich begehre dich. Ich möchte den Rest meines Lebens mit dir verbringen, und wenn es hier sein muß, dann muß es eben so sein. Selbst wenn du im Abgrund der Hölle leben wolltest, würde ich dich nie mehr verlassen.« Er schloß seine Finger um ihren Arm und schüttelte sie. »Ich will nie mehr ohne dich sein, Lady. Das waren die vier schlimmsten Wochen, die ich jemals erlebt habe. Ich kann dir nicht versprechen, daß ich der beste aller Ehemänner sein kann, oder daß ich niemals mehr nach dem Revolver greifen und der perfekte Gentleman sein werde. Ich habe meine Gefühle zu lange in meinem Inneren vergraben. Also erwarte nicht von mir, daß ich mich über Nacht ändere. Aber verlaß mich nicht.«

Sie berührte sein Gesicht, ihre Hand war wie ein Sonnenstrahl, der auf einen Schatten fällt. Ihr Herz floß von der gleichen Liebe über, die sich in seinen Augen spiegelte. Rachel lächelte. Sie wußte, daß er die Wahrheit gesagt hatte. Es würde kein leichter Weg für sie beide sein. Es würde Enttäuschungen geben, Entbehrungen, und sie würden sich Herausforderungen stellen müssen, aber gemeinsam könnten sie alles meistern, wie sie das in den letzten Monaten getan hatten.

Lachend vor Freude, drehte sie sich um und lief den Weg zur Ranch hinunter. »Kommst du?« rief sie und hob die Hand in einem verheißungsvollen Versprechen.

Morgen, dachte sie, als er sich langsam und geschmeidig in Bewegung setzte, um ihr zu folgen. *Morgen werde ich ihm mein Geheimnis verraten.*